»Anne-Marie Käfer ist es gelungen eine Geschichte zu erzählen, die richtig gute Laune macht!
Sie zeigt viel Gespür für Situationskomik, Freundschaft, Familiensinn und die große Liebe. Ein Buch, das ich sehr gerne weiterempfehle.«

Simone Panteleit
Moderatorin im Sat.1 Frühstücksfernsehen

1. Roger

Mann soll Frau niemals unterschätzen. Besonders rothaarige nicht. Ich bin eine Frau, rothaarig dazu und neige gelegentlich zu spontanen, temperamentvollen Ausbrüchen.

Wie gesagt ..., gelegentlich. Heute war gelegentlich. Im wahrsten Sinne des Wortes habe ich meinem Freund Roger Feuer unter dem Hintern gemacht. Also, nicht im sprichwörtlichen Sinne, sondern real. Ein kleinlich denkender Mensch würde hier das Wort Körperverletzung in den Mund nehmen, was natürlich Nonsens ist. Es war eindeutig eine Affekthandlung. Im Anschluss beschädigte ich versehentlich, ich betone ..., *versehentlich* Rogers neues Auto, weil ich im Schockzustand dummerweise den Autoschlüssel mit einem Schraubenzieher verwechselt habe. Von Sachbeschädigung, im willkürlichen Sinne, kann demzufolge absolut keine Rede sein. So betrachtet scheint alles paletti, denn mit einem Schockzustand ist schließlich nicht zu spaßen. Roger hat schon oft erzählt, dass Menschen, die unter einem Schock litten, stationär behandelt werden mussten. Und er, als Oberarzt für Orthopädie und Unfallchirurgie, wird es ja schließlich wissen.

Ich lasse heißes Badewasser nachlaufen und nippe an einem 1-Liter-Messbecher, in dem sich ein Gemisch aus schwerem Port- und Eiswein befindet. Ich kneife die Augen zusammen und betrachte die Innenskala des Küchenutensils. Oops, nur noch 350 ml.

Na ja, Rogers Nacktfoto, das ihn beim Hanteltraining in seinem Schlafzimmer zeigt, könnte mir eventuell zum Verhängnis werden. Mit dem Foto an sich hat das aber nichts zu tun. Eher damit, dass ich es auf ein großes Blatt Papier geklebt und an die Korkpinnwand neben dem Eingang der Santorin-Klinik gepinnt habe, in der Roger arbeitet. Darunter habe ich eine ›Ja‹- und eine ›Nein‹-Spalte gezeichnet und zu einer Abstimmung aufgefordert.

Findet ihr mein Zipfelchen zu klein oder nicht? Bitte ›Ja‹ oder ›Nein‹ ankreuzen. Während ihr abstimmt, trainiere ich fleißig weiter …, wie ihr seht, ich hab's nötig.

Es versteht sich von selbst, dass ich Rogers Gesicht durch einen weißen Etikettenaufkleber unkenntlich gemacht habe. Allerdings, wer neugierig ist und Spaß am Knibbeln hat? Der Mensch ist ja von Natur aus wissbegierig, und so gut kleben diese Dinger auch nicht. Aber …, das liegt nicht an mir, sondern am Hersteller dieser Klebedinger. Punkt.

Noch 300 ml. Ich widerstehe dem Impuls, aus der Wanne zu steigen, um mein Handy wieder einzuschalten, den Stecker des Festnetz-Apparates einzustecken, sowie die Batterie der Haustürklingel wieder einzusetzen. Ich lasse Roger schmoren, Fremdgehen *ist* kein Kavaliersdelikt! Strafe muss sein.

Nachdem das Sachliche geklärt ist, schnäuze ich kräftig in den Naturbadeschwamm, weil ich von der Badewanne aus nicht nach der Rolle Klopapier greifen kann. Jetzt kullern dicke Tränen über meine Wangen. Es wird Zeit, all den aufgestauten, verletzten Gefühlen freien Lauf zu lassen. Blöder Roger! So ein Idiot! Er weiß genau, dass jede Heulattacke meine Augenlider dermaßen anschwellen lässt, dass ich noch am nächsten Morgen aussehe, als hätte ich an einem Boxkampf teilgenommen und den Fight verloren. Ich schnäuze erneut, der Schwamm ist definitiv sein Geld wert, er hat ein unglaubliches Fassungsvermögen.

200 ml. Die Fliesen verschwimmen vor meinen Augen, die Quadrate verschieben sich ineinander. Das Weingemisch hat es in sich. Gähnend beschließe ich, die verbleibende Pfütze auf ex zu trinken. Es wäre nicht auszudenken, wenn ich in der Badewanne einschlafen und ertrinken würde. Das könnte ich meiner Mitbewohnerin Gisela nicht antun. Ich ziehe den Stöpsel, sicher ist sicher.

Nur in ein Badelaken gehüllt, laufe ich wie auf einem Krabbenkutter bei Windstärke 10 den Flur entlang in mein Schlafzimmer. Ich plumpse aufs Bett. Mit einiger Anstrengung gelingt es mir, den Wecker zu stellen. In dem Gehege, in dem Gisela krabbelt, liegt ein zweiter grüner Panzer. Hä? Hatte Gisela etwa geheiratet? Ich kneife die

Augen zusammen. Die beiden Panzer verschmelzen wieder zu einem. Puh, Gott sei Dank! Zwei Haustiere wären mir definitiv zu viel.

Der Morgen ›danach‹ kann wunderschön oder schrecklich sein, je nachdem, was mit danach gemeint ist. Bei meinem danach handelt es sich eindeutig um zu viel Alkohol.

Wie es mir geht, brauche ich im Grunde nicht zu erwähnen, jeder, der denken kann, kann es sich denken. In meinem Kopf wütet ein Presslufthammer, die Schmerzen in den pochenden Schläfen sind momentan größer, als die meiner verlorenen Liebe, wofür ich dem Pochen sehr dankbar bin. Mir ist übel. Das ist ein schlechtes Zeichen. Ein gutes Zeichen ist, dass ich mich an meinen Namen erinnere, Karolina van Goch heiße und 34 Jahre alt bin. Ebenfalls weiß ich, dass ich bei ›Nikolaus Geigers Jummy-Gum‹ als zweite Chefsekretärin für den besten Kaugummi der Welt tätig bin und Roger gestern in flagranti erwischt habe. Das sollte fürs Erste reichen.

Ich registriere, dass ich den Wecker falsch gestellt habe. Es ist 8:30 Uhr, Frau Piefke wird meckern. Bevor ich mir im Spiegel begegne, setze ich eine Sonnenbrille mit riesigen Gläsern auf die Nase. Ich reiße mich zusammen und beherzige den Spruch meines Großvaters: »Wer saufen kann, kann auch arbeiten.« Denn ich bin eine echte van Goch und hart im Nehmen. Ich bürste meine schulterlangen roten Haare, schlinge sie zu einem Knoten in den Nacken und putze, wegen des fiesen Geschmacks im Mund, dreimal Zunge und Zähne. Für ein Make-up bleibt keine Zeit, ein wenig Lipgloss, das muss reichen. In Windeseile würge ich einen Zwieback hinunter, schlüpfe in Unterwäsche, sowie das erstbeste Kleid, welches mir in die Finger kommt. Fertig. Mit einer großen Flasche Apfelschorle unter dem Arm mache ich mich auf den Weg zum Parkplatz, dabei knicke ich mit meinen Hochhackigen zigmal um.

Während der kurzen Fahrt ins Büro stopfe ich mir eine Handvoll ›Jummy-Gum-super-fresh‹ in den Mund und sauge die werbestrategische Frische aus der weißen Kaumasse.

Bruni, meine a) Freundin und b) Arbeitskollegin, empfängt mich mit stummen Botschaften, die sie durch Tourette-artige Mimik Richtung Gundula Piefkes Büro andeutet, das zu unserem Leidwesen vollverglast ist.

Die knöcherne Sekretärin und rechte Hand unseres Chefs Nikolaus Geiger stürmt, sobald sie mein Erscheinen bemerkt hat, aus ihrem ›Glashaus‹.

»Frau van Goch«, tadelt sie streng. Ihre Augen funkeln mich feindlich durch ihre dicken Brillengläser an. »Sie glauben wohl, dass Sie sich hier alles erlauben können, was? Herr Geiger hat bereits mehrfach nach Ihnen gefragt …«

Ungeniert unterbreche ich sie. »Ich habe Ihnen doch gestern Nachmittag erklärt, dass ich heute etwas später komme«, schwindele ich und hebe für eine Sekunde meine Sonnenbrille. »Ich musste zum Arzt, Bindehautentzündung dritten Grades«, flunkere ich weiter.

Bruni verfolgt grinsend unsere kleine Diskussion, indem ihre Augen wie beim Schauen eines Ping-Pong-Spiels zwischen Gundula und mir hin- und herwandern.

Frau Piefke ist vollkommen verunsichert, denn sie ist für ihre Zerstreutheit bekannt. Nach kurzem Nachdenken schlägt sie sich mit der flachen Hand so feste vor die Stirn, dass es klatscht.

»Ach ja, jetzt wo Sie es sagen, Frau van Goch! Ich erinnere mich, entschuldigen Sie bitte.«

Auf halbem Weg zu Geigers Büro dreht sie sich noch einmal zu mir um. »Sagen Sie mal …, sagt man 3. Grades nicht nur in Verbindung mit Brandwunden?«

Bruni übernimmt das Antworten. »Quatsch, Frau Piefke, das war früher mal so! Heute sagt man zu jeder Krankheit, die schlimm ist, 3. Grades. Die Erkältung, die ich neulich hatte, die war auch 3. Grades.«

Ich sehe der Piefke an, dass sie uns nicht glaubt, das ist mir im Augenblick jedoch mehr als egal. Sie lächelt mich süffisant an.

»Sie können später bei Herrn Geiger anklopfen, ich gehe jetzt zu ihm rein.« Dann verschwindet sie in Nikolaus Büro.

Bruni setzt sich auf den Schreibtisch und lacht. »Macht doch immer wieder Spaß, das alte Mädchen auf den Arm zu nehmen. Mensch, du hast Nerven, Karo. Ich wette, ihr habt die ganze Nacht geamselt und deswegen verpennt.«

Ich lüfte erneut meine Brille. »Sag mal, spinnst du? Meinst du, ich sehe so nach einer durchgeamselten Nacht aus?«

Bruni steht auf und kommt langsam auf mich zu. »Du hast geheult? Was ist passiert?«

Im Schutz der dunklen Brillengläser füllen sich meine Augen mit Tränen, ich schaffe es, sie wegzublinzeln.

Bruni drückt mir vorsorglich ein Taschentuch in die Hand.

»Ihr habt gestritten?« Sie tätschelt mütterlich meine Wange.

»Ach Bruni, von wegen Streit! Viel schlimmer! Ich fuhr gestern nach Büroschluss an Rogers Wohnung vorbei. Eigentlich waren wir erst um 20 Uhr verabredet. Du weißt ja, wir wollten uns einen gemütlichen Abend machen und seinen 40. Geburtstag feiern. Dann habe ich gesehen, dass sein Auto in der halb offenen Garage steht, und wollte ihn überraschen.« Ich schnäuze kräftig in das Taschentuch. »Nur kurz gratulieren. Also parkte ich meinen Corsa vor dem Haus, nahm die Schachtel mit den Havanna-Zigarren und das silberne Feuerzeug, das er sich so sehr wünschte, aus dem Handschuhfach. Im Affentempo sprintete ich bestens gelaunt in die fünfte Etage. Kurz vor seiner Wohnungstür hörte ich Rogers dunkle Stimme, sie klang irgendwie heiser.

Seine Worte und Tonlage haben sich so in mein Gehirn gebrannt, dass ich sie original wiedergeben kann.

›Ich liebe dich …, ich kann … ohne dich nicht mehr leben … du bist meine Traumfrau. Ohne dich bin ich … eine, eine Luftblase im Universum, ein … einsamer Hirte ohne Schafe. Ein Stuhl ohne Beine.‹«

»Sehr poetisch. Hätte ich Roger gar nicht zugetraut.« Meine Freundin runzelt die Stirn.

»Bruni, vor Freude schossen mir Tränen in die Augen. Ich dachte, Roger übt vor dem Flurspiegel einen Heiratsantrag, verstehst du?«

Bruni nickt.

»Dann hat er gestöhnt und gesagt: ›*Du bist so gut, Baby … ein richtiges Luder bist du … weißt du das?*‹ Das ging mir runter wie Öl. Ich genoss jedes seiner Worte. Und dann hat er laut und deutlich die entscheidende Frage gestellt. ›*Willst du mich heiraten?*‹«

Bruni will etwas sagen, ich lasse sie nicht zu Wort kommen.

»Ich erschrak fast zu Tode, als irgendetwas von innen gegen die Haustür knallte und ein deutliches ›*Ja*‹ sowie der spitze Freudenschrei einer Frau zu hören war. Ich war vollkommen verwirrt und dachte: *Mooooment mal. Wie kann ich in Rogers Wohnung laut ›Ja‹ kreischen, wenn ich nicht in seiner Wohnung bin.*«

Bruni ist fassungslos, sie rauft sich ihre kurzen schwarzen Haare. »So ein Schwein.«

Ich nicke zustimmend. »Danach klapperte die Abdeckung des Briefkastens im Sekundentakt. Nach einem Blick durch die metallene Öffnung erkannte ich Rogers nackte Pobacken und die Tatsache, dass Rogers kleiner Mümmelmann im falschen Hasen steckt. Glaub mir, ich war wie von Sinnen. Mit zittrigen Fingern habe ich zwei Havannas ausgepackt, sie so kräftig angeraucht, bis sie glühten wie ein Höllenfeuer.« Ich mache eine feierliche Pause, Bruni hängt an meinen Lippen. »Und dann …, habe ich die Klappe des Briefkastenschlitzes mit dem Feuerzeug festgesetzt … und die glühenden Zigarren, so feste ich konnte, auf seine Arschbacken gedrückt. Das hat vielleicht gezischt und elendig gestunken, bäh!« Ich schüttele mich angewidert. »Dann bin ich abgehauen.«

Bruni lacht spitz auf.

»Warte«, sage ich mit gedämpfter Stimme. »Anschließend bin ich in Rogers Garage und mehrmals um sein Auto gelaufen.« Ich krame in meiner Handtasche nach meinem Haustürschlüssel, an dem ein kleiner Stahlschraubenzieher hängt, und halte das Corpus Delicti vor Brunis Nase. »Scheiße, Bruni, dabei hielt ich dieses Teil so ungeschickt in der Hand, dass der Lack des Audis zerkratzt ist. Sehr zerkratzt.«

Ich halte die rechte Hand mit gekreuztem Zeige- und Mittelfinger in die Luft. »Das ist mir versehentlich passiert. Ich schwöre! *Das* wird Roger mir nie verzeihen.«

Bruni grinst. »So was kann ja mal passieren. Wenn es dir versehentlich passiert ist, kannst du ja nichts dafür. Außerdem muss er dir erst einmal beweisen, dass du den Wagen demoliert hast. Wenn die Garage offen stand, könnte es jeder gewesen sein, der Spaß am Vandalismus hat.«

Das leuchtet mir ein. Ich nicke so kräftig, dass sich das Haargummi löst und meine roten Locken hin- und herfliegen. Bruni hat es geschafft, mich zu beruhigen.

Die Aktion mit dem Nacktfoto verschweige ich. Heute schäme ich mich ein wenig, dass ich Roger dermaßen lächerlich gemacht habe. Dass *das* versehentlich passiert ist, kann ich mir nicht einreden.

»Und was willst du jetzt machen?«

Ich zucke mit den Schultern. »Ich werde abwarten, Bruni. Es kommt darauf an, wie er sich verhält. Seit gestern war ich nicht zu erreichen. Ich habe alle Geräte, die irgendwie bimmeln oder schellen, ausgeschaltet.«

Bruni grinst. »Gut gemacht.«

Ich instruiere Bruni, mich am Firmen-Telefon zu verleugnen. Roger wird mit Sicherheit anrufen und wie ein verstoßener Straßenköter um Gnade winseln. Meine, Gott hab sie selig, Oma Fine war immer der Meinung, dass Männer an Hausmannskost gewöhnt sind. Und wenn die gut war, kämen sie immer wieder heim. Ich bin zwar keine gute Köchin, aber ich bin mir sicher, dass meine Mikrowellen-Tiefkühlkost schmackhaft war. Ich nehme mir vor, ihn mindestens einen ganzen Tag lang zappeln zu lassen. Mindestens! Vielleicht aber auch drei … oder vier? Je nachdem, wie herzzerreißend sein Jammern ausfallen würde, werde ich dann überlegen, *es* mir noch einmal zu überlegen. Schließlich bin ich erwachsen, man muss auch verzeihen können.

Hillary Clinton trennte sich auch nicht, nachdem good old Monica einen deftigen Blowjob aufs Parkett gelegt hatte. Bill präsentierte seiner Hilli bestimmt eine einleuchtende Erklärung, die sich so angehört haben könnte:

›Hillibaby, es ist nicht so, wie du denkst! Bei mir war die Luft raus, Monica hat lediglich etwas nachgeblasen.‹

Es müsste mit dem Teufel zugehen, wenn Roger keine Ausreden hätte, um mich zurückzuerobern.

Dankbar stelle ich fest, dass die Piefke wohl eine längere Besprechung mit dem Chef hat. Was die immer so lange zu bequatschen haben? Vor meinem inneren Auge laufen Bilder ab, die ich eigentlich nicht sehen möchte, doch ich kann nicht wegschauen. Gundula sitzt auf Nikolaus Schoß, ihr adrett frisierter Kopf ruht an seiner Schulter.

Ich schüttele mich kurz, die Bilder verschwinden jedoch nicht. Hoffentlich habe ich jetzt keinen ›Augenwurm‹. Ich neige nämlich zu ›Ohrwürmern‹. Es kommt schon mal vor, dass mich z. B. eine Biene namens ›Maja‹ tagelang verfolgt oder Oli P.s Flugzeuge in meinen Ohren kreisen. Ich fahre meinen PC hoch. Während er leise surrt, krame ich in sämtlichen Schreibtischschubladen nach Süßigkeiten, finde jedoch nur zwei vergammelte Äpfel, deren faule Stellen mich anklagend anschielen, weil ich sie vergessen habe.

»Hier.« Bruni schiebt mir zwei Riegel ›Merci‹ über den Schreibtisch.

»Merci«, sage ich und verstehe nicht, warum Bruni das komisch findet. Sie lacht.

»Und denk bloß dran, wenn Roger anruft, ich bin nicht da«, wiederhole ich schmatzend meine Bitte.

Erleichtert stelle ich fest, dass meine Kopfschmerzen wie weggebla…, sorry, verschwunden sind. Statt die E-Mail-Eingänge zu prüfen, spiele ich mit dem Papier des Schokoriegels und starre auf mein, noch immer ausgeschaltetes, Handy. Ich gebe mir einen Ruck und tippe die PIN 5555 ein. Da ich mir Zahlenfolgen schlecht merken kann, habe ich lange an einer Zahlenkette getüftelt, die ich auch in aufgeregtem Zustand nicht vergessen werde. Sollte ich z. B. in einem abstürzenden Flugzeug sitzen und mich von meiner Familie verabschieden wollen, muss ich nur an fünf Finger meiner rechten Hand, fünf Finger an meiner linken und die fünf Zehen an meinem rechten und linken Fuß denken. Ich bin stolz auf mich, denn auf den Grundgedanken dieser naiven Zahlenkombination kämen selbst professionelle Hacker nicht.

Nach einem hellen Signalton und *Herzlich willkommen bei O2*, verlässt mich der Mut. Ich bitte Bruni, in das Menü zu schauen.

»Also, die Anruferliste ist leer. Aber hier, drei SMS im Posteingang.« Ein Schokoriegel verschwindet in ihrem Mund.

Meine Handflächen werden feucht, in meinem Darm grummelt es bedenklich. *Kein Anruf? Nicht mal der Hauch eines Anrufes? Und nur drei SMS*? Gut, dass die Sonnenbrille meinen enttäuschten Blick nicht preisgibt. Ich neige ja nicht zu Übertreibungen, aber ich habe mit wenigstens 78 Anrufversuchen und ebenso vielen SMS gerechnet. Bruni liest vor.

Hallo Schatz, ich muss dir etwas Fürchterliches beichten. Es tut mir schrecklich leid, und ich weiß, dass ich den Schaden nicht mehr gutmachen kann.

Ich frohlocke innerlich und genieße jedes Wort. Das geschieht ihm recht, dem Dödel. Ich höre aus jeder Silbe, wie sehr er leidet. Mit einem Finger streiche ich lässig über eine Augenbraue. Bruni fährt fort.

Die Flecken im Schritt deines weißen Seidenslips habe selbst ich nicht rausbekommen. Und das soll was heißen. Ich warf ihn in die Kochwäsche, jetzt ist er hinüber. Aber so versaut kannst du ihn eh nicht mehr anziehen. Kind, wenn ich dir einen Tipp geben darf? So von Frau zu Frau? Trage einige Tage vor den Tagen Slipeinlagen.
Kuss Mama

In meinem Hals wächst ein Kloß. Bruni sieht mich fragend an.

»Soll ich die Nächsten auch noch …?«

Ich nicke permanent mit dem Kopf, wie ein Wackeldackel auf der Heckablage eines alten VW-Käfer.

Schatz, im Aldi kosten die Einlagen nur 1,09 €. Ist doch günstiger als neue Unterhosen zu kaufen, nicht wahr? Noch mal Kuss

Die Stimme meiner Freundin zittert verdächtig, ich merke, dass sie einen Lachanfall unterdrückt. Sie prustet laut los, als sie die Kurzmitteilung Nummer drei vorliest.

Kind, Papa meinte gerade, du solltest dir Baumwollunterhosen zulegen. Da schwitzt die Poritze nicht so, das ist besonders im Sommer sehr angenehm. Und die kann man in die Kochwäsche geben. Na ja, er muss es ja wissen, er trägt nur Baumwolle. Dicken Kuss, Mama. Ach ja, Papa lässt auch schön grüßen.

Und wieder verstehe ich Brunis Humor nicht, rechne ihr aber hoch an, dass sie den Ernst der Lage wieder schnell erkennt. Mir rechne ich noch höher an, dass ich nicht anfange, zu weinen. Keine Schmach ist größer, als jemanden bestrafen zu wollen, indem man unerreichbar ist und derjenige gar nicht bemerkt hat, dass man überhaupt nicht zu erreichen war. Zu welchem Zweck entfernt man sonst die Blockbatterie aus der Haustürklingel, wenn eh niemand klingelt? Das ist ja so, als würde ich nicht ins Fitnessstudio gehen und mich wundern, dass ich vom Nicht-Fitnesstraining keinen Muskelkater bekäme. Das ist doch so was von paradox! Oder sehe ich das verkehrt? Ich bin vollkommen durcheinander.

»Jetzt warten wir einfach mal ab, ob Roger nicht doch noch zu Kreuze kriecht«, schlägt Bruni mit sanfter Stimme vor.

Ich sehe ihr an, dass sie genauso daran zweifelt wie ich, und nehme wortlos meinen Skizzenblock und krickele missmutig mit einem Bleistift darauf herum.

Die Piefke kommt lächelnd, auf leisen Sohlen aus Geigers Büro und schließt die Lamellenvorhänge ihres Arbeitszimmers. Da ist er wieder, der verflixte ›Augenwurm‹.

Ich stelle sachlich fest, dass es doch eigentlich schön wäre, wenn die Piefke und Nikolaus etwas am Laufen hätten. Beide müssten sich vor niemandem rechtfertigen. Nikolaus ist seit ewigen Zeiten verwitwet, Frau Piefke nicht. Ist ja auch gar nicht möglich, denn sie war nie verheiratet gewesen. ›Unten rum‹ noch ziemlich neu, würde meine Mutter jetzt sagen. Ich mag nicht daran denken, dass ich mit 61 Jahren noch immer alleine sein werde, oder noch immer auf eine Entschuldigung von Roger warten würde. Ich zeichne weiter, halte mich an Brunis gut gemeinten Rat, und warte.

Warten ist viel anstrengender als Nichtwarten. Es ist doch sehr viel angenehmer, wenn der Bus sofort kommt und man nicht stundenlang an der Bushaltestelle stehen muss. Im Regen. Oder viel schlimmer noch, nachts. Allein. Im Nebel. Grauselige Vorstellung.

Darum schenkten mir meine Eltern zu meinem 18. Geburtstag einen kleinen dunkelblauen Fiat-Panda, damit ich niemals in eine solche Situation käme. Dumm war nur, dass ich zweimal vergaß zu tanken und mir beide Male, außerhalb geschlossener Ortschaften, der Motor verreckte. Allein. Nachts. Ach ja, und es *war* nebelig. Damals gehörten Handys noch nicht zur Standardausrüstung eines jeden Menschen, es dauerte also wesentlich länger, einen Hilferuf an die Eltern abzusetzen. Erst einmal musste nämlich eine Telefonzelle gefunden werden. Mein Vater regte sich fürchterlich über meine Oberflächlichkeit auf, kam beide Male in Bademantel und Puschen in seinem weißen 180er Mercedes mit 240 Stundenkilometern angerast. Auf dem Beifahrersitz hockte meine verstörte Mutter, die jedoch über ihrem Nachthemd, statt eines Bademantels, einen Putzkittel trug.

Danach durfte ich, auf Befehl meines Vaters, nur noch mit einem Ersatzkanister voller Benzin alleine mit dem Auto fahren.

»Aber Hermann«, äußerte meine Mutter jammernd ihre Bedenken, »wenn dem Kind jemand von hinten ins Auto kracht, dann kann doch der Kanister in Flammen aufgehen oder explodieren.«

Mein Vater lief vor Wut rot an und fuchtelte aufgeregt mit den Armen in der Luft herum und schrie: »Dann soll sie halt verbrennen! Verbrennen ist auf jeden Fall angenehmer, als vergewaltigt und abgestochen zu werden.«

Meine Mutter zuckte erschrocken zusammen, derartig unkontrollierte Ausbrüche meines Vaters kannte sie nicht.

Zaghaft hob ich den rechten Zeigefinger, so wie ich es in der Schule gelernt hatte, wenn ich etwas zum Besten geben wollte, und räusperte mich. »Also, wenn ich es mir aussuchen darf? Ich würde dann doch lieber verbrennen, als vergewaltigt und abgestochen zu werden.«

Meine Mutter setzte ihren beleidigten Blick auf, weil ich mit meinem Vater in ein Horn geblasen hatte, was äußerst selten der Fall war.

»Nun gut«, gab sich meine Mutter geschlagen, »wie du willst, Kind, dann verbrenn halt lieber.«

Wenn Roger und ich wieder ein Herz und eine Seele sind, werde ich ihn fragen, wie lange es dauert, bis ein Mensch verbrannt ist. Mit diesem Gedanken hatte ich mich eigentlich noch nie beschäftigt. Noch heute schleppe ich einen Kanister Benzin im Kofferraum meines Corsas mit, man kann ja nie wissen. Wie aus weiter Ferne höre ich das Telefon klingeln und sehe Bruni erwartungsvoll an. Sie schüttelt den Kopf, als sie auf die Rufnummernkennung schaut und den Hörer abnimmt.

»Geigers Jummy-Gum, Sekretariat, Brunhilde Keller, was kann ich für Sie tun?«

Es interessiert mich herzlich wenig, mit wem Bruni telefoniert. Hoffnungsvoll schiele ich nach meinem Handy.

Wo war ich stehen geblieben? Ach ja, es ging ums Warten. Nehmen wir einmal das Beispiel *Schwangerschaft*. Seit meine Schwester Conny vor acht Jahren schwanger wurde, wusste ich definitiv, was es heißt zu warten. Conny ist drei Jahre älter als ich und war immer schlank wie eine Gerte, also das krasse Gegenteil von mir. An einem Sonntagnachmittag luden Conny und mein Schwager Anton uns ein, sie hätten eine Überraschung. Eine ganz besondere Überraschung, wie Anton sich auszudrücken pflegte.

Mein Vater wiegte lachend seinen Kopf hin und her und schnalzte mehrfach mit der Zunge. »Na, was könnte *das* wohl sein?«, und zwickte meiner Mutter liebevoll in die Wange.

Opa Heini überlegte einen Moment. »Ist doch klar, die hat einen Braten im Herd.«

Meine Mutter entrüstete sich gespielt und musste lachen.

»Vater, das drückt man aber sooo nicht aus.«

Ich mischte mich ein. »Mama hat recht, Opa. Man sagt nicht Braten im Herd, sondern Braten in der Röhre.«

Opa kicherte. »Egal, ob Herd oder Röhre, mit dem Braten liege ich jedenfalls richtig.«

Gleichzeitig dachte ich, *›Holzauge sei wachsam‹, denn ›Vorsicht ist die Mutter der Porzellankiste‹*. Es könnte ja auch was ganz anderes sein, und ich hätte mich zu früh gefreut.

Am Sonntag waren alle Verwandten in der Lindenallee 33 in Hamburg Sülldorf bei Familie Jörgensen versammelt. Außer meinen Eltern, Opa Heini und mir saßen noch Antons Eltern und sein Zwillingsbruder Alexander mit seiner Verlobten Felicitas an der reich gedeckten Kaffeetafel. Mit schier unglaublich guter Laune sog ich beim Sektempfang Antons freudige Nachricht auf, dass Conny *zwei* Braten in der Röhre hatte. Ich konnte mein Glück kaum fassen, Freudentränen schossen mir in die Augen. In wenigen Wochen würde Conny fetter sein als ich. Und Felicitas, die ungefähr meine Figur hatte, tat es mir gleich. Alle waren ganz gerührt über Felis und meinen Gefühlsausbruch. Im Geiste Schwestern prosteten wir uns unter Tränen, aber mit breitem Lächeln, zu.

An diesem Nachmittag, das muss man sich mal vorstellen, verputzte Conny, die damals im ›normalen Leben‹ eine Kuchenhasserin war, zwei Stücke Schwarzwälder Kirschtorte und ein doppeltes Stück Schmandkuchen mit einem zusätzlichen Klecks Sahne darauf. Dazu schlürfte sie den Inhalt einer ganzen Warmhaltekanne Kakao. Natürlich den guten Belgischen.

Meine Geduld wurde in den darauffolgenden Monaten wirklich auf eine harte Probe gestellt. Nach vier Wochen dachte ich, Conny und Anton hätten uns schlichtweg verarscht. Meine Schwester konnte unmöglich schwanger sein. Conny hatte sogar noch abgenommen! Allerdings musste man bedenken, dass sie mehr Stunden über der Kloschüssel hing, als sie mit Anton verbrachte. Erste sichtbare Erfolge stellten sich jedoch nach dem vierten Schwangerschaftsmonat ein. Conny ging auseinander wie ein Hefekuchen, das erste Mal, seit ich denken konnte, war meine Schwester fülliger als ich. Es lebe die Liebe! Wann immer ich ihr begegnete, kaute sie auf irgendetwas herum. Vorzugsweise gierte sie nach Kalorienbomben, wie Süßigkeiten in allen möglichen Variationen, und letztendlich hatte sie Gelüste auf hauchfein geschnittenen fetten Speck. Meine Schwester zwang mich förmlich dazu, *mich* um ihren wöchentlichen Speckvorrat zu kümmern, weil sie sich entsetzlich schämte, ein derartiges Produkt in diesen Mengen einzukaufen. Ich fand es gehörig dreist, dass Conny der Meinung war, niemand würde sich Gedanken machen, wenn ich dieses Zeug erwarb. *Man sähe mir ja schließlich an, dass ich gerne aß.* Hallo, geht's noch? Und wenn Frau Ahlers, die Fleischfachverkäuferin, mich fragte, nachdem ich wie immer 300 g verlangte, ob es etwas mehr sein dürfe, bejahte ich das wohlwollend. Einmal ist mir beim Einkauf versehentlich herausgerutscht, dass der Speck nicht für mich, sondern für meine schwangere Schwester sei. Außerdem habe ich, ebenfalls in meiner Gedankenlosigkeit, ausgeplaudert, dass Conny sich wahnsinnig schämen würde, ihn selber einzukaufen. Frau Ahlers kannte Conny und nickte verständnisvoll. Nachdem sie leise anmerkte, dass meine Schwester ja ganz ordentlich zugelegt hätte, wo sie doch immer ein so zierliches ›Püppchen‹ war, stieg mein Gute-Laune-Pegel. Ich nickte verschwörerisch und schenkte Frau Ahlers mein schönstes Lächeln.

Meine Mutter äußerte große Bedenken, dass ihre ältere Tochter nie und nimmer nach der Entbindung wieder auf ihr Normalgewicht käme, und Conny schossen nach solchen Sprüchen, wie auf Knopfdruck, Tränen in die Augen. Obwohl das ›trächtige Mutterschiff‹ eigentlich sehr humorvoll mit den Witzen meines Vaters umging, sprach sie sechs Wochen vor der Entbindung ganze drei Tage nicht mit ihm. Und das nur, weil er erwähnte, dass in der *Hamburger Morgenpost* stand, in der Lindenallee in Sülldorf habe eine Explosion stattgefunden. Prustend gestand er: »Conny, in diesem Moment dachte ich, dass du geplatzt sein könntest.«

Opa Heini dagegen war feige. Er agierte stets wortlos hinter Connys Rücken. So, dass sie es nicht sehen konnte, formte er mit beiden Händen einen imaginären Riesenbauch oder watschelte breitbeinig und schwerfällig hinter ihr her.

Ich schrecke aus meiner Schlafstellung hoch, weil Bruni mich unter dem Schreibtisch mit sanften Tritten attackiert.

Nikolaus steht neben unserem Schreibtisch, schüttelt den Kopf und trommelt nervös mit zwei Fingern auf der Tischplatte. Hastig drehe ich mein bekritzeltes Blatt um und richte die Sonnenbrille, die jetzt quer über meinem Gesicht hängt. Ich fühle mich zu Recht ertappt und laufe rot an.

»Wie Sie wissen, Frau van Goch, bin ich ein umgänglicher Mensch, und darum bitte ich zu entschuldigen, dass ich Ihren«, jetzt wird seine Stimme etwas lauter, »Schönheitsschlaf störe!« Als er bemerkt, wie beschämt ich bin, fügt er sanfter hinzu: »Reichen Ihnen zehn Minuten, um wach zu werden?«

Ich bekomme kein Wort heraus und nicke verlegen. Nikolaus verschwindet wieder in sein Arbeitszimmer und lässt die Tür halb geöffnet.

Bruni flucht leise. »Ich habe ihn nicht hereinkommen gehört, sonst hätte ich dich eher getreten«, flüstert sie entschuldigend.

»Ist doch egal«, murmele ich mit einem Blick auf meine Armbanduhr. Ich schnappe mein Handy und stehe abrupt auf.

»Bin kurz Pipi, ich laufe gleich über …, noch neun Minuten.«

Im Laufschritt haste ich über den Flur, denn ich habe die Angewohnheit, immer in letzter Sekunde pinkeln zu gehen.

Während ich in akrobatischer Stellung versuche, natürlich ohne mich auf den Tiefspüler zu setzen, die Keramik zu treffen, klingelt mein Handy. Ich erkenne Rogers Kliniktelefonnummer auf dem Display und drücke mit einem warmen Dankbarkeitsgefühl im Magen die Annahmetaste. Mit der rechten Hand zerre ich an meinem Slip, damit er nicht mit der Klobrille in Berührung kommt.

»Wir müssen reden, Karo …«

Ich unterbreche ihn. »Stopp, Roger. Komm mir jetzt nicht mit irgendwelchen Ausreden, etc. pp. Von wegen *Entschuldigung* und alles ist wieder im Lot! Das kannst du vergessen!«

Statt darauf einzugehen, fragt er: »Wo bist du? Was rauscht da so?«

»Wo soll ich schon sein? Ich bin in der Firma. Im … im Spa-Bereich. Der Wasserhahn läuft.« *Spa-Bereich hört sich irgendwie viel besser an als WC-Kabine.* Endlich hört das Rauschen auf, ich wurstele den Slip über die Hüften.

Roger schnappt nach Luft. »Ihr habt einen Spa-Bereich?«

»Sicher, seit gestern. Wir sind ja hier nicht in einem ollen Krankenhaus.«

Nach einer kurzen Pause schlägt Roger vor: »Hast du heute Zeit? Gegen 17 Uhr? Wir könnten uns im Krankenhaus in der Cafeteria treffen, ich habe Nachtdienst.«

Ich lasse mir die Enttäuschung nicht anmerken, eigentlich hätte er den Dienst tauschen können. Versöhnung in der Cafeteria feiern? Der beste Italiener der Stadt wäre heute gerade gut genug gewesen, menno. Aber gut, Männer sind in dieser Beziehung eher unromantisch. Was soll's. »Okidoki, ich komme.«

Ein zufriedenes, wieder vollkommen abgeschwollenes Gesicht blickt mich aus dem Spiegel an. Ich wasche mir flott die Hände. Als ich aus dem Sanitärbereich eile, stoße ich mit Frau Piefke zusammen, die augenscheinlich auch mal dringend für ›kleine Mädchen‹ muss, sie läuft x-beinig.

»Sie brauchen bei Herrn Geiger nicht mehr zu klopfen, der musste dringend weg«, erklärt sie mir, als sie in die Kabine gehen will, in der ich vorher war.

Mist, ich habe vergessen abzudrücken. »Da nicht rein, Frau Piefke, da wurde nicht abgedrückt«, rufe ich ihr mit einer Unschuldsstimme hinterher.

Die Piefke bremst ab und verschwindet in die danebenliegende Kabine. »Ferkel gibt es!«, höre ich sie im Hinausgehen noch rufen.

Bruni wedelt aufgeregt mit den Armen, nachdem ich wieder auf meinem Drehstuhl sitze. Ich wedele aufgeregt mit meinem Handy zurück. »Rate mal, wer mich gerade angerufen hat!«

Sie unterbricht mich ungeduldig. »Warte, Karo, zuerst ich.« Sie beugt ihren Kopf über den Schreibtisch und raunt grinsend. »Na, hier war eben was los. Nikolaus hat telefoniert, die Tür war ja nicht geschlossen und ich konnte fast jedes Wort verstehen. Na gut, ein paar Schritte musste ich schon zum Kopierer machen, um noch besser verstehen zu können. Er telefonierte mit Paul, seinem Sohn, du weißt doch, der lebt in England, scheint aber momentan in Hamburg zu sein. Der Geiger hat sich über etwas ganz arg empört, und dann hat er wortwörtlich gesagt: ›*du bist in … was? Schwul …? Das kannst du mir besser unter vier Augen erklären. Na, ich habe mir so etwas schon gedacht. Gut … ich komme sofort.*‹

Und dann ist er, samt seinem Aktenkoffer, kurz zur Piefke rein, und wieder habe ich Wortfetzen wie ›*mein Sohn*‹ und ›*schwul, bitte kommen Sie nach, Frau Piefke*‹ verstanden. Anschließend hat er donnernden Schrittes, grußlos, das Büro verlassen.«

Ich schüttele verständnislos den Kopf. »Dass das immer noch ein Thema ist, ich meine, in der heutigen Zeit?«

Frau Piefke kehrt polternd zurück und unterbricht unseren Informationsaustausch. Eilig rafft sie ihre Sachen zusammen, sagt kurz und knapp »Ich muss dem Chef hinterher« und rauscht, ebenfalls grußlos, an uns vorüber.

Herrlich, sturmfreie Bude!

Jetzt darf ich endlich meine Neuigkeit herausposaunen. Bruni klatscht in die Hände. »Siehst du, er ist froh, wenn er mit dir wieder im Reinen ist.« Zielsicher stöckelt sie in Geigers Büro, öffnet eine Glasvitrine und kommt mit zwei edel eingepackten Cognac-Pralinen zurück.

»Wenn das kein Grund zum Anstoßen ist«, sagt sie feierlich.

Ich seufze leise. »Das Rad der Fortuna dreht sich, Bruni! Heute unten, morgen wieder oben. Im Grunde habe ich ihm längst verziehen, aber ein wenig werde ich ihn schon noch zappeln lassen. Roger hat noch nicht einmal das zerkratzte Auto und seinen verbrannten Hintern erwähnt, ist er nicht großherzig?«

»Ich weiß nicht, von welchem Auto du sprichst«, erinnert sie mich lachend an das Gespräch, dass wir vor Kurzem geführt hatten. »Denk dran, das kann jeder gemacht haben.«

Ich betrete die Klinik und bemerke die bewundernden Blicke zwei junger Männer, die in Rollstühlen sitzen.

Der in dem grünen Jogginganzug grinst seinen Kumpel breit an. »Da hat sich die Mutti aber ordentlich für den Papa aufgedonnert, was?«

Ich bleibe stehen, bücke mich kurz und entferne nicht vorhandene Fusseln von meinen Schuhen. Die spinnen ja wohl! Von wegen *Mutti*! Die haben ganz offensichtlich die falschen Medikamente geschluckt.

»Wenn ihn dieser Anblick nicht wieder schnell auf die Beine bringt«, diagnostiziert der rote Jogger.

Wieder in voller Größe ignoriere ich die beiden Volltrottel, kann jedoch nicht umhin, ein wenig Eindruck zu schinden. Ich halte einen chinesischen oder japanischen (also ich kann die nie unterscheiden) Weißkittel am Ärmel fest und rede so laut, dass die beiden Schlaumeier es hören können. »Entschuldigung. Wissen Sie vielleicht, ob mein Mann, Dr. Roger Magnussen, noch im OP ist? Ich wollte ihm nur den Porscheschlüssel bringen.«

Auf dem kleinen Namensschild an seinem Kittel steht ›Dr. Li Laa‹. Es wäre wie ein Sechser im Lotto, wenn dieser kleine Mann Roger kennen würde, denn in der riesigen Klinik kann unmöglich jeder jeden kennen. Der Asiat, der sich in Augenhöhe mit meinen Brustwarzen befindet, nickt jedoch heftig. Mist!

»Logel ist in del Notaufnahme, da können Sie im Moment abel nicht stölen.« Er legt Daumen und Zeigefinger unter sein Kinn und überlegt. »Abel …, Logel ist doch gal nicht velheilatet …, und einen Polsche fählt el auch nicht.«

»Doch, el fählt sehl wohl einen Polsche! Einen Loten!«, äffe ich ihn nach. Als wenn dieser kleine Mann wüsste, welches Auto Roger fährt. Für die ›*Eheflau*‹ fällt mir kein passendes Argument ein, aber ich weiß, dass ich es bald sein werde. Ich schiele kurz Richtung Rollstühle. Der Gesichtsausdruck der Männer verrät, dass sie sich noch nicht entschieden haben, wem sie glauben sollen. Der Bonsai-Mediziner geht kopfschüttelnd weiter. Nix wie weg hier.

Nach wenigen Minuten betrete ich die Cafeteria, in der reger Betrieb herrscht. An diversen Tischen sitzen Kaffee trinkende Menschen, die überwiegend weiße oder blaue Arbeitskleidung tragen. Im Hintergrund klappert und scheppert Geschirr, es duftet aber herrlich nach Kaffee und Gebackenem. Ich wähle einen mittig stehenden Tisch, denn hier und unter diesen Umständen kann ich mich wirklich sehen lassen. Jetzt weiß ich, warum ich niemals Medizin studieren wollte. Die anwesenden Damen tragen ihre Ringe nicht an den Fingern, sondern unter den Augen, statt Stöckelschuhen Birkenstocklatschen. So unauffällig wie möglich befördere ich eine kleine Flasche Mineralwasser aus meiner Handtasche. Was in Krankenhäusern angeboten wird, esse und trinke ich nämlich, wenn es zu vermeiden ist, grundsätzlich nicht.

Daran hat aber ausschließlich meine Mutter Schuld, die früher einmal erklärte, dass in Krankenhäusern alles verseucht sei. Egal, ob Schokolade oder Limo aus Getränkeautomaten.

»*Die Bakterien sind so klein, die schaffen es sogar, in Getränkedosen zu kriechen*«, hatte sie mir einmal erklärt, als ich acht war und wir unsere frühere Nachbarin, Frau Krawuttke, besuchten und ich unbedingt Limonade aus dem Automaten haben wollte. Kurz darauf verstarb Frau Krawuttke.

Im Alter von zehn Jahren lag ich dann mehrere Tage in einer Klinik, weil ich an einer Mutprobe teilnahm, die ich leider nicht bestanden hatte. Das Motto der Mutprobe lautete: Schlittschuhlaufen bei Tauwetter auf dem Teich.

Bernd-blöd war der Erfinder dieser schwachsinnigen Idee. Sieben Kinder, darunter auch meine Schwester Conny, schafften es, *nicht* in das Eis einzubrechen. Als ich als Letzte an der Reihe war, knarzte es kurz unter meinen Schlittschuhen. Ausgerechnet während einer einwandfreien Pirouette gab die Eisdecke nach, und ich eröffnete laut kreischend im Winter die Badesaison. Günter-schlau, der Sohn eines Feuerwehrmanns, hatte vorsorglich eine lange Leiter mitgebracht, er rettete mir also todesmutig das Leben.

Dass einzig Positive an dieser Geschichte war, dass ich in einem ›Tatütata-Wagen‹ mit Blaulicht fahren durfte. Und, dass meine Schwester Conny ganze acht Tage lang Stubenarrest plus Fernsehverbot bekam, weil sie mit ihren dreizehn Jahren so unvernünftig war, bei einer Mutprobe mitzumachen und außerdem nicht auf ihre kleine Schwester aufgepasst hatte.

Nachdem ich also dort eingeliefert worden war, verweigerte ich jegliche Nahrungsaufnahme und fand es richtig schlimm, dass *ich* meine Mutter daran erinnern musste, dass in Krankenhäusern alles verseucht sei. Obwohl sie kleinlaut zugab, dass sie ein klitzekleines bisschen geschwindelt hätte, weil ihr damals die Preise der Getränke in den Automaten viel zu hoch waren, blieb ich bei meiner Entscheidung. So tanzte meine liebe Mama jeden Tag in aller Frühe an und brachte frische Marmeladenbrötchen, dazu heiße Milch in einer Warmhalteflasche. Mittags und abends gab es ebenfalls Hausmannskost mit Hagebuttentee vom heimischen Herd. Natürlich verzieh ich meiner Mutter diese kleine Notlüge, aber den dadurch entstandenen Spleen kann ich bis heute nicht ablegen.

Ich überlege, ob ich aus therapeutischer Sicht ein Stück Kuchen essen soll? Ein Klitzekleines? Es ist erst 16:30 Uhr. Als ich gerade aufstehen will, sehe ich Roger, bepackt mit einer Reisetasche, auf mich zukommen. Mir bricht fast das Herz, als ich ihn sehe. Er humpelt leicht, ist recht blass um die Nase. Ich schäme mich ganz fürchterlich für das, was ich da angerichtet habe. Auf die Idee, dass ich gute Gründe habe mein Verhalten zu rechtfertigen, komme ich nicht. Erst, als er mit einem leisen Stöhnen mir gegenüber Platz nimmt, erkenne ich, dass er in Rage ist.

»Was soll das?«, fährt er mich mit leiser Stimme an.

»Was?« Ich blicke an mir herunter. »Stimmt etwas mit meinem Outfit nicht?«

»Bist du übergeschnappt? *Dieses* Foto an die Pinnwand zu hängen? Du hast mich zum Gespött des ganzen Hauses gemacht.«

»Kannst du beweisen, dass *ich* das war?«

»Fingerabdrücke?« Er grinst schräg.

Ich grinse zurück. »Abgewischt! Als wenn ich so dämlich wäre.«

»Warum hast du so ein dummes Zeug mit Li Laa geredet? Wie kommst du darauf, dich als meine Frau auszugeben, und was soll der Scheiß mit dem Porsche?«

Ich bemühe mich um einen leisen Tonfall. »Was kann ich denn dafür, dass dein … dein … Li-La-Launebär kein Deutsch versteht! Ich habe lediglich gesagt, dass ich, *falls* ich dir verzeihen werde, mal irgendwann deine Frau werden würde und … und, dass ich dir dann einen roten Porsche schenken werde, weil jemand deinen Audi zerkratzt hat.«

Roger schlägt sich mehrfach mit der Hand vor die Stirn. Will er damit etwa andeuten, dass ich doof bin? Er kneift die Augen zusammen. »Und woher weißt du bitte schön, dass mein Audi zerkratzt ist? Also du warst das? Ich fasse es nicht!«

Wenn ich jetzt nicht aufpasse, hat er mich! Ich lenke ab und äffe seine Stimmlage nach. »Erkläre du mir lieber, warum du fremdgevögelt hast, hä?«

Roger zischt mich an. »Pst! Sprich leiser, Karo, muss ja nicht jeder mitbekommen! Wenn das rauskommt …, das wäre eine Katastrophe für meine Karriere.«

»Roger, ich will gar nicht wissen, *wer* sie ist, sondern nur eine Erklärung, *warum* du mich betrogen hast. Ich verzeihe dir ja, aber nenne mir den Grund!« Noch merke ich nicht, dass ich mich so klein wie ein Sandkorn mache. Die nächsten Worte treffen mich darum unvorbereitet und mit voller Wucht.

»Es ist aus zwischen uns, Karo, ich war nur zu feige, es dir zu sagen. Ich habe Ricarda bereits vor zwei Wochen kennengelernt, wir haben uns vom ersten Augenblick an gemocht.«

Gemocht? Meine Hände fangen an zu zittern.

»Jetzt sag bitte nicht, dass es sich um *die* Ricarda handelt, ich meine *die* Ricarda, die Tochter deines Chefs Professor Holland, die vor Kurzem aus Amerika zurückgekehrt ist und jetzt eine eigene Unfallchirurgie-Praxis von Paps gesponsert bekommt? Hattest du nicht über sie gelästert? Mannsweib, hattest du sie nicht Mannsweib genannt?«

Roger senkt schuldbewusst den Blick. »Doch, Karo, es ist genau *die* Ricarda. Wir möchten so schnell wie möglich eine Gemeinschaftspraxis eröffnen, ich kann so gut wie ohne finanzielle Beteiligung einsteigen. Kannst du dir vorstellen, was das für mich bedeutet?«

»Ja dann«, höre ich mich gefasst sagen und krame in meiner Handtasche nach Rogers Schlüsseln, die er mir vor Wochen in einem Schmuckkästchen überreicht hatte. Roger legt ebenfalls meinen Bund auf den Tisch. Aus dem Sandkorn wird der Mount Everest. Obwohl die Luft im Moment sehr dünn ist, wundere ich mich, dass ich locker und leicht atmen kann.

»Es tut mir leid, Karo, ehrlich.«

»Mir nicht, Roger. Jetzt, nachdem ich den Grund für deinen Fremdgang weiß, tut es mir überhaupt nicht mehr leid. Du bist ein geldgeiles, armseliges Arschloch und ich wünsche dir Albträume, wenn du nur daran denkst, dieses Flintenweib bumsen zu müssen. Pfui Spinne, wie konnte ich mich nur so in einem Menschen täuschen. Sind da meine Klamotten drin?« Ich deute auf die Reisetasche. Er nickt verstört und schreit plötzlich vor Schmerz auf, weil sich einer meiner hohen Absätze mit voller Wucht durch seinen rechten Krankenhausschuh bohrt, und zwar so feste, dass ich Mühe habe, ihn wieder herauszuziehen.

2. Meine Schwester Conny

In meinem Auto krame ich Oma Fines alte Strickjacke aus der Reisetasche und kuschele mich hinein. Die Stöckelschuhe tausche ich gegen meine rosafarbenen Plüschpantoffeln mit Bommel, die Roger ordentlich in eine Plastiktüte gepackt hat, und zack, schon fühle ich mich wohler.

Ein Blick in den Rückspiegel zeigt, dass ich so kurz nach einem Beziehungscrash verflixt gut aussehe. Ich verspüre nicht das geringste Bedürfnis, mich schluchzend auf den Schoß meiner Mutter zu flüchten, sondern gebe dem grummelndem Knurren meines Magens nach und fahre, allein aus diesem Grund, Richtung Elternhaus.

Jedes Mal, wenn ich in die Birkenstraße in Sülldorf einbiege, erwachen herrliche Kindheitserinnerungen. Verstärkt wird dieses Gefühl durch den Duft von frisch gemähtem Gras, den ich als Kind besonders liebte. Meine Eltern waren und sind auch heute stolz auf das schicke Einfamilienhaus mit den roten Klinkersteinen, das sie mit viel Energie, Freude und Eigenleistung, noch vor meiner Geburt, gebaut hatten.

»Erst als unser zweites Küken geschlüpft ist«, erinnert sich mein Vater gerne zurück, »war unser Glück vollkommen.«

In der Birkenstraße, in der es früher nur so von spielenden und lachenden Kindern wimmelte, ist es ruhig geworden. Niemand meiner ehemaligen Freundinnen und Freunde lebt mehr in der ›Baumsiedlung‹, in alle Himmelsrichtungen sind sie ausgeflogen. Ich parke auf der Garagenauffahrt der Hausnummer 18 und mache mich durch das Gartentor auf den Weg in den Wintergarten. Das quiekende Gekicher der Zwillinge und die scharfe Stimme meiner Schwester Conny lassen vermuten, dass nicht nur ich Lust auf Hausmannskost habe.

Meine Mutter sieht mich als Erste. Sie legt die Häkelarbeit beiseite und nimmt mich herzlich in die Arme, während die Zwillinge wenige Sekunden später kreischend vor mir auf die Knie gehen, um an den Bommeln meiner Puschen zu reißen.

»Warum hast du denn keine Straßenschuhe an?«, will Nanni wissen. Hanni hat die Antwort schon parat. »Na, weil ihr die Hackenschuhe drücken.«

Conny keift die beiden entnervt an und haucht mir einen Kuss auf die Wange. Sie kneift die Lippen zu einem schmalen Strich zusammen. Ich weiß, dass Conny sich ärgert, in einem alten Schlabbershirt, pflegeleichten Shorts und wuseliger Frisur vor mir zu stehen.

»Hallo Karo«, rufen mein Vater und Opa Heini wie aus einem Mund, jedoch ohne den Blick von dem Schachbrett zu nehmen, welches vor ihnen auf dem Tisch steht. Weil die Kinder partout nicht von meinen Schlappen lassen können, muss Conny erneut schimpfen. »Hanni … Nanni …, wenn ihr jetzt nicht aufhört, an Karos Pantoffeln zu zerren, gibt es heute Abend keine Gutenachtgeschichte.«

Beim Aussprechen der Namen *Hanni* und *Nanni* zuckt meine Mutter kurz zusammen und mein Vater flötet leise und unschuldig Astrid Lindgrens Pippi-Langstrumpf-Lied, während er sich den nächsten Schachzug überlegt. Die Zwillinge sind mittlerweile sieben Jahre alt. Dass Conny und Anton den Kindern diese Namen gegeben haben, können meine Eltern bis heute nicht verstehen.

Ich erinnere mich noch genau an den Augenblick, als Conny nach der Entbindung glücklich im Krankenhausbett thronte, in jedem Arm ein rosiges Bündel Mensch. Mein Vater filmte mit seinem Camcorder zwei niedliche Nasenspitzen, meine Mutter zählte zigmal die winzigen Finger und Zehen, um ganz sicherzugehen, dass alles dran war. Dabei machte sie sich vor Connys Bett so breit wie eine fette Glucke, dass Antons Eltern nicht an die Kinder herankamen. Felicitas und Alexander waren zu Tränen gerührt und hielten sich feierlich an den Hän den. Anton, der frischgebackene Vater, posaunte mit stolzgeschwellter Brust in einer Tour: »Na, was sagt ihr? Hab ich das nicht gut gemacht? Zwei auf einen Streich« und lief aufgeregt ständig im Zimmer auf und ab.

Opa Heini sah das Ganze pragmatischer und gluckste freudig. »Wieder zwei, die die Renten sicherer machen.«

Ich strich meinen Nichten einmal kurz mit dem Zeigefinger über die flaumigen rötlichen Haare und stellte insgeheim fest, dass ich Katzen- oder Hundebabys niedlicher fände.

Mein Vater gab Regieanweisung, die gesamte Familie sollte sich um Connys Bett stellen, dann surrte die Kamera erneut.

»Wie sollen meine Urenkelinnen denn heißen?«, fragte Opa Heini fröhlich in die Runde und sofort wurde es laut, alle redeten durcheinander.

»Marie und Sophie wäre doch schön«, fand meine Mutter, aber Irma, Antons Mutter, widersprach energisch.

»Aber nein, ich fände ja Antonia und Beatrice sehr nett.«

»Also ich wäre für Mathilda und Josefine«, fügte Felicitas zaghaft an.

Dann ließ Anton die Bombe platzen. Peng!

»So, ihr Lieben. Wir haben lange überlegt … na ja, lange Rede kurzer Sinn, wir danken euch, dass ihr heute hier seid und euch mit uns über die Geburt von *Hanni* und *Nanni* freut!«

Plötzlich wurde es im Raum so still, als hätte der Papst im voll besuchten Petersdom ins Mikrofon gepupst. Ungläubiges Staunen breitete sich auf den Gesichtern aus.

Mein Vater filmte verkrampft weiter, Opa Heini und ich hüstelten uns einen Lachanfall weg. Während die frischgebackenen Eltern auf Begeisterungsrufe warteten, wurde meine arme Mutter ganz blass und alle Anwesenden machten unglückliche Gesichter. Später, im Auto auf der Heimfahrt, weinte Mama still ins Taschentuch. Wir konnten sie nicht beruhigen.

»Was werden die Kinder aushalten müssen, sie werden zum Gespött der Leute«, schluchzte sie.

Mein Vater versuchte zu trösten. »Sie hat die Bücher halt geliebt, was soll man dazu sagen?«

Ich sinnierte laut vor mich hin. »›Hanni und Nanni sind immer dagegen‹ … ›Hanni und Nanni und das Geisterschloss‹ … ›Hanni und Nanni in tausend Nöten‹.«

Das Schluchzen wurde lauter.

»Hör schon auf«, sagte mein Vater sanft. Er streichelte meiner Mutter über die Haare. »Es hätte noch schlimmer kommen können, sie hat auch gerne Pippi Langstrumpf gelesen«.

»Genau«, stimmte Opa Heini zu. »Pipi und A-A …, *das* wären schlimme Namen.«

Alle, außer meiner Mutter, fanden Opas Witz enorm aufheiternd. Meine Eltern weigerten sich einvernehmlich, die Kinder bei ihren Namen zu nennen. Hanni war ihr *Kätzchen* und Nanni ihr *Mäuschen.*

Kätzchen und Mäuschen gehorchen jetzt jedenfalls und lassen mich und meine Bommel in Ruhe.

Meine Mutter steht schwungvoll auf und deutet Conny und mir an, ihr in die Küche zu folgen. »Als hätte ich es geahnt, dass meine Töchter kommen«, flüstert sie. »Ich habe heute Sauerbraten und Hefeklöße gekocht, wir müssen nur noch alles erhitzen.« Routiniert klappert sie mit Töpfen und Tellern.

Conny reißt ein Stück kalten Kloß ab, stopft ihn in den Mund und schmatzt genüsslich. »Was bist du denn unter Omas Jacke so chic angezogen? Hast du gleich ein Rendezvous mit diesem Arzt, diesem Roger?«

Meine Mutter greift Connys Faden sofort auf. »Warum hast du uns Roger eigentlich noch nicht vorgestellt, Karo? Wir würden ihn so gerne kennenlernen, ihr kennt euch doch schon länger.« Ein leiser Vorwurf schwingt in ihrer Stimme.

Meine Gedanken kreisen panisch und suchen einen Halt.

Bevor *ich* vor Conny zugeben werde, dass Roger *mir* den Laufpass gegeben hat, werde ich lieber, ohne Fallschirm, vom Eiffelturm springen. Ich reiße ebenfalls ein Stück Kloß ab, kaue ganz langsam, um Zeit zu gewinnen.

»Roger? Arzt? Ach deeer! Mit dem habe ich doch schon vor langer Zeit Schluss gemacht.« Ich rudere mit den Händen durch die Luft. »Ständig diese Nachtdienste und überhaupt …, und so. Versteht ihr, was ich meine?«

Meine Mutter schüttelt verständnislos mit dem Kopf.

Conny bohrt weiter. »Du hast doch noch kürzlich von ihm geschwärmt. Toller Mann, höflich, liebevoll.«

Ich halte ihrem Blick stand. »Nein, du irrst dich. Ich sprach nicht von diesem Arzt.«

»Sondern?«

Krampfhaft suche ich nach einem Namen und mir fällt spontan nur Geigers schwuler Sohn ein.

»Paul. Paul heißt er.«

Meine Schwester verzieht spöttisch den Mund. »Einen Verschleiß hast du, Schwesterherz! Wird Zeit, dass du bald unter die Haube kommst, deine biologische Uhr fängt an zu ticken.«

Ich bleibe gelassen. »Ach Conny, ich bin so froh, dass ich eine tolle Figur habe. Die will ich mir durchs Kinderkriegen, in der nächsten Zeit jedenfalls, nicht versauen.« Mit einem Küchentuch tupfe ich affektiert an meinen Mundwinkeln.

Connys Gesicht läuft rot an. Bevor sie verbal zurückschlagen kann, mischt sich meine Mutter ein.

»Gebt Ruhe, Kinder! Hört auf euch zu necken!«

Mit einer gewissen Dankbarkeit höre ich, wie sich Opa Heini und mein Vater ebenfalls im Wintergarten ›necken‹, denn das lenkt vom imaginären Freund Paul sowie meinem Männerverschleiß ab.

»Du hast den Turm einfach vom Brett genommen, als ich auf der Toilette war«, schimpft Opa Heini laut. »Der war gerade noch da! Das nenne ich unehrenhaftes Spielverhalten!«

»Habe ich nicht!«, brüllt mein Vater zurück.

»Hast du wohl!«

Hanni und Nanni kommen mit Unschuldsmienen, jedoch grinsend, in die Küche. Conny verdreht die Augen.

»Ihr geht jetzt auf der Stelle zu Opa und Opapa, gebt ihnen die Schachfigur zurück und entschuldigt euch anständig.«

Bevor sie eine Drohung aussprechen muss, sind die beiden kichernd verschwunden. Meine Mutter lacht laut. Auch aus dem Wintergarten hört man versöhnendes Gelächter.

Der Streich der Zwillinge hat dazu geführt, dass wir während des Abendessens in Erinnerungen schwelgen und meine Eltern und Opa Heini lustige Anekdoten aus unseren Kinderjahren zum Besten geben, die Hanni und Nanni begierig aufsaugen. Trotz der kleinen Reibereien mit Conny bin ich froh, eine so tolle Familie zu haben, und drücke alle bei der Verabschiedung besonders herzlich.

Meine Mutter begleitet mich noch bis zum Auto. Sie streicht mir liebevoll eine Haarsträhne aus dem Gesicht. »Bring deinen Paul nur bald mit, Kind. Du weißt doch, wie wir uns darüber freuen würden, wenn …«

Ich unterbreche sie hastig, denn ich weiß, dass sie sagen will: … *du auch bald heiraten würdest.*

»Klar, Mama, mache ich. Versprochen.«

3. Der Flügelschlag eines Schmetterlings

Auf dem Weg ins Büro stelle ich fest, dass mein rechtes Ohr leicht schmerzt. Bruni und ich telefonierten gestern Abend stundenlang. Tiefenpsychologisch versuchten wir zu klären, warum ich nach dem Treffen mit Roger so gefasst, ja beinahe gleichgültig auf Ricarda bzw. das Ende unserer Beziehung reagiere. Wir haben schließlich in der fast vierstündigen Sitzung auf der Couch erarbeitet, dass es daran liege, dass Roger mich nicht *persönlich* verletzt hat. Schließlich hat er mich nicht wegen meiner Person, sondern aus finanziellen Gründen verlassen. Das ist ein riesiger Unterschied. Und für Bruni steht fest, dass, wenn er es dem groben Pferdegesicht besorgen müsse, eh immer nur mich vor Augen hätte.

»Ha, was meinst du, wie der kotzen wird, wenn er *danach* das Licht anmacht, und puff …, statt der Traumfrau liegt ein hässliches Weib neben ihm. Weißt du, das ist ungefähr so … wie, wie mit Prinz Charles, Lady Diana und Camilla.«

Ja, da gab ich ihr Recht … jedoch, war es bei denen nicht umgekehrt? Dann wäre ja ich quasi Camilla und die bescheuerte Ricarda Lady Diana. So ganz blicke ich durch Brunis Tiefenpsychologie noch nicht durch. Der Gedanke, Camilla zu sein, gefällt mir nicht. Aber egal. Freud habe ich auch nie so richtig verstanden.

In der Tiefgarage treffe ich auf Heike Gebauer und Ulrike Assmann aus der Buchhaltung. Wir nehmen gemeinsam den Aufzug und ich muss mir richtig Mühe geben, um das Gespräch der beiden verstehen zu können. Sie flüstern regelrecht.

»Nee, der hat sich doch seit Jahren nicht mehr hier blicken lassen. Der soll im Ausland sein«, wispert die Gebauer.

Ulrike Assmann kichert und wackelt mit den Hüften. »Vielleicht auf Gran Canaria? Da sollen sich die Schwulen ja besonders wohl fühlen!«

Heike Gebauer zuckt mit den Schultern. »Nichts Genaues weiß man nicht.«

Pling! 3. Etage. Schade, dass ich aussteigen muss. Haben die etwa über Paul Geiger geredet?

Bruni schwört bei allem, was ihr heilig ist, nicht getratscht zu haben. Sie habe *lediglich* gestern Abend im Supermarkt die hochschwangere Brigitte aus der Kantine getroffen. Und die hat erzählt, dass der Chef sie höchstpersönlich in den Mutterschutz verabschiedet hätte. »Und dann hat Brigitte noch gesagt, dass der Geiger ganz traurig geschaut hätte und meinte, dass er ihren Vater …, also Brigittes Vater beneiden würde, weil er Großvater werden würde. Und daraufhin habe ich lediglich geantwortet, dass das kein Wunder sei, denn Geiger könne ja nie Großvater werden, weil sein Sohn Paul schwul ist.«

Aber so richtig getratscht, nein, das hätte sie niemals.

Bruni hält es in der Tat wie eine Psychologin. Alles eine Sache der Auslegung. Ich lasse mich mit einem Seufzer auf meinen Schreibtischstuhl fallen und registriere freudig, dass heute Freitag ist. Endlich Wochenende! Gundula und Nikolaus betreten gemeinsam das Büro, wobei Nikolaus der Piefke galant die Tür aufhält. Nach einer kurzen Begrüßung verschwindet der Chef ins Chefzimmer und die Piefke in ihren Glaskasten.

»Kann ich denn was dafür, dass Kantinen-Brigitte eine Tratsch-Tante ist?«, fährt Bruni fort. Sie blickt mich so unschuldig an, dass ich lachen muss.

»Nein«, sage ich in beruhigendem Tonfall, »dafür kannst du natürlich nichts.«

Während ich meinen PC hochfahre, bedanke ich mich bei Bruni für das gestrige gute Gespräch und dass sie mir so vieles bewusst gemacht hat. Genau jetzt beschließe ich, nicht mehr einen Gedanken an den geldgeilen Roger zu verschwenden. Basta. Aus.

Zehn Minuten später bittet Nikolaus mich in sein Refugium. Ich versinke in dem dicken schwarzen Ledersessel, der leise *pfft* macht, als ich mich setze. Dieses *pfft* hört sich wie ein leiser Pups an. Mir ist das peinlich, obwohl es mir nicht peinlich sein müsste. »Einen Augenblick noch«, sagt Nikolaus und blättert in einem Ordner, der vor ihm auf dem Schreibtisch liegt. Dann steht er auf, geht zur Glasvitrine und öffnet eine kleine Holzschachtel. Während er nach einer Zigarre greift, sehe ich mit Entsetzen, dass das Zeichenblatt, auf dem ich gestern herumgemalt habe, auf seinem Schreibtisch liegt. Nervös rutsche ich auf dem Sessel hin und her, während ich auf mein ›Kunstwerk‹ starre.

Die Piefke auf Nikolaus Schoß! Ich war gestern so neben der Spur, mir war gar nicht bewusst, *was* ich da zu Papier gebracht habe. Und rechts unten meine schwungvolle Signatur ›van Goch‹. Ich verfluche meine Zeichenkünste, denn nur ein blinder Maulwurf würde nicht erkennen, was und wen diese Karikatur darstellt. Ich möchte weglaufen, würde in diesem Moment lieber den Regenwald mit einem Wischmopp trocken wischen oder in der Arktis Gletscher mit einem Feuerzeug zum Schmelzen bringen, als hier zu sitzen. Geigers Zigarre raucht, er zieht genussvoll daran. Dann greift er nach der Zeichnung. »Zu meinem Anliegen komme ich gleich, Frau van Goch. Vorab bitte ich Sie, mir auf die Sprünge zu helfen. Wissen Sie, wer sich so etwas ausdenkt?« Er hält mir die Zeichnung vor die Nase. Dann lehnt er sich zurück und lässt den ›van Goch‹ achtlos auf den Boden gleiten. Seine rechte Hand mit der brennenden Zigarre liegt auf dem Schreibtisch, er blickt mir so streng in die Augen, dass meine Beine anfangen zu zittern. Ich räuspere mich verlegen und beschließe, meinen Arbeitsplatz nicht kampflos aufzugeben. Irgendwie muss ich versuchen, den fristlosen Kündigungsgrund abzuwenden. Ich spüre, wie Schamesröte von meinem Gesicht Besitz ergreift. »Tja, da hat aber einer meine Signatur gnadenlos gefälscht«, sage ich mit trockenem Mund. Ich bücke mich und hebe die Zeichnung auf. »Also wirklich, ich muss sagen, Respekt! Die Zeichnung könnte wirklich von mir sein. Aaaber, Herr Geiger, das ist sie nicht. So etwas würde ich mir niemals erlauben. Außerdem … es wäre ja geradezu lächerlich, wenn ich so eine Schmiererei auf meinem Schreibtisch liegen lassen würde.«

Er starrt mir noch immer erbarmungslos, ohne mit der Wimper zu zucken, in die Augen. Ich suche nach Worten. »Also, ich kann Sie hier wirklich nicht erkennen, Herr Geiger, das sind doch nicht Sie!

Und Frau Piefke …, na ja, bei allem guten Willen, ich muss zugeben, man *könnte* sie erkennen, aber nein …, nein, doch nicht. Wirklich nicht.« Ich schüttele meinen Kopf so heftig, dass meine Halswirbel knacken. Geiger beobachtet mich stumm, die Zigarre glüht vor sich hin. Ich muss reden, ihn ablenken. »Wollen Sie nicht …«, ich deute zaghaft auf seine Zigarre, »die Asche abstreifen?«

Nein, will er nicht. Ich plappere weiter. »Also, ich habe da ganz spontan so einige Damen der Reinigungsfirma in Verdacht. Ich meine, wir sind ja schließlich der beste Kaugummihersteller Deutschlands, ach was … Europas, nein Verzeihung, der ganzen Welt. Und da klebt halt hier und da ein Gummy-fresh. Mal unterm Schreibtisch, mal am PC …, das wird eine Putzfrau geärgert haben. Erst kürzlich hatte ich Streit mit einer Dame des Reinigungsteams. Auf meinem Schreibtisch liegt ja immer alles offen herum, na, und ich kann mir denken, dass da eine nach Feierabend ganz ordentlich meine Signatur geübt hat. So nach dem Motto, *Rache ist süß*. Herr Geiger …? Sie verbrennen sich gleich die Finger.«

Ich halte kurz inne, schiebe den Ascher unter Geigers rechte Hand und tippe sanft auf die, vor sich hin kokelnde, Zigarre. *Das* war der Flügelschlag eines Schmetterlings. In diesem Moment kippt Herr Geiger nach vorne und schlägt mit einem dumpfen Knall auf den Schreibtisch. Mir fällt es wie Schuppen von den Augen. Die starren Augen, die starre Körperhaltung! Geiger ist tot, mausetot! Oder doch nicht?

»Herr Geiger … hallo, Herr Geiger?«

Ich springe so schnell auf, dass mir schwindelig wird, taste nach seiner Halsschlagader. Roger würde jetzt sagen: *»Die Pulskontrolle ist negativ.«* Mit zwei Fingern greife ich nach Geigers Daumen, hebe die Hand circa zwanzig Zentimeter hoch und lasse sie los, sie plumpst kraftlos zurück. Als ehemalige Freundin eines Mediziners stelle ich sachlich fest, dass da wirklich nichts mehr zu machen ist. Mir wird kurz schwarz vor Augen, jetzt bloß nicht umkippen! Innerhalb von Sekunden überfliege ich Schreibtisch und Aktenordner, ob dort eine Abmahnung oder Kündigung liegt. Sorry, Herr Geiger, ich will nicht arbeitslos werden. Dann stopfe ich die Zeichnung in meine Jeanstasche. Mit fliegenden Fingern reiße ich einige Kleenex aus der Box, die auf einem Regal steht, und entferne meine Fingerabdrücke auf Geigers Daumen, Schreibtisch, Aktenordner, letztendlich auch von dem ›pffenden‹ Sessel. Man kann ja nie wissen. Anschließend höre ich mich laut dreimal »Hilfe!« kreischen.

Kurz darauf wird die Tür aufgerissen.

Bruni erfasst mit einem Blick die Situation und kreischt ebenso laut »Um Gottes willen …!«, eilt zum Telefon und wählt die 112.

Die Piefke schreit und kreischt nicht, sie führt im Zeitlupentempo beide Hände vor den Mund, ein »Jesses Maria und Josef, Himmel hilf« entweicht ihren Lippen. Anschließend eilt sie, man darf es so aussprechen, zu unserem Ex-Chef und pumpt ihm, mit ihren kleinen geballten Fäusten, auf dem Rücken herum. Bruni hilft bei der ›Rückenmassage‹. Jetzt falle ich in eine Art Schockzustand und sitze wie Renate, meine frühere Lieblingspuppe, am Schreibtisch. Mit weit aufgerissenen Augen, beide Arme angewinkelt, die Finger gespreizt und all das mit leicht geöffneten Beinen. Ein Notarztteam trifft ein, und weil sie für Herrn Geiger nichts mehr tun können, kümmern sie sich um mich. *Renate,* quatsch, mir wird der Blutdruck gemessen, auf die Wangen geklopft und scheußlich schmeckendes Mineralwasser eingeflößt. Ein verschwommenes Gesicht erklärt mir, dass das Getränk meinen Kreislauf anregen wird. An dieser Stelle möchte ich betonen, dass Ärzte schon kleine Wunder vollbringen, denn nur wenige Minuten später wirkt das Medikament, und ich bin wieder in der realen Welt. Das Notarztteam rückt ab. Frau Piefke telefoniert leise, sie weint. Nachdem sie den Hörer aufgelegt hat, erklärt sie, dass Geigers Bruder Jacob gleich kommen wird, um alles Weitere in die Wege zu leiten. Er würde auch Paul Geiger informieren, der sich momentan in Hamburg aufhalten würde. Dann schickt sie Bruni und mich ins Wochenende. Wir sind zutiefst erschüttert.

4. Tusnelda und Adonis

Ich werde den traurigen ›Augenwurm‹ einfach nicht los. Heißes Duschwasser läuft über mein Gesicht. Auch die Tatsache, dass die Sonne scheint und ein freier Samstag vor mir liegt, ändert nichts daran. Ständig sehe ich den, Gott hab ihn selig, mausetoten Nikolaus vor mir. Was noch schlimmer ist, mich plagen Schuldgefühle und ein ganz arg schlechtes Gewissen. Hat meine Karikatur zusätzlich dazu beigetragen, dass Geiger plötzlich tot umgefallen ist? Nach dem kurzen Arbeitstag fuhr ich gestern zu meinen Eltern, sie fanden die Situation bedrückend, mahnten mich jedoch, meine Gedanken wieder auf die schönen Dinge des Lebens zu lenken.

»Denk mal an Onkel Egon. Die Leiche hattest du auch lange im Keller liegen, bevor sie verblasst ist«, sinnierte Opa Heini.

Frau Piefke hat netterweise gestern am späten Abend angerufen, um die Neuigkeiten zu berichten. Ich hatte ein wenig Mühe, sie zu verstehen, Gundula hatte ganz offensichtlich mit viel zu viel Alkohol ihren Trauerschmerz betäubt. Sie erklärte, dass Herr Geiger seit Jahren herzkrank war. Der Schlag in seiner Pumpe wäre so kräftig gewesen, dass ihn nichts und niemand hätte retten können.

Puh, von dem Felsbrocken in meiner Brust purzelte ein kleiner Stein. Sie erklärte weiter, dass die Beerdigung am kommenden Samstag auf dem Zentralfriedhof stattfinden wird. Alle Firmenmitglieder bekämen einen Trauerbrief. Seine engsten Verwandten kümmerten sich, der Betrieb soll jedoch ab Montag wie gewohnt weiterlaufen. Fürs Erste übernähme Nikolaus Bruder Jacob die Firmenleitung. Paul Geiger würde am Montag nur kurz im Büro sein, am Nachmittag geschäftlich nach London fliegen, am Samstag zur Beerdigung erscheinen, um daraufhin wieder kurzweilig nach England zu reisen.

Ich schlüpfe in einen leichten Jogger und decke den Frühstückstisch auf dem Balkon. Als Toastaufstrich wähle ich Lindenblütenhonig. Leberwurst, Schinken, Mortadella und zwei Mettwürste landen im Mülleimer. Das Schnitzel, das ich mir heute Abend braten wollte, fliegt hinterher. *Igitt! Totes Fleisch.* Ich schüttele mich angewidert. Als ich herzhaft in meinen Toast beiße und die *Hamburger Morgenpost* aufschlage, höre ich von der Straße ein lautes »Huhuu, Karo!«

Conny steht mit den Zwillingen auf der anderen Straßenseite und winkt mir zu. Mist, verstecken ist zu spät, die haben mich längst entdeckt. Warum muss ich dumme Pute auch auf dem Balkon frühstücken?

Ich drücke den Türöffner und höre trampelnde Hanni- und Nanni-Füße im Treppenhaus. Übel gelaunt öffne ich die Haustür und muss mich zwingen, ein freundliches Gesicht aufzusetzen. »Na, das ist ja eine Überraschung!« Conny merkt sofort, dass mir der überfallartige Besuch nicht passt, und setzt ihren pikierten Blick auf. Die Kinder schlüpfen grußlos an mir vorüber und belagern den Balkon.

»Mama meint, dass dir etwas Ablenkung gut tun würde. Darum wollen dir die Kinder ein wenig Gesellschaft leisten.«

Ich widerspreche. »Zu mir hat Mama gesagt, ich soll mich wieder den *schönen* Dingen des Lebens zuwenden.«

»Eben, drum«, kontert sie. »Kinder gehören zu den *schönsten* Dingen des Lebens.«

»Für wie lange?« Ich schaue demonstrativ auf die Uhr.

Conny überlegt kurz. »Also, Anton und ich wollen in die Sauna und danach zum Italiener. Sagen wir, um 18 Uhr hole ich die beiden wieder ab, ja?«

Die spinnt ja wohl! Das sind acht Stunden! Ein ganzer Arbeitstag! »Nee«, sage ich lachend. »Ich kann nur bis 15 Uhr, denn ich bin heute Nachmittag mit, ähm ..., Paul verabredet. Wenn euch die Zeit nicht reicht, kannst du sie gleich wieder mitnehmen.«

Mit schmeichelnder Stimme lässt sie sich darauf ein, wirft mir einen Handkuss zu und stöckelt mit wackelnden Hüften die Treppe hinunter.

Nanni kaut meinen Honigtoast und Hanni wirft zusammengeknülltes Zeitungspapier vom Balkon.

»Lass das, Hanni!«, sage ich streng. »Sonst kommt die Polizei!«

Die Polizei ist in der Tat ein Freund und Helfer, denn Hanni gehorcht.

»Was spielen wir dann?« Hanni sieht mich erwartungsvoll an.

»Wenn ihr wollt, könnt ihr den Fernseher einschalten.«

»Wir dürfen tagsüber kein Fernsehen gucken«, meint Nanni altklug.
»Ihr müsst es Mama ja nicht sagen.«
»Wir dürfen nicht lügen!«
Ich räuspere mich verlegen. »Hm, wollt ihr im Hausflur fangen spielen?«, schlage ich vor.
»Wir dürfen nur draußen fangen spielen«.
»Okay«, sage ich. »Dann halt unten, auf dem Bürgersteig.«
»Wir dürfen nicht an der Straße spielen.«
Entnervt gebe ich mich geschlagen. »Nun gut, wir werden bestimmt hier in der Nähe einen Spielplatz finden. Ich schmiere uns rasch einige Honigbrote und dann geht's los.«
Als hätte ich es geahnt, meldet sich Nanni zu Wort.
»Wir dürfen draußen keine Honigbrote essen. Dann kommen Wespen.«
Boah! »Dürft ihr Wurst?«, äffe ich Nanni nach. Beide nicken gleichzeitig. Da meine Mutter der Meinung ist, dass Kinder unempfindlicher seien, als man denkt, habe ich keine Bedenken, die Wurst aus dem Mülleimer zu recyceln. Sie lag noch nicht lange drin. Dennoch spüle ich sie vorsichtshalber kurz unter fließendem Wasser ab. Ich habe früher mal einen sandigen Regenwurm gegessen und lebe schließlich auch noch. Hanni lugt um die Ecke. Ich warte kurz auf ein *»Wir dürfen keine Wurst aus dem Mülleimer essen.«* Einundzwanzig, zweiundzwanzig. Erleichtert stelle ich fest, dass Hanni die Klappe hält. Sie hat es wohl nicht mitbekommen. Ich belege die Brote, nehme genügend Cola-Dosen aus dem Regal und verstaue alles in einen Rucksack. Bestens ausgerüstet machen wir uns auf den Weg.
Während wir nach einem Spielplatz Ausschau halten, fängt Conny an, mir echt leid zu tun. Die Kinder bewegen sich schwerfällig, ich habe das Gefühl, sie regelrecht hinter mir her ziehen zu müssen. Nach circa fünfzehn Minuten Fußmarsch sehe ich dankbar ein großes Stück Grünfläche mit Sandkasten, Wippe, Rutsche und einer großen Schaukel. Der kleine Parkplatz ist voll besetzt. Der Spielplatz scheint beliebt zu sein, es tummeln sich viele Kinder, die Schattenbänke sind von Aufpassern jeglicher Art besetzt. Mütter, Väter, Großeltern oder Tanten wie ich. Hanni und Nanni sind wie ausgewechselt. Sie belagern prompt, gar nicht mehr träge, die Spielgeräte. Ich breite mich

auf der letzten freien Bank so aus, dass sich niemand zu mir setzen kann. Ich räume den Rucksack aus und verteile Cola-Dosen, Brote und Papiertaschentücher als Platzhalter. Verärgert stelle ich fest, dass ich die falsche Geldbörse eingesteckt habe. Die, in der gähnende Leere herrscht, außer einer Kopie von Rogers Ausweis, Arztausweis und den Zulassungspapieren von dem ›zelklatzen‹ Audi. Egal, eigentlich haben wir ja alles Überlebenswichtige dabei. Zurückgelehnt verschränke ich die Arme vor der Brust und schließe entspannt die Augen. Eigentlich müsste ich Conny dankbar sein, bis jetzt musste ich nicht *einmal* an den gestrigen Tag denken. Und Mitleid habe ich mit meiner Schwester nun überhaupt nicht mehr. *Das soll ein anstrengender Tag mit Kindern sein? Dass ich nicht lache!* Ab und an blinzele ich, um die Zwillinge wenigstens ein klein wenig im Auge zu behalten.

»Guck mal, Karooo, was ich gefunden haaabe! Damit kann man kratzen …«, höre ich entweder Hanni oder Nanni aus der Ferne rufen.

»Hm … schön!«, rufe ich zurück, ohne die Augen zu öffnen.

»Dürfen wir kratzen?«

»Ihr dürft alles, außer weglaufen und Sand essen.«

Ich halte die Augen auch geschlossen, als sich nach einer Weile zischend Cola-Dosen wie von Geisterhand neben mir öffnen, und höre belustigt dem Dialog der Zwillinge zu.

»Eigentlich dürfen wir ja keine Cola«, sagt Nanni und Hanni flüstert verschwörerisch: »Wir müssen es Mama ja nicht sagen.« Kurz darauf werden Rotznasen hochgezogen, Papier raschelt und schon ist wieder Ruhe. Die Welt um mich herum versinkt. So schnell sie auch versunken ist, taucht sie plötzlich wieder auf. Irgendein Riesentumult mit Kindergeheule holt mich aus der Tiefschlafphase in die Wirklichkeit zurück. Ein Blick auf die Uhr verrät, dass ich über eine Stunde geschlafen habe. *Die Zwillinge!* Oh Gott, mein Magen krampft sich zusammen. Entweder heult Hanni oder Nanni so laut. Ich entdecke die Kinder auf dem Parkplatz, ein Mann hält die beiden im Genick fest, neben ihm steht eine aufgedonnerte Tusnelda.

Moooment mal …! Ich sprinte, so schnell ich kann, und noch bevor ich am Ort des Geschehens bin, kreische ich so laut, dass sich meine Stimme fast überschlägt: »Lassen Sie sofort die Kinder los!« Leicht schmunzelnd schaut dieser Kerl mich an und schiebt die Zwillinge zu mir herüber.

»Schauen Sie, was Ihre Gören angerichtet haben«, keift Tusnelda und zeigt auf einen blitzblanken Jaguar, dessen Fahrertür vollkommen zerkratzt ist.

Na, wenn die nicht nach ihrer Tante schlagen!

»Habt ihr das wirklich angestellt?«, frage ich verzweifelt.

»Du hast gesagt, wir dürfen kratzen!« Nanni haut mich gnadenlos in die Pfanne und hält einen dicken verrosteten Nagel in die Luft.

»Ja, aber doch keine Autos. Und schon gar keine Jaguars!«

Meine Hilflosigkeit wächst mit jeder Sekunde. Tusnelda meldet sich wieder zu Wort, während sich ihr Adonis in Schweigen hüllt. *Die hat ja wohl ganz klar die Hosen an!*

»Diese Erziehungsmethoden sind ja schon mehr als antiautoritär! Außerdem nennt man so etwas Vernachlässigung der Aufsichtspflicht!«

Ich habe das Gefühl, dass ich Connys und Antons Erziehungsmethoden verteidigen muss, denn Blut ist dicker als Wasser. »Pah«, gebe ich zickig zurück. »Von wegen! Was meinen Sie, was die Kinder alles *nicht* dürfen.« Ich zähle auf. »Tagsüber nicht fernsehen, nicht an der Straße spielen und … und … draußen keine Honigbrote essen, wegen der Wespen!«

Adonis verkneift sich ein Lachen. Hitzig streiche ich meine Haare hinter die Ohren.

»Ja, und keine Cola!«, ergänzt Nanni tapfer.

So, der haben wir es aber gegeben!

Hanni fängt an zu weinen. »Kommt jetzt die Polizei? Werden wir jetzt gefangen genommen?«

Tusnelda räuspert sich verunsichert. »Die Polizei muss ja nicht unbedingt sein.«

Adonis und Tusnelda tauschen einen kurzen Blick. Mein Bauchgefühl buchstabiert mir langsam aber deutlich, dass mit den beiden irgendetwas nicht stimmt.

»Wenn Sie sich ausweisen können, dann müssen wir die Polizei nicht bemühen«, gibt Tusnelda gnädig von sich.

Ich schicke Hanni und Nanni zurück zum Spielplatz, die kleinen ›Straftäter‹ sind froh, der Situation entfliehen zu können. Auf dem Weg zu meinem Rucksack fällt mir ein, dass ich ja gar keine Papiere dabei habe. Halt. Stopp. Doch.

Meine Körpertemperatur sinkt innerhalb von wenigen Sekunden um 50 Grad. Eiskalt überreiche ich Tusnelda die Kopien von Rogers Papieren. »Hier, wenden Sie sich an meinen Mann. Der wird die Angelegenheit über unsere Versicherung regeln lassen.«

Tusnelda scheint zufrieden zu sein, sie stopft die Papiere in ihre Handtasche. Mit den scheinheiligen Worten »Ihnen beiden noch einen angenehmen Tag« rufe ich die Zwillinge und wir machen uns im wahrsten Sinne des Wortes vom Acker. Nach wenigen Metern drehe ich mich noch einmal um.

»Ach ja«, rufe ich dem Pärchen zu. »Und im Hausflur Fangen spielen, *das* dürfen die Kinder auch nicht!«

Unter dem Sonnenschirm auf meinem Balkon bleibt mir exakt noch eine Stunde, um Hanni und Nanni Nachhilfeunterricht in Sachen Flunkern zu geben. Vor mir sitzen zwei rotblonde, sommersprossige schlechte Gewissen. Nanni bohrt gedankenverloren in der Nase, Hanni spielt mit den Fransen der Tischdecke.

Ich rolle mit den Augen und lege, mit einem Kaffee-Pott in der Hand, die nackten Füße auf die Balkonbrüstung.

»Mensch, jetzt macht doch nicht so lange Gesichter. Das war zwar keine *gute* Tat, aber … keine gute Tat ist besser als gar keine Tat.« *Das ist doch mal ein philosophischer Gedanke, ich bin stolz auf mich!*

»Mama wird mit uns schimpfen.« Hannis Stimme klingt weinerlich.

Ich weiß zwar nicht, was Nanni in ihrer Nase sucht, es muss sich jedenfalls um etwas Größeres handeln. Meine Fingernägel klappern nervös auf der Kaffeetasse.

»Noch einmal! Wenn wir es Mama *nicht* erzählen, dann *weiß* sie es nicht! Und wenn sie es nicht weiß, dann kann sie *uns* auch nicht bestrafen. Klar?«

Ganz bewusst wähle ich das Wort ›uns‹, das soll das Gruppengefühl stärken. Das habe ich mal während einer Firmenschulung gelernt. Noch fünfzig Minuten, dann steht Conny auf der Matte, und die haben es noch immer nicht kapiert!

Ich muss anders vorgehen, viel pädagogischer. »Okay. Nehmen wir einmal an, eine von euch müsste während des Schulunterrichts Pipi. Und nehmen wir mal an, eine von euch würde ganz zufällig auf dem Weg zum Klo auf dem Schulhof die vielen Fahrräder, mit denen die Kinder zur Schule kommen, sehen. Wir nehmen mal weiter an, dass euch plötzlich ein Schabernack in den Sinn käme.«

Gespannt hängen Hanni und Nanni an meinen Lippen. Ich reibe Daumen und Zeigefinger schnell aneinander. »Zssst, Luft raus. Nehmen wir weiter an, ihr würdet dann noch die Luftpumpen wegwerfen.« Ich klopfe mir vor Lachen auf den Schenkel. Hanni kichert. Nannis Finger verschwindet noch tiefer im rechten Nasenloch.

»So, und jetzt nehmen wir mal an, eine von euch würde nach dem Spaß wieder ins Klassenzimmer zurückgehen. Und nach Schulschluss würden ganz viele Kinder vor platten Reifen stehen! Na? Wer würde eine von euch bestrafen? Denkt nach!«

»Niemand!«, juchzt Hanni. »Weiß ja keiner, dass wir das getan haben!«

»Bingo!«, rufe ich aufatmend. »Und würde eine von euch freiwillig verraten, *wer* das gemacht hat?«

Die Kinder tippen sich synchron an die Stirn. »Wir sind doch nicht doof!«

»Eben, genau! Und genauso ist das mit dem Auto, was da so dumm im Weg herumstand, als ihr mit dem Nagel gespielt habt.« Ich lege einen Zeigefinger vor die Lippen. »Pst, kein Wort und alles ist gut.«

Die beiden scheinen es nun endgültig verstanden zu haben, denn Hanni springt auf und schielt ins Wohnzimmer. »Können wir dann Fernsehen gucken, bis Mama kommt?«

»Logisch«, sage ich grinsend.

Um 15:02 Uhr klingelt es, das Bild auf dem TV-Gerät verschwindet. Die Zwillinge sitzen – zwar vollkommen verdreckt, aber artig – mit geradem Rücken auf der Couch.

Conny trägt in jeder Hand mindestens drei exklusive Papiertüten, die auf Einkäufe in noblen Boutiquen schließen lassen.

Ich ziehe die Augenbrauen hoch. »Oh, war in der Sauna und beim Italiener Ausverkauf?«

Meine Schwester findet meine Bemerkung lustig, denn sie kichert albern.

»Ich habe umdisponiert. Wann habe ich an einem Samstag schon mal Zeit für einen Einkaufsbummel. Und Anton war ebenfalls nicht abgeneigt, einige Stunden für sich zu haben.«

Sie leert alle Tüten, bis auf eine, auf dem Fußboden aus. Hauchdünne Dessous und feine Seidentops schmiegen sich auf nackte Fliesen. Ich muss neidlos gestehen, dass Connys Geschmack für edle Klamotten jedenfalls nicht unter der Schwangerschaft gelitten hat. Die Kinder setzen sich begeistert zu uns, Conny klopft auf kleine Schmutzfinger, die nach den »wie schöööön« Sachen grapschen. Nachdem sie mir jedes Teil vor die Nase gehalten hat, rafft sie alles in Sekundenschnelle wieder in die Papiertaschen.

Nanni pult schon wieder! Das Kind hat doch einen Klaps!

Conny verdreht, mit einem Blick auf ihre Tochter, die Augen. »Na, was hast du wieder angestellt? Raus mit der Sprache.«

Nanni legt erschrocken die Hände in den Schoß und sieht mich hilflos, mit großen Augen, an.

»Weißt du«, erklärt Conny mir, »wenn sie ein schlechtes Gewissen hat, ist die nur in der Nase am Stochern. Das macht die so lange, bis ihr Gewissen wieder rein ist. Diesen Tick hat sie seit ungefähr zwei Wochen.«

Ich lache verunsichert. Hoffentlich bohrt sie jetzt nicht, bis sie volljährig ist!

»Quatsch!«, entgegne ich, jetzt wieder vollkommen selbstsicher. »Sie hat nichts ausgefressen. Schön war es mit meinen Nichten. Wir waren auf dem Spielplatz, ha, was hatten wir für einen Spaß. Nicht wahr, Kinder?«

Conny beäugt mich argwöhnisch, weil meine Stimmlage unnatürlich hoch ist. Ich lenke geschickt ab.

»Was ist denn in der roten Tüte noch versteckt?«

»Das«, sagt Conny feierlich, »das ist für dich! War reduziert, um fünfzig Prozent.«

Sie drückt mir die Henkel in die Hand. Zum Vorschein kommt ein wunderschönes braunes Seidenkleid von Paco Brunelli. Vor Rührung steigen mir Tränen in die Augen, ich bedanke mich mit einer festen

Umarmung und vielen kleinen Wangenküsschen. Im Moment sind die Rollen ›Engelchen und Teufelchen‹ vertauscht. Verlegen kratze ich mir den Kopf und bilde mir ein, kleine Hörner zu spüren.

»Dürfen wir dich mal wieder besuchen kommen?« Hanni sieht mich treuherzig an.

»Sicher …, im Januar habe ich oft Langeweile.« Ich gähne.

»Mama, wie lange dauert es noch bis Januar?«

Conny rafft die Tüten zusammen. »Kinder, das dauert noch ein halbes Jahr, also sechs Monate.« Sie schickt mir einen bösen Blick.

»Mensch, Schwesterherz, das war ein Scherz! Bring die Kinder wieder vorbei, wenn du mir das nächste Mal ein Kleid sponsern willst.« Auch diesen Scherz versteht Conny nicht, sie verlässt meine Wohnung, ohne sich zu verabschieden. Na ja, wenigstens wissen die Zwillinge, was sich gehört. Zum Abschied ernte ich zwei dicke Schmatzer.

Als Single überlegt man an Samstagabenden schon mal, was man unternehmen soll. Allein vor dem Fernseher ist eine grauenhafte Vorstellung, wetten, dass man da bald Schimmel unterm Hintern kleben hat? Ich versuche Bruni anzurufen … besetzt. Also simse ich ihr, dass mein neues Kleid und ich tanzen gehen möchten, und frage, ob sie uns Gesellschaft leisten will. Bruni simst wenig später retour, dass ihre neuen Schuhe ebenfalls Lust auf gute Musik hätten.

Wir sprechen uns kurz danach telefonisch ab, verabreden uns für 21 Uhr und vereinbaren, nicht ein Wort über den Trauerfall zu verlieren. Bruni verspricht, ihre Cousine Simone zu mobilisieren. Simone ist zwar einhundertneunundachtzig Zentimeter dämlich, deshalb umso dankbarer, wenn sie jemand fragt, ob sie nicht Lust hätte mit auszugehen. Und weil sie so dankbar ist, erklärt sie sich stets bereit, den Chauffeur zu spielen, wofür Bruni und ich wiederum dankbar sind. So wäscht eine Hand die andere.

Mit Softwicklern in den Haaren lege ich mich aufs Bett und beobachte *Gisela*, die träge an einem Salatblatt knabbert.

Verflixt, Nikolaus ist wieder da.

»Du hast es gut, meine Liebe«, sage ich gähnend. »Manchmal beneide ich dich um deinen dicken Panzer.«

Mir fallen Opa Heinis Worte wieder ein.

»Denk mal an Onkel Egon. Die Leiche hattest du auch lange im Keller liegen, bevor sie verblasst ist.«

Stimmt. Onkel Egon war Opa Heinis Bruder, er lebte mit Tante Leni in Todendorf auf der Insel Fehmarn, in einem großen alten Bauernhof mit allem, was dazugehörte. Kühe, Schafe, Schweine, die vielen Fliegen und Mücken in den Sommermonaten nicht zu vergessen. Damals lebte Oma Fine noch und unsere gesamte Familie besuchte Tante Leni und Onkel Egon, so oft es ging. Insbesondere während der Hochsommerzeit, weil mein Vater der Meinung war, dass die Luft auf der Insel besonders gesund sei und der Urlaub »für umme« wäre.

Da es im Stall, hinter dem Haupthaus, vor Frischfleisch nur so wimmelte, und Onkel Egon außerdem eine Schafherde auf dem Deich in Westermarkelsdorf sein Eigen nennen durfte, gab es Fleisch, Wurst und Milch en masse. Also fielen sechs Esser mehr am Tisch nicht großartig ins Gewicht.

Opa Heini hat immer besonders zugelangt und bestens gelaunt geschwärmt, dass er sich wie bei der Kinderlandverschickung vor dem Zweiten Weltkrieg fühle. Obwohl meine Schwester und ich nicht wussten, was eine Kinderlandverschickung war, nickten wir zustimmend, denn wir waren ja schließlich Kinder auf dem Land.

Tagsüber tobten Conny und ich am Bojendorfer Strand. Meine Eltern und Großeltern wechselten sich mit (in einem) Strandkorbsitzen ab, weil zwei Strandkörbe zu teuer gewesen wären. Besonders schön haben wir Kinder es gefunden, am späten Abend noch einmal mit Onkel Egon in den Kuhstall zu gehen, um nach dem Rechten zu sehen.

Dann kam der Tag, an dem meine Mutter Conny und mir während eines Urlaubes in Todendorf erklärte, dass Onkel Egon unerwartet ›eingeschlafen‹ sei. Damals war ich ein Knirps von fünf Jahren, und es war für mich nichts Besonderes, dass Onkel Egon unerwartet eingeschlafen war. Mir war das auch schon ganz oft passiert. Zum Beispiel auf dem Weg nach Fehmarn. Oder vor dem Fernseher.

Nach einem Tag hatte ich aber die Faxen dicke und schlich, obwohl es mir verboten war, in die Kammer, in der Onkel Egon schon so lange schlief, um ihn zu wecken.

In der Kammer roch es zwar nicht so gut, es sah aber ganz gemütlich aus. Es brannten viele große Kerzen in dem Raum, Onkel Egon lag schick angezogen auf dem Rücken auf einem Bett.

»He … du! Aufstehen!« Ich zuppelte ihn fest am Ärmel, aber Onkel Egon rührte sich nicht. Dann klatschte ich ihm mit beiden Händen feste auf die Wangen und wurde etwas lauter. »Heee, duuu …, aufstehen! Ich will in den Stall.«

Danach erschrak ich fürchterlich, weil Tante Leni plötzlich hinter mir im Zimmer stand und entsetzt schrie: »Bei allen Heiligen, das Kind stört ja die Totenruhe!«

Ich registrierte nur das Wort *tot*, von dem ich sehr wohl wusste, was es bedeutete.

Folglich schrie *ich* wie am Spieß, weil ich nicht wollte, dass Onkel Egon tot ist und wie Mümmel (Connys Hase) und Goldi (mein Goldhamster) im Garten verbuddelt werden würde.

Meine Eltern stritten sich damals heftig, mein Vater beschuldigte meine Mutter, sich dümmlich geäußert zu haben. »Was soll das arme Kind auch denken, wenn du sagst … *er ist eingeschlafen,* wo er doch mausetot ist!«

Nach diesem Erlebnis schlief ich wochenlang nur bei Mama im Bett und nur dann, wenn sie auch neben mir lag.

Heute kann ich herzhaft über diese Geschichte lachen, denn längst ist ein Urwald darüber gewachsen.

5. Leuchtturm und Woody

Ich weiß, ich weiß. Eigenlob stinkt. Trotzdem! Ich sehe umwerfend aus. Meine roten Locken wippen keck bei jedem Schritt, und dank Connys Spendierhosen schmiegt sich das ›Paco Brunelli‹-Kleid an meinen Körper, als wäre es für mich geschneidert worden. Der schöne Braunton bildet einen warmen Kontrast zu meiner Haarfarbe. Ich habe ein etwas kräftigeres Make-up aufgelegt, denn in einer schlecht beleuchteten Diskothek muss man Farbe bekennen.

Ich wünschte, Roger könnte mich so sehen, vorzugsweise neben Ricarda. Die hochhackigen braunen Pumps strecken das Bein.

Um kurz vor 21 Uhr stehen Bruni und Simone vor meiner Tür.

Bruni sieht ebenfalls klasse aus. Ihr mohnrotes Etuikleid schmeichelt ihrer Figur, ihre schwarzen Haare glänzen, ihre neuen Schuhe müssen ein Vermögen gekostet haben.

»Weg da«, sagt sie burschikos, drückt mich beiseite und schleift 1,89 m Simone ins Badezimmer. Mit einem Fingerzeig auf die Badewanne sagt sie knapp: »Los, Haare waschen.«

Während Simone dem Befehl ihrer Cousine gehorcht, zieht Bruni mich ins Wohnzimmer. »Okay, Karo. Du siehst super aus, ich sehe super aus, Simone sieht scheiße aus, und das müssen wir so schnell wie möglich ändern.«

»Das Shampoo schäumt ja gar nicht«, jammert Simone so laut, dass wir es nicht überhören können.

Bruni verschwindet wieder und ich höre sie ironisch sagen: »Versuch's mal damit, *das* da ist Körperlotion. Da kannste noch so lange reiben, die bringst du nicht zum Schäumen!«

Bruni kommt kopfschüttelnd zurück und flüchtet schnappatmend auf den Balkon.

Kurz darauf geben wir uns alle Mühe, Simone aufzupeppen.

Die Augenbrauen werden flott gezupft, durch Make-up, Rouge und Lipgloss bekommt ihr blasses Gesicht Farbe. Abschließend knetet Bruni Gel in Simones Fransenfrisur, deren Schnitt eigentlich perfekt ist.

An ihren Klamotten können wir nichts ändern. In meinem Kleiderschrank findet sich kein einziger Fummel, mit dem ich Simone aushelfen könnte.

Als Simone ihr neues Styling in meinem Badezimmerspiegel betrachten will, muss sie erst die Brille aufsetzen und dann in die Knie gehen.

»Karo, dein Spiegel hängt zu tief.«

Bruni übernimmt das Antworten.

»Das liegt daran, Simone, dass Karo nur 1,62 m groß ist.«

Simone scheint sich zu gefallen, denn sie strahlt über das ganze Gesicht.

»Brille her …«, befiehlt Bruni und hält eine Hand auf.

»Aber, dann kann ich nichts sehen … und Autofahren geht *ohne* gar nicht!«

Bruni schlägt einen Deal vor. »Brille ja, aber nur während der Autofahrt.«

Ich lache amüsiert. Arme Simone.

Wir beschließen gemeinsam, den ersten Boxen-Stopp beim Italiener ›Da Franco‹ zu machen.

Simone blinzelt, um die Speisekarte lesen zu können. Schließlich legt sie die Karte beiseite und beschließt, einfach das Gleiche wie Bruni zu bestellen. Ich entscheide mich für Fisch, weil ich Fleisch noch immer nicht essen mag, Bruni und Simone ordern »Zartes Kalbfleisch an Käse-Weinsauce«.

Meine Wangen glühen bereits nach dem ersten Glas Rotwein, denn ich habe heute essensmäßig sehr spartanisch gelebt.

Während wir uns dem kulinarischen Genuss hingeben, überlegen wir, in welche Diskothek wir gehen sollen. Simone schlägt das *Kakadi* an der Alster vor, Bruni und ich verschlucken uns fast gleichzeitig.

»Ja! Natürlich, wir gehen ins *Kakadi*!« Meine Freundin schüttelt den Kopf und zieht Richtung Simone eine Grimasse, die das ohne Guckgläser eh nicht erkennen kann. »Da kommen wir auch einfach so rein!« Sie schnippt mit den Fingern.

»Ja«, stimme ich Bruni zu. »Das können wir wohl komplett abhaken.«

Das *Kakadi* ist die erste Adresse, der Nobelladen Hamburgs schlechthin.

»Können wir nicht! Ich kenne den Türsteher, den Antonio! Und der hat gesagt, wenn ich mal Lust hätte vorbeizukommen, dann könnte ich kommen.« Zaghaft fügt sie hinzu: »Und noch jemanden mitbringen!«

»Woher kennst *du* den Türsteher vom *Kakadi*?« Bruni nimmt jetzt fast eine Kampfhaltung ein. Ihr Essbesteck ist auf Simone gerichtet.

Simone streckt trotzig ihr Kinn nach vorne. »Antonios Mutter lebt bei uns im Pflegeheim. Ich bleibe ganz oft nach Dienstschluss an ihrem Bett sitzen und lese ihr Geschichten vor. Antonio kommt jeden Abend, um nach ihr zu sehen. *So* haben wir uns kennengelernt!«

Bruni schaut mich zweifelnd an. »Was meinst du?«

»Warum nicht? Für mich hört sich das plausibel an.«

Bruni sieht ihre Cousine streng an. »Leuchtturm, ich warne dich. Sollte *das* gelogen sein, werde ich mir noch heute Abend irgendwoher eine Leiter besorgen, um dich eigenhändig zu erwürgen.«

Unser zweiter Boxen-Stopp ist also der Parkplatz des *Kakadi* an der Alster. Wir reihen uns in die Schlange der Wartenden, auf dem roten Teppich der Nobeldisco, ein. Bruni und ich trippeln aufgeregt von einem Bein auf das andere. Simone scheint keine Spur nervös zu sein. Enttäuschte Gesichter kommen uns entgegen, die von Antonio und Kollegen in die Pampa geschickt wurden.

Bruni keift leise vor sich hin. »Und wenn der Muskelmann uns nicht rein lässt, hä, was dann?«

Simone scheint sich noch immer ihrer Sache sehr sicher zu sein. »Quatsch, wir kommen wohl da rein!«

Ich kann nicht sprechen, mein Mund ist so trocken wie die Kalahari-Wüste. Mir ist nach einem kühlen Bier.

Vor uns steht eine unscheinbare männliche Wurst mit dicken Brillengläsern, ein Woody Allen in jung, der sich ein wenig verlegen zu Wort meldet.

»Beim ersten Mal, da tut es noch weh! Mit der Zeit gewöhnt man sich aber daran.«

Brunis Cousine blickt mitfühlend auf Woody, der ihr bis zu den Schultern reicht.

»Du warst also noch nie …?«

Er grinst schräg und rückt fahrig seine Brille zurecht. »Nein, leider nicht.«

Simone ragt wirklich wie ein Leuchtturm aus der Masse, nur ein Mann in der Schlange der Wartenden weist mehr Körperlänge auf als sie.

»Simone, mein Herz …«, hören wir plötzlich jemanden laut rufen. »Kommst du! Hier her …!«

Respektvoll teilt sich die Menschenmenge, Simone nimmt Kurs auf einen kleinen muskulösen Mann, der in der Tat Antonio zu sein scheint. Sein Körper ist so aufgebläht, als hätte er eine Luftpumpe im Hintern stecken, die ständig Luft nachpumpt.

Er greift nach Simones Kette, die ihren Busen ziert, zieht ihren Kopf nach unten und küsst sie herzlich auf beide Wangen. »Endlich, bella Simone, darf ich mich revanchieren! Herzlich willkommen! Hast du noch jemanden mitgebracht?«

Er breitet einladend die Arme aus.

Die Menschenmenge hinter uns fängt an zu maulen.

Eine Stimme ruft missmutig: »He, Spaghetti, nach welchen Kriterien wird hier eigentlich Einlass gewährt?«

›Bella Simone‹ zeigt auf Bruni und mich.

Antonio lässt sich nicht aus dem Konzept bringen, nickt wohlwollend und winkt uns durch.

»Und den da!« Sie nimmt Woody kurz an die Hand, er wird ebenfalls durchgewunken.

Simone bleibt noch einen Augenblick bei Antonio stehen. Ich schicke ein Stoßgebet zum Himmel, dass Antonio es sich nicht noch einmal anders überlegt und uns wieder zurückpfeift.

Strahlend, mit geröteten Wangen, kommt endlich Simone.

Sie wedelt mit einem Armbändchen, an dem eine goldene Plakette baumelt, auf der die Zahl 60 gedruckt ist.

»Sechzig Prozent Rabatt auf alle Getränke«, sagt sie feierlich, worauf Bruni ihr das Schmuckstück förmlich aus der Hand reißt.

»Simone«, sagt sie ebenso feierlich. »Ab heute bist du nicht mehr *nur* meine Cousine oder der Leuchtturm, ab heute bist du meine Freundin.«

Woody legt den Kopf in den Nacken und schaut Simone treuherzig an.

»Meine auch.«

Mehr aus einer Verpflichtung heraus schließe ich mich an. *So schnell erweitert sich also der Freundeskreis.*

Die Atmosphäre im *Kakadi* ist wirklich sensationell. Vor allem das Farbenspiel der verschiedenen Lichtreflexe an Decke, Wänden und der Tanzfläche. In zwei silbernen Käfigen, die mittig von der Decke baumeln, tummeln sich extravagante Schönheiten, die ihre perfekten, leichtbekleideten Körper nach Felipe Wrechiskis Song *December Dawn* verbiegen.

Für eine Lokalität dieser Art ist der Abend noch eher jungfräulich, es sind noch etliche gemütliche Polstergruppen unbesetzt.

Woody übernimmt als Kavalier der alten Schule die Führung und lotst uns auf ein kuscheliges rotes Rundpolster, vor dem ein länglicher Glastisch platziert ist. Kurz darauf steht ein Sektkübel mit der Hausmarke auf der Glasplatte, Simone hat irgendetwas buntes Alkoholfreies vor sich stehen.

Woody, der in Wirklichkeit Willi heißt, entpuppt sich als echte Stimmungskanone. Er bemerkt trocken, dass Simone im Sitzen eine passable Größe habe. Wir trinken Bruderschaft. Für den dazugehörigen Kuss hält er Bruni und mir lediglich die Wange hin.

»Man kann ja nie wissen! Manche Mädels haben flinke Zungen.«

Bruni und ich bekommen einen Lachanfall, Simone darf ihn aufs Mäulchen küssen.

Neben uns, in einer engen Nische, sitzen zwei Männer *sehr* dicht beieinander. Die Gesichter kann man im Schummerlicht nicht richtig erkennen. Beide tragen gelbe Hemden.

Willi prostet ihnen wohlwollend zu. »Schau, schau, die FDP auf Betriebsausflug.«

Simone schaut mit angestrengtem Gesicht und zusammengekniffenen Augen in die Richtung. »Ich kann nichts erkennen«, mault sie.

Bruni lässt sich erweichen und reicht ihrer neuen ›Freundin‹ die Brille, die sie für den Rest des Abends behalten darf.

Bei drei Trinkern ist eine ›Hausmarke‹ ja flott leer, also ordern wir direkt zwei neue Flaschen.

Der DJ legt Markus Schulz *Future Cities* auf, mit Begeisterungsrufen stürmen wir zu viert die Tanzfläche.

Der Leuchtturm, sorry, Simone bewegt sich, als hätte sie einen Stock im Hintern, Willis Füße heben sich abwechselnd so schnell, als würde er auf glühenden Kohlen stehen.

Bruni und ich kicken mit erhobenen Händen sexy (so fühlen wir uns jedenfalls) die Hüften aneinander, wobei ich aufpasse, mit meinen etwas zu breit geratenen nicht zu feste zu kicken.

Im Schullandheim, vor etwa 25 Jahren, habe ich auf diese Art und Weise eine Freundin mal vom Parkett gefegt und dadurch zu Fall gebracht.

So vergehen die nächsten zwei Stunden wie im Flug, das *Kakadi* füllt sich mehr und mehr. Alles ist gut. Prosten, dancen, Pipi machen, prosten, dancen, Pipi machen.

Bruni hat es aufgegeben, sich zu beschweren, dass niemand der Testosteron-Pakete mit uns Kontakt aufnehmen will, *nur* weil Simone und Willi neben uns sitzen. Sie knabbert Erdnüsse.

Etwas neidisch lugt sie ab und an auf Simone und Willi, die auf Tuchfühlung gegangen sind und sich gegenseitig Speichelproben spenden.

Mir sind die Testosteron-Pakete egal, ich genieße meinen Schwips und freue mich, dass alles so rund läuft.

Und kaum ist der Gedanke gedacht, kaum freue ich mich über die Unkompliziertheit des Lebens, ändert sich die Situation schlagartig.

Es ist so, als wenn du über die Autobahn in den Urlaub fährst und den Spruch loslässt: »Prima, ist ja überhaupt kein Stau!« Keine fünf Minuten später musst du bremsen und stehst im Verkehrschaos. Mindestens zwei Stunden zäh fließender Verkehr.

Ich entdecke Roger auf der Tanzfläche, meine Laune verschlechtert sich schlagartig. Unsere Blicke kreuzen sich und ich kann gar nicht mehr verstehen, warum ich am frühen Abend noch so scharf darauf war, dass er mich in dieser Montur sieht.

Ricarda tanzt, wenn man es denn tanzen nennen kann, mit dem Rücken zu mir. Rogers Kopf zuckt permanent Richtung Toilettentrakt, als hätte er einen Tic.

Jetzt hat Bruni ihn ebenfalls im Visier. »Was will denn der Pillemann hier? Warum zuckt der so?«

An ihrer Mimik erkenne ich, dass sie einen Schluckauf unterdrücken möchte, ihr Zwerchfell gewinnt diesen Kampf.

»Hicks … hicks!«

Ich überlege laut. »Vielleischt soll ich ihm den Lullemann auf dem Pissoir halten?«

Bei der Vorstellung müssen wir laut lachen, Bruni hickst erneut. Während ich eher nach übermäßigem Alkoholkonsum zu leichtem Nuscheln neige, überfällt Bruni ein unentwegter Schluckauf.

Roger zuckt jetzt so kräftig, als wolle er seinen Kopf vom Hals schleudern. Ich nicke gnädig und schon hören seine nervösen Zuckungen auf.

Ja doch, ich habe schon kapiert. Ich soll mal kurz rauskommen. Na, dann kann ich in einem Zug auch pinkeln gehen. Zwei Fliegen mit einer Klappe.

Beim dritten Versuch gelingt es mir, meine Handtasche unter den Arm zu klemmen und gleichzeitig aufzustehen.

An der Nische, in dem die beiden Männer sitzen, gerate ich ins Stolpern und falle auf ein gelbes Hemd, deren Ärmel mich mit einem sicheren Griff auffangen.

»Hoppla«, sagt der nette Mann von der FDP und hilft mir galant auf die Beine.

Ich reiche ihm dankbar die Hand. »Sie kriegen meine Schtimme bei der nächsten Wahl. Verschprochen!«

Er lacht herzhaft, so dass ich mich freue, dass er sich freut.

Wer den Schaden hat, braucht für den Spott nicht zu sorgen. Trotz der Lautstärke höre ich genau, wie Bruni, Simone und Willi sich hinter meinem Rücken über meinen freien Fall amüsieren.

Roger wartet bereits, ich überlege kurz, warum der schneller war als ich.

Ohne Begrüßung bombardiert er mich mit Vorwürfen.

»Wenn ich nur *ansatzweise geahnt* hätte, was du für eine durchtriebene Person bist, dann hätte ich mir eher mit dem Skalpell die Zunge herausgeschnitten, als dich damals anzusprechen, um deine Bekanntschaft zu machen.«

»*Ich* habe *dich* damals angeschprochen. *Ich*. Im Kino!«

»Was?«

Es ist ihm anzusehen, dass er gleich explodiert.

Ich tippe mir permanent auf den Brustkorb und wiederhole lauter. »Ich habe dich zuerscht angeschprochen. Nicht du mich! Wir wollen doch bei der Wahrheit bleiben.«

Er winkt wütend ab.

»Du nimmst das Wort *Wahrheit* in den Mund? Du bist kriminell, weißt du das überhaupt? Ich hatte heute einen Anruf auf dem Anrufbeantworter. Ich soll eine demolierte Autotür bezahlen! Und dann noch von einem *Jaguar*! Hätten sich die beschissenen Zwillinge nicht einen Polo aussuchen können? Du glaubst doch nicht wirklich, dass ich die Zerstörungswut deiner gesamten Sippe finanziere.«

Jetzt stehe *ich* kurz vor einer Explosion. Ich balle die Fäuste und habe große Lust, diesem eingebildeten Affen einen Tritt in die Weichteile zu verpassen. »Die Schwillinge sind nich beschissn!«

Roger zeigt sich vollkommen unbeeindruckt. »Und noch eins, Karo! Wenn du dich jemals wieder …«, er macht einen großen Schritt auf mich zu, ich ducke mich ein wenig, »als meine Frau ausgibst und mir Zwillinge andichtest, dann … dann …!«

Nun zeige *ich* mich unbeeindruckt und richte mich zu meiner vollen Größe auf. Mit einem Schlag fühle ich mich vollkommen nüchtern.

»Genau«, keife ich. »*Dann* werden wir bei der Wahrheit bleiben! Wir werden deiner Ricarda in aller Ruhe, und zwar ganz ausführlich beichten, dass du mir noch …, während du sie bereits besprungen hast, versaute Mails schicktest. Was glaubst du, wie die sich freut, wenn sie hört, dass du sie Mannsweib genannt hast. Ha, dann kannst du dir die Gemeinschaftspraxis von der Backe putzen. Also, was ist jetzt, Geld oder *Liebe*?«

Rums, Volltreffer. Roger sackt ein wenig in sich zusammen. Er will seinen Hemdkragen öffnen, was nicht funktioniert, weil er bereits geöffnet ist.

»Okay. Die Runde geht an dich. Ich zahle den Schaden aus eigener Tasche.«

Ich drehe mich auf dem Absatz um und hebe leger zwei Finger in die Luft, wie *Columbo* es immer machte. Bevor ich hinter der Tür für ›kleine Mädchen‹ verschwinde, drehe ich mich noch einmal um. »Nie mehr in meinem ganzen Leben werde ich mich als deine Frau ausgeben! Pfui Spinne, für so einen Ehemann müsste man sich ja schämen.«

Den Rückweg nehme ich über die Tanzfläche, in der Hoffnung, Roger meinen Ellenbogen in die Rippen rammen zu können. Jedoch, ich sehe ihn leider (oder Gott sei Dank?) nur noch von hinten, wie er mit Pferdegesicht Ricarda aus der Disco stürmt.

Bruni hickst noch immer vor sich hin.

»Und? Hast du den kleinen Roger halten sollen?«

Ich schüttele mich angewidert. Statt zu antworten, leere ich ein Glas Sekt in einem Zug, lehne mich entspannt zurück und gebe der aufreizenden Bedienung im Bunny-Kostüm einen Fingerzeig. Ich bin jetzt nicht in der Stimmung, Bruni die unglückliche Jaguar-Tusnelda-Hanni-und-Nanni-Story zu erzählen.

6. Die Windflower II

Das Telefon schrillt ununterbrochen. Dann ist es wenige Sekunden still, bevor es wieder Sturm läutet. Ich öffne die Augen und stelle mit einem Blick auf die Uhr fest, dass es für einen Sonntagmorgen eine sehr ungünstige Zeit ist, um mit mir in Kontakt zu treten. 7 Uhr! Ich rechne kurz nach …, vier Stunden Schlaf.

Ich schüttele kräftig meine Bettdecke und schlurfe gähnend zum Festnetzapparat. Auf dem Display erkenne ich, dass Bruni der Störenfried ist. Unwirsch nehme ich den Hörer ab. »Ja, du hast mich geweckt. Ja, ich habe Aspirin im Haus. Ja, ich lege zwei vor die Tür …«

Weiter komme ich nicht. Bruni lacht so frisch, als wäre sie am gestrigen Abend sehr früh schlafen gegangen.

»Wollte nur sagen, dass wir in einer halben Stunde bei dir sind. Willi und Simone sind eben gekommen, wow, Karo, du wirst staunen. Frühstück gibt's in einem tollen Auto. Bis gleich.«

Danach ist die Leitung tot. Ich reibe mit zwei Fingern meine Schläfen und denke nach.

Ach ja, wir wollen an die Küste fahren.

Willi hat auf Fehmarn im Yachthafen Burgtiefe ein Boot liegen. Langsam tröpfelt die Erinnerung zurück.

Nachdem ich Roger ordentlich unter Druck gesetzt und meine innere Genugtuung mit einem bunten Cocktail gefeiert hatte, wurde der heutige Tag geplant.

Ich schleppe mich ins Bad und stöhne auf, als ich mein zerknautschtes Gesicht im Spiegel sehe. Nach einer Katzenwäsche spute ich mich, in die Klamotten zu kommen.

Bruni hat nicht zu viel versprochen. Als ich den weißen Audi Q7 sehe, bin ich komplett aus dem Häuschen.

Wie kommt eine Wurst wie Willi an so ein Auto?

Willi steigt aus, er verstaut meine Reisetasche im Kofferraum. Ich setze mich neben Bruni auf den Rücksitz und versinke in butterweiche schwarze Ledersitze. Auf der großen Mittelkonsole warten gut belegte frische Brötchen und eine Designer-Thermoskanne mit Kaffee.

»Was für ein Service!« Ungeniert mache ich mich über ein Käsebrötchen her.

»So, Mädels.« Willi klopft unternehmungslustig aufs Lenkrad. »Schnallt euch an, in spätestens zwei Stunden stechen wir in See.«

Während Simone losplappert, nimmt Bruni einen kleinen Notizblock aus der Tasche und kritzelt etwas darauf. Unauffällig reicht sie mir den kleinen Block samt Stift. Wir schreiben im Wechsel.

Bruni: Ich tippe auf Rent-a-Car.
Ich: Nein, er ist kein Angebertyp. Der hat was …
Bruni: Du meinst wohl Geld.
Ich: Ja. Schau mal, wie gepflegt er ist. Sieh dir seine Fingernägel an. Erstklassige Maniküre.
Bruni: Stimmt. Und die Klamotten, feinster Zwirn.

Simone dreht sich zu uns um. »Also, wenn ich mal zwanzigtausend Euro hätte, dann würde ich mir auch so ein Auto kaufen.«

Bruni hält sich eine Hand vor die Augen. »Und wie willst du den Rest finanzieren?«

Simone zuckt die Schultern. »Sparkasse? Oder … Volksbank?«

Im Rückspiegel sehe ich, wie sich kleine Lachfalten um Willis Augen zusammenziehen.

Bruni reicht mir erneut den kleinen Block.

Glaub mir, Karo, Simone ist die Ausnahme in unserer Familie. Alle anderen sind geistig unauffällig.

Ich verkneife mir ein Lachen, gähne stattdessen und widerstehe dem Impuls, meine Augen zu schließen, um ein Nickerchen zu machen. Bruni, Willi und Simone scheinen ebenfalls müde zu sein, jeder hängt seinen Gedanken nach.

Auf der Fehmarn-Sund-Brücke steigen Kindheitserinnerungen in mir auf, ich genieße den freien Blick über die Ostsee. Willi steuert zuerst ein Fischgeschäft in Burgstaaken an, wir versorgen uns mit Proviant. Frische Scampi, geräucherte Scampi und Rollmöpse, sowie zwei große frische Dorsche werden von einer freundlichen Verkäuferin in Tüten gepackt.

Wir Mädels protestieren lautstark, als Willi wie selbstverständlich sein Portemonnaie zücken will.

Ich begleiche die Summe, stecke den Bon ein. Bruni und Simone wollen mir in der kommenden Woche je ein Drittel des Geldes wiedergeben.

In Burgtiefe entpuppt sich Willis Boot als eine 22 m lange Motoryacht mit Flybridge. Vor uns liegt in atemberaubender Schönheit die *Windflower II.* Bruni stößt zwei Finger in meine Rippen und zieht mich ein wenig beiseite.

»Hör mal, Karo, Willi ist mir unheimlich.«

»Ja«, flüstere ich. »Mir auch.«

Bruni fasst sich als Erste.

»Willi? Sag mal, ist es indiskret, wenn ich frage, mit welch harter Arbeit du dein Geld verdienst?«

»Nein«, antwortet er bestimmt. »Ich verdiene nicht durch harte Arbeit Geld. Mein Vater schwingt das Zepter in der Firma, ich bin lediglich der Handlanger. Er baut Yachten. Solche wie diese hier. Er ist froh, wenn er mich nicht zu Gesicht bekommt. Diese Yacht hat er mir vor zwei Jahren zum Geburtstag geschenkt, wohl aus dem Grund, dass ich, so oft es geht, damit unterwegs sein werde.«

Er hilft uns galant an Deck. Als wir alle an Bord sind, klopft er sich wie Tarzan auf die Brust.

»Mein Vater hat sich immer einen Sohn gewünscht, einen *starken, kräftigen* Sohn.« Er breitet die Arme aus und schaut an sich hinab. »Und seht, was er bekommen hat. Ein schmächtiges Bürschchen, das, wo es geht und steht, nicht ernst genommen wird. Ich glaube, er schämt sich für mich. Mir steht ein dickes Bankkonto zur Verfügung, ich brauche kaum zu arbeiten, im Grunde darf ich mich nicht beschweren.«

Simone rettet die Situation, die ins Melancholische zu kippen droht.

»Ich finde dich hinreißend, Willi, ich mag dich und bin froh, dich kennengelernt zu haben.«

»Wir auch«, versichern Bruni und ich ehrlich.

Simone schmiegt sich von hinten eng an Willi, als er den Motor startet und die Yacht geschickt aus dem Hafen lenkt.

Wir genießen die Flybridge, während die *Windflower II* uns von der Küste Richtung Dänemark ›entführt‹. Der frische Fahrtwind treibt den letzten Funken Müdigkeit aus unseren Körpern. Wir ankern weit draußen, ich fühle mich ein klein wenig wie die Frau von Michael Schumacher.

Willi ermahnt mich, eine Sonnenlotion aufzutragen.

Ich winke lässig ab. So arg ist die Sonnenstrahlung nun auch wieder nicht.

Würde Willi in mein Beuteschema passen, würde ich Simone ab jetzt ein wenig beneiden. Er ist ein ganz lieber Kerl, der es wert ist, geliebt zu werden.

Er ist so zierlich, dass ich Bedenken habe, dass er von der Yacht geweht werden könnte. Gerade aus diesem Grund hätte sein Vater ihm den Rücken stärken müssen. Aus den Augenwinkeln beobachte ich, wie charmant er mit Simone flirtet, die seine Zuwendung genießt. Die beiden passen, trotz des Größenunterschiedes, recht gut zusammen.

Nachdem wir gemeinsam das Mittagessen zubereitet haben, duftet es nach gegrilltem Fisch und Knoblauch. Das Menü schmeckt vorzüglich, noch nie habe ich in einer solchen Atmosphäre gespeist. Das Wasser glitzert blau in der strahlenden Sonne.

Wir Mädchen haben keine Lust auf Alkohol, der gestrige Abend war ›feucht‹ genug. Wir ergötzen uns an eisgekühltem Mineralwasser mit Zitrone.

Während meine Finger die saure gelbe Fruchtscheibe aus dem Glas fischen, fällt mir mein Sturz auf das ›gelbe Hemd‹ ein. Irgendwie kam mir das Gesicht des Mannes bekannt vor. »Sagt mal, dieser Typ, der mich gestern Abend aufgefangen hat. Irgendwie kam der mir bekannt vor. Ich kann mir nicht erklären woher.«

Willi gähnt. »Vielleicht aus den Medien. Im *Kakadi* verkehrt echt viel Prominenz.«

Wir reizen den Tag bis zur letzten Minute aus. Gegen 21 Uhr sind wir zurück in Hamburg. Ich muss gestehen, so bescheiden das Wochenende anfing, so wunderschön endet es. Ich hätte Willis Rat, mich einzucremen, beherzigen sollen. Mich plagt ein Sonnenbrand.

7. Die Wette

In der Kantine sitze ich wie ein bunter Pfau unter lauter schwarzen Schafen. Mein giftgrünes Kleid passt hervorragend zu meinen Haaren, jedoch nicht zum Anlass.

Genervt zische ich Bruni an, die neben mir sitzt. »Hättest mir ja auch sagen können, dass du heute in dunklen Klamotten kommst.«

Bruni zischt zurück: »Karo, das versteht sich doch von selbst. Der Chef ist am Freitag verstorben! Schon vergessen?«

Herr Dröpjes, unser Ober-Werbe-Fuzzi, der das Gespräch mitbekommt, dreht sich zu mir um.

»Da hat aber jemand die Nase vorwitzig in die Sonne gehalten, was?«

Ich habe den Stinkefinger schon im Anschlag, kann mich jedoch gerade noch beherrschen, ihn zu zeigen. »Wird halt nicht jeder so schnell braun wie ich. Nur kein Neid, Herr Dröpjes.«

Dröpjes schüttelt lachend den Kopf und nagelt mich ohne lange Vorrede fest. Ich habe ihm widersprochen, ich hätte wissen müssen, dass er das nicht durchgehen lässt.

»Und, Frau van Goch? Ist Ihnen während Ihres Sonnenbades eingefallen, dass ich schon seit vierzehn Tagen auf die Abrechnung der Werbepartner warte?«

»Ich weiß ja nicht, was Sie für einen Arbeitsvertrag haben, Herr Dröpjes. In meinem steht jedenfalls, dass ich die Wochenenden zur freien Verfügung habe. Und gestern *war* Sonntag. Da denke ich grundsätzlich nicht nach …, an Samstagen übrigens auch nicht.«

Unser Disput wird unterbrochen, als Paul Geiger die Manege betritt. Der Pförtner hatte sämtliche Mitarbeiter von *Jummy-Gum* heute früh angewiesen, die Kantine aufzusuchen. Der Junior wollte einige persönliche Worte an alle Mitarbeiter richten.

Ich sehe Paul Geiger. Nein, auch Adonis … und das ›gelbe Hemd‹ in einer Person. Es fällt mir wie Schuppen von den Augen.

In meinem Kopf herrscht eine Unordnung wie in meiner Kramschublade in der Küche. Da fliegt auch alles Mögliche herum. Gummibänder, eine alte Haarbürste, Schrundencreme für meine Füße … und ach ja, meine Vitaminpillen.

In diesem Augenblick sieht die dreigeteilte Heiligkeit direkt in meine Augen. Für einen kurzen Moment zucken seine Mundwinkel verdächtig, dann lässt er den Blick ruhig über die gesamte Belegschaft gleiten und fängt an zu reden.

Mir ist übel, mir ist schlecht, ach was … ich bin einer Ohnmacht nahe. Ein feiner Schweißfilm bildet sich auf meiner Oberlippe, ich bekomme wie aus heiterem Himmel einen unbändigen Harndrang. Das, was ich auf dem Spielplatz veranstaltet habe, ist eindeutig kriminell. Aber gut. Roger wird den Schaden bezahlen, aus der Nummer bin ich raus. Dennoch wird sich herausstellen, dass ich nicht Frau Magnussen bin und keine Zwillinge habe. Noch ist nichts verloren. Vielleicht hat mich Paul Geiger gar nicht wiedererkannt? Ich meine, ich bin ja eher der Typ Nullachtfünfzehn. Zumindest, wenn man sich die roten Haare wegdenkt.

Ich versuche mich abzulenken, indem ich auf Dröpjes schwarzes Jackett starre und anfange, die kleinen Schuppen auf seinem Kragen sowie Schulterpolster zu zählen. Normalerweise finde ich Schuppen ekelhaft, jetzt bin ich dankbar, dass Dröpjes unter Schuppenbefall leidet.

Ich ignoriere Paul Geiger, höre nicht hin, was er von sich gibt. Mein Blasendruck ist mittlerweile so stark, dass ich meinen Zählvorgang unterbreche und mich leise, aber so schnell es geht, in die Kantinentoilette begeben will.

Klar, in den Klamotten und dem puterroten Gesicht falle ich ja gar nicht auf.

Kurz vor der rettenden Tür höre ich Paul Geigers Stimme.

»Machen Sie langsam. Frau … Frau …«

Die Piefke hilft aus.

»Frau van Goch.«

»Frau van Goch«, wiederholt er meinen Namen betont langsam. Der hat mich hundertprozentig erkannt, mir wird ganz flau im Magen.

Nachdem sich meine Blase erleichtert hat und ich in die Kantine zurückgehe, löst sich die Belegschaftszusammenkunft bereits auf. Es bildet sich eine Schlange, denn jeder Firmen-Angehörige bleibt für wenige Sekunden beim Juniorchef stehen, um ihm mit gefühlvollen Worten sein Beileid auszudrücken.

Die Piefke steht mit tränenden Augen wie eine Statue neben Paul Geiger, ab und an tupft sie mit einem Taschentuch Tränen aus den Augenwinkeln.

Bruni steht schon ziemlich weit vorn bei den Wartenden. Ich wage es nicht, mich zu ihr vorzudrängeln, und fühle mich, in der Stunde der Not, schrecklich allein gelassen.

Ich bilde das Rücklicht der Schlange, vor mir stecken Heike Gebauer und Ulrike Assmann die Köpfe zusammen.

»Was für ein Gott von Mann. Jammerschade, dass der auf Kerle steht«, wispert die Assmann.

Heike Gebauer seufzt zustimmend. »Ja, wirklich jammerschade. Für den würde ich freiwillig den Parkettboden wischen.« Noch leiser fügt sie hinzu: »Nackig, in Stilettos.«

Normalerweise hätte ich jetzt geschmunzelt, mir ist aber nicht nach Lachen zumute. Je näher ich Paul Geiger komme, desto unbehaglicher wird mir. Ich überlege, mit welchen Worten ich mein Beileid ausdrücken soll, mir fällt nichts Passendes ein. Jetzt ist die Assmann an der Reihe, ich spitze die Ohren.

Sie sagt sanft und mitfühlend: »Ihr Vater war ein sehr guter Chef, wir aus der Buchhaltung sind alle zutiefst betroffen und werden Ihren Vater sehr vermissen.«

Ja, der Satz ist gut! Mit diesen Worten ist alles ausgedrückt. Jetzt streckt Geiger Junior mir die Hand entgegen, seine hellgrünen Augen ruhen auf meinem Gesicht.

Mit einem festen Griff drücke ich mutig die dargebotene Hand und höre mich sagen: »Ihr Vater war ein sehr guter Chef, wir aus der Buchhaltung sind alle zutiefst betroffen und werden Ihren Vater sehr vermissen.«

Gundula Piefke erwacht aus ihrer Erstarrung und schenkt mir einen schulmeisterhaften Blick.

»Verzeihung«, stammele ich. »Aus dem Sekretariat, wir … ich … aus dem Sekretariat.«

Frau Piefke greift ein. »Frau van Goch war anwesend, als ihr Herr Vater verstarb.«

Wieder führt sie ihr Taschentuch an die Augen.

Geiger lockert den Händedruck, und als ich ihm meine Hand schnell entziehen möchte, greift er wieder fester zu und nickt verstehend, bevor meine Hand endlich wieder meine ist.

»Frau van Goch, wenn ich Sie auf einen Kaffee bitten darf?« Er macht eine einladende Geste Richtung Kaffeebar. »Mir bleiben noch ein paar Minuten, ich werde erst in einer Viertelstunde zum Flughafen gefahren.«

Mit wackeligen Beinen lasse ich mich von ihm zu der Polstergruppe leiten. In meinem Gehirn formt sich eine Gedankenkette. Intuitiv spüre ich, dass er mich erkannt hat. Der Wind muss raus aus den Segeln, und zwar sofort.

Nach 15 Minuten sitze ich wieder an meinem Schreibtisch, der Spuk ist vorbei. Ich kann mir auf die Schulter klopfen. Wenn ich nicht genial bin, wer dann.

Bruni kapiert die Zusammenhänge mit dem Jaguar, der Tusnelda sowie den Zwillingen nicht so recht und ich erkläre ihr nun zum dritten Mal, was sich zugetragen hat. Vor allem, dass Adonis sowie Paul Geiger ein und dieselbe Person seien.

Nachdem sie endlich begriffen hat und pausenlos »Ach du Schande« murmelt, schiebe ich das ›gelbe Hemd‹ aus dem *Kakadi* hinterher.

»Verdammter Mist.« Sie schließt die Augen.

Ich tätschele beruhigend ihre Hand, die nervös mit einem Kugelschreiber spielt. »Alles im Griff, Bruni, alles ist gut. Zuerst hat Geiger der Zweite sehr mitfühlend reagiert, blabla …, wegen seines Vaters, dass ich sein Ableben so hautnah mitbekommen hätte. Ich habe darauf geantwortet, dass ich erst einige Tage Urlaub nehmen wollte, weil … na ja, das alles verkraften … nicht so einfach sei. Und jetzt halte dich fest! *Er* meinte daraufhin, dass dem nichts im Wege stünde, dass ich drei Tage bezahlten Urlaub nehmen könne. Und jetzt kommt es!«

Ich hauche auf meine Fingernägel und poliere sie lässig an meinem Kleid.

»Nein, habe ich gesagt und mich für das großzügige Angebot bedankt. Aber, zu Hause hätte ich momentan weniger Ruhe, weil meine Zwillingsschwester mit ihren Kindern … ha, ha, ha …, ebenfalls Zwillinge, in dieser Woche bei mir wohnen würden.«

Bruni reißt ungläubig die Augen auf.

»Dann erklärte ich, dass mein Schwager, Dr. Magnussen, Oberarzt sei und dermaßen überarbeitet wäre, dass er mal eine Pause von seinen temperamentvollen Frauen bräuchte. Ganz nebenbei erwähnte ich, dass meine Nichten ständig Unfug machen würden. Zuletzt hätten sie mit einem dicken Nagel eine Nobelkarosse zerkratzt, meine Schwester wäre fix und alle. Ich hätte mich am Samstagabend im *Kakadi* an der Alster von diesem ganzen Stress ausgiebig erholt.«

Brunis Kinnlade klappt runter. »Ganz ehrlich, Karo. Ich bin schwer beeindruckt. Mir wären diese Ausreden nicht so schnell eingefallen.«

»Geiger ahnt nicht das Geringste. Ich habe quasi die Glut mit nackten Füßen ausgetreten.«

Die Piefke verabschiedet sich zwei Stunden vor regulärem Dienstschluss. Sie reibt ihre Schläfen und erklärt, ihr ginge es nicht gut. Ihre Sprache klingt ein wenig unartikuliert, ich hege den Verdacht, dass sie in ihrem stillen Kämmerlein die Trauergefühle mit zwei bis fünf Con-Jäckchen betäubt hat.

Nachdem sie aus dem Büro verschwunden ist, runzele ich die Stirn. »Die wird doch wohl nicht mit dem Saufen anfangen?«

Bruni lacht und steht entschlossen auf. »Na, dann wollen wir mal sehen, welches ›Waffenarsenal‹ die Gundula in ihrem Schreibtisch hat.«

Bevor ich protestieren kann, ist Bruni im Raum der Chefsekretärin und macht sich bereits über die Schreibtischschubladen der Piefke her.

»Ha, da haben wir es schon«, ruft sie triumphierend und schraubt mit flinken Fingern den Verschluss eines silbernen Flachmanns auf, schnuppert dran und verzieht das Gesicht, als würde sie an verdorbenem Fisch riechen.

»Boah, das Gesöff hier hat mindestens vierzig Prozent!«

Als sich die Bürotür schwungvoll öffnet und die Assmann reingestürmt kommt, lässt Bruni vor Schreck das verchromte Teil auf Piefkes Schreibtisch fallen, dessen Inhalt sich auf säuberlich ausgedruckte Briefe ergießt.

Bruni flucht und herrscht die Assmann an.

»Verdammt. Kannst du nicht anklopfen, Ulrike?«

Die pummelige Mittvierzigerin erfasst die Situation mit einem Blick. Sie kratzt mit ihren viel zu langen künstlichen Fingernägeln den Ansatz ihres Doppelkinns.

»Hast du gefunden, was du gesucht hast?«, entgegnet sie schnippisch.

Obwohl Brunis Teint sich feuerrot färbt, behält sie die Fassung und tupft mit den herunterhängenden Zipfeln ihres langen Schals hastig die alkoholische Pfütze von den Papieren. Sie versucht jedenfalls etwas zu retten, aber die Briefe sind definitiv hinüber.

»Da! Schau, was du angerichtet hast!«, schleudert sie der Buchhalterin entgegen.

»Die ganzen Briefe hast du versaut!«

Brunis Gesichtsausdruck verrät, dass sie die Anschuldigungen Ulrike gegenüber als gerechtfertigt sieht. Ich könnte mich vor Lachen in die Ecke werfen.

Der Assmann geht es genauso. Sie tippt sich gegen die Stirn und kichert.

»Gut, dass *du* nicht bei der Staatsanwaltschaft arbeitest. Die Unschuldigen säßen im Knast, während die wahren Verbrecher im Kino Filme gucken würden.«

Mit wenigen Schritten ist sie neben Bruni, nimmt die versauten DIN-A-4-Seiten, reißt sie in Stücke, die sie flott in ihrem üppig gefüllten Ausschnitt verschwinden lässt. Dann greift sie burschikos nach ihrer gewaltigen Oberweite und wackelt sie hin und her.

»So. Erledigt!«

»Und wenn die Piefke morgen die Briefe sucht?«

Brunis ›Coolness‹ klingt jetzt irgendwie ängstlich.

Ulrike zuckt mit den Schultern und schaut Bruni unschuldig an. Danach zieht Bruni die Schultern hoch und sieht mir, noch unschuldiger, in die Augen.

»Also, ich kann mir das nur so erklären«, sage ich im Brustton der Überzeugung, »dass die Reinigungsfrauen schon mal etwas entsorgen, was nicht entsorgt werden sollte.«

»Stimmt genau!« Brunis Gesichtshaut hat wieder eine normale Farbe. Sie schraubt den Flachmann sorgfältig zu und legt ihn zurück in die Schreibtischschublade, die sie mit einem lauten Knall schließt. Dankbar sieht sie die Assmann an. »Und was können wir für dich tun, *liebe* Ulrike?«

Sie nimmt ihren Schal ab und wirft ihn achtlos auf die Tastatur ih res PC. Die Assmann schwingt sich auf die Schreibtischkante und fingert an einer zugebundenen Skimütze mit langen Bändern, die sie an ihrem Gürtel befestigt hat. Sie schimpft leise, weil sich der Knoten nicht lösen lässt. Bruni und ich warten fragenden Blickes, was das werden soll.

Während Ulrike weiter fummelt, bringt sie stoßweise heraus: »Wir … haben schon einhundertundfünf Euro … allein … aus … der Buchhaltung zusammen.«

Bruni verschränkt die Arme. »Wir brauchen doch nicht so viel Geld für einen Belegschaftskranz.«

»Quatsch … Kranz!«

Endlich hat sie die Wollbänder entwirrt und legt das Wollteil vor uns hin. »Wir schließen Wetten ab, ob der Geigenpaul schwul ist oder nicht.«

Bruni und ich sehen uns verdutzt an.

»Heike ist auf die Idee gekommen. Heike Gebauer.«

Ich finde zuerst die Worte wieder. »So ein Blööödsinn, ehrlich! Wie sollten wir herausfinden, ob er schwul ist oder nicht. Was sagst du dazu, Bruni?«

Bruni scheint, im Gegensatz zu mir, die Wette nicht für so blödsinnig zu halten.

»Tja, warum nicht? Wir könnten ihn abends bespitzeln. Im *Kakadi* hat er ja auch mit einem Kerl in einer schummerigen Nische gesessen. Und mal ganz ehrlich, Karo, wenn die sich geküsst hätten, das hätte doch niemand gesehen! So dunkel, wie es da war? Zack ein Foto … und wir könnten uns ein paar schöne Klamotten kaufen.«

Bruni beißt sich auf die Lippen, zu spät, denn jetzt war es heraus.

»Was? Ihr habt den schon in flagranti erwischt? Ist das nicht diese Promi Diskothek … dieses *Kakadi*?«

Ulrikes kleine Schweinsaugen huschen abwechselnd zwischen Bruni und mir hin und her.

Ich will das absolut nicht so stehen lassen. »Dreh uns nicht das Wort im Mund herum, Ulrike«, sage ich rigoros. »Wir haben gar nichts gesehen.«

Unter dem Tisch trete ich kräftig nach Brunis Beinen.

»Auaaa! Ja doch! Karo hat recht. Wir haben echt nichts erkennen können. Es war ja ganz dunkel. Die hätten sich auch geschäftlich treffen können. Allerdings, geschäftlich? Im *Kakadi*?«

Ich trete noch fester zu, Bruni schreit erneut auf und reibt sich ihr Schienbein, während sie mich böse anfunkelt.

Sie rudert zurück. »Stimmt, das Treffen muss ja nichts mit seiner sexuellen Veranlagung zu tun gehabt haben. Aber, ich setze ebenfalls. Und ich sage ja, er ist schwul.«

Hastig kramt sie in ihrer Handtasche nach der Geldbörse und wirft tatsächlich fünfzig Euro in die filzige Mütze.

Dann sieht sie mich herausfordernd an. »Komm, sei keine Spielverderberin. Mach auch mit.«

Zögernd werfe ich zwanzig Euro hinterher und fühle mich gar nicht gut dabei. Während die Assmann das Wollteil wieder an ihren Gürtel bindet, erklärt sie die Spielregeln.

»Also, es *muss* ein Beweis erbracht werden, dass er schwul ist. Ich meine natürlich einen *richtigen* Beweis. Ein Foto, ein Video … halt eine eindeutige Situation. Hier ist Fantasie gefragt, wie man an derartige Beweismittel gelangen könnte.«

Im Geiste sehe ich die gesamte Belegschaft von *Jummy-Gum*, die hinter Paul Geiger herspioniert, und ärgere mich, dass ich mich überhaupt mit einem Einsatz beteiligt habe. Was für ein schwachsinniges Unternehmen.

Zufrieden trägt Ulrike unsere Namen und Einsätze in eine Liste ein, rutscht vom Schreibtisch, um sich auf den Weg nach weiteren Wetteinsätzen zu machen.

»Wenn *das* rauskommt, Bruni, sind wir alle dran.« Mit Brunis Schal wische ich an der Stelle über den Schreibtisch, an der die Assmann vor Sekunden gesessen hat.

»Sei keine Angstbuchse.«

Fröhlich pfeift sie die Melodie von Mickie Krauses *Finger im Po Mexiko* und räumt ihren Arbeitsplatz auf.

»Das nennt man Verleumdung, üble Nachrede … Gerüchte in die Welt setzen.«

Bruni gibt mir einen Nasenstupser. »Hör schon auf. Große Mädchen machen nicht mehr in die Hosen.«

Mit einer galanten Geste wirft sie mir ihren Schal um den Hals. Brunis gute Laune ist ansteckend. Wir albern noch, bis wir in der Tiefgarage unsere Autos aufschließen, herum. Eine gemütliche Arbeitswoche liegt vor uns. Wenn die Katze aus dem Haus ist, tanzen die Mäuse auf dem Tisch.

Beim Anlassen meines Corsas röhrt es unerträglich laut.

Bruni öffnet die Fahrertür und schreit, damit ich sie überhaupt verstehen kann.

»Dein Auspuff, Karo. Ich glaube, dein Auspuff ist kaputt. Oder hast du den Kleinen tunen lassen?«

Bruni hört nicht auf, zu gackern. Obwohl ich weiß, dass ich in den nächsten Tagen viel Geld für einen neuen Auspuff auf den Tisch legen muss, lache ich mit. Heute führt mich also nicht der Hunger, sondern mein knatternder Auspuff in mein Elternhaus. Mein Vater wird wissen, was zu tun ist.

8. Dienstgeiles Arschloch und böse Hormone

Auf dem letzten Stück Landstraße überholt mich ein Polizeiauto. »BITTE FOLGEN … BITTE FOLGEN« Ein roter Schriftzug leuchtet immer wieder auf. Ich folge brav den Gesetzeshütern in eine Parkbucht, schnalle mich ab und kurbele das Fenster herunter. Bewusst charmant strahle ich den feisten Polizeibeamten, der seinen dicken Kopf unverschämt weit in den Innenraum meines Corsas steckt, an.

Er weicht sofort ein wenig zurück und eine Reihe strahlend weißer Zähne grinsen mich breit an.

»Na? Wir haben wohl zwei kleine Problemchen, was?«

Ich ärgere mich über das ›wir‹, das ich in diesem Augenblick für vollkommen unpassend halte. Der andere Beamte steigt gleichfalls aus und lehnt lässig an seinem Dienstfahrzeug.

»Was? Sie auch? Ich meine, haben Sie auch einen kaputten Auspuff?« Ich finde meinen Witz lustig, der bullige Typ in Blau eher nicht. Er schiebt seine Mütze ein wenig nach hinten und kratzt sich die Halbglatze.

»Wir haben wohl heute statt Benzin eine Menge gute Laune getankt, was?«

Ich lege nach. »Stimmt. Na, dann sind wir ja schon zu zweit.«

Jetzt grinst der Herr Polizist nicht mehr.

»Steigen Sie mal bitte aus Ihrem Fahrzeug aus, junge Frau. Sie scheinen nicht nur gute, sondern besonders hochprozentige Laune getankt zu haben.«

Lässig krame ich in meiner Handtasche nach den Papieren, knalle sie dem Fettsack wütend in die Hand und steige schwungvoll aus.

Während er die Papiere genauestens unter die Lupe nimmt, gibt er seinem Kollegen Anweisung.

»Günni, mach mal einen Atem-Alktest klar.«

Ich koche innerlich, mir wird heiß und ich zerre Brunis Schal von meinem Hals. Jetzt rieche ich es auch. Der Typ denkt, dass ich Alkohol getrunken habe! Ich schnüffele an Brunis Schal. Igitt.

Wie ein Schulmädchen stehe ich jetzt vor der ›Uniform‹ und spare mir eine Erklärung. Er wird mir eh keinen Glauben schenken.

Günni kramt im Polizeifahrzeug herum und der bullige ›Bulle‹ widmet sich meinem Auspuff. Er geht auf die Knie und leuchtet mit seiner Stablampe den hinteren Bereich unter dem Corsa ab und klopft dabei so aggressiv auf dem Blechtopf herum, dass der Rost nur so rieselt.

»Das müssen *wir* aber schnell beheben lassen, Frau van Goch.« Er baut sich wieder vor mir auf, sieht mich abwartend an, ob ich ihm vorschlage, ›unseren‹ Wagen selber in die Werkstatt zu fahren. Ich blinzele ihn an, weil mich die Sonne blendet. Einen Dreck werde ich tun.

Zackig antworte ich. »Ja, Sir«, so wie ich es aus amerikanischen Krimis kenne. Er schmunzelt.

Günni reicht ihm das Testgerät, er hält es mir unter die Nase. »Pusten Sie da mal kräftig rein.«

Mit dem Gerät in der Hand mache ich einige Schritte auf den netteren Polizisten zu und nuschele leise Richtung Fettwanst »Dienstgeiles Arschloch«.

Jetzt ist der ›Freund und Helfer‹ vollkommen angepisst.

»Es ist Ihnen bewusst, dass das eben eine Beamtenbeleidigung war, ja? Sie erhalten eine Anzeige.«

Mit erhobenem Blick biete ich ihm Paroli. »Wir hören wohl heute etwas schlecht, was? Ich habe nichts und niemanden beleidigt.« Das muss dieser Trottel erst einmal beweisen, dass ich *das* gesagt haben soll. Er wühlt erneut in meinen Papieren und schreibt und schreibt.

Ich spiele die Ahnungslose und puste kräftig durch das Röhrchen und freue mich, dass das Gerät mich als ›Clean‹ bestätigt. Ich habe den Eindruck, dass Günni sich mit mir freut. Er gibt mir leise den Rat, jetzt besser den Mund zu halten. Er meint tatsächlich, dass mich dieser ›Spaß‹ um die achthundert Euro kosten könnte.

Jetzt steigt auch die Abneigung gegen Günni. Der spinnt doch! Pennen die denn alle während ihrer Ausbildung?

Für achthundert Euro buche ich locker zwei Wochen Mallorca in der Nebensaison. Als ich endlich fahren darf, gebe ich Gas und schreie alle bösen Schimpfwörter, die mir einfallen, lauthals heraus.

In der gesamten Birkenstraße werden Gardinen beiseite geschoben, als ich mit dem röhrenden Auspuff angeknattert komme.

Opa Heini steht bereits an der Garagenauffahrt und winkt mir fröhlich zu. »Na, dich hört man ja schon von ganz Weitem. Dem Geräusch nach zu urteilen dachte ich, ich krieg einen Ferrari zu sehen.«

Jetzt tanzen auch die Zwillinge an und begrüßen mich stürmisch. Conny ist also auch da. Kaum gedacht, taucht sie ebenfalls auf.

»Du solltest hier wieder einziehen, Karo«, spöttelt sie. »Dann kannst du Benzingeld sparen.«

Was für ein netter Empfang.

»Gleiches wollte ich dir gerade vorschlagen«, erwidere ich frech. »Dann sparst du zig Paar Schuhe im Jahr. Und für deine Kinder auch.«

Meine Eltern tauchen gleichzeitig auf, nach einer kurzen Umarmung sieht mein Vater sofort nach dem Störenfried aus Blech.

»Ihr sollt euch nicht immer Bösartigkeiten an den Kopf werfen, Kinder.« Meine Mutter schüttelt den Kopf.

Ich mir nicht verkneifen zu erklären, dass Conny ständig anfängt zu ärgern. Ich laufe mit den Zwillingen um die Wette in den Garten und freue mich, dass die Kohle im Grill bereits glüht. Mein Vater und Opa Heini fummeln am Auspuff, meine Mutter verschwindet in die Küche.

Conny fängt erneut an zu stänkern. »Riecht man es eigentlich bis in eure Kaugummi-Fabrik, dass hier der Grill angezündet wird?«

Ich antworte nicht, sondern frage die Zwillinge, wie es in der Schule läuft.

Meine Schwester provoziert ungeniert weiter.

»Und wieder ist dein Paul nicht dabei. Sag mal, Karo, erfindest du deine Freunde eigentlich alle oder existieren die wirklich.«

»Paul ist geschäftlich in London«, entgegne ich ruhig, denn Conny ist in einer ganz gefährlichen Stimmungslage. Stimmt ja auch wirklich, dass Paul Geiger in London ist. Gelogen ist *lediglich*, dass er mein Freund ist, aber das weiß Conny nicht, die komischerweise mal richtig mit ihrer Vermutung liegt. Die Zwillinge verfolgen gespannt unseren Dialog.

Nannis Zeigefinger verschwindet in der Nase, ich weiß, dass das kein gutes Zeichen ist. Sie scheint etwas ›ausgefressen‹ zu haben.

Hanni sieht mich grinsend an und reibt Daumen und Zeigefinger aneinander. »Zssst …«, kommt es leise über ihre Lippen.

Ich kapiere sofort. Die kleinen Biester haben auf dem Schulhof die Luft aus Fahrrädern gelassen.

»Ich lade euch ein, Karo. Deinen Paul und dich, wann würde es euch denn passen? Am besten an einem Samstagabend, dann haben wir viel Zeit zum Quatschen.« Sie betrachtet erst gelangweilt ihre abgesplitterten Fingernägel, dann schaut sie mich lauernd an. Ich muss einen Moment nachdenken, darum wende ich mich wieder den Zwillingen zu.

»Und? Ist alles gut gegangen?«

Nanni nickt, ohne den Finger aus der Nase zu nehmen, Hanni kichert albern und lümmelt sich auf dem großen Gartenstuhl.

Sie legt einen Zeigefinger auf die Lippen. »Psst«, flüstert sie leise.

Ich nicke grinsend, weiß jedoch nicht so recht, ob ich stolz auf mich sein soll. Leise seufzend stelle ich fest, dass es jetzt zu spät ist, sich Vorwürfe zu machen.

»Ich muss erst mit Paul reden, Conny. Ich kenne seinen Terminkalender nicht. Außerdem weiß ich nicht, wie lange er in England bleiben wird.«

Sie lächelt süffisant. »Was treibt er denn so? Im Ausland.« Sie bohrt gnadenlos weiter.

»Er besucht Kongresse … und so.«

»Was macht Paul überhaupt beruflich?« Wieder schielt sie scheinheilig auf ihre Fingernägel.

»Ähm …, er ist in der Forschung tätig. Er forscht.«

Ich räuspere mich. »Gummi. Er ist in der Gummiforschung tätig. Für Autoreifen. Damit die beim Bremsen nicht so quietschen, verstehst du? Damit sie nicht so porös werden. Ich meine, das machen die ja mal gerne, wenn die länger im Keller liegen.«

Ich schicke ein Stoßgebet zum Himmel und danke den Internetseiten des ADAC, auf denen ich mich im vergangenen Winter in puncto Autoreifen schlaugemacht habe.

Hastig krame ich in den Aktenschränken meines Gehirns.

Nanni hört aufmerksam zu. »Papa hat auch Reifen im Keller liegen. Die kann Paul sich mal angucken. Nicht wahr, Mama?«

Conny grinst scheinheilig. »Sicher Schatz. Sicher.«

»Ja«, füge ich hinzu. »Und die Profile! Mensch, Conny, was es da alles noch zu forschen gibt. Ich könnte Paul stundenlang zuhören, wenn er über die Profile eines Autoreifens doziert.«

Ich atme tief durch, als mein Vater und Opa Heini zu uns auf die Terrasse kommen, meine Schwester kann mich nicht weiter ausfragen.

»Karo, der Auspuff ist voll hinüber. Lass den Wagen hier stehen, du kannst den Benz nehmen, bis dein Kleiner fertig ist. Ich mache morgen einen Termin in der Werkstatt, ich kümmere mich darum.«

Zutiefst gerührt springe ich auf und umarme erst meinen Vater, danach Opa Heini herzlich und drücke beiden einen schmatzenden Kuss auf die Wange.

»Ihr seid die Besten!« Insgeheim freue ich mich, mal wieder Mercedes fahren zu dürfen. Meine Mutter kommt in diesem Moment mit einem Tablett voller Fleisch und einer großen Schüssel Kartoffelsalat aus dem Haus.

»Und ich?«, ruft sie lachend. »Wer lobt mich?«

Ich nehme ihr das Fleischtablett aus der Hand und streichele zärtlich ihre Wange. »Mama, du bist eh die Allerliebste!«

Die Zwillinge nehmen eifersüchtig *ihre* Oma in Beschlag und schubsen mich energisch beiseite.

Conny verdreht die Augen. »Siehst du, Karo, die Kinder merken ja schon, wie du dich einschleimst. Das ist ja schrecklich, wie alt bist du eigentlich. Ich kann mich nicht erinnern, dass mir der Hintern mal so gepudert wurde wie dir.«

Am liebsten würde ich meiner Schwester eine Backpfeife geben. Sie wird mindestens genauso von der Familie verwöhnt wie ich. Die Männer spüren die Gewitterfront und verschwinden ins Bad, um sich zu waschen. Meiner Mutter sehe ich an, dass sie die harten Worte ihrer großen Tochter schluckt. Sie überspielt die Situation, indem sie fröhlich in die Hände klatscht, bevor sie das Fleisch auf den Grill legt.

»So, Mäuschen und Kätzchen, jetzt wollen wir mal anfangen, ihr seid bestimmt hungrig. Helft ihr mir?«

Die Gelegenheit lassen sich die Irrwische nicht entgehen.

Flink wie die Wiesel greifen sie nach den langen Grillzangen und beobachten mit Argusaugen das Grillgut. Opa und mein Vater gesellen sich frisch gekämmt und gewaschen zu uns, als Conny ihren nächsten Pfeil, erneut auf meine Mutter, abschießt.

»Herrgott, Mama, die Kinder heißen Hanni und Nanni! Kannst du dir das denn nicht merken, so senil bist du doch noch gar nicht.«

Alle zucken erschrocken zusammen, als mein Vater mit der geballten Faust kräftig auf den Tisch schlägt. Die Gläser klirren, Opa Heini zieht erschrocken den Kopf ein.

»Jetzt ist Schluss, Conny! Den ganzen Nachmittag nervst du uns schon mit deiner schlechten Laune. Mal giftest du Opa an, danach bin ich dein Blitzableiter, dann freust du dich darauf, deine Schwester niederzumachen. Aber eines sage ich dir, Conny. Deine Mutter, deine Mutter lässt du in Ruhe! Dir wird der Hintern genug gepudert. Deine Mutter pudert und pudert, dass es nur so staubt! Und vor lauter Staub siehst du die Realität nicht mehr.«

Erneut kracht seine Faust auf den Tisch. »Du, *Kätzchen* und *Mäuschen*, seid jederzeit willkommen. Aber gegessen, gegessen wird ab heute bei euch zu Hause! Ja, bemerkst du denn gar nicht, dass Mama euch in den letzten Wochen jeden Abend beköstigt? Wie viel Arbeit dahinter steckt?«

Ich merke, wie mir das Blut aus dem Gesicht weicht, Conny scheint es ebenso zu ergehen, sie ist leichenblass und steht abrupt auf.

»Kommt, Kinder«, sagt sie mit brüchiger Stimme. »Kommt, Kinder, ab nach Hause. Wir sind hier nicht erwünscht.«

Als Hanni und Nanni sich an den Rockzipfel meiner Mutter klammern und nicht gehorchen wollen, bricht Conny förmlich auf dem Stuhl zusammen und fängt hemmungslos an zu weinen.

»Ich bin wieder schwanger«, schluchzt sie. »Wieder Zwillinge, ich bin im dritten Monat.«

Der Zorn meines Vaters weicht von einer Sekunde zur anderen. Er steht so hastig auf, dass der schwere Gartenstuhl quer über die Terrasse rutscht, und nimmt meine Schwester liebevoll in den Arm. Meine Mutter eilt hinzu und streicht Conny sanft über die Haare. Ich knie vor Conny und massiere dummerweise ihre Waden, weil alle anderen Körperteile belegt sind. Die Zwillinge können mit der Situation nichts Rechtes anfangen und eilen zum Grill.

Opa Heini rührt sich nicht vom Fleck, er hebt sein Glas mit gestrecktem Arm in die Höhe. »Na, dann mal Prost. Vielleicht auf Tom und Jerry?« Er kichert leise.

Ich drücke mein Gesicht auf Connys Oberschenkel. Jetzt nur nicht loslachen, sonst würde meine Schwester mit Sicherheit nach mir treten.

Opa übersieht den strafenden Blick meiner Mutter, die unter Tränen sagt: »Ach, Conny-Schatz. Die kriegen wir auch noch groß!«

Mein Vater fügt hinzu. »Aber erst einmal müssen wir deine bösen Hormone in den Griff kriegen! Wissen Kätzchen und Mäuschen schon davon?«

Conny schüttelt stumm den Kopf.

»Darf ich es ihnen sagen?«

Jetzt nickt Conny und wischt sich die Augen trocken.

An die Zwillinge gewandt ruft er: »Und was sagt ihr dazu, dass ihr zwei Geschwisterchen bekommt?«

Die Mädchen reißen die Münder auf, lassen die Wurst Wurst sein und stürmen auf ihre Mama zu. Wir alle treten beiseite, um den Kindern Platz zu machen.

»Juchu«, rufen beide und bedecken Connys Gesicht mit feuchten Küssen. »Zwillinge wie wir!«

Nanni bemerkt altklug, indem sie den Kopf ihrer Mutter tätschelt: »Na, dann dürfen wir dich nicht mehr ärgern, weil du Babys im Bauch hast.«

Hanni legt ihren Kopf auf Connys Bauch. »Seid mal alle still, ich will hören, ob ich was hören kann.«

»Ich will aber nur Schwestern«, mault Nanni. »Brüder finde ich doof! Wann kommen denn unsere Schwestern?«

Conny nimmt ihre ›großen‹ Mädchen in die Arme und scheint ein wenig überfordert zu sein.

»Kinder, das dauert noch über ein halbes Jahr. Aber dass ihr Schwestern bekommt, das kann ich euch nicht versprechen.«

»Und wenn nicht bald jemand Wurst und Koteletts umdreht, gibt es nicht nur keine Babys ohne Pullermann, sondern auch kein Abendessen«, bemerkt Opa Heini trocken.

Herrlich, wie sachlich Opa sein kann. Ich sprinte zum Grill und mein Großvater schlurft, samt seinem Weinglas, hinter mir her.

»Na, das wird noch was geben. Meine zweitliebste Enkelin kommt doch mit den Mädels kaum klar«, bemerkt er, als wir außer Hörweite sind.

Er schüttelt den Kopf, während er mir zusieht, wie ich das Grillgut wende. »Sind die denn zu doof zu verhüten?«

»Opa«, sage ich vorwurfsvoll. »Da dürfen wir uns nicht einmischen. Das ist Antons und Connys Entscheidung.«

Insgeheim bin ich jedoch seiner Meinung. Conny ist, seit die Zwillinge laufen können, ständig überfordert und lässt die Kleinen viel zu oft in der Obhut meiner Mutter, der die Arbeit auch nicht mehr so leicht von der Hand geht. Beklagen würde die gute Mama sich aber niemals, auch nicht über zwei weitere Enkel, die ihr mehr oder weniger aufgehalst würden.

»Wenn demnächst vier Bälger hier tagtäglich herumspringen und krakeelen, gehe ich ins Altersheim.«

Er nimmt einen so kräftigen Schluck Wein, als wolle er sein Vorhaben damit besiegeln.

»Weißt *du* eigentlich, wie oft du schon in ein Heim gehen wolltest, Opa?«, erwidere ich lachend.

»Stimmt«, sagt Opa, »mach ich ja doch nicht. Aber das wirst du niemandem verraten.«

Schmunzelnd nimmt er eine Gabel und stibitzt ein Miniwürstchen vom Grill. »Ein Druckmittel muss ich mir in diesem Haus noch erhalten, sonst machen die, was sie wollen.«

Jetzt, wo wir wissen, warum Conny ständig Streitereien anzettelte, sitzen wir entspannt und genießen das Abendessen. Meine Schwester bemüht sich freundlich zu sein, doch ihre Bemühungen scheitern. Sie schnauzt die Kinder an, weil sie viel zu viel Ketchup auf ihre Teller schütten, mein Vater greift beschwichtigend ein.

»Ich ärgere mich auch immer über diese Flaschen. Erst kommt gar nichts, und dann kommt alles auf einmal raus geschossen.«

Ich berichte begeistert von unserem Ausflug nach Fehmarn, von Willi und seiner tollen Motoryacht.

Conny nimmt das wehmütig zur Kenntnis. »So gut wie du möchte ich es auch mal haben, Karo. Nix am Hut, und auf der Ostsee herumschippern.«

Opa Heini rülpst leise. »Das kannst du dir vorläufig von der Backe putzen.« Einen Bruchteil später flüstert er: »Mit Gummi wär das nicht passiert.«

Ich halte kurz die Luft an, die letzte Bemerkung scheint niemand gehört zu haben. Mir fällt der dicke Polizist wieder ein. Der würde sofort den Strafzettel zücken, und Opa Heini hätte eine Anzeige wegen ›Mütterbeleidigung‹ am Hals.

»Stellt euch vor«, plappere ich munter drauf los. »Auf dem Weg hierher bin ich von zwei Polizisten angehalten worden.« Wahrheitsgetreu berichte ich, verschweige aber den alkoholgetränkten Schal sowie die von mir tatsächlich geflüsterte Beamtenbeleidigung: »*Dienstgeiles Arschloch.*«

»Und dann hat der dickere von den beiden Beamten behauptet, ich hätte ihn ›dienstgeiles Arschloch‹ genannt!«

Meine Mutter lässt langsam die Gabel sinken und schaut mich so entsetzt an, wie Inge Meysel in ihren besten Jahren.

»Also, das ist ja eine Frechheit! Als wenn eine meiner gut erzogenen Töchter solch schlimme Wörter in den Mund nehmen würde!« Kämpferisch sieht sie meinen Vater an. »Hermann! Da muss doch was zu machen sein. Wie kann man sich denn gegen eine so absurde Verleumdung wehren?«

Mein Vater kaut ruhig weiter. »Gar nichts kann sie dagegen machen. Das Wort eines Polizisten zählt mehr als das unserer Tochter, zumal, wenn ein Kollege dabei war.«

»Jau«, mischt sich Opa Heini ein. »Die Polizei hat immer recht, da kann man nichts machen. Früher sagte man zu einem Popel auch ›Bullemann‹. Ich habe während einer Verkehrskontrolle einem Polizisten gesagt, dass er einen fetten ›Bullemann‹ in der Nase hätte. Er hat sich dann umgedreht und in der Nase gepult. Und weil er angeblich keinen fand, hat er mir eine Anzeige wegen Beamtenbeleidigung aufgebrummt. Verulkt haben soll ich ihn, weil das Wort ›Bulle‹ fiel. Ich bin noch heute davon überzeugt, dass er das Beweismittel diskret vernichtet hat.«

Die Zwillinge kichern hinter vorgehaltener Hand.

»Ich musste um die hundert Mark zahlen. Das war damals verdammt viel Geld.«

»Fünfhundert Euro wird dich das mindestens kosten«, meint mein Vater.

»Na, siehst du«, sage ich gespielt heiter zu Conny. »So gut habe ich es nun auch wieder nicht«, was meine Schwester mit einem zufriedenen Gesichtsausdruck quittiert.

Nachdem wir gemeinsam den Tisch abgeräumt und meiner Mutter in der Küche geholfen haben klar Schiff zu machen, übergibt mein Vater mir seine Autoschlüssel. Conny und die Kinder machen sich ebenfalls auf den Weg nach Hause.

Bevor ich in den Mercedes steige, hält Opa Heini mich zurück. »Hast du nun ›dienstgeiles Arschloch‹ gesagt … oder nicht?«

Kleinlaut gebe ich zu, dass ich es nicht nur gesagt, sondern auch so gemeint habe.

»Ich bin stolz auf dich«, raunt Opa Heini leise. »Sag mir Bescheid, wenn du weißt, was dich das kostet. Ich übernehme die Summe.«

Ich küsse den alten Mann auf beide Wangen. »Nee, Opa, lass mal. Das ist allein meine Schuld. Manchmal kann ich einfach nicht die Klappe halten. Da muss ich durch.«

9. Die Farbe Lila

Es war ein Witz, sich auf eine ruhige Arbeitswoche einzustellen. Ich schaffe es gerade noch, Bruni von der Strafanzeige und Connys erneuter Zwillingsschwangerschaft zu berichten, danach überschlagen sich die Ereignisse.

Die Piefke kommt ziemlich verkatert ins Büro, kriegt prompt einen Wutanfall, weil sie die Briefe nicht findet, die gestern Nachmittag auf ihrem Schreibtisch lagen.

Bruni und ich spielen unsere Schulterzucken-Rolle perfekt.

Durch verschiedene Spekulationen schließt sich Gundula unserer Vermutung an, dass eine Reinigungskraft dafür verantwortlich sein müsse, denn wer sollte sich schon an harmlosen Briefen vergreifen. Sie schimpft, weil sie die Dateien in ihrem Rechner nicht abgespeichert hat und alle Schreiben neu verfassen muss.

Bruni steht das schlechte Gewissen ins Gesicht geschrieben.

Danach stürmt Jacob Geiger herein, im Gefolge vier Männer in weißer Arbeitskleidung, die nach Farbe riechen.

Nach einer kurzen Begrüßung verschwinden sie ins Chefzimmer, Jacob Geiger gibt Anweisungen.

Neugierig verfolgen Bruni und ich die Dialoge, denn die Tür bleibt weit geöffnet.

»Morgen früh kommt die Spedition. Das gesamte Mobiliar wird entfernt. Die Wände sollen einen neuen Anstrich bekommen. Ach ja, und der Teppichboden wird ebenfalls erneuert. Statt der Gardinen möchte mein Neffe Plissee an den Fenstern haben.«

Eine tiefe Stimme mischt sich ein.

»An welche Farben haben Sie gedacht?«

Ich habe freien Blick und schiele auf den Maler, der mit einem dicken Packen Farbkarten vor Jacob Geiger steht.

Der Gefragte kratzt sich am Kopf. »Mein Neffe hat angeordnet, dass die Damen bei der Farbauswahl behilflich sein sollen.«

Sogleich schreit er nach der Piefke und zeigt auf Bruni und mich. »Und Sie kommen auch. Na, kommen Sie schon. Sechs Augen sehen mehr als zwei.«

Der offensichtliche Chef der Truppe reicht uns die Hand und stellt sich vor.

»Heinrich Zybulla, aus Berufung Malermeister, für Sie kurz Heiner.«

Wir stellen uns ebenfalls mit unseren Vornamen vor, Frau Piefke verheimlicht allerdings die ›Gundula‹.

Heiner ist sehr groß, von kräftiger Statur und macht einen patenten und sympathischen Eindruck. Gundula zupft nervös an ihrem Haarknoten, der wie immer perfekt im Nacken sitzt, und räuspert sich. Sorgfältig blättert sie durch die Farbvorschläge.

»Also, ich fände ein helles Gelb nicht schlecht. Das heitert doch auf, nicht wahr.«

Jacob Geiger sitzt an Nikolaus Schreibtisch und scheint uns nicht mehr wahrzunehmen. Er blättert hoch konzentriert in einer Akte.

»Aber nein, Frau Piefke.«

Bruni tritt mir sanft auf den Schuh. Noch weiß ich nicht, was sie vorhat, darum höre ich aufmerksam zu.

»Ich denke eher an ein kräftiges Lila.«

»Lila?« Gundulas Stimme klingt schrill.

»Ja«, sage ich. »Lila fände auch ich perfekt!«

Heiner hebt die Augenbrauen und findet auf Anhieb die feinen Farbabstufungen sämtlicher Lila-Töne in der Kartei, die er der Piefke unter die Nase hält. Bruni sieht ihn mit einem hinreißenden Augenaufschlag an.

»Ich merke schon, Heiner, Sie verstehen etwas von Farben.«

Er schlägt einen blassen Pastellton als Wandanstrich vor, dazu als Kontrast ein tiefdunkles Lila als Bodenbelag. Für die Stirnwand des Raumes empfiehlt der Herr Malermeister eine Strukturtapete mit großflächigem Muster, die als Auflockerung dienen soll. Erwartungsvoll sehen wir Frau Piefke an, die letztendlich die Entscheidung fällen muss. *Sie* ist die Chefin.

Als sie, über so viel Farbverstand ehrfürchtig nickt, wendet Heiner sich an Jacob, der immer noch vertieft blättert.

»Die Damen meinen …«

»Machen Sie einfach, machen Sie … ich habe von diesen Dingen keine Ahnung.« Jacob Geiger winkt zerstreut ab.

Die Maler verabschieden sich, sie wollen morgen früh um 8 Uhr mit der Arbeit beginnen. Bruni scheint von Heiner sehr angetan zu sein, denn sie seufzt verträumt.

»Der ist bestimmt glücklich verheiratet.«

»Wir fragen ihn morgen einfach und wenn nicht, gehst du Trauringe kaufen und machst dem Pinselschwinger einen Heiratsantrag«, schlage ich gut gelaunt vor.

Bruni verzieht beleidigt das Gesicht. »Ach Karo, manchmal kannst du ganz schön fies sein.«

Im Laufe einer kurzen Kaffeepause in der Kantine spricht sich schnell herum, welche Farben wir für Geigenpauls Büro ausgesucht haben. Ulrike und Heike finden, dass nicht nur ich, sondern auch Bruni fies sei. Sie prusten los.

»Lila! Der Junior kriegt einen Schock, wenn er sein neues zweites Zuhause sehen wird.« Heike kichert.

»Wieso *das* denn. Bei den Farben läuft der bestimmt auf Hochtouren und wir verdreifachen unseren Umsatz an Kaugummi.« Bruni schüttelt mit gespieltem Ernst den Kopf.

»Außerdem, das letzte Wort hatte schließlich Frau Piefke und die hat laut und deutlich zugestimmt. Im Grunde haben Karo und ich nichts damit zu tun.«

Nach der kurzen Kaffeepause bereue ich, hochhackige Sandalen angezogen zu haben. Unsere Computer lassen sich nicht hochfahren, Systemabsturz! Jacob Geiger jagt abwechselnd mal Bruni, mal mich ins Büro des fiesen Dröpjes, um Kopien der Unterlagen für die neue Werbekampagne zu besorgen. Herr Dröpjes ist so gemein, dass er uns stets nur einige Seiten überlässt. Kaum in unserem Büro angekommen, ruft er an, dass er noch mehr Papiere ›gefunden‹ hätte. Und davon gibt es so viele, dass wir fast nur am Rennen sind. Trotz Aufzugbenutzung ist das schon ein längerer Weg, das macht er bestimmt absichtlich, nur um uns zu ärgern.

Kurz nach mir entdeckt Bruni ebenfalls zwei Blasen an den Fersen, verursacht durch die Riemchen der hohen Schuhe.

»Wenn das so weitergeht, muss ich mich morgen krankmelden.« Bruni flucht leise.

Gegen 14 Uhr versucht sie geschickt, den Administrator und Computerspezialisten Rolf telefonisch unter Druck zu setzen. Amüsiert höre ich zu.

»Also, ich will ja kein böses Blut streuen, aber der Bruder von unserem Gott-hab-ihn-selig-Geiger ist ganz schön sauer. Er hat sich gerade erkundigt, wie der ›Trottel‹ von Admin heißt, der zu schusselig ist, die Computer zum Laufen zu bringen.«

Zwischendurch deutet sie mir durch Stirnabwischen an, dass Rolf jetzt mit Sicherheit unter Hitzewallungen leiden würde.

»Ja, danke, schau mal, dass du das jetzt flott geregelt kriegst, ja? Wir wollen doch keinen Ärger mit dem Bruder vom Nikolaus ... Jaaaa, wenn ein böses Wort fallen sollte, ich lass es dich wissen ... sicher. Ich wollte dich lediglich vorwarnen.«

Armer Rolf. Er ist als Sensibelchen bekannt, der sich alles zu Herzen nimmt. Jedoch, wenn uns dadurch die Rennerei erspart bliebe, war das kleine Druckmittel mehr recht als schlecht.

Brunis ›sanfter Druck‹ hat jedoch auch nicht zur schnelleren Lösung des Problems beigetragen, denn erst zehn Minuten vor Dienstschluss ist die Störung behoben.

Wir humpeln erschöpft in die Tiefgarage und hoffen, dass die Technik morgen nicht erneut versagen würde.

Bruni lässt ihr Auto stehen, ich soll sie nach Hause fahren. Sie liebt es, in schönen Karossen zu sitzen.

Die Wasserblasen an meinen Füßen sind geplatzt, angeekelt betrachte ich die rohen Stellen an meinen Fersen, die langsam anfangen zu brennen. Vorsichtig parke ich den Wagen aus. Es wäre mehr als peinlich, wenn das Fahrzeug nur den kleinsten Kratzer abbekäme. Bruni kuschelt sich gemütlich in die Sitze und schnurrt wie eine zufriedene Katze.

»Was ziehst du eigentlich am Samstag zur Beerdigung an?«

Ich überlege kurz. »Auf jeden Fall etwas Schwarzes!«, erwidere ich trocken. Mein Fauxpas von gestern würde sich mit Sicherheit nicht wiederholen.

»Ja, und elegant sollten wir erscheinen, top gestylt. Es wird viel Prominenz anwesend sein. Weißt du was, Karo, du kommst heute Abend zu mir, bringst all deine schwarzen Klamotten mit, die in deinem Kleiderschrank hängen. Wir veranstalten eine kleine Modenschau. Ich habe einen guten Wein im Kühlschrank, du kannst bei mir übernachten, wenn du magst.«

Mir gefällt die Idee, ich sage zu. »Prima, dann habe ich morgen früh den Weg zu dir gespart.«

10. Madame Gigi

Nachdem ich Bruni vor ihrer Wohnung abgesetzt habe, fahre ich noch schnell zum Supermarkt und kaufe ebenfalls eine Flasche Wein, außerdem einige kleine Antipasti sowie eingelegten spanischen Schafskäse. An der Salattheke denke ich auch an Gisela. Sie bekommt heute ausnahmsweise die teuren Salatherzen statt des normalen Blattsalates.

Nach einer lauwarmen Dusche telefoniere ich kurz mit meinem Vater und erfahre, dass er bereits morgen einen Termin in der Werkstatt hat, die einem Freund meiner Eltern gehört. Anschließend krame ich Sämtliches aus dem Wäscheschrank, was die Farbe Schwarz hat, und verstaue alles, ordentlich gefaltet, in meiner großen Reisetasche.

Kurz vor 7 Uhr stehe ich bei Bruni vor der Tür und freue mich, als mir Willi statt Bruni öffnet.

»Das ist ja eine Überraschung«, begrüße ich ihn und freue mich wirklich, ihn zu sehen.

»Huhuuu!«

Hinter ihm taucht Simone auf, die heute mal Hosen ohne Hochwasser trägt und mir zuwinkt. Bruni kommt mir mit laszivem Hüftschwung, in einem schwarzen Hosenanzug, entgegen.

»Rein mit dir, wir haben schon angefangen.«

Ich stelle die mitgebrachte Fresstüte auf die Anrichte der Küche und genehmige mir einen kleinen Schluck Rotwein aus Brunis Glas. Dann breite ich den Inhalt der Reisetasche auf der Couch aus. Willi greift sofort nach den Kleidungsstücken und begutachtet sie so, als hätte er alle Ahnung der Welt von Klamotten.

»Hier, zieh das Top und den Rock an …, dazu das dünne Jäckchen.«

In der Kombination habe ich Rock und Top zwar noch nie getragen, aber gut. Ich geniere mich kein bisschen vor Willi und Simone, mich in Unterwäsche zu zeigen. Simone ist mir beim Schließen des Reißverschlusses behilflich und betrachtet mich von oben bis unten.

»Du siehst toll darin aus, ich meine, das steht dir gut.«

Willi gibt Befehle. »Lauf mal, Karo. Nein, nicht so schnell … langsamer. Und jetzt du Bruni.«

Er schüttelt den Kopf. »Nein, das ist nichts. Es fehlt am richtigen Pepp. Probiert was anderes.«

Simone nickt. »Ja, das finde ich auch.«

Bruni sieht ihre Cousine mit entnervtem Blick an. »Das sagt die Richtige.«

Wir probieren dies, probieren das. Aber Willi schüttelt, was immer wir anziehen, den Kopf. Eine Kombination ist zu fad, eine zu wenig schmeichelnd und die nächste einfach nicht geeignet. Nach einer Stunde ›Laufsteg‹ zückt er ein edles Smartphone.

»Ich habe da eine Idee, Mädels.«

Er öffnet sein Telefonbuch, tippt auf einen Kontakt und deutet an, leise zu sein.

Ich sitze mit angezogenen Beinen auf einem Sessel und massiere meine Waden. *Was hat Willi vor?* Bruni kaut auf ihrer Oberlippe, Simone zieht eine komische Grimasse.

»Hallo Gigi, Willi hier. Ja, bestens. Ich habe hier zwei, nein drei reizende Damen, die für Samstag etwas Elegantes in Schwarz bräuchten. Ach, das trifft sich ja gut. Natürlich, wir kommen. Bis gleich.«

»Aber, ich bin doch gar nicht zu dieser Beerdigung eingeladen.« Entschlossen steht Simone auf. »Und ich gehe da auf keinen Fall mit hin. Ich kannte Brunis Chef doch gar nicht.«

Willi haucht ihr eine Kusshand zu, worauf Simone zart errötet. »Nein, aber am Sonntagabend lade *ich* dich ein. Wir gehen in ein nettes Restaurant, lass dich überraschen.«

Dann klopft er sich auf die Schenkel. »Los geht's, auf zu Madame Gigi. Sie hat noch im Geschäft zu tun, allerdings nicht mehr lange. Wir müssen uns beeilen. Ich erkläre euch alles im Auto.«

Während der Fahrt zu Madame kommen wir aus dem Staunen nicht heraus. Willi kennt die Besitzerin des exklusivsten Modeladens von Hamburg und Umgebung. Er überlässt Madame Gigi ab und an die *Windflower II* für mehrere Tage, im Gegenzug revanchiert sich Madame mit edler Robe. Wir sollten jetzt davon profitieren. Wenig später betreten wir mit vor Aufregung hochroten Wangen das noble Geschäft. Allein die Auslage im Schaufenster ist ein Traum aus edler Designerkleidung.

In dem Moment, als wir den Laden betreten, kann Bruni nicht an sich halten. »Kann mich mal jemand in den Hintern kneifen? Träume ich, oder ist das hier real?«

Madame Gigi, die uns mit geöffneten Armen empfängt, überhört Brunis Spruch großzügig. Sie verzieht keine Miene.

Die kleine, vom Scheitel bis zur Sohle durchgestylte Frau führt uns in einen Raum, der auf Knopfdruck glitzernde Kronleuchter zum Strahlen bringt. An den Wänden spiegelt sich ein Meer von kleinen Lichteffekten. Dann folgen Bussi hier und Bussi da. Nach einem kurzen Smalltalk kommt Willi auf den Punkt.

Mit flinken Fingern geht Madame ihre Kollektion durch. Zielsicher drückt sie Bruni und mir wunderschöne Kleider in die Hand. Sie fragt weder nach unserer Kleidergröße, noch nach unserem Geschmack. Wir wagen nicht *einmal*, der Wahl von Madame Gigi zu widersprechen. Sie strahlt eine solch elegante Autorität aus, der sich niemand zu widersetzen vermag.

Bruni und ich gehen in eine Umkleidekabine, die so groß ist wie meine Küche. In einem Sektkübel steht eine geöffnete Flasche Champagner mit zwei Gläsern. Daneben liegen in einer feinen Porzellanschale kleine braune Kekse, die mit Spicker versehen sind, damit man sie nicht mit den Fingern berühren muss. Mit zitternden Händen gieße ich uns von dem Sekt ein und reiche Bruni ein Glas. Misstrauisch beäugt sie die ungewöhnliche dunkle Farbe des Prickelwassers und hält sie gegen das Licht.

»Sieht aus, als hätte Madame persönlich in die Flasche gepinkelt«, bemerkt sie leise.

Ich presse eine Hand vor den Mund, eine vor den Bauch, weil mich ein Lachkrampf schüttelt. Bruni greift mit vielsagendem Blick nach einem Keks und ich sehe sie flehend an, keinen weiteren Kommentar abzugeben.

Von draußen hören wir, dass Madame Gigi sich jetzt Simone widmet. »Für Sie habe ich etwas ganz Besonderes …«, hören wir sie sagen.

»Sicher«, bemerkt Bruni kichernd und ahmt die Modekoryphäe nach. »Ein langes Kleid. Rot-weiß-gestreift für Madame Leuchtturm.«

Um mich von Brunis Humor abzulenken, schlüpfe ich in ein schwarzes Etuikleid mit U-Boot-Ausschnitt und kurzen Ärmeln. Fasziniert stelle ich fest, *das* Kleid oder keines. Ich drehe mich vor dem großen Spiegel und suche meine breiten Hüften, die wie von Zauberhand verschwunden sind.

Die edle Stickerei, die den Ausschnitt säumt, ist traumhaft schön.

Bruni ist ebenfalls in ein Etuikleid geschlüpft, welches sich elegant an ihren problemzonenfreien Körper schmiegt. Unsere Augen begegnen sich funkelnd im Spiegel. Madame Gigi, die ihren Kopf durch den samtenen Vorhang steckt, nickt anerkennend.

»Magnifique«, ruft sie entzückt. Sie öffnet den Vorhang.

Willi macht ebenfalls ein sehr zufriedenes Gesicht.

»Klasse seht ihr aus, Mädels, genauso wollte ich euch sehen.«

Gigi wuselt durch Brunis Haare und zupft gekonnt mit zwei Fingern einige Strähnchen in ihre Stirn. Kurz darauf bindet sie meine Haare provisorisch als Hochsteckfrisur zusammen.

»Tragen Sie die Haare hochgesteckt zu diesem Kleid, Kindchen, das streckt den Hals.«

Jetzt kommt Simone aus ihrer Kabine, ich muss neidlos gestehen, dass Madame hier ebenfalls die perfekte Wahl getroffen hat. Das knielange ärmellose ›kleine Schwarze‹, das paillettenbestickt ist, kleidet Simone ausgezeichnet.

Mit leicht geknickten Beinen steht sie staunend vor dem riesigen Spiegel und spielt verlegen mit ihren Händen.

Madame Gigi, die schätzungsweise knapp einhundertsechzig Zentimeter klein ist, steigt auf einen Hocker. Dabei klopft sie dem ›Leuchtturm‹ energisch auf den Rücken.

»Stehen Sie gerade, Kind. Seien Sie stolz auf Ihre Größe, um die Sie jedes Model beneiden würde. Schultern zurück! Kopf hoch!«

Während sie Simones Selbstbewusstsein mit wenigen Worten gekonnt stärkt, gibt sie auch hier Ratschläge für eine Frisur, die diesem Kleid gerecht wird.

»Tragen Sie Kontaktlinsen, Kindchen. Nicht nur zu diesem Kleid, sondern *immer*. Die Brille versteckt viel zu viel von Ihrem schönen Gesicht.«

»Das sage ich ihr auch immer«, bemerkt Bruni, »aber mir glaubt sie ja nicht.«

»Stimmt gar nicht«, mault Simone. »Du hast noch nie gesagt, dass ich ein schönes Gesicht habe.«

Bruni kontert auf den Punkt. »Nein, das nicht. Aber dass die Brille doof aussieht, versuche ich dir seit Jahren zu erklären.«

Willi ist begeistert, er schickt Simone schmachtende Blicke, die seine Angebetete innig erwidert. Wir beeilen uns mit dem Umkleiden, denn wir wissen, dass Madame Gigi unter Zeitdruck steht. Als wir uns überschwänglich bedanken wollen, winkt die Modefachfrau lässig ab. Wie selbstverständlich verlassen wir nach Bussi hier und Bussi da das Geschäft mit bunten Pappkartons, in denen die kostbaren Kleider liegen.

Willi weigert sich ebenfalls, ein Dankeschön anzunehmen.

»Ich bin *euch* dankbar. Ihr gehört mit zu den wenigen Menschen in meinem Leben, die mich so nehmen, wie ich bin.«

Simone bückt sich und haucht Willi einen Kuss auf den Mund. Bruni und ich wechseln einen Blick. Willi bedankt sich für etwas, was für uns selbstverständlich ist.

Nachdem Willi und Simone uns vor Brunis Wohnung abgesetzt haben, können wir unser Glück noch immer nicht richtig fassen.

Wir quatschen bis 2 Uhr. Statt des Rotweins trinken wir heißen Kakao und knabbern die leckeren Antipasti. Bruni hat spontan beschlossen, dem Malermeister auf den Zahn zu fühlen, und dafür braucht sie einen klaren Kopf.

11. Kleinkriminell

Als wir am nächsten Morgen müde, aber glücklich das Büro betreten, kommen uns möbelbepackte Muskelpakete entgegen. Ein leichter Farbgeruch lässt darauf schließen, dass Heiner mit seinen Leuten bereits am Arbeiten ist.

Die Tür des Chefzimmers wurde aus den Angeln gehoben, mit breitem Grinsen sieht Bruni zufrieden, dass Heiner die ersten Pinselstriche vollbracht hat. Nach seinem fröhlichen Guten-Morgen klingelt Gundulas Telefon, die aber noch nicht anwesend ist. Ich haste zum Apparat und melde mich ein wenig atemlos. Als ich Geigenpauls Stimme höre, werde ich noch kurzatmiger. Er will mit Frau Piefke sprechen. Und weil ich nicht auf den Mund gefallen bin, erkläre ich ihm, dass Frau Piefke im Haus unterwegs sei. Dann will er wissen, ob die Maler und Spediteure am Werk wären, was ich bejahen kann.

Als er fragt, in welchem Farbton die Wände gestaltet werden, bringe ich das Wort ›Lila‹ nicht über die Lippen und hüstele verlegen. »Ich kann Sie ganz schlecht verstehen, Herr Geiger. Die Verbindung ist irgendwie …«, ich kratze mit einem Fingernagel auf der Sprechmuschel des Hörers. Er schreit jetzt so laut, dass selbst Bruni im Nebenraum verstehen müsste, was er sagt. In dem Moment kommt endlich Frau Piefke angetanzt, die ihren Aktenkoffer mit einem Schwung auf ihren Schreibtisch wirft. Erleichtert reiche ich ihr den Telefonhörer. »Herr Geiger möchte Sie sprechen.«

Die Piefke setzt ihr professionelles Gesicht auf, ich bleibe wie angewurzelt neben ihr stehen.

»Guten Morgen, Herr Geiger. Piefke hier. Ja, ich habe alles im Griff. Ja … alles bestens … Lila.«

Jetzt zuckt sie ein wenig zusammen.

»Ja, Lila. Frau Keller und Frau van Goch meinten … nein, ich will Sie nicht auf den Arm nehmen … ich würde es nie wagen … jawohl, Herr Geiger … ja, Herr Geiger … sofort. Gewiss doch.« Nervös streicht sie nicht vorhandene Haare aus dem Gesicht. »Ja, ich komme gerade aus Ihrem Haus. Die Reinigungsfirma hat alles hergerichtet.

Gut … das machen wir so. Auf Wiederhören, Herr Geiger, bis morgen.«

Bruni, die das Gespräch ebenfalls mitgehört hat, beginnt die Piefke auszufragen, was nicht einfach ist. Dazu ist eine gewisse Taktik notwendig, die Bruni aus dem Effeff beherrscht.

»Ach, Frau Piefke, so weit wie Sie möchte ich es eines Tages auch mal bringen. So sehr vertraut der Geigenp… äh, Herr Geiger Ihnen, dass Sie einen Schlüssel seines Hauses besitzen? Alle Achtung, Frau Piefke. Sie können stolz auf sich sein.«

Gundula errötet leicht und fühlt sich sichtlich geschmeichelt. Bruni hebelt weiter an der ›Tresortür‹.

»Wo steht denn das Haus vom Junior?«

Die Piefke nimmt die Brille ab und putzt sie mit einem Spitzentaschentuch. »Der Junior hat schon seit Jahren diese Stadtvilla an der Außenalster. Während seines Aufenthaltes in London war er nur selten hier. Eine Haushüter-Agentur hat sich während dieser Zeit um alles gekümmert.«

Bruni nutzt die Gunst der Stunde. »Ich kenne mich ein wenig in der Gegend aus. Ist das die herrliche Villa in der … ach, ich komme nicht auf den Namen der Straße.«

Frau Piefke schließt Brunis ›Wissenslücke‹.

»Störtebekerwiese 1. Der große weiße Prachtbau. Also, ich hätte da Angst allein, es steht sehr abgelegen.«

»Ahhh, jaaaa, ich glaube, ich kenne dieses Haus.«

»Oh Gott, der Anstrich!« Schnellen Schrittes läuft die ›Informationsquelle‹ ins Arbeitszimmer des Juniorchefs und stoppt aufgeregt die Arbeit der Anstreicher. »Überstreichen Sie um Himmels willen sofort diese schreckliche Farbe! Herr Geiger wünscht einen beigefarbenen Ton, mit braunem Teppichboden.«

Bruni zieht eine Schnute. »Schade aber auch«, murmelt sie leise.

Jacob Geiger wird sich heute, laut Gundula, nicht blicken lassen. Bruni und ich atmen vor Erleichterung tief durch, als die Piefke ihren Raum dicht macht. Im Laufe des Vormittags färbt sich Geigenpauls Arbeitszimmer beige, Bruni schleimt sich nach und nach bei Heiner ein.

Wie toll er doch pinseln könne, vor allen Dingen so schnell. Dann wieder verfällt sie ins Jammern. Ihre Wohnung bräuchte auch mal wieder einen neuen Anstrich, aber sie würde ja Wochen für diese Arbeiten brauchen. Und wie anstrengend das wäre! Nach dem letzten Anstrich hätte sie sogar unter einer Sehnenscheidenentzündung gelitten.

Mir kommen fast die Tränen. Zumal Brunis letzte Renovierung erst wenige Monate her ist, bei der ich ihr half.

Irgendwann fragt Heiner dann tatsächlich, ob es keinen Mann in Brunis Leben gebe, der ihr dabei helfen könne, was Bruni wehleidig verneint. Und tatsächlich schnappt Heiner nach dem Köder.

»Ich könnte mich ja darum kümmern. An einem Wochenende.« Worauf Bruni scheinheilig erwidert: »Ach, lassen Sie mal, Ihre Frau wird froh sein, wenn Sie am Wochenende mal nicht arbeiten.«

Nachdem Heiner lächelnd erklärt hat, dass es keine Frau, weder unter der Woche noch an den Wochenenden, gebe, strahlt Bruni wie eine 400-Watt-Lampe. Ich sehe kleine Engel mit Pfeil und Bogen durch die Räume schwirren, die permanent ihre Geschosse auf Heiner und Bruni abfeuern. Bruni lässt das Süppchen nicht kalt werden, weil der Anstrich im Büro heute fertig wird, und fragt, ob Heiner am übernächsten Wochenende Zeit hätte. Er hat … und sagt zu.

Die drei Gesellen, die fleißig beim Pinseln helfen, können sich hier und da ein fettes Grinsen nicht verkneifen. Sie scheinen es gewohnt zu sein, ihrem Chef beim Flirten zuzuhören.

Pünktlich um 12 Uhr stehen wir in der Kantinenschlange vor der Theke und entscheiden uns beide für einen großen Salatteller mit Putenstreifen. Bloß kein Hüftgold mehr ansetzen, unsere ›Trauerkleidung‹ darf nicht spack sitzen.

Heike und Ulrike sind noch nicht in Sichtweite, so sitzen wir alleine an unserem Stammplatz. Bruni pult die Zwiebeln aus ihrem Salat und wirft sie mit Schwung auf meinen Teller.

»Du darfst. Du wirst heute bestimmt niemanden mehr küssen.«

Bevor ich antworten kann, fährt Bruni fort: »Ich schwöre dir, Karo, den Geigenpaul-Wett-Topf holen wir uns. Wenn nicht in seinem Haus, wo dann sollte man Beweise finden, dass er schwul ist!«

Wenn ich Bruni nicht kennen würde, würde ich lachen. Aber ich lache nicht, weil ich Bruni kenne. Sie meint es tatsächlich ernst.

»Und wie willst du in sein Haus kommen?«

»Die Piefke hat einen Schlüssel.«

»Ja, Bruni, die Piefke hat ihn, wir aber nicht!«

»Doch, wenn wir ihn der Piefke klauen, dann haben *wir* Geigers Hausschlüssel. So einfach ist das.«

»Das ist Diebstahl!«, rufe ich ein wenig zu laut.

Bruni zischt mich an. »Mensch, schrei nicht so. Müssen ja nicht alle mitbekommen. Wir stehlen ihn nicht wirklich, wir *leihen* ihn besser gesagt aus. Verstehst du? Das ist ein großer Unterschied. Dazwischen liegen Lichtjahre.«

Sie tupft den Mund mit einer Serviette ab. »Du hast doch auch den Wagen deines Vater geliehen … oder hast du ihn etwa geklaut?«

Ich denke einen Moment nach. »Ja, aber mein Vater *weiß* davon. Die Piefke würde es *nicht* wissen und der Paule erst recht nicht.«

»Papperlapapp! Du verlierst dich in Kleinigkeitskrämereien. Außerdem bist du schon eine Kleinkriminelle.«

Wir schrecken zusammen, als Ulrike und Heike ihre Tabletts neben uns auf den Tisch stellen.

»Bin ich nicht!«, entgegne ich wütend.

»Wer ist kleinkriminell?« Ulrike reibt im Sitzen ihre geschwollenen Fußgelenke.

»Ich jedenfalls nicht«, sage ich so hoheitsvoll, wie es geht.

»Hallo Ulrike. Wie viel Kohle heizt deine Skimütze jetzt auf?« Bruni bemüht sich, ihrer Stimme einen neutralen Klang zu geben.

Heike antwortet. »Satte siebenhundertzwanzig Euro!«

Ulrike nickt zustimmend. »Ja, Tendenz steigend. Ich habe noch immer nicht alle abgeklappert. Morgen frage ich die Kollegen aus der Produktion.«

Ich gebe insgeheim zu, dass es sich um eine nicht zu verachtende Summe Geld handelt, aber das Risiko, als Einbrecher in Geigers Haus erwischt zu werden? Ich mag gar nicht daran denken. Ohne mich! Aus der Nummer halte ich mich definitiv raus. Abrupt stehe ich auf, raffe mein Essbesteck nebst Teller zusammen, dass es nur so scheppert. Nichts wie weg hier.

»Kriegt die van Goch ihre Tage oder warum ist die so gereizt?« Ulrike ahnt natürlich nicht, welche Gedanken in meinem Kopf kreisen.

Bruni holt mich auf dem Flur ein, den ich mit schnellen Schritten entlang laufe.

»Hör auf«, würge ich sie mit erhobenen Händen ab, bevor sie weiter auf mich einreden kann. »Ich werde einen Teufel tun, in eine Villa einzubrechen! Und schon gar nicht in die meines Chefs.«

»Du hast es immer noch nicht kapiert«, meckert Bruni. »Eine Tür aufschließen bezeichnet man nicht als Einbruch.«

Wenn Bruni sich einmal in eine Idee festgebissen hat, dann lässt sie nicht mehr locker. So verbringt sie den Rest des Arbeitstages damit, mal mit Heiner zu flirten, mal mich von der Grandiosität ihres Planes zu überzeugen. Das Schlimme daran ist, dass sie mich kurz vor dem ersehnten Feierabend von ihrer Idee vollkommen überzeugt hat. Schlüssel leihen, Tür aufschließen, ein wenig Recherche. Einen Beweis Richtung schwul finden, ab nach Hause, Geld kassieren.

Ich schalte mein Handy ein und freue mich über die SMS meiner Mutter, dass mein Auto repariert auf mich warten würde.

Morgen ist die Beerdigung. Ich schlage Frau Piefke vor, dass ich sie um 9 Uhr abhole. Sie äußerte schon mehrfach, nicht in der Lage zu sein, an diesem schweren Tag ein Auto zu lenken. Bruni bleibt noch im Büro, mit einem Augenzwinkern wünsche ich ihr viel Spaß.

Zu Hause im Wintergarten treffe ich lediglich Opa Heini an. Er scheint die Ruhe zu genießen. Auf der Wachstuchtischdecke, die ebenso mit einer grauen Masse bekleckert ist wie sein Gesicht, stehen verschiedene leere Blechdosen ohne Etiketten, die er je ein Drittel mit der dickflüssigen Pampe aus einem kleinen Eimer füllt.

»Deine Eltern sind mit den Rädern unterwegs. Müssten aber gleich wieder da sein. Die ›trächtige Kuh‹ hat sich heute noch nicht hier blicken lassen.«

Er arbeitet voll konzentriert weiter, während ich ihn sanft wegen der ›trächtigen Kuh‹ tadele. Im Grunde weiß ich aber, dass er solche Bemerkungen nicht wirklich böse meint.

Ich hole mir aus der Küche ein Mineralwasser und setze mich wieder zu meinem Großvater, der leise vor sich hin pfeift.

»Dein Auto steht in der Garage, Karo. Fast wie neu. Ich soll es zwar nicht verraten, mache ich aber trotzdem. Die Reparatur kostet dich keinen Cent. Der Meister hat einen Auspuff vom Schrottplatz eingebaut, der noch wie neu war. Und den Arbeitslohn hat er nicht berechnet, weil dein Vater ihm auch schon so viele Gefallen getan hat.«

Darüber freue ich mich natürlich wahnsinnig und verspreche Opa, die Unwissende zu spielen. Wieder füllt er eine Dose mit der zähen Masse.

»Was bastelst du denn Schönes, Opa?«

Er kichert leise. »Ich bastele für Dustin.«

»Für Dustin Hülsmann, den frechen Enkelpanz von der Frau Hübner? Aber … den kannst du doch nicht leiden. Weshalb bastelst du dann etwas für ihn?«

Opa dreht seinen Kopf und tippt mit dem Zeigefinger auf ein großes Pflaster an seinem Hinterkopf.

»Den kann ich jetzt noch weniger leiden. Er hat mich verletzt … genau hier. Hat mir eine Blechdose an den Kopf geschossen. Der kramt aus unserem Müll ständig Blechdosen heraus und kickt sie mit voller Wucht durch die Gegend. Heute früh hat er mich heimtückisch von hinten attackiert, der freche Bengel.«

Ich kann sehr gut verstehen, dass Opa Dustin nun noch weniger mag. Dieses zehnjährige ungezogene Kind ist vielen Bewohnern in der Birkenstraße ein Dorn im Auge.

»Und jetzt willst du zurückschießen?«, frage ich lachend.

»Nein, die Dinger lege ich als Köder aus. Verteile das Blech heute Abend unauffällig an jedem Busch in der Straße. Der rennt doch immer barfuß rum«, erklärt er stolz, als hätte er das Rad neu erfunden.

Jetzt verstehe ich und weiß gleichzeitig, von wem ich das Kleinkriminellen-Gen geerbt habe.

»Aber nicht deinen Eltern verraten. Die würden mir das nur ausreden wollen.«

Und wieder zeige ich Solidarität mit Opa, allerdings mit einem schlechten Gewissen. Ich hatte mir als Kind auch mal den Zeh gestaucht, und das hat ordentlich wehgetan!

Wenig später schieben meine Eltern verschwitzt, aber in bester Stimmung ihre Fahrräder durchs Gartentor.

»Herrlich war das«, lässt meine Mutter verlauten und drückt mich feste an sich. Mein Vater lotst mich sogleich zur Garage, meine Mutter staunt, wie fleißig Opa Heini an seiner ›Skulptur‹ arbeitet.

Skulptur! Wenn die wüsste. Um Ausreden ist Opa nie verlegen.

Der Auspuff sieht wirklich wie neu aus. Als ich meinen Vater nach dem Preis für die Reparatur frage, winkt er kopfschüttelnd ab.

»Opa wird es dir längst verraten haben. Der alte Haudegen kann doch nichts für sich behalten. Der Auspuff ist vom Schrottplatz, die Montage ein Freundschaftsdienst.«

Etwas verlegen gebe ich zu, dass ich es bereits weiß, und bitte wiederum meinen Vater, Opa nicht zu verraten, dass ich ihn verpetzt habe. Was sind wir doch für eine Familie! Jeder verspricht jedem, nichts auszuplaudern, am Ende kommen die Geheimnisse doch ans Licht.

12. Abschied

Vor dem Zentralfriedhof wimmelt es von Menschen, die Nikolaus Geiger die letzte Ehre erweisen möchten.

Ich bin froh, dass ein Parkplatz direkt neben dem Eingang zur Kapelle frei wird. Die Wunden an meinen Fersen sind noch immer nicht verheilt, die Schuhe drücken.

Bruni und ich können uns in Madame Gigis Kleidern sehen lassen. Die Haare haben wir so gestylt, wie Gigi es vorgeschlagen hat. Trotz des traurigen Anlasses registrieren wir die bewundernden Blicke einiger männlicher Trauergäste.

Wir nehmen Frau Piefke in die Mitte und mischen uns unter die Gäste, die sich gedämpft unterhalten. Vor der Trauerhalle sind unzählige Kränze mit üppigen Schleifen drapiert, hier liegt ein Vermögen an Geld!

Ich beschließe, dass, wenn ich sterben sollte, ich keine Kränze möchte. Das Geld sollte besser gespendet werden. An eine soziale Einrichtung, beispielsweise eine, die Kriminellen wieder bei dem sozialen Einstieg hilft.

Paul und Jacob Geiger stehen in einer größeren Menschengruppe vor den Blumengestecken.

»Das sind wohl alles Verwandte«, vermutet Bruni.

Frau Piefke stimmt mit weinerlicher Stimme zu.

»Ja, einige von ihnen kenne ich. Die blonde ältere Dame ist Jacob Geigers Frau. Die dünne Blonde ist deren Tochter Linda und die Brünette mit dem Hut ist deren Cousine Agathe.«

Ich beobachte, so unauffällig es geht, die Familie des Verstorbenen und entdecke einen gut aussehenden jüngeren Mann, der neben Paul Geiger steht.

»Kennen Sie den auch?« Ich weise auf den Jüngling.

Die Piefke kneift die Augen etwas zusammen und nickt.

»Das ist ein guter Freund vom Junior. Die beiden waren gemeinsam in England. Adalbert Kübler. Er kommt jetzt ebenfalls zurück nach Deutschland.«

Bruni hebt die Augenbrauen und schaut mich triumphierend an. Ich deute ihren Blick: *Siehst du? Da haben wir ihn ja schon, den Geliebten vom Geigenpaul.*

Die beiden stehen sehr dicht beieinander.

Jetzt hat uns Paul Geiger entdeckt, raunt seinem Begleiter etwas ins Ohr und kommt auf uns zu. Er sieht umwerfend aus, in dem korrekt sitzenden schwarzen Anzug. Sein Blick ruht sekundenlang auf meinem Gesicht, dann wandert er langsam über meine Figur, hinab, bis zu meinen Schuhen. Meine Selbstsicherheit schmilzt dahin, wie ein Schneemann in der Sonne. Paul begrüßt uns kurz und dankt für unser Kommen. Dann hält er Gundula, die schon wieder ein Taschentuch im Anschlag hat, den Arm hin.

»Kommen Sie, Frau Piefke, den Weg gehen wir heute gemeinsam. Ich glaube, mein Vater hätte es so gewollt.«

Jetzt schluchzt die Piefke laut, meine Augen werden ebenfalls feucht. Ich ärgere mich, weil ich mir albern vorkomme. Die Piefke hat mich mit ihrer Flennerei angesteckt. Paul Geiger greift in seine

Hosentasche und reicht mir ein Stofftaschentuch, auf dem seine Initialen gestickt sind. Als ich vorsichtig an meinen Augenwinkeln tupfe, kommt ein Ehepaar auf uns zu.

Ein älterer Herr mit Glatze spricht Geigenpaul an.

Den Mann nehme ich nur kurz wahr, die Frau erkenne ich ebenso schnell, wie sie mich erkennt. Tusnelda steht in voller Lebensgröße vor mir. Sie erblasst um einige Nuancen, als sich unsere Blicke treffen. Geiger strahlt eine Ruhe aus, die sich jedoch weder auf Tusnelda noch auf mich überträgt.

Der Mann ohne Haare stellt sie kurz als seine Gattin vor. *Freifrau von Ankum*. Ich kapiere nichts. Wieso stellt der Haarlose seine Frau vor? Geiger und Tusnelda kennen sich doch. Schon auf dem Spielplatz hatte ich das Bauchgefühl, dass mit den beiden etwas nicht stimmt. *Bloß keine Polizei*!

Unsere Blicke kreuzen sich noch immer, wie zwei Schwerter im Duell. Geiger ergreift das Wort. Er stellt zuerst Frau Piefke, dann Bruni und mich vor.

»Stellen Sie sich vor, unsere *Frau van Goch* hat eine Zwillingsschwester, die ebenfalls Zwillinge hat.« Er schmunzelt amüsiert Richtung Freifrau von Ankum, die spitz und kurz auflacht.

»Tatsächlich?«, ruft sie, erkennbar, erleichtert. »Das ist ja lustig.«

»Ja«, stelle ich fest. Mir fällt nichts anderes ein, als ihre Worte zu wiederholen. »Stimmt, das ist lustig.«

Geigenpaul schmunzelt.

Dann sind Bruni und ich alleine.

»Was war *das* denn eben?«

Ich erkläre Bruni, woher ich Glatzes Frau kenne, und sie bläst hörbar Luft aus.

»Also, unter dem Strich könnte das heißen, dass der Paul doppelt geigen kann. Ich meine, mal spielt er auf *der* Stradivari, mal streicht er die Violine!«

Ich nicke verstehend. Bruni hat recht. Wir müssen unbedingt an die Hausschlüssel vom Junior kommen. Unbedingt. Und wenn es das Letzte ist, was ich in meinem Leben tun werde … ich werde *es* herausfinden. Vor Aufregung läuft meine Nase und ich benutze das edel verzierte Taschentuch. Ein Kribbeln durchläuft meinen Körper, ich schließe kurz die Augen. *Was für ein betörender Duft!*

Während sich die Uhrzeiger auf 10 Uhr bewegen, begeben sich alle Trauernden in die Kapelle. Bruni und ich sind die Letzten in der Reihe. Kurz vor der schweren Holztür hält sie mich am Arm fest. Traurige Orgelmusik erklingt.

»Komm, wir verabschieden uns dort von Nikolaus.« Sie deutet auf eine Bank, die unter einem Kastanienbaum steht. »Da drin vermisst uns bestimmt niemand. Außerdem glaube ich, dass der alte Geiger es so gewollt hätte.«

Ich glaube auch, dass der Herr Geiger es so gewollt hätte. Er war es gewohnt, dass wir des Öfteren aus der Reihe tanzten.

Bruni öffnet ihre kleine Unterarmtasche und kramt ein Päckchen Zigaretten hervor. Als sie meinen erstaunten Blick sieht, klärt sie mich auf.

»Ich muss rauchen, damit meine Tapeten gelb werden. Sonst fühlt sich Heiner verschaukelt. Bis nächstes Wochenende müssen meine Wände gelb sein.« Sie lässt ein Feuerzeug schnippen und zündet sich einen Glimmstängel an.

»Wenn du hier rauchst«, bemerke ich lakonisch, »haben deine Tapeten zu Hause herzlich wenig davon.«

»Quatsch, ich muss üben. Stange rauchen muss man üben, Karo, so schnell kann man das nicht lernen. Mein Körper soll sich an das Gift gewöhnen.«

Sie hält mir das Päckchen hin. »Nimm auch eine, du kannst mir dabei helfen.«

Widerwillig nehme ich eine Zigarette und huste, als ich Qualm im Mund schmecke. Bäh, das ist ja ekelig! Zaghaft starte ich den nächsten Versuch. Statt einen großen Zug einzuatmen, nuckele ich sanft am Filter.

»Wie lief es denn gestern mit Heiner? Hast du deine Garnrollen alle versponnen?«

Bruni schnippt mit den Fingern. »Worauf du dich verlassen kannst. Nachdem alles angestrichen war, hat er mich auf einen Kaffee eingeladen. Wir saßen über zwei Stunden im *Café-Extrablatt* um die Ecke und haben uns super unterhalten. Beim Abschied hat er mir sogar einen Kuss auf den Mund gehaucht.«

Laut dem Geräusch, das sie nach ihren letzten Worten von sich gibt, habe ich das Gefühl, dass sie nicht auf einer Friedhofsbank ... sondern im siebten Himmel sitzt.

»Wir haben unsere Telefon- sowie Handynummern ausgetauscht. Nun warte ich, dass er sich meldet. Ich habe das Schiff sozusagen klar gemacht, jetzt ist er an der Reihe.« Sie drückt mit der Schuhspitze die fast aufgerauchte Kippe aus und zündet sich sofort eine neue an. Mit leichter Bewunderung stelle ich wieder einmal fest, dass Bruni nichts anbrennen lässt. Was sie sich vornimmt, zieht sie gnadenlos durch, und zwar bis zum süßen oder bitteren Ende.

Aus der Kapelle hören wir eine sonore Stimme. Die Betonung der Worte, die gekonnten Pausen, das Heben und Senken der Stimme lassen vermuten, dass es sich um den Pastor handeln muss. Verstehen kann ich seine Rede nicht.

Ich knuddele Brunis Arm. »Ich drück dir die Daumen, dass er dich mit Anrufen bombardieren wird.« Sie schenkt mir einen dankbaren Blick.

Wieder ertönt düstere Orgelmusik, ich bekomme Gänsehaut.

»Heute verlegt Heiner mit seinen Leuten noch den Teppichboden, dann ist er mit seiner Arbeit im Büro fertig. Gut, dass ich so am Ball geblieben bin. Was machst du heute Abend, Karo?«

Ich rolle mit den Augen. »Was soll *ich* schon großartig machen? Sollte Heiner dich anrufen und sich mit dir treffen wollen, TV schauen, ansonsten könnten wir ja was unternehmen.«

»Prima.« Bruni lacht. »Dann lade ich dich, Simone und Willi zu einer Raucherparty ein. Wir vergilben gemeinsam die Raufasertapete. Gleichzeitig benutzen wir den Tischgrill, auf den wir Curryfleisch legen. Das macht auch gelben Dampf.«

»Ja, und so ganz nebenbei schmieden wir einen Plan. Wir überlegen uns, wie wir an die Schlüssel zu Geigenpauls Hütte kommen. Jetzt will ich wirklich wissen ...«

Bruni unterbricht mich. »Super, Karo, ich dachte schon, du wirst kneifen!«

»Kneifen? Ich? Im Leben nicht!«

Dann hängt jede von uns ihren Gedanken nach. Als ich erneut den Orgelklängen lausche, überlege ich, dass man das Leben voll auskosten sollte. So schnell kann es gehen und man ist über die Wupper. Schwups, einfach weg von dieser Welt. Dann wird ein Loch gebuddelt, man wird hineingeworfen, das war's dann. Grauenhafte Vorstellung. Ich nehme mir vor, von diesem Moment an gewisse Dinge nicht mehr so tragisch zu nehmen, und halte mein Gesicht mit geschlossenen Augen in die Sonne. Egal, ob sich meine Sommersprossen dadurch mehren, egal, ob ich breite Hüften habe. Vollkommen schnuppe ist ebenfalls, ob die Piefke heimlich süppelt oder Dustin heute mit einem verbundenen Zeh durch die Birkenstraße humpelt. Egal ist aber nicht, ob Paul Geiger an Sex mit Männern Freude hat. Oder an Sex mit Männern *und/oder* Frauen.

Bruni tippt mich leicht an. Sechs Männer tragen einen Sarg aus Mahagoniholz, auf dem ein üppiger Kranz aus weißen Rosen drapiert ist, aus der Kapelle. Dahinter läuft Paul Geiger nebst Freund, mittig die Piefke, die sich wie eine Ertrinkende an die Männer klammert. Im Gefolge die Verwandtschaft und andere Menschen, etliche unserer Kollegen, darunter auch Dröpjes, der mit einem spöttischen Blick sofort erkennt, dass wir die Stunde ›geschwänzt‹ haben.

»Mist.« Bruni springt erschrocken auf. »Jetzt sind wir ertappt.«

Paul Geiger sieht ausdruckslos in unsere Richtung und redet leise auf Frau Piefke ein. Auch er hat bemerkt, dass wir so unhöflich waren und der Messe ferngeblieben sind. Ich schicke einen Blick zum Himmel und entschuldige mich in Gedanken bei Nikolaus Geiger und bilde mir ein, dass er gütig und verzeihend lächelt.

»Kann doch kein Mensch ahnen, dass die zuerst mit dem Sarg rausjuckeln«, wispere ich Bruni ins Ohr.

»Wir sind vielleicht naiv. Das hätten wir wissen müssen, die Hauptperson kommt doch immer zuerst.« Bruni ärgert sich ebenfalls.

Unauffällig schließen wir uns dem Tross an und sind heilfroh, dass die Beisetzung endlich dem Ende zugeht.

Als Bruni und ich am Grab stehen, liegt schon so viel Erdreich auf dem edlen Holz, dass man den Sarg kaum noch sehen kann. Wir tragen ebenfalls zur Beerdigung bei, indem wir sanft eine kleine

Schaufel voller Erde hineinrieseln lassen. *»Da haben die Friedhofsgärtner aber jede Menge Arbeit gespart«*, würde Opa Heini jetzt sagen.

13. Pläne schmieden

Am Abend sitzen wir zu viert in Brunis Wohnung. Heiner hatte Bruni im Laufe des Nachmittages zwar dreimal angerufen, an diesem Abend war er jedoch verhindert. Er war einem Kumpel gegenüber verpflichtet. Simone und Willi kuscheln auf dem Sofa, meine Freundin und ich haben es uns in den Sesseln bequem gemacht. Vor uns dampft ein Tischgrill mit öligem Fleisch, welches ausschließlich mit Curry gewürzt ist. In Wohnzimmer, Küche und Flur sind zwölf große Aschenbecher verteilt, in denen unzählige Zigaretten vor sich hin qualmen. Die Schlafzimmertür haben wir mit Klebeband abgedichtet, damit die Luft dort rein bleibt. Zusätzlich hält jeder von uns eine Kippe in der Hand, an der wir kräftig ziehen und den Rauch gezielt gegen die Wand hinter dem Sofa pusten. Uns allen tränen die Augen, denn Bruni besteht darauf, dass sämtliche Fenster und Türen geschlossen bleiben. Simone und Willi tränen nicht nur die Augen, nein, sie sind feuerrot, denn nicht nur die Wand kriegt den ganzen blauen Dunst ab. Außerdem klagt Simone über Nackenschmerzen, weil sie sich jedes Mal umdrehen muss, wenn sie die Wand anbläst.

»Hör auf zu zicken, Simone.« Bruni klingt streng. »Es ist für einen guten Zweck.«

Simone leidet von jetzt an still.

Willi schüttelt, ebenfalls still leidend, den Kopf. »Warum beschmieren wir die Wände nicht einfach mit Filzstiften, statt uns vollkommen die Lungen zu verpesten!«

Ich halte Bruni die Stange. »Neein, Willi, Heiner soll doch nicht denken, dass Bruni ein Ferkel ist!«

»Geeenau!« Bruni verteilt das Fleisch auf die Teller. Da ich Curry nicht sonderlich mag, verziehe ich angewidert das Gesicht und greife das Thema Geiger-Haustürschlüssel wieder auf.

»Und wie sollen wir an die Schlüssel kommen? Wie luchsen wir der Piefke die Schlüssel ab?«

Tapfer stopfe ich den nächsten Bissen in den Mund.

»Tja«, sinniert Bruni leise. »Das weiß ich auch noch nicht so genau. Das wird schwierig werden. Hat jemand einen Vorschlag?«

Simone reibt sich die Augen. »Eine von euch lenkt die Piefke ab, die andere nimmt die Schlüssel und macht Abdrücke davon. So wie es im Fernsehen immer gezeigt wird, mit einer Gummimasse.«

Bruni stöhnt laut auf. »Und was machen wir dann mit dem Abdruck der Schlüssel?«

»Ist doch klar, Bruni. Jemand feilt den Schlüssel nach!«

Willi lehnt sich grinsend zurück. Ich habe Angst, dass Bruni ihrer Cousine gleich an die Gurgel springt.

»Ja klar. Wir haben auch die besten Kontakte zur Hamburger Unterwelt.«

Simone zeigt sich derweil unbeeindruckt. »Dann betäubt ihr sie halt. Ein paar Tropfen Schlafmittel in den Tee, sie schläft ein und ihr könnt in aller Ruhe in der Villa stöbern.«

Ich höre mit geöffnetem Mund zu. Da soll doch mal einer behaupten, dass ich eine Kleinkriminelle bin. In Simone steckt da aber wesentlich mehr Potenzial.

»Die Idee ist nicht schlecht, aber das geht gar nicht«, mischt Willi sich ein. »Ihr wisst nicht, ob das alte Mädchen an irgendeiner Krankheit leidet oder bestimmte Medikamente nicht verträgt. Das kann böse enden.«

Ich stimme ihm zu. »Ja, Pillen und Tropfen können wir vergessen. Aber … wie wäre es mit Alkohol? Den verträgt sie gewiss.«

Bruni, die gerade Putensteaks nachlegen will, hält inne.

»Yes! *Das* ist es! Du bist genial, Karo. Wir laden sie ein, servieren Likörchen, füllen sie regelrecht ab. Irgendwann wird sie auf dem Sofa einduseln und zack, wir schnappen uns die Schlüssel.«

Bruni sieht mich herausfordernd an. »Wir starten die Aktion ›Gundula‹ entweder bei dir oder bei mir.«

Im Geiste sehe ich es vor mir. Wenn das alte Mädchen randvoll ist, schläft sie auf dem Sofa ein. Willi und Simone passen auf die Piefke auf, in der Zeit kümmern Bruni und ich uns um Geigers Nachttischschubladen. Perfekt.

Willi zeigt sich als Kavalier. Er verteilt großzügig frisch angerauchte Zigaretten in sämtliche Aschenbecher. Wir feilen weiter an unserem Plan. Denken über die Getränkeauswahl nach, welche Gesöffe ordentlich reinhauen, mit denen wir die Piefke lahmlegen können.

Obwohl es erst kurz nach 21 Uhr ist, haben wir alle keine rechte Lust mehr auf den Samstagabend. Die vernebelte Wohnung hat unsere Gehirne ebenfalls benebelt, Simone und mir ist schlecht vom Nikotin und Curryfleisch. Willi und Bruni scheinen fast einzuschlafen, wir lösen die Runde auf.

Nach einem gähnend langweiligen, verregneten Sonntag bin ich am Montag regelrecht froh, dass ich wieder am Schreibtisch sitzen darf. Gestern ist mir aufgefallen, dass das Singledasein zwar Vorteile, aber auch genügend Nachteile mit sich bringt. Ich weiß nicht warum, aber bereits nach dem Aufwachen ist mir in der Tat die Decke auf den Kopf gefallen.

Heiner hat toll gearbeitet, Bruni und ich finden das neue Büro wunderschön. Die Farbkombination der Wände, Teppiche und Tapetenwand ist stimmig. Die neuen Möbel modern, schlicht und edel. Bruni öffnet sämtliche Schränke, der Junior scheint hier gestern Heinzelmännchen gespielt zu haben. Alles perfekt eingeräumt. Die neue Tür, die unser Büro vom Geigenpaul trennt, finden wir entsetzlich. Sie ist aus Glas! Er kann ständig sehen, ob wir arbeiten oder die Fingernägel polieren. Das ist nicht gut. Eine dicke Gummidichtung lässt auf Schalldichtheit schließen. Bevor Gundula und Geigenpaul kommen, testen wir, *wie* schalldicht die Tür ist. Ich setze mich an den Schreibtisch, während Bruni in Paules Büro laut redet. Obwohl ich sie sehe, höre ich keinen Ton und winke sie heraus.

»Arme Karo«, Bruni verkneift sich ein Lachen. »Der hat dich voll und ganz im Visier! Bin ich froh, dass ich mit dem Rücken zu ihm sitze.«

Ich weiß, dass es keinen Sinn macht, Bruni zu bitten unsere Plätze zu tauschen, und fluche leise. Wir sitzen Probe. Wenn Bruni so wie gewohnt sitzt, kann er mich komplett sehen. Ich blicke auf den Chefschreibtisch und dirigiere Bruni auf ihrem ›Rollstuhl‹ so, dass ich Geigenpauls Chefsessel nicht mehr im Blickfeld habe, folglich kann er mich ebenfalls nicht sehen. Mit einem Textmarker mache ich einen roten Strich auf Brunis Schreibtisch und gebe kurz und knapp den Befehl, dass ihr linker Arm *ständig* auf diesem Strich liegen muss. *Ständig.*

»Da kann ich mich ja gleich auf den Boden setzen«, mosert sie. »Ich kann doch so nicht arbeiten.«

Zugegeben, ihr Arbeitsbereich hat sich durch meinen Strich auf das linke Viertel ihres Schreibtisches beschränkt. Das sieht schon doof aus.

»Gib Ruhe«, sage ich lachend. »Ist für einen guten Zweck.«

Bruni verschiebt die Tastatur und Bildschirm ihres PC, sowie den Telefonapparat und Ablagekorb, damit sie all die Sachen in Reichweite hat. Prompt kommt Gundula hereingeschneit. Heute hat sie etwas mehr Farbe, ihr scheint es nicht mehr ganz so schlecht zu gehen. Ihr fällt sofort Brunis veränderte Sitzposition auf.

»Warum beschränken Sie sich auf so wenig Platz, Frau Keller? Das sieht aber sehr ungesund aus.«

»So habe ich mehr Licht«, entgegnet Bruni schnell.

Ich schließe kurz die Augen.

»Aber … aber … das Fenster ist doch genau auf der anderen Seite.«

Die Piefke ist zwar nicht die Hellste, aber auch nicht gerade blöde.

Bruni korrigiert sich. »Nein, ich meine nicht das Tageslicht. Oben, an der Decke. *Das* Licht meine ich.«

Die Piefke legt den Kopf in den Nacken und stiert auf die Lichtquelle an der Zimmerdecke.

»Die Deckenbeleuchtung ist doch nur im Herbst und Winter an«.

Sie kann den Gedankengang meiner Freundin nicht nachvollziehen.

»Eben«, erwidert Bruni. »Die wenigen Monate sind so rasch vorüber. Ich will mich beizeiten an die neue Sitzposition gewöhnen. Wissen Sie, Frau Piefke, dann habe ich das hinter mir.«

Nach einem gemurmelten »Aha« gibt Frau Piefke auf.

Manchmal könnte ich mich wahnsinnig über Brunis Naivität aufregen, aber, das ist ja noch mal gut gegangen. Dem Geigenpaul werden solche Kleinigkeiten im Leben nicht auffallen, der hat ganz andere Dinge im Kopf. In diesem Augenblick betritt er schwungvoll das Büro. Er murmelt ein »Guten Morgen« in unsere Richtung und macht prompt eine Vollbremsung neben Brunis Schreibtisch.

»Warum sitzen Sie so unbequem, Frau Keller?« Er läuft langsam um den Schreibtisch herum. »Sitzt da normalerweise noch jemand?«

Bruni schaut mich hilflos an. Ich schicke ein Stoßgebet zum Himmel, *bloß* jetzt nicht noch einmal die ›Lichtnummer‹.

»Nei... nein. Hier sitzt niemand außer mir.«

Ich greife ein und deute mit dem Kopf auf den Platz, den Bruni vorher einnahm. »Da zieht es so. Frau Keller kann den Zug im Genick nicht vertragen.«

»Ach ja? Tatsächlich?« Paul dreht den Kopf nach Südwest, nach Nordost sowie in alle denkbaren Himmelsrichtungen.

»Stehen Sie mal bitte auf, Frau Keller, lassen Sie mal sehen. Woher soll die Zugluft kommen?«

Bruni hält seinem Blick stand. »Wahrscheinlich aus Frau Piefkes Büro. Sie hat doch ständig das Fenster geöffnet.«

Geigenpaul grinst. Er setzt sich auf Brunis Platz, ich springe auf und stelle mich hinter ihn. Jetzt rollt er mit dem Bürostuhl hin und her. Sobald er in die Mitte des Tisches rollt, blase ich ganz sachte in sein Genick. Er probiert das einige Male aus und fängt plötzlich schallend an zu lachen.

»Tja, es zieht mittig. Ganz eindeutig.«

Ich bin mir nicht sicher, ob er uns durchschaut hat oder nicht. Bevor ich weiter darüber nachdenken kann, kommt zu allem Übel auch noch Ulrike mit lautem »Hallo« hereingestürmt.

»Juchu, wir haben tausend Euro gesammelt«, dabei schwenkt sie die Skimütze hin und her. Als sie bemerkt, dass Paul Geiger an Brunis Schreibtisch sitzt, bleibt sie wie erstarrt stehen. Schuldbewusst verschwindet der Pott hinter ihrem Rücken.

»Oh ... tut mir Leid, falsche Tür erwischt«, presst sie verlegen heraus und will auf dem Absatz kehrt machen und flüchten, doch unser neuer dynamischer Chef reagiert sofort.

»Für wen sammeln Sie denn, Frau … Frau …«

»Assmann«, erwidert die Assmann, worauf der Geigenpaul »Assmann« wiederholt. Jetzt ruhen alle Augen auf Ulrike, die sich wohl darauf festgelegt hat, bis in alle Ewigkeit in ihrer Erstarrung zu verharren. Sie fasst sich jedoch schneller als gedacht.

»Für Brigitte Petersen, aus der Kantine. Die kriegt nämlich ein Baby«, stammelt sie verlegen.

Paul Geiger scheint sichtlich beeindruckt von dieser großen Summe zu sein und zückt sein Portemonnaie. Die Assmann erfasst die Situation, bereitwillig hält sie ihm die Mütze hin, in die er einen Fünfzig-Euroschein legt. Ulrike fängt jetzt dermaßen blöde an zu kichern, dass ich ihr eine scheuern möchte.

»Wenn sich das herumspricht«, gackert sie noch lauter. »Wenn sich das herumspricht, dann …« Sie vollendet den Satz nicht und ist so schnell weg, wie sie gekommen war.

Geiger schüttelt verunsichert den Kopf. »Weiß man denn schon, ob es ein Junge oder Mädchen wird?«

Bruni und mir ist das Lachen im Hals stecken geblieben.

»Nein«, sage ich tonlos. »Nein, wir wissen noch nicht, ob Junge oder Mädchen. *Noch* nicht.«

Punkt zwölf ist der Geigenpaul in der Kantine das Gesprächsthema Nummer eins. Es *hat* sich offenbar herumgesprochen, dass Herr Geiger selber einen Schein um die Spekulationen, was seine geschlechtliche Neigung anbelangt, gesponsert hat. Bruni und ich sehen ein, dass die ganze Sache langsam aber sicher aus dem Ruder zu laufen scheint. Dass wir diese Geschichte jetzt so schnell wie möglich aus der Welt schaffen müssen, ist uns beiden klar. *Eine* undichte Stelle im Betrieb und wir wären alle geliefert. Lustlos stochern wir im Tagesgericht, Kassler mit Sauerkraut, herum. Heute Abend wird Junior wieder für eine Weile nach England fliegen, dann haben wir freie Bahn.

»Wir packen das heute Abend an, Bruni«, sage ich fest entschlossen.

Bruni nickt missmutig, die schlechte Laune ist ihr anzusehen.

Per E-Mail bekommen wir am Nachmittag eine schöne Botschaft. Brigitte hat eine gesunde Tochter zur Welt gebracht, auf dem PC öffnet sich ein Bild, welches Wonneproppen Esther zeigt.

Frau Piefke ist wieder einmal zu Tränen gerührt. »So ist das im Leben. Ein ständiges Kommen und Gehen der Menschen.«

Ich ergreife die Gelegenheit beim Schopf. »Das sollte gebührend gefeiert werden, Frau Piefke. Haben Sie heute Abend Zeit? Um 20 Uhr, bei mir zu Hause?«

Freudig nimmt sie die Einladung an, jedoch Alkoholisches könne sie nicht trinken, da sie ja mit dem Auto käme.

Bruni setzt ihre freundlichste Miene auf. »Ihr Auto lassen Sie mal schön stehen, Frau Piefke. Ich hole Sie ab, und irgendjemand wird sich finden, der Sie auch wieder nach Hause fährt.«

Kurz vor der verabredeten Zeit klingelt es Sturm, ich drücke geschwind den Türöffner. Willi und Simone sitzen bereits auf dem Balkon. Fröhlich plappernd kommen die Stimmen immer näher. Ich trete in den Hausflur und breite einladend meine Arme aus.

»Wie schön, Frau Piefke, endlich kommen Sie mich besuchen.«

Die Piefke rückt ihren Hut zurecht und lächelt mit rosigen Wangen zurück. »Hätte ich doch schon längst gemacht, Frau van Goch. Sie haben mich ja nie eingeladen.«

»Ach was … Frau van Goch … nennen Sie mich bitte Karo.« Ich zwinkere ihr zu. »Wir kennen uns doch schon so lange.«

Bruni bietet ihr ebenfalls an, sie beim Vornamen zu nennen, und sie kann gar nicht anders, uns ebenfalls zu gestatten, sie mit Gundula anzusprechen.

Ich nehme ihr das leichte Jäckchen ab und hänge es sorgfältig an die Garderobe. Bruni greift sanft nach der Handtasche, die Gundula fest unter den Arm geklemmt hält, und legt sie so vorsichtig auf die Hutablage, als wäre sie aus feinstem Porzellan.

So, das wäre geschafft. Während Gundula auf dem Balkon betankt wird, kann ich ungestört nach den Schlüsseln kramen.

Ich zeige Frau Piefke kurz meine Wohnung. Dann wird sie mit Willi und Simone bekannt gemacht. Bruni geht in die Küche und kommt wenig später mit einigen Flaschen alkoholischer Getränke zurück, die sie auf den kleinen runden Tisch stellt.

»So, Gundula«, sage ich voller Elan. »Jetzt wollen wir aber zuerst einmal auf uns anstoßen.« Ich halte diverse Flaschen hoch.

»Was darf ich Ihnen anbieten? Likörchen? Cognäcchen? Oder vielleicht ein Grappachen?«

Gundula droht gespielt mit dem Zeigefinger. »Na, Karo? Sie wollen mich doch wohl nicht schicker machen?« Sie setzt ihre Lesebrille auf und studiert die Etiketten der Flaschen. »Oh, die sind aber hochprozentig!«

Willi mischt sich ein. »Aber Gundula, wir sind doch hier in Karos Wohnung und nicht auf der Sparkasse. Hier gibt es mehr als 1,5%.«

Der war gut!

Simone meldet sich zu Wort. »Also ich nehme erst einmal einen Grappa. Der brennt so schön in der Kehle.«

»Nein«, sagt Bruni bestimmend. »Du trinkst *nur Rotwein.*«

Ich ärgere mich ebenfalls über Simone-Doof. Wir hatten doch beschlossen, keinen Alkohol zu uns zu nehmen, weil wir einen klaren Kopf behalten müssen. Stattdessen wollten wir nur den roten Traubensaft, den wir in sechs leere Flaschen Rotwein gefüllt hatten, in uns hineinschütten.

»Ach«, Gundula überlegt kurz. »Dann nehme ich zur Einstimmung ein Gläschen Grappa und ein Gläschen Cognac.«

Willi fummelt diverse Verschlüsse auf und reicht der Piefke die Pinnecken, welche sie kurz hochhält und ohne mit der Wimper zu zucken nacheinander auf ex trinkt. Willi füllt die Gläser erneut. Ich stelle kalte Platten mit Minifrikadellen, kleinen Schnitzelchen, Käse, in Kochschinken gewickelten Spargel sowie Baguettebrot mit Kräuterbutter auf die leeren Blumenkästen der Balkonbrüstung, weil auf dem Tisch zu wenig Platz ist.

Gundula greift beherzt zu und spült jedes Häppchen mit einem Schlückchen, mal Grappa, mal Cognac, nach. Wir prosten ihr jedes Mal mit unserem ›Rotwein‹ zu.

Gundula ist in Plapperlaune, so gelöst haben Bruni und ich sie noch nie erlebt. Sie lamentiert über ihre alte Heimat Russland. Sie sei russischer Abstammung, ihre Eltern haben sich, nachdem sie nach Deutschland gekommen sind, einer Namensänderung unterzogen. Eigentlich heiße sie Gundula Nowakovaschenko. Aber ihre Eltern wollten nicht, dass sie in der Schule gehänselt wurde, darum die Namensänderung auf Piefke.

Jedoch, das hätten ihre Eltern sich sparen können, denn als Gundula Piefke war sie auch Hänseleien ausgesetzt. Seit Jahren sei sie nun vollkommen allein, alle ihre Verwandten tot. Und einen Mann habe sie ja auch nicht. Sie habe immer nur für ihren Beruf gelebt, darin Erfüllung gefunden.

Während sie weiter und weiter redet, schaue ich bei Vortäuschung eines Toilettenganges in ihre Handtasche und finde nur einen Schlüsselbund mit sechs Schlüsseln nebst einem Autoschlüssel. Ich rechne kurz durch. Haustür unten, Haustür oben, Kellerschlüssel, Garagenschlüssel, Briefkastenschlüssel, nein, sie kann Geigers Villenschlüssel nicht dabei haben. So ein Elend.

Als ich zurück auf den Balkon komme, erzählt sie in schillerndsten Farben von der herrlichen Datsche, die ihre Eltern seinerzeit in Russland besaßen.

»Was da alles an Gemüse angebaut wurde.«

Bruni und Willi hören höflich zu und geben den einen oder anderen Kommentar ab, Simone gähnt gelangweilt. Ich unterbreche kurz Gundulas Redeschwall.

»Hört mal kurz zu, ich habe den Briefkasten durchwühlt, die Post, die ich heute erwartet habe, ist leider nicht dabei gewesen.«

Alle machen lange Gesichter, nur die Piefke lacht.

»Na, darauf trinken wir noch einen, was? Ich krieg ja auch nie Post. Nastrovje!«, ruft sie laut und gießt sich selber einen Grappa nach, der sogleich mit einem Schwung hinuntergespült wird.

Sie zeigt sich sehr interessiert, als Simone von ihrer Tätigkeit im Pflegeheim berichtet, und fragt nach allen Einzelheiten. Nach einer weiteren Stunde fällt ihr ein, dass wir doch auf Esther und Brigitte anstoßen wollten. Mir ist schon ganz übel, von dem süßen Saft.

Danach wird Willi abgeklopft, der ebenfalls Rede und Antwort steht.

Nach zwei weiteren, diesmal Likörchen, erzählt uns Gundula wehmütig von ihrer Mietwohnung in Petersburg, die sie mit ihren Eltern bewohnte. Schwärmt von dem Zusammengehörigkeitsgefühl der Russen, die in kleinen Räumen auf langen Fluren in viel zu engen Mietbehausungen lebten, mit nur einer Gemeinschaftsküche und einem Badezimmer, welches sich alle teilten. Noch heute trauere sie dem Geborgenheitsgefühl nach, das sie damals in Russland erfahren durfte. Hier in Deutschland sei doch jeder irgendwie alleine. In ihrer alten Heimat wurde am Abend gemeinsam gekocht und gesungen. Leise, völlig in Gedanken versunken fragt sie, ob wir das russische Volkslied *Abendglocken* von Iwan Iwanowitsch Koslow kennen. Wir verneinen gleichzeitig. Dann fängt sie an zu singen.

Vetsherni zvon,
Vetsherni zvon,
Kak mnoga dum
navodit on.

Der Klang der Abendglocken,
der Klang der Abendglocken,
wie viele Gedanken
ruft er hervor.

Die Melodie ist dermaßen wehmütig, dass mir ein kalter Schauer den Rücken herunterläuft.

Ganz plötzlich springt sie auf und bittet, dass sie jemand nach Hause fährt. Simone und Willi bieten sich sofort an, sie zu fahren. Gundula hält sich nicht lange mit Abschiedsbekundungen auf. Sie nimmt ihre Jacke und Handtasche und geht einfach. Im Hausflur singt sie leise weiter.

Und wie viele
schon nicht mehr am Leben sind,
die damals fröhlich
und jung waren.

Fest ist
ihr Schlaf im Grabe,
sie hören nicht mehr
den Klang der Abendglocken.

Bruni und ich stehen am Treppengeländer, nach den letzten Tönen des wehmütigen Liedes fallen wir uns heulend in die Arme. Die arme Piefke! Wir sollten uns mehr um die einsame Frau kümmern.

Wieder auf dem Balkon herrscht eine bedrückende Stille, wir schnäuzen kräftig in die rot gepunkteten Servietten und winken Gundula, Simone und Willi noch einmal zu. Während Frau Piefke ins Auto steigt, ruft sie uns noch etwas zu.

»Spokojnaj notsch!« verstehen Bruni und ich. Und: »So einen schönen Abend hatte ich lange nicht mehr!«

Bruni benötigt noch eine Serviette. »Die Geiger-Sache ist mir jetzt vollkommen schnuppe. Morgen nehme ich meinen Einsatz aus der Mütze!«, sinniert sie laut.

»Ja, ich hole mir meine zwanzig Euro auch wieder. Schämen sollten wir uns, wir wären fast vom rechten Weg abgekommen.«

Gemeinsam räumen wir auf, dann macht sich meine Freundin in getrübter Stimmung auf den Weg nach Hause, ich auf den kurzen Weg in mein Bett.

Was bin ich glücklich, eine Familie zu haben! Die Vorstellung, ganz alleine auf dieser Welt zu sein, treibt mir die Tränen in die Augen. Ich krabbele noch einmal aus den Federn und hole mir Paul Geigers Taschentuch, lege es auf mein Kopfkissen und atme tief den maskulinen Duft ein. Irgendwie ist der Geigenpaul ja nun auch alleine. Fast alleine!

14. Nur für den Notfall

In der Nacht werde ich durch einen nervigen Klingelton aus dem Tiefschlaf gerissen. Benommen taste ich nach meinem Mobiltelefon und erfasse die Uhrzeit auf dem digitalen Wecker. 01:02 Uhr. Ein Anruf nach der Geisterstunde kann nichts Gutes bedeuten, ich denke spontan an Opa Heini, er ist nicht mehr der Jüngste. Es meldet sich die Notaufnahme der Santorin-Klinik, die Verbindung ist miserabel.

In meiner Wohnung habe ich stets einen schlechten Empfang. Eine Stimme erklärt mir abgehackt, dass »Piefke … gebrochen … hat«. Ich fluche innerlich auf den schlafenden Sendemast und rufe ein lautes »Augenblick bitte« in das Gerät. Kein Wunder, dass sie sich vollgekotzt hat. Nach der Menge Alkohol hätte ich mich auch vollgereihert. Aber was macht Gundula im Krankenhaus? Sie hätte doch auch zu Hause in einen Eimer kotzen können. Ich laufe auf den Balkon, um einen besseren Empfang zu haben. Noch einmal erklärt die hellwache forsche Stimme, die sich als Oberschwester Edelgard entpuppt, die Geschehnisse.

»Eine Frau Gundula Piefke ist vor einer Stunde eingeliefert worden. Sie hatte im Treppenhaus einen Unfall. So wie es aussieht, hat sie einen Oberschenkelhalsbruch, Rippenprellungen, mehr kann ich Ihnen im Moment noch nicht sagen. Sie verlangt nach Ihnen, bittet Sie morgen früh sehr zeitig zu kommen, sie bräuchte aus ihrer Wohnung einige Sachen. Machen Sie sich aber keine Sorgen, Ihrer Freundin geht es so weit gut, die kriegen wir wieder hin.«

Ich bedanke mich für den Anruf und drücke die Beenden-Taste. Geschockt laufe ich im Wohnzimmer einige Runden im Kreis, diese Nachricht muss ich erst einmal verdauen. Ich fühle mich mitschuldig an diesem Unfall, wie auch immer er passiert sein mag, und fasse den Entschluss, sofort ins Krankenhaus zu fahren. Mir ist leicht übel, die schlechte Nachricht ist mir auf den Magen geschlagen.

Ich werde von Schwester Edelgard, die ihre Nasenflügel unentwegt wie ein kleiner Drache bläht, angewiesen, vor der Notaufnahme Platz zu nehmen, denn Frau Piefke werde gerade von Dr. Magnussen und Dr. Holland untersucht. Jetzt wird mir richtig übel. Roger und Ricarda. Der zweite Tag, der so elendig anfängt, dass er den gestrigen noch toppen wird. Das ›Mannsweib‹ steckt den Kopf kurz aus der Tür, sie trägt ein riesiges weißes Brillengestell auf der Nase und nickt etwas angespannt in meine Richtung.

»Wir sind gleich bei Ihnen.«

Ich spiele nervös mit den Riemen meines Rucksacks und zähle die kleinen, gelbbraunen Karos auf meiner Hose. *Ha, ha … die Karo trägt ne Karohose und Dr. Holland hat ein Hollandrad auf der Nase.* Dann denke ich, dass die Welt so verdammt klein sein kann.

Zehn Minuten später wird die Tür mit einem Zischen aufgeschoben. Ricarda kommt müde, gefolgt von einem verlegenen Roger auf mich zu. Na, da haben ja die beiden richtigen Nachtdienst und ich freue mich ohne schlechtes Gewissen, dass sie *keinen* ruhigen Dienst haben. Von wegen im Dienstzimmer knutschen. Mit keiner Geste oder Mimik verrate ich, dass Roger und ich einander kennen. Er spielt die Rolle ebenfalls perfekt. Klar, seine Karriere!

Das ›Pferdegesicht‹ übernimmt die Wortführung. »Ihre Freundin hatte Glück im Unglück. Sie stürzte im alkoholisierten Zustand über das Treppengeländer im ersten Stock und zog sich dabei eine Fraktur des rechten Oberschenkelknochens zu. Morgen Nachmittag werden wir sie operieren, nach der OP können wir Ihnen dann mehr sagen. Frau Piefke hat angegeben, dass sie keine Angehörigen hat und gebeten, dass wir uns mit sämtlichen Fragen an Sie wenden können bzw. Sie über den Verlauf der Operation unterrichten dürfen. Wenn die Heilung gut verläuft, wird sie in etwa vierzehn Tagen das Krankenhaus verlassen können. Gehen Sie ruhig zu ihr rein.«

Dann reicht sie mir ihre Hand, drückt so feste zu, dass ich kurz in die Knie gehe, und wendet sich zum Gehen. Roger nickt knapp, was wohl »*Auf Wiedersehen*« bedeuten soll, und rauscht ihr mit wehendem Kittel hinterher. *Blödmann, der kann ja gar nicht mehr sprechen.* Ich reibe meine schmerzende Hand. Auf Zehenspitzen betrete ich die Notaufnahme. Gundula lächelt mich zaghaft, mit leicht schmerzverzogenem Gesichtsausdruck an.

»Da habe ich mir aber was Dummes eingebrockt, Karo.«

Sie wirkt so nüchtern, als hätte sie lediglich unseren ›Rotwein‹ getrunken. Ich drücke ihre Hand ganz sachte.

»Ach Gundula, das wird schon wieder. Der ›Pferdekopf‹ ähm … Dr. Holland hat gesagt, dass Sie in vierzehn Tagen wieder daheim sind.«

Verlegen deutet sie auf ihre Handtasche, die auf einem Hocker liegt.

»Bitte, Karo, wären Sie so nett und würden mir aus meiner Wohnung einige Sachen holen? Es reicht, wenn Sie sie bis morgen Abend herbeischaffen könnten. Nehmen Sie sich morgen frei, ich werde das verantworten.«

Ich greife ihre Wohnungsschlüssel. Anschließend erklärt Gundula ausführlich, wo ich was finden kann. Toilettenartikel, Nachthemden,

Bücher, Ersatzbrille, Kreuzworträtselhefte und etwas Geld. Ich notiere vorsichtshalber alle Einzelheiten auf einem kleinen Block, damit ich nichts vergesse. Dann instruiert sie mich, aus dem Kühlschrank verderbliche Lebensmittel zu entsorgen. Den Müll soll ich in den großen Container, der auf dem Hof steht, werfen, außerdem Paul Geiger über ihren Unfall informieren und … dass im Schlüsselkasten, der im Flur hängt, die Zweitschlüssel von Herrn Geigers Villa deponiert sind.

Ich schreibe langsamer und lasse mir ihre Worte in Gedanken auf der Zunge zergehen: *Im Schlüsselkasten im Flur hängen die Zweitschlüssel zu Geigers Stadtvilla.*

Ob sie ahnt, was mir durch den Kopf geht, denn ihre Stimme klingt jetzt fast hart. »Nur für den Notfall, damit Sie Bescheid wissen, Karo.«

Ich bewege meinen Kopf schnell von oben nach unten. »Sicher, Gundula, nur für den Notfall. Ich verstehe.«

Peinlich berührt nimmt sie das Angebot an, mich um ihre Schmutzwäsche zu kümmern. Die Kleidung, die sie heute trug, stopfe ich in den Rucksack. Dann erlaube ich mir, die kranke Frau zu drücken, und verabschiede mich mit aufmunternden Worten. »Alles wird gut, Gundula. Bis morgen Abend.«

An der Tür drehe ich mich noch einmal um. »Hat denn Geigers Onkel, ich meine Jacob Geiger keinen Schlüssel der Villa?«

Gundula winkt mich noch einmal zurück. »Nein, der Junior hat gesagt, egal was passiert, egal, um welchen Notfall es sich handeln würde, ich solle auf keinen Fall seinem Onkel alleinigen Zutritt zu seiner Villa gewähren. Ich weiß nicht, was die miteinander haben. Sie mögen sich nicht besonders. Es hat niemand Zugang, außer mir.«

Ich denke gar nicht daran, mir frei zu nehmen. Ich bin viel zu aufgeregt, Bruni wird aus allen Wolken fallen. Wenn *das* keine Neuigkeiten sind! Eine Stunde vor Dienstbeginn bin ich bereits in Frau Piefkes Wohnung.

Blitzeblanke, behaglich eingerichtete Räume empfangen mich. Zuerst kümmere ich mich um den Kühlschrank, entsorge alles, was verderben könnte. Danach spüle ich flott von Hand, was in der Spülmaschine auf Reinigung wartet, und raffe in Windeseile die Sachen zusammen, die Gundula benötigt. Ordentlich lege ich die Kleidung, nebst Utensilien, in eine Reisetasche, die ich auf dem Kleiderschrank finde. Zuletzt öffne ich feierlich den Schlüsselschrank und greife zaghaft nach dem Bund, an dem ein kleiner Zettel mit der Aufschrift »Villa« angehängt ist. Meine Hände zittern leicht. Obwohl tausend Gewissensbisse an meinem ganzen Körper zu nagen beginnen, lasse ich ihn in meiner Hosentasche verschwinden. Entschlossen schultere ich die Reisetasche, klemme den Müllbeutel unter den Arm und verlasse die Wohnung. Die Nachbartür öffnet sich einen Spalt, eine kleine Frau lugt durch den Schlitz und fragt zögernd, ob Frau Piefke noch leben würde.

»Ja … Sicher …«, entgegne ich verdutzt und laufe so schnell ich kann die Treppe hinunter.

Bruni fällt tatsächlich aus allen Wolken. Ich höre sie förmlich auf dem Asphalt aufschlagen. Haarklein berichte ich. Angefangen vom mitternächtlichen Anruf, von Roger, Ricarda, Gundulas Bitte, ihr Kleidung etc. pp. aus ihrer Wohnung zu holen, der Schmutzwäsche, bis hin zum begehrten Schlüssel, den ich jetzt wie eine Siegestrophäe vor ihrer Nase baumeln lasse.

Vergessen ist unser Rückzug und der Entschluss, der Assmann unseren Einsatz wieder abknöpfen zu wollen. Nach kurzen Mitleidsbekundungen gerät das, was die arme Gundula durchleben muss, ebenso schnell in Vergessenheit. Skrupel haben weder Bruni noch ich. Immerhin geht es um jede Menge Geld, an das wir mit ein wenig Glück jetzt gelangen könnten.

Ich unterrichte Paul Geiger, der extra aus einer Konferenz geholt werden muss, über die neuesten Ereignisse vor Ort. Geigenpaul hat sich wohl erkältet, denn ich kann ihn kaum verstehen, weil er heiser ist. Im Flüsterton ordnet er an, dass wir Piefkes Arbeit mit übernehmen sollen, was für uns eh selbstverständlich ist. Dann bittet er, da Frau Piefke keine Angehörigen hat, sich auch privat ein wenig um sie zu kümmern. Ich erkläre, dass wir alles im Griff haben, worüber er sich freut und Bruni grüßen lässt.

Jacob Geiger geht das alles regelrecht am Hintern vorbei. Ich habe das Gefühl, dass er noch nicht einmal richtig zugehört hat, was Frau

Piefke passiert ist. Er nervt uns bis kurz vor Feierabend mit Diktaten und Briefen, die wir schreiben sollen. Zwischendurch schaffe ich es, meiner Mutter telefonisch von dem ganzen Dilemma zu berichten. Sie ist entsetzt und bietet ebenfalls an, ab und zu nach Frau Piefke im Krankenhaus zu sehen. Sie findet Gundulas Lebensumstände ebenfalls traurig. Kurz vor Feierabend verschwindet Geigenjacob, samt Aktenkoffer. Endlich!

Unser »Auf Wiedersehen, Herr Geiger« überhört er, der Miesepeter. Bruni und ich lassen ebenfalls die Kugelschreiber fallen und verlassen, in unerträglicher Spannung, eine halbe Stunde eher die Firma.

Gemeinsam wollen wir der Piefke die Reisetasche bringen und besorgen unterwegs noch ein kleines Blumengesteck aus zarten gelben Rosen, samt Genesungswunschkarte, in die wir liebe Worte schreiben. An der Information der Klinik erfahren wir, dass sie in der 4. Etage auf Zimmer 1212 liege.

Als wir ein leeres Bett vorfinden, erklärt uns Gundulas Bettnachbarin, dass Frau Piefke im Operationssaal sei. Wir verstauen den Inhalt der Reisetasche in Schränke und Schubladen, stellen den Blumengruß samt Karte auf den Nachttisch. Mehr können wir hier momentan nicht ausrichten. Wir verabreden uns für 21 Uhr bei mir zu Hause.

In meiner Wohnung krame ich Gundulas Wäsche aus dem Rucksack und ziehe sie, etwas angewidert, mit zwei Fingern heraus. Es ist schon eine sehr intime Angelegenheit, fremde schmutzige Unterwäsche in den Händen zu halten. Die weiße Seidenbluse hat dicke schwarze Flecken, die ich ratlos beäuge. Ich rufe meine Mutter, die Fleckenspezialistin ist, an und frage, ob ich die dunklen Stellen schon vor der Wäsche behandeln soll.

»Ich muss die Flecken sehen, Karo. Am besten, du bringst die Bluse vorbei. Ach Kind, besser noch, bring die gesamte Wäsche der kranken Frau. Ich übernehme die Reinigung, ich habe doch Zeit.«

Nur zu gerne überlasse ich *diese* Arbeit meiner Mutter und hoffe, dass auch ich nach zwei Töchtern, zwei Enkeltöchtern, einem Ehemann und altem Vater etwas abgebrühter werde, was miefige Unterwäsche anbelangt. Sofort mache ich mich auf den Weg.

Erstaunt stelle ich fest, dass die halbe Straßendecke der Birkenstraße aufgerissen wurde. Mein Vater erklärt, dass irgendwelche Kabel neu verlegt werden müssen. Opa Heini beschwert sich umgehend über den schrecklichen Lärm, man könne den ganzen Tag lang keinen klaren Gedanken mehr fassen.

»Er ärgert sich«, fügt mein Vater erklärend hinzu, »dass er jedes Schachspiel verliert, und gibt dem Presslufthammer die Schuld.«

Opa tippt sich gegen die Stirn. »Hier oben stimmt alles, Hermann, *hier* stimmt alles! Es *ist* die Schuld des Presslufthammers.«

Meine Mutter und ich belächeln die beiden Kampfgockel, die ständig ihre Kräfte messen. Ich leere die Plastiktüte mit Frau Piefkes Kleidung in einen Wäschekorb, den meine Mutter auf den Tisch gestellt hat.

Opa greift sofort nach Gundulas Unterhose. Neugierig betrachtet er sie von allen Seiten. »Solche hat deine Mutter auch immer getragen«, klärt er meinen Vater auf, worauf ich ihm entsetzt das Teil entreiße.

»Opa! Lass das!«

Meine Mutter läuft rot an. »Also wirklich, Vater, manchmal …!«

Sie verschluckt den Rest ihres Satzes, stattdessen bietet sie mir einen Teller Hühnersuppe an. Ich lehne dankend ab und erkläre, dass ich gleich wieder los muss, weil ich mit Bruni verabredet bin.

Als ich meinen Wagen aus der Garagenausfahrt lenken will, sehe ich im Rückspiegel Dustin vorbeihumpeln. Grinsend steige ich aus. »Was hast du denn gemacht, Dustin? Das sieht aber nicht gut aus.«

Opa Heini, der am Gartentor steht, antwortet für Dustin.

»Da hat doch tatsächlich jemand Blechdosen, mit denen der Junge so gerne schießt, mit Gips gefüllt und auf die Straße gelegt. Das weiß bereits die ganze Siedlung.« Er kann sich das Lachen kaum verkneifen.

»Ja«, brüllt Dustin laut. »Mein Vater hat gesagt, wenn er *denjenigen* erwischt, der kriegt eins in die Fresse!«

Opa ruft tröstend. »Lass dir mal den Spaß nicht verderben, Jung. Schieß doch mit dem gesunden Fuß.«

Unverschämt! Dustin zeigt Opa Heini dreist den Stinkefinger, dann humpelt er weiter.

15. Das nennt man Schicksal

Bruni sitzt bereits eine Stunde vor der verabredeten Zeit bei mir in der Küche, allein zu Hause hätte sie »es nicht mehr ausgehalten«. Ihre Stimmung ist genau ins Gegenteil umgeschlagen. Sie plagen Zweifel. Wir wechseln uns mit der Toilettenbenutzung ab, geben uns förmlich die Klinke in die Hand.

»Wir müssen uns zusammenreißen, ich habe nur noch eine Rolle Klopapier, Bruni.«

Bruni massiert ihre Darmgegend, ich knabbere an einem trockenen Toast. Bruni kann nichts essen. Ich versuche sie abzulenken und frage nach Heiner.

»Wir sehen uns morgen Abend. Oje«, ihre Hand massiert noch immer.

»Wohin geht ihr?«

»Wir wollen ins Kino.«

Jetzt rumort es so arg in ihrem Darm, dass ich es laut hören kann. Ich merke, dass es nicht möglich ist, Bruni von den nagenden Gedanken abzulenken. Ich schnappe den Schlüssel, der vor mir auf dem Küchentisch liegt, und gebe dem nervösen Bündel einen Schubs.

»Los, komm, wir fahren jetzt. Je länger wir unser Vorhaben hinauszögern, desto schlimmer wird es.« Ich stecke meine kleine Digitalkamera in die Hosentasche.

»Ich glaub, ich muss noch mal.« Bruni versucht es mit der Verzögerungstaktik.

»Kommt gar nicht in Frage. In deinem Darm *kann* nichts mehr sein, so oft, wie du warst.«

Wie einen störrischen Esel ziehe ich Bruni durch das Treppenhaus, bis hin zum Parkplatz hinter mir her. Dann bugsiere ich sie mit aller Kraft in mein Auto, schlage die Beifahrertür mit lautem Knall zu und beeile mich loszufahren, damit Bruni mir in letzter Sekunde nicht doch noch entwischen kann.

Nervös, aber fest entschlossen, lenke ich den Wagen durch den Verkehr. »Sieh mal, Bruni, das ist alles eine Fügung! Das *muss* einfach so sein. Der liebe Gott *will* es so, denn solche Zufälle gibt es im Leben nicht. Meinst du, er hat die Piefke umsonst von der ersten Etage klatschen lassen?«

Weil sie nicht antwortet, predige ich weiter. »Willst du etwa, dass sie umsonst operiert wurde? Das, was passiert ist, nennt man *Schicksal,* Bruni! Glaubst du denn nicht an Gott?« *Jetzt* habe ich sie.

»Natürlich glaube ich an Gott!«

»Siehst du! Gottes Willen *darf* man sich nicht widersetzen! Das nennt man *Sünde*!«

Endlich wirkt sie etwas gefestigter, an mir ist eine Pastorin verloren gegangen. Kurz darauf parken wir den Wagen in einer Seitenstraße vor der Störtebekerwiese und machen einen kleinen Erkundigungsgang.

»Sehr schön, keine störenden Nachbarn weit und breit.«

Jetzt erblicken wir Geigenpauls Villa, mir bleibt sprichwörtlich die Spucke weg. Vor uns liegt ein prachtvolles Anwesen aus weißen Steinen. Das große schmiedeeiserne Tor liegt zwischen hohen Buchsbaumhecken. An einer Steinmauer rechts daneben hängt ein formschöner weißer Briefkasten, mit einem kleinen handbeschrifteten Schild, auf dem *Geiger* steht. Ich ziehe Bruni hinter mir her.

»Bringen wir's hinter uns.« Mit zittrigen Fingern probiere ich die Schlüssel, ein kleiner gleitet wie Butter ins Torschloss. Just hindert Bruni mich daran, den Schlüssel zu drehen. Sie hält mein Handgelenk fest.

»Was, wenn eine Alarmanlage installiert ist? Wenn es plötzlich laut losschrillt. Was machen wir, wenn im Garten große Köter herumlaufen? Was …«

»Was, was, was!«, unterbreche ich sie scharf. »Hör schon auf! Meine Nerven sind angespannt genug.«

Langsam drehe ich den Schlüssel, das Tor öffnet sich geräuschlos und ich renne mehr, als ich laufe. Erst durch einen nicht enden wollenden Vorgarten, dann eins, zwei, drei, vier, fünf Stufen bis zur einer großen doppelflügeligen Haustür. Auf einem großen silbernen Schild steht der Name Paul Geiger in großen Druckbuchstaben. Bruni spricht laut mit Gott, sie hechelt hinter mir her.

»Ich habe keine Schuld, Vater im Himmel. Karo hat gesagt, dass du es so willst. Und nur du weißt, dass sie mich förmlich dazu gezwungen hat, diese elendige Kacke hier mitzumachen.«

Ich versuche ihr Geschwätz zu überhören. Wieder probiere ich konzentriert die Schlüssel durch. Erst Nummer vier lässt sich im Sicherheitsschloss drehen.

»Ich muss mal, beeil dich, Karo«, quengelt Bruni, von einem auf das andere Bein zappelnd.

Ich halte die Luft an, nach einem leisen Schnappgeräusch öffnet sich die massive Tür. Kein Schrillen einer Alarmsirene, kein Hundegebell. Totenstille. Wir schleichen ins Haus, ich lehne mich erschöpft von innen an die Tür. Bruni rennt umgehend in den Eingangsbereich und reißt die erstbeste Tür auf.

»Bingo! Ein Klo«, quiekt sie erfreut.

Ob ich will oder nicht, wenige Sekunden später muss ich über diverse Geräusche, langgezogene Flatulenztöne, lachen. Bruni lacht genauso.

Im Treppenhaus schalte ich die Beleuchtung ein und lasse meinen Blick durch das Erdgeschoss gleiten. Links befindet sich eine große Einbauküche mit Kochinsel. Bruni steht, sichtlich erleichtert, wieder neben mir und kriegt vor Staunen den Mund nicht mehr zu. Geradeaus liegen zwei ineinander gehende Wohnräume. Im ersten Raum steht ein großer Kamin. Durch die geöffnete Tür kann ich im rechten Teil ein Esszimmer mit einem gigantisch langen Tisch erkennen. Ich wage nicht, diese Räume zu betreten, sondern lotse Bruni die Treppe hinauf.

»Wenn wir was finden, dann bestimmt nur im Schlafzimmer! Also, ab nach oben!«

Im ersten Obergeschoss befinden sich vier geschlossene Türen. Obwohl niemand im Haus ist, schleichen wir auf Zehenspitzen über den edlen Parkettboden. Wir entdecken drei Schlafzimmer, außerdem ein großes Badezimmer mit einer riesigen Rundbadewanne, die versenkt ist, sowie eine stylische Dusche.

In Windeseile öffnen und schließen wir Nachttischschubladen im Schlafzimmer, Bruni hält stolz eine Packung Kondome in die Luft.

»Hier, Karo, ich habe was!«

»Mensch, Bruni, die habe ich auch und bin *nicht* schwul.«

In einer Schatulle auf dem Nachttisch liegen einige Fotos, eines zeigt Geigers Freund, diesen Adalbert, mit nacktem Oberkörper. Na, wenigstens etwas. Ich fotografiere es ab. Darunter liegt ein Brief, ich schaue auf den Absender und pfeife leise durch die Zähne. In schwungvoller Schrift lese ich *Beatrice von Ankum.* Ich zerre das beschriebene Papier heraus und lege es unter die Nachttischlampe. Ich stelle meinen Apparat auf Nahaufnahme. Mit einem leisen Klacken dupliziert sich der Brief auf die Speicherkarte. In einer Lade finde ich die letzten Playboy- sowie Men's-Health-Ausgaben. Darunter liegt eine Tube Vaseline. »Klick«, langsam kommen wir der Sache schon näher. Ansonsten geben die Schubladen keine Geheimnisse preis. Im Kleiderschrank wird es interessanter.

Eine schwarze Lederhose, an der das Leder fehlt, wo die Pobacken hingehören, sowie eine Lederkappe und Peitsche warten in einem Karton auf ihren Einsatz. Ich betätige den Auslöser.

Unter der neckischen Hose liegt eine Lederweste, an der ein Button mit den Worten ›schwul und cool‹ hängt … sowie ein Foto, das Geigenpaul in dieser Kluft zeigt. An Pauls Seite ›klebt‹ Adalbert Kübler. Er trägt eine blonde Langhaarperücke und ein knappes Mini-Kleid. Beide strecken keck die Zungen heraus. Mit größter Sorgfalt fotografiere ich das Bild ab.

»Boah, wenn das mal kein Beweis ist.« Bruni hüpft vor Freude auf der Stelle.

Ich erspare mir einen Kommentar, in meinem Hinterkopf spukt das Wort ›Karneval‹ herum, ich versuche es zu verdrängen.

Hastig legen wir alle Gegenstände wieder an ihren Platz zurück. Die Schränke der anderen Schlafzimmer sind leer. Es sind wohl Gästezimmer.

Wieder in den unteren Räumen angekommen, überredet Bruni mich, noch einen Blick in den Keller zu werfen.

»Vielleicht hat er da noch etwas herumliegen, was uns reich macht.«

Ich gebe ihr Recht, wir flitzen die Stufen hinunter und nehmen schon auf der Treppe einen vertrauten Duft aus Kindheitstagen wahr. Es riecht nach Chlor, nach Hallenbad. Hinter einer großen Glastür können wir ein Schwimmbecken erkennen, welches uns einladend anlacht. Ich entdecke Unternehmungslust in den Augen meiner Freundin und hebe abwehrend die Hände.

»Nein, Bruni, nein, niemals!«

Schon ist sie dabei, die Rattan-Schränke, die an den Wänden hängen, aufzureißen.

»Hier liegen mindestens dreißig Handtücher, Karo. Meinst du etwa, der Paule weiß, wie viele davon im Schrank liegen? Männer wissen so etwas nicht.«

Schon zieht sie ein Handtuch heraus, gleichzeitig klirrt es und etwas Glasiges zerbricht in tausend Scherben auf dem blauweißen Mosaikboden. Ein herber Duft breitet sich aus.

»Blöde Kuh, blöde!« Ich schimpfe wie ein Rohrspatz und will mich bücken, um Ordnung zu schaffen.

»Ach, lass die Scherben doch liegen, Geiger könnte das Eau de Toilette selber zerbrochen haben. So etwas merken sich Männer nicht!«

Bruni hat sich bereits aller Klamotten entledigt. Während ich mich zögernd entkleide, prüft sie schon mit einem Fuß die Wassertemperatur. Mit einem gekonnten Hechtsprung taucht sie ins Schwimmbecken. Kurz darauf springe ich vom Beckenrand hinterher und genieße die angenehme Wassertemperatur. Ausgelassen genießen wir den Luxus, ich muss zugeben, dass ich mich an derartige Annehmlichkeiten schnell gewöhnen könnte. Nach einer halben Stunde Badefreuden mahne ich zum Aufbruch und wundere mich, wie schnell die Stimmung umschlagen kann. Mal zeigt Bruni Mut, dann wieder nicht. Umgekehrt ist es ebenso. Auch ich bin mal mutig, dann habe ich wieder die Hosen voll. Jetzt will ich nur noch ganz schnell fort. Ich fühle mich wie eine Schwerverbrecherin.

Flott rubbeln wir unsere Körper trocken und schlüpfen zurück in unsere Klamotten. Die nassen Handtücher nehmen wir kurzerhand mit. Ich stimme Bruni zu. Es gibt so viele Handtücher in den Schränken, Paul wird nicht merken, dass zwei fehlen. Ich laufe noch einmal in die obere Etage und vergewissere mich, ob wir alle Lichter gelöscht haben. Erst jetzt entdecke ich, dass es noch ein zweites Obergeschoss gibt. Nein, ich habe jetzt keine Nerven mehr. Ich will nur noch nach Hause.

Wieder in meiner Wohnung habe ich Lust, Bruni zu verprügeln. Aus ihrer Jeanstasche kramt sie vier vergoldete Kaffeelöffel mit echtem Perlmuttgriff hervor. Wütend reiße ich ihr die Teile aus der Hand.

»Bist du jetzt vollkommen durchgeknallt, Bruni? Sag mir noch einmal, dass Simone die einzige Irre in eurer Familie ist.« Sie erkennt den Ernst der Lage und weicht zurück.

»Glaubst du etwa, der merkt, dass die läppischen Löffel fehlen? Männer merken sich ...«

Ich stampfe mit dem Fuß auf. »Verschone mich mit diesem Satz. Wo hast du die Löffel her?«

»Menno, aus der Küchenschublade. Als du noch mal oben warst, habe ich ein wenig gestöbert. Ich finde die voll schön.«

Als Bruni die vier Löffel wieder in ihre Jeanstasche verschwinden lassen will, halte ich die Hand auf.

»Her damit! Wenn sich noch Gelegenheit bietet, legen wir sie wieder zurück.«

Widerwillig rückt sie das Besteck heraus und sie zieht so eine niedliche Schnute, dass mein Zorn verraucht.

Ich überspiele den Inhalt der Speicherkarte auf meinen PC. Bruni zieht sich sicherheitshalber eine Kopie auf einen kleinen USB-Stick, der an ihrem Schlüsselring baumelt. Gemeinsam schauen wir uns noch einmal die Schnappschüsse an und lesen gespannt den Brief der Freifrau von Ankum. Diese Frau scheint ja mit allen Wassern gewaschen zu sein.

Lieber Paul,

eigentlich müsste ich mich bei dir entschuldigen, ich entschuldige mich aber nicht. Gefühle kann man nicht entschuldigen. Ich liebe dich nach wie vor. Seit unserer ersten Begegnung im Golf-Club schlägt mein Herz schneller, wenn ich an dich denke. Ich habe geglaubt, dass du genauso empfindest wie ich. Jetzt muss ich erkennen, dass ich mich getäuscht habe. Ich gebe zu, dass mein Ego einen Riss bekommen hat. Deine Worte haben mir sehr wehgetan.

Ich bin mir sicher, wenn diese rothaarige Hexe mit ihren Gören nicht dazwischen gekommen wäre, hätte ich dich von meinen Vorzügen überzeugen können.

DEINE Beatrice!

Die ›rote Hexe‹ ist auf mich gemünzt! Ich erinnere mich schon gar nicht mehr daran, wie lange es her ist, dass mich jemand *so* genannt hat. Frechheit, wir leben doch nicht mehr im Mittelalter!

Bruni kaut auf ihrer Unterlippe. »Bei der hast du wohl einen bleibenden Eindruck hinterlassen. Ist doch klar, warum er sie abgewiesen hat. Er steht halt auf Männer.«

Ich freue mich still. *Blöde Tusnelda.* Schade, dass die nicht gerne mit Blechdosen Fußball spielt.

Bruni und ich beschließen, eine Nacht über unser weiteres Vorgehen im Fall ›Geigenpaul‹ zu schlafen. Wir sind uns einig, dass weder Ulrike, Heike, noch sonst wer aus der Firma erfahren darf, dass wir im Haus des Juniors auf Beweissuche waren. Welche Möglichkeiten haben wir, um zu erklären, wie wir an das Foto gekommen sind? Das sind schwere Hausaufgaben!

16. Lektion für Roger

Bruni kommt auf Wolke Sieben ins Büro geschwebt und plappert in einer Tour. Sie hätte gestern Abend noch geschlagene zwei Stunden mit Heiner telefoniert. Sie würde sich ›wie Bolle‹ auf den heutigen gemeinsamen Abend mit ihm freuen. Meine Freude hält sich in Grenzen, weil die Schwerverliebte mit Sicherheit ihre Hausaufgaben *nicht* gemacht hat.

»Hast du nachgedacht?«, frage ich mit Nachdruck.

»Nachgedacht? Worüber?«

Sie klemmt sich auf ihren Viertelarbeitsplatz und legt ihren Unterarm auf die rote Markierung.

»Bruni, du kannst dich bequem hinsetzen! Sitzt doch niemand im Chefzimmer.«

»Ach ja«, flötet sie gut gelaunt und breitet sich aus.

»Nachgedacht über das Foto. Wie sollen wir erklären, woher wir das Beweismittel haben? Ich habe mir den Kopf zerbrochen, mir fällt keine plausible Erklärung ein.«

»Meinst du, dass ich nach dem Flirt mit Heiner noch nachdenken konnte? Nee, Karo. Dafür war kein Platz mehr in meinem Kopf.«

»Dann denke heute Abend darüber nach.« Ich werde ungeduldig und spitze einen Bleistift im Turbotempo an.

»Geht nicht, da bin ich im Kino. Erinnere mich daran, dass ich heute Mittag keine Zwiebeln esse.« Sie summt leise eine Melodie.

»Dann denke *jetzt* nach!« Mein Ton ist so scharf wie ein Rasiermesser, was Bruni nicht zu registrieren scheint. In aller Seelenruhe kramt sie in ihrer Handtasche und befördert ein Fläschchen Nagellack hervor. Dann streift sie die Schuhe ab und schwingt gekonnt den rechten Fuß auf den Schreibtisch.

»Jetzt ist schlecht, beim Lackieren kann ich nicht denken, sonst verschmiere ich den Nagellack.« Sie streckt die Zungenspitze heraus und trägt vorsichtig die Farbe auf.

»Übrigens, ich bin Jacob im Aufzug begegnet. Er wollte nur kurz zu Dröpjes, danach hätte er Termine *außer Haus*.«

Das erklärt Brunis Abgebrühtheit, so ungeniert um diese Stunde Pediküre im Büro zu betreiben. Mich stimmt diese Nachricht etwas versöhnlicher.

»Wir könnten Willi und Simone fragen, wie die das anstellen würden.«

Ein Fuß ist fertig und wedelt auf dem Schreibtisch hin und her.

»Stimmt, besonders deine Cousine Simone. Die hat ja am *laufenden* Meter gescheite Ideen.«

Bruni summt wieder leise und unmelodisch vor sich hin. Ich merke, dass sie heute vollkommen neben der Spur ist, und somit keine hilfreichen Vorschläge liefern wird. Ich gebe auf, sie weiter zu bedrängen.

»Der Jacob hat ganz extrem nach Rasierwasser geduftet. Ha, ha. Termin ›außer Haus‹.« Jetzt wedeln zwei Füße.

»Wenn du dir sicher bist, dass er wirklich nicht mehr kommt, fahre ich jetzt zur Piefke ins Krankenhaus. Dann habe ich den Weg nach Büroschluss gespart.«

Bruni nickt. »Ich bin mir sicher. Fahr ruhig. Grüß sie lieb von mir.«

Nach wenigen Kilometern parke ich vor einer Parfümerie. Mit Geigers Taschentuch bewaffnet, was ich nur ganz zufällig dabei habe, betrete ich das Geschäft und wundere mich, wie Frauen es schaffen, so früh am Morgen so perfekt geschminkt zu sein. Ich steuere auf ein Puppengesicht zu und halte ihr das Taschentuch hin.

»Können Sie mir sagen, was das sein könnte?«

Sie nimmt das Schnäuztuch in die Hand.

»Ein Taschentuch würde ich sagen. Ein Herrentaschentuch.«

Nein, ich gebe jetzt nicht zu, dass ich eine dumme Frage gestellt habe.

»Das *weiß* ich«, erwidere ich. »Ich möchte wissen, mit welchem Herrenduft das Teil getränkt ist.«

Sie schnuppert an dem Stoff und strahlt mich an.

»Ganz eindeutig Le Male von Jean Paul Gaultier.«

Als sie mir den Preis nennt, frage ich nach einer Probe. Sie reißt die Augen weit auf und tippt mit ihrem Finger auf das Schnäuztuch.

»Aber, Sie haben doch eine Duftprobe.«

Ich würde ihr gerne erklären, dass sie mir das Denken überlassen soll, sage stattdessen: »Die Probe ist für meinen Opa. Dem kann ich wohl schlecht das Taschentuch unter die Nase halten.«

Das sieht sie ein. Ich verlasse mit zwei Duftproben den Laden, weil ich auch noch einen Vater habe.

Frau Piefke liegt zufrieden, aber blass in ihrem Bett im 4. Stock und freut sich riesig über meinen Besuch. Ich gestehe, dass ich Arbeitszeit schwänze, sie winkt ab.

Sie erzählt, wie es ihr vor und nach der Operation ergangen sei. Angst habe sie gehabt, aber das sei gar nicht nötig gewesen. Der Eingriff sei gut verlaufen, alles bestens. Die netten Ärzte haben ihr alles genau erklärt, in wenigen Tagen sei das Schlimmste überstanden. Die Schmerzen würden sich in Grenzen halten. Sie bedankt sich für meine Hilfsbereitschaft, für die hübschen Blumen … und die Genesungswünsche habe sie fünfmal gelesen. Die Verkostung sei ausreichend, jedoch nicht würzig genug. Ich verspreche ihr, beim nächsten Besuch Salz und Pfeffer mitzubringen.

Ich falle fast vom Stuhl, als ich die Stimme meiner Mutter sowie Opa Heinis Kichern hinter meinem Rücken wahrnehme. Ohne viel Prozedere begrüßt meine Mutter zuerst mich, dann beugt sie sich ohne Umschweife zur Piefke hinunter und drückt sie herzlich.

»So, Gundula, ich bin die Hildegard, Karos Mama.« Sie zwinkert ihr zu. »Wir Frauen müssen doch zusammenhalten, nicht wahr?«

Die Piefke ist so gerührt, dass ich befürchte, dass hier gleich Tränen fließen werden. Opa Heini stellt sich selbst als *Heini* vor und droht Gundula schelmisch mit dem Finger.

»Dann sind Sie ja jetzt sozusagen ein ›gefallenes‹ Mädchen.«

Gundula lacht über Opas Witz und errötet leicht.

So viel Verständnis für zweideutigen Humor hätte ich ihr nicht zugetraut. Meine Mutter zaubert aus ihrer Einkaufstasche Weintrauben und Äpfel hervor, stellt eine Flasche roten Traubensaft auf den Beistelltisch, die Tageszeitung sowie Salz- und Pfefferstreuer. Wunderbar! Meine Mutter denkt mit. Opa Heini steuert einen Teller mit Käsekuchen bei.

»Hier, selbst gekauft.«

Ich überlasse meiner Mutter den Stuhl an Frau Piefkes Bett und glaube, dass ich mich ruhigen Gewissens verabschieden kann. Ich verspreche, in den nächsten Tagen wieder vorbeizuschauen.

Schwester Edelgard fängt mich im Flur ab und bläht wieder die Nüstern. »Warten Sie mal, Dr. Magnussen möchte Sie sprechen. Er hat Sie gesehen, als Sie zu Frau Piefke ins Krankenzimmer gingen. Dort drüben ist sein Arbeitszimmer.« Sie weist auf eine Tür am Ende des Ganges.

Verunsichert klopfe ich. Ob es doch Komplikationen während der Operation gegeben hat? Nach einem müden »Ja bitte« betrete ich zaghaft den Raum. Roger sitzt vor einem Bildschirm mit Röntgenaufnahmen.

Grußlos frage ich, ob etwas mit Frau Piefke nicht in Ordnung sei.

Roger schüttelt den Kopf und fährt sich mit einer Hand übers Gesicht. »Nein, alles bestens gelaufen. Die kann bald wieder tanzen. Komm, setz dich, Karo.« Er deutet auf ein Ledersofa, ich bleibe jedoch lieber stehen.

»Es tut mir so leid, Karo, was ich dir angetan habe. Wirklich.«

Angetan? Mir? Eingebildeter Gockel!

»Mach dir um mich mal keine Sorgen«, entgegne ich mit Stolz erhobenem Haupt. »Mir geht es wunderbar, Roger, das kannst du mir glauben.«

Er glaubt mir nicht, denn er versucht sanft meine Wange zu streicheln. Ich schlage seine Hand weg.

»Du musst dich nicht verstellen, Karo. Ich sehe doch, dass es dir nicht besonders gut geht. Vorgestern Nacht warst du so blass ...«

Ich unterbreche ihn. »Sicher war ich blass. Aus dem Schlaf gerissen und voller Sorge um Frau Piefke war meinem Teint um diese Uhrzeit nicht nach rosig.«

Er sinniert weiter. »Und wie komisch du Ricarda angesehen hast, sie hat es bemerkt. Das hat mir schon zu denken gegeben.«

Ich kontere. »Wenn man so komisch aussieht wie Ricarda, darf man sich nicht wundern, wenn man komisch angeguckt wird.«

Jetzt schleicht Roger langsam um mich herum.

»Ricarda ist auf einem Ärztekongress in München. Sollen wir, ich meine, hättest du Lust ... heute Abend?«

Nein. Lust absolut nicht! Oder doch? Ich spüre kleine Wesen auf meinen Schultern tanzen und weiß, dass es winzige Teufelchen sind. Ich senke meine Stimme. »Warum nicht, Roger? Das trifft sich gut. Mein Freund ist im Ausland, du kannst mich nach der *Tagesschau* abholen.«

Er kneift ungläubig die Augen zusammen. »Was? Du bist wieder liiert?«

Es ärgert mich, dass er diese Frage stellt. »Du kannst mich an der Störtebekerwiese 1 abholen. Das Haus kannst du gar nicht verfehlen. Es ist das einzige Haus weit und breit, ein Haufen weißer Steine. Wir wohnen schon so gut wie zusammen.«

Irritiert sagt er zu und fragt, wo er klingeln soll. Bereits in diesem Moment weiß ich, dass sich ein Problem anbahnt.

»Na, auf dem Klingelknopf.«

Im Hochgeschwindigkeitstempo rase ich den Krankenhausflur entlang, Richtung Treppenhaus. Ich brauche Bewegung. Ich schlage mir vor den Kopf. Ich Idiotin! Er wird mit einem Blick erkennen, dass es sich um einen Geiger handelt.

Paul Geiger steht in Großbuchstaben an der Haustür. So ungläubig wie der ist, wird er nachforschen und logischerweise herausfinden, dass der alte Geiger tot ist und der junge Geiger dieser Paul ist. Das wäre nicht so tragisch, aber was, wenn er die Telefonnummer herausbekommt und dort anruft, nachdem der Junior zurück ist, und mich aus irgendeinem Grund sprechen will?

Dann erfährt Geiger, dass ich in seinem Haus war, und wird mir so feste in den Hintern treten, dass ich im hohen Bogen aus der Firma fliege. Eine Art Phantomschmerz macht sich bereits an meinen Pobacken bemerkbar. Nein, ich muss damit leben, dass ich Roger kein ›Saus und Braus‹-Leben vorspielen kann. Unser Treffen wird gecancelt. Quatsch, absagen geht auch nicht. Die Adresse habe ich herausposaunt! Wenn er aus reiner Neugier sehen will, wo ich *fast* wohne? Dann wird er ebenfalls den Namen *Geiger* am Briefkasten entdecken.

Ich fühle mich wie in einem Moor aus Lügenschlamm. Je fester ich strampele, um herauszukommen, desto tiefer versinke ich darin. Bevor ich in meinen Corsa steige, schicke ich einen Blick zum Firmament. *Lieber Gott, du hast es so gewollt. Jetzt hilf mir auch gefälligst.*

Kurz vor unserem Betrieb stoppe ich vor einer Apotheke. Leise pochende Kopfschmerzen verlangen nach Aspirin. Beim Bezahlen zucke ich zusammen, weil eine schrille Stimme aus dem Hintergrund die ruhige Atmosphäre stört.

»Wer hat die Schilder an den Schubladen überklebt? Seit Jahren haben wir ein und dieselbe Ordnung, ich finde nichts mehr wieder!«

Nun bin ich mir *ganz, ganz* sicher, dass der liebe Gott mein Vorhaben unterstützt. Schildertausch! So einfach ist das also. *Danke.* Ich frage die Pillenexpertin nach einem Schildermacher, bereitwillig erklärt sie mir den kürzesten Weg.

Eine Stunde später sitze ich wieder am Schreibtisch. Das Päckchen mit dem frisch gravierten Haustürschild *Willi Carstensen* liegt in meinem Kofferraum. Wenn Bruni wüsste, dass ich vorhabe, noch einmal in Geigers Prachtvilla zu gehen, würde sie mitkommen wollen. Womöglich mit Heiner im Schlepptau! Dass ich mich mit Roger treffe, kann ich ihr absolut nicht erzählen, sie würde mich für komplett verrückt halten.

Ich bestelle schöne Grüße von Gundula, obwohl sie nicht hat grüßen lassen.

Damit ich nicht viel reden muss, verliere ich mich in einer Tabellenkalkulation. In meinem Kopf schwirrt es wie in einem Hummelnest. Nach Feierabend wünsche ich Bruni einen wunderschönen Abend mit Heiner. Mir wünsche ich, dass Roger aus den Latschen kippt, wenn er mein ›neues Zuhause‹ sieht.

Mein Magen schreit nach Nahrungsaufnahme. Ich komme mir so bequem vor wie Conny, als ich bei meinen Eltern ankomme und nach Essen schmachte. Heute Nachmittag fehlen Hanni und Nanni in der Runde, dafür sitzt Anton mit am Tisch.

»Die Kinder sind bei einer Freundin. Kindergeburtstag«, erklärt Conny kurz. Anton nimmt mich stürmisch in die Arme.

»Hallo Schwägerin. Dich habe ich ja lange nicht gesehen.«

Er hält mich auf Armeslänge und beäugt mich. »Gut schaust du aus. Sehr gut. Was macht die Liebe?«

Bevor ich antworten kann, gibt Conny bereitwillig ihren Senf dazu, denn sie ist ja *bestens* über mein Leben informiert. Ich sehe sofort, dass sie sich ärgert, weil Anton mir ein Kompliment gemacht hat.

»Ist Paul noch im Ausland? Oder ist er wieder im Lande?« Sie sieht mich fragend an.

»Nein, er ist nicht im Lande, Schwesterherz.« Ich kneife Conny vorwitzig in die Wange. »Du bist ein Dummerchen. Wenn er hier wäre, hätte ich ihn doch mitgebracht.«

Anton nimmt meine Glückwünsche über seinen zweiten ›Volltreffer‹ gerne entgegen.

»Nun, eigentlich wollten wir nur noch ein Kind. Der liebe Gott wird sich was dabei gedacht haben.« Er lacht kurz, dann wird er wieder ernst. »Es wird anstrengend werden, besonders für Conny.«

»Eine Haushaltshilfe könnte ich dann schon brauchen!« Meine Schwester schielt auf Anton, der ihr Anliegen überhört.

Mein Vater und Opa Heini hocken über dem Autoatlas. Opa hält eine Lupe in der Hand.

»Wir sollten in die Lüneburger Heide fahren. Dort ist es schön ruhig.«

Mein Vater überlegt einen Augenblick, dann nickt er. Opa erklärt, dass alle gemeinsam von Freitagabend bis Sonntagfrüh irgendwo ausspannen wollen. Die Kinder könnten sich dort austoben und die Erwachsenen ebenso. Nach dem Lärmstress, den der Presslufthammer angerichtet hat, würde ihnen ein wenig Ruhe gut tun. Meine Mutter lacht glücklich.

»In der Heide habe ich ja meine Kindheit verbracht, in Soderstorf. Es wäre schön, wenn wir uns dort ein Quartier suchen würden.«

Alle sind einverstanden. Conny fragt, ob ich nicht Lust hätte mitzufahren. Ich druckse ein wenig herum.

»Ich weiß nicht, wann Paul wiederkommt. Es wäre schade, wenn er käme, und ich nicht da bin.«

Ich sitze schon so tief im Schlamassel, auf zehn bis zwanzig Lügen mehr kommt es jetzt auch nicht an.

Um abzulenken, bedanke ich mich ganz herzlich bei meiner Mutter und Opa Heini für den Krankenbesuch bei Gundula. Beide finden, dass sie sehr reizend ist. Opa erklärt, dass eine Frau, die so tolle Unterbuchsen trägt, nur sympathisch sein kann.

Meine Mutter verdeckt ihr Gesicht mit beiden Händen und presst darunter hervor: »Ja, Karo. Und genau *das* hat dein Großvater ihr bei der Verabschiedung auch untergejubelt. Er hat wörtlich gesagt: *Jetzt weiß ich endlich, wie die Frau aussieht, die die gleichen Unterhosen trägt, wie meine Fine sie getragen hat.*«

Opa ist beleidigt. »Na und? Ich wette um fünf Euro, dass niemand, niemand, der hier am Tisch sitzt, so ehrlich ist wie ich!«

Ich werde so rot wie ein Pavianarsch, sage aber, dass ich da glatt mithalten kann.

Gemütlich plaudern wir bei Möhreneintopf mit Mettwurst weiter über dies und das. Conny schaufelt so schnell, wie ein wendiger Bagger, immerhin muss sie wieder für Drei essen. Dann erkundige ich mich ganz beiläufig bei meinem Vater, wie man etwas vollkommen unkompliziert überkleben kann, ohne das zu Überklebende entfernen zu müssen.

Jeder will wissen, warum ich das wissen will. Ich erkläre, dass nicht *ich* das wissen möchte, sondern eine Arbeitskollegin. Und wiederum kommt die Frage nach dem »Warum«. Ich finde es langsam nervig, dass ich meiner Familie jeden Firlefanz erklären soll. »Ganz einfach. Sie will ein Namenschild an der Tür überkleben, weil sie geheiratet hat.«

Conny hält inne. »Aber warum will sie dann das alte Schild mit ihrem Namen nicht entfernen, sie braucht es doch nicht mehr!«

Ich überlege kurz. »Das habe ich sie auch gefragt. Sie meint, im Falle einer Scheidung würde sie ihren Mädchennamen wieder annehmen wollen. So hätte sie das Geld für ein neues Schild gespart.«

Dieses Argument kann niemand nachvollziehen, alle schütteln mit dem Kopf und verdrehen die Augen.

Außer Opa Heini. »Das lobe ich mir. Heutzutage zählt jeder Cent.«

Mein Vater steht auf. »Ich glaube, ich habe da was für deine Kollegin.« Er geht ins Haus und ist innerhalb weniger Sekunden zurück. »Hier.« Er reicht mir eine Packung mit weißen Klettpunkten. »Einen Aufkleber an das alte Schild, das Gegenstück an das neue Schild und fertig.«

Ich bedanke mich überschwänglich mit einem Blick zum Himmel. Na, lieber Gott, du hast aber heute ganz schön viel Arbeit mit mir.

Um kurz nach 18 Uhr breche ich überstürzt auf, erkläre, dass ich noch Einiges zu tun hätte, was noch nicht einmal geflunkert ist. Conny rennt mir hinterher.

»Ähm, sag mal, Karo. Wenn du morgen aus dem Büro kommst, kannst du mir was aus dem Supermarkt mitbringen?«

Ich hoffe, sie bittet mich jetzt nicht, Salat oder Tomaten zu besorgen.

»Blutwurst! Wenn du mir Blutwurst besorgen könntest, die mit den groben Fettstückchen? Gebraten soll sie köstlich schmecken.«

»Stimmt«, sage ich. »Die schmeckt wirklich toll, esse ich auch oft. Wie viel?«

Conny strahlt glücklich. »Vorerst mal einen ganzen Ring!«

Ich könnte mich vor Lachen im Dreck suhlen. »Du hast ja meine Büronummer. Das Handy habe ich im Betrieb nicht ständig eingeschaltet. Ruf ruhig an, wenn ich dir außerdem noch etwas mitbringen soll.«

Eine Stunde bevor Roger in der Störtebekerwiese antanzen wird, befinde ich mich bereits am Tatort des Geschehens und leide wieder unter einem Ohrwurm. Ständig pfeife ich die Melodie der ARD-Krimiserie *Tatort* und fühle mich wie Frau Schimanski. Das Schild am Briefkasten ist ausgewechselt, statt *Geiger* kann man nun den Namen *Carstensen* lesen. Das schmiedeeiserne Tor lasse ich weit geöffnet. Das Überkleben des Namenschildes *Paul Geiger* an der Haustür funktioniert, dank der Klettpunkte, einwandfrei. Im Affentempo verteile ich einige persönliche Gegenstände, die Roger von mir kennt. Meine Bommel-Puschen fliegen auf den Teppich, Oma Fines Strickjacke auf die Couch. Mein Handy schleudere ich auf den Kaminsims. Daneben drapiere ich zerknüllte Papiertaschentücher. Als nächstes lege ich den Kamm, der mich fast ein halbes Leben begleitet hat, ins Gäste-WC auf die Ablage. Daneben landen fünf Lockenwickler. Soweit wäre hier unten alles klar. In rasantem Tempo eile ich, meine Reisetasche geschultert, in die erste Etage. In Geigenpauls Schlafzimmer schlage ich mit voller Wucht auf ein Kopfkissen ein, dass es fast ›schneit‹, mit der Bettdecke handhabe ich es genauso. Mit nackten Füßen springe ich auf dem Bett herum, bis das Laken zerwühlt ist. Die Fotos von mir, die ich aus meiner Handtasche krame, befestige ich mit Stecknadeln an der Wand über dem Bett. Sie zeigen mich mit wehendem Haar auf der Flybridge der Windflower II. Die leere Flasche Rotwein, mit dem dazugehörigen gebrauchten Glas, setze ich auf dem Nachttisch in Szene. Zufrieden betrachte ich mein Werk.

Allmählich komme ich aus der Puste. Atemlos haste ich ins Badezimmer. Zahnbürste, Duschgel, Flakons mit meinen Lieblingsparfüms werden verteilt.

Nach einem rasanten Klamottentausch, Make-up und Haarstyling betrachte ich mich kurz vor 20 Uhr zufrieden im Spiegel. Ich bin zwar in der Zeit, meine innere Uhr geht jedoch vor. So schnell es meine hohen Schuhe erlauben, stöckele ich in den Spa-Bereich. Dort lasse ich ein knallrotes Negligee mit passendem Mini-Slip in den Pool gleiten. Ich scheine das organisatorische Talent meiner Mutter geerbt zu haben, denn im Kühlschrank landen noch sechs Mini-Mettwürstchen sowie eine Flasche Sekt, falls Roger Hunger bzw. Durst haben sollte.

Auch heute bleibe ich meiner Einstellung »*Das Beste kommt immer zuletzt*« treu. Mit zwei Fingern ziehe ich ein zugebundenes Kondom aus meiner Schminktasche, welches ich zu Hause mit einer Mehl-Wasser-Mischung präpariert habe. Halb voll! Ich deponiere es auf dem dunkelbraunen Parkettboden so, dass selbst Simone ohne Brille es *nicht* übersehen könnte. Dann schnappe ich die Fernbedienung des gigantischen Flachbildschirmes, kurz darauf lächelt mich Jens Riewa charmant an. Ein tiefer ›Dingdongdong‹-Ton erschreckt mich fast zu Tode. Ich kannte den Ton der Türglocke bislang nicht, denn ha, ha, ha, mich hat ja hier noch niemand besucht. Roger ist quasi mein Debütgast.

Mit einem strahlenden Lächeln öffne ich die Haustür. Roger schaut mich mit einem starren Blick an, wie Nikolaus Geiger, bevor es ›Klong‹ gemacht hat. Schrecklich. *Roger soll zwar aus den Latschen kippen, aber nicht tot umfallen!* Als endlich wieder Leben in sein Gesicht kommt, trete ich einladend beiseite.

»Komm doch rein, Roger. Aber ordentlich die Füße abputzen.«

Er putzt viel zu lange und ist sichtlich verwirrt, was ich sehr genieße. Er stammelt und sucht nach passenden Worten, die er aber schnell findet.

»Nett habt ihr es hier, Karo. Nett.« Endlich steht er im Eingangsbereich.

»Ja, nett ist es hier. Das finden wir auch.« Ich hake mich bei ihm unter. »So, jetzt zeige ich dir erst einmal mein neues Leben.«

Ich ziehe ihn zum Treppenaufgang. »Oben sieht es ein wenig wüst aus, ich bin nicht zum Aufräumen gekommen.«

Er schweigt angespannt, läuft wie ein stummer Diener hinter mir her. Zuerst öffne ich die Badezimmertür.

»Hier ist das Bad.«

Er lässt seinen Blick in die Runde schweifen.

»Schön. Ja, ein schönes Bad.« Sein Blick klebt förmlich an der versenkten großen Badewanne. Ich schalte das Licht wieder aus. Danach zeige ich ihm die unbewohnten Schlafzimmer für Gäste, danach ›unser‹ Reich. Er scannt den Raum innerhalb von wenigen Sekunden, starrt auf das Doppelbett mit der zerwühlten Bettwäsche. Als Nächstes verweilt sein Blick auf den Fotos an der Wand. Er schluckt, als er die *Windflower II* sieht.

»Ein Boot habt ihr auch? Ich muss zugeben, das hätte ich jetzt nicht gedacht. Donnerwetter. Ich bereue es fast, dir den Laufpass gegeben zu haben. Du siehst total scharf aus. Auf den Fotos.«

Dann lacht er kurz, aber hektisch auf. Ich überhöre großmütig diese unverschämte Äußerung. Ich sehe nicht nur auf den Fotos gut aus, sondern überhaupt. Immer. Mein Blick wandert zur Zimmerdecke.

»Eine Etage höher hängen noch mehr Bilder von mir, aber, diese Räume kann ich dir nicht zeigen.« Ich lächele bedeutungsschwanger.

Roger nickt mit gequältem Gesichtsausdruck.

»Oh, ich bin ein kleines Ferkelchen.« Beschämt greife ich nach dem schmutzigen Rotweinglas. »Das gehörte längst in die Spülmaschine. Der gute Französische krallt sich förmlich im Glas fest. Mein Freund sagt immer, dass man an der Neige einen Qualitätswein erkennen kann.«

Unten angekommen zeige ich ihm das Gäste-WC, anschließend die Küche, in deren Spüle ich das Weinglas unter Wasser setze. Dann führe ich ihn dorthin, wo es so herrlich nach Schwimmbad duftet. Seine Gesichtszüge entgleiten ihm, er atmet tief die feuchtwarme Luft ein.

»Hier halten wir uns ziemlich oft auf, das Wasser ist so temperiert, dass man keine Lust hat, wieder aus dem Becken hinauszusteigen. Am liebsten würden Willi und ich hier übernachten.« Dann kichere ich albern. »Schau, mein Negligee wartet schon auf mich.«

Roger bleibt die Spucke weg, er schluckt schwer. Darum frage ich scheinheilig, ob er etwas trinken möchte.

»Ein Glas Sekt, Roger? Wir müssen unser Wiedersehen doch feiern.« Ich deute mit dem Finger nach oben und drehe mich zum Gehen. »Falls du einen leeren Magen haben solltest …«

»Ja, etwas trinken wäre nicht schlecht. Aber kein Sekt, ich muss doch fahren. Für mich bitte nur Wasser, Hunger hab ich keinen.«

In der Küche überlege ich angestrengt, wo hier Mineralwasser versteckt sein könnte. Das Risiko ist zu groß, dass ich zu viele falsche Schranktüren öffnen muss, um es zu finden. Darum schlage ich mit der Hand vor die Stirn.

»Ach, Mist. Wasser ist aus. Ich habe vergessen, Neues zu besorgen.«

Provisorisch reinige ich das verklebte Weinglas, lasse es anschließend voll Wasser laufen. Bevor Roger protestieren kann, hält er ein frisch gezapftes *Kraneberger* in der Hand.

Angewidert begutachtet er das Getränk. Schnell erkläre ich, dass Willi und ich sehr umweltbewusst wären. Spülmittel *nur* im Notfall.

Langsam schlendere ich voran ins Wohnzimmer und schalte den Fernseher aus. Auch hier merke ich, wie er jedes einzelne Detail aufsaugt. Dann bleibt sein Blick am Parkettboden kleben, krampfhaft verkneife ich mir ein Lachen. Ich gehe davon aus, dass ihn die Menge der Mehlpampe im Kondom schwer beeindruckt, denn er bedenkt mich mit einem ungläubigen Blick. Ich nehme ein Papiertaschentuch vom Tisch und ziehe entschuldigend die Schultern hoch.

»Willi ist sehr groß, weißt du.« Dann greife ich das Gummiding mit dem Taschentuch, um es im Kamin zu entsorgen.

»Das stinkt aber, wenn ihr den Kamin anzündet«, klärt mich Roger unnötigerweise auf.

Der Abend war nicht so, dass man ihn als gelungen hätte bezeichnen können. Roger hat einen Tisch in einem guten Fischrestaurant reserviert. Zwischen Gambas und Seeteufel auf knackigen Salatblättern plaudere ich munter mit mir selber.

Von Roger höre ich ab und zu ein »Ja«, ein »Hm« oder ein »Nein«. Manchmal benutzt er auch das Wort »Schön«. Ich bin erleichtert, dass er mich bereits kurz nach 22 Uhr wieder an der Störtebekerwiese absetzt. Er begleitet mich noch bis zur Haustür und küsst mich auf beide Wangen.

»Ich wünsche euch beiden viel Glück, Karo.«

Ich bedanke mich, wünsche ihm und Ricarda ebenfalls eine schöne Zukunft. Vom Küchenfenster aus beobachte ich, wie er den Wagen wendet und davonfährt. Ich fühle mich gut. Diesem eingebildeten Gigolo habe ich es ordentlich gezeigt. *Jetzt glaubt er mir.* Der wird mich nie wieder anquatschen, geschweige denn treffen wollen.

Zehn Minuten, nachdem Roger gefahren ist, mache ich mich ebenfalls auf den Heimweg. Die Ordnung in der Villa werde ich morgen wiederherstellen. Ich habe alle Zeit der Welt.

17. Ein kleiner Imbiss

Es fällt mir schwer, Bruni nicht von dem gestrigen Abend zu berichten. Ich bin heute ohnehin nicht sehr redselig. Bruni dagegen sprudelt wie ein Wasserfall.

»Wir waren im Kino, aber frag mich nicht nach dem Film. Irgend so ein Actionfilm, von dem ich … äh, wir nicht wirklich was gesehen haben.« Sie lächelt verträumt und seufzt leise. »Der kann noch besser küssen, als er anstreichen kann.« Ihre Zunge fährt über ihre Oberlippe. »Hier, guck mal, gestern Abend war das da ganz geschwollen.« Ihr kleiner Finger zeigt genau, wo. »Danach waren wir bei McDonald's essen.«

Ich runzele die Stirn.

»Heiner hat dich zu McDonald's eingeladen?«

Bruni zeigt mir den Vogel. »Nein, ich ihn. Er hat den Kinobesuch bezahlt, ich das Essen.«

Typisch Bruni. Ich schmunzele.

»Morgen Abend kommt er zu mir. Wir kleben Türen und Fenster ab.«

Dass ich die richtige Entscheidung getroffen habe, Bruni nichts von meiner gestrigen Aktion zu erzählen, stellt sich jetzt heraus. Sie bittet mich, heute Abend noch eine klitzekleine Runde im Pool der Geiger-Villa schwimmen zu gehen. Mit eigenem Handtuch. Außerdem: »Heiner könnte doch auch …?«

»Nein«, bestimme ich entschieden, bevor sie ihre Gedanken weiterspinnt. »*Wir* werden nicht, Heiner wird nicht. Es wird weder geschwommen, noch irgendwas anderes dort gemacht!«

Bruni schmollt.

Ich muss natürlich noch einmal ins Haus, um alles wieder herzurichten. Aber das ist schnell erledigt, ich muss im Grunde nur meine Klamotten wieder zusammensuchen.

Mein Telefon klingelt. Dröpjes meldet sich unhöflich, er stellt ohne viele Worte ein Gespräch durch. Geigenpaul ist am anderen Ende.

»Hallo Frau van Goch.«

Pauls krächzende Stimme dringt in mein Ohr. Ich deute Bruni an, mit wem ich verbunden bin. Er ist kaum zu verstehen, vollkommen heiser. *Den* hat es ja mächtig erwischt. Er will wissen, wie es ›unserer‹ Frau Piefke geht. Ich kläre ihn auf, dass ›unsere‹ Frau Piefke den Weg der Besserung beschritten hätte. Dann erkläre ich ihm, dass er sie im Krankenhaus anrufen könne, denn sie wäre so weit wieder ganz fit.

Ich erlaube mir zu bemerken, dass *er* sich nicht gerade fit anhören würde.

»Ein grippaler Infekt, neununddreißig Grad Fieber. Wie soll ich mich da gut anhören? Der Arzt hat mir strenge Bettruhe verordnet. Bis Sonntag soll ich liegen bleiben«, hüstelt er in den Apparat.

Ich wünsche natürlich gute Genesung und empfehle (so von Frau zu Frau) ein altes Hausmittel: heiße Hühnerbrühe trinken.

Grinsend lege ich auf.

Bruni schiebt ihren USB-Stick in den PC und ruft noch einmal das Bild von Geiger und seinem Freund auf.

»Wir sollten uns langsam um das Geld kümmern, Karo. Sonst schnappt es uns noch jemand vor der Nase weg.«

Ich überhöre den ungerechten Vorwurf, denn ich habe mir Gedanken gemacht, mir ist nur noch kein Gedankenblitz gekommen. »Mir will nichts Rechtes einfallen, Bruni. Hast *du* denn keine Idee?«

Sie druckt das Foto aus. Mit einem Filzstift schreibt sie in großen Druckbuchstaben *8. August 2010 In Liebe Paul* auf die Rückseite. Triumphierend schaut sie mich an.

»Ja, habe ich. Gestern Abend, mit Heiner! Bei McDonald's.«

»Du hast was? Wir haben doch beschlossen, dass wir niemandem ...«

Bruni funkelt mich böse an.

»Du hast gesagt, niemand aus der *Firma*. Aber Heiner hast du nicht erwähnt.«

Ich gebe ihr Recht, von Heiner habe ich natürlich nicht gesprochen.

»Aber wir wissen doch überhaupt nicht, ob wir Heiner vertrauen können, Bruni!«

Jetzt wird sie richtig giftig. »Warum sollten wir ihm nicht trauen können. Heiner ist mein Freund, du vertraust Willi doch auch!«

Nach kurzem Nachdenken pflichte ich ihr bei. »Na schön. Was für eine Idee habt ihr ausgetüftelt?«

Sie legt los.

»Also, Heiner hat den Vorschlag gemacht, das Foto auf der Rückseite zu beschriften. Er meinte, diese Aufnahme könnte ja auch in der Karnevalszeit entstanden sein, dann wäre es jedoch kein richtiger Beweis. Er hätte sich ebenfalls vor Jahren für einen Kostümball als Frau verkleidet. Also sollten wir das Foto auf der Rückseite mit einem Datum, zum Beispiel dem 8. August, datieren. Dazu eine persönliche Widmung, die das Ganze ein wenig glaubhafter erscheinen lässt.«

Ich sortiere meine Gedanken.

»Aber, das ist doch gelogen, Bruni.«

»Kannst du das Gegenteil beweisen? Ich meine, weißt du sicher, dass es *nicht* im August geschossen wurde?«

Irritiert schüttele ich den Kopf. »Nein, natürlich nicht.«

»Siehst du. Also lügen wir nicht. Was man nicht weiß, ist nicht gelogen.«

»Aber die Widmung.« Mir gefällt das irgendwie nicht.

Bruni macht eine wegwerfende Handbewegung. »Damit ist es doch genauso!«

Obwohl ich das ein kleines bisschen anders sehe, fordere ich sie auf, weiterzureden.

»Heiner meint, dass das Foto von einer Person, die der Assmann unbekannt ist, überbracht werden sollte. Zu ihr nach Hause. Dann soll Ulrike sich den Beweis anschauen und das Geld rausrücken. Danach verbrennt die Kontaktperson das Beweismaterial vor Ulrikes

Augen und verschwindet mit dem Geld. Vor allen Dingen darf die Kontaktperson nicht verraten, wer das Beweisfoto geliefert hat. Denn, sollte alles auffliegen, kann diejenige Person auch nicht bestraft werden.«

Ich muss zugeben, dass die Idee nicht schlecht ist, dennoch habe ich Bedenken.

»Was, wenn Ulrike wissen will, woher die Aufnahme stammt? Was, wenn der Beweis nicht anerkannt wird?«

Bruni rollt die Augen.

»Was, was, was! Du hast selber gesagt, dass der liebe Gott unser Vorhaben unterstützt. *Du* hast gesagt, dass die Piefke nicht umsonst von der Treppe gepurzelt ist. Schon vergessen?«

Kleinlaut gebe ich zu, dass Bruni in diesem Fall schon wieder recht hat.

Bruni fährt fort. »Wir werden Simone zur Assmann schicken. Für heute Abend trommeln wir die Truppe zusammen, wir halten die Krisensitzung bei mir ab. Dann besprechen wir das ganze Vorhaben in allen Einzelheiten. Heiner kann leider nicht kommen.« Sie seufzt sehnsuchtsvoll.

Beim Mittagessen erkundigen wir uns scheinheilig bei Heike und Ulrike, ob schon jemand im Fall ›Geigenpaul‹ Aussichten auf das Geld habe.

»Nee, der ist doch noch in London. Wir müssen uns in Geduld üben.«

Bruni und ich hüllen uns in Schweigen, wir geben uns Mühe, nur unverfängliche Themen anzuschneiden.

Am Nachmittag telefoniere ich mit Gundula, die sich bestens gelaunt meldet. Ich erfahre, dass es ihr täglich besser geht, was mich aufrichtig freut. Sie berichtet, dass der Junior sie angerufen hätte, leider nur kurz, weil er offensichtlich sehr erkältet sei.

»Ach, es ist so schön, wenn man merkt, dass die Firma im Notfall hilft. Hoffentlich habe ich Gelegenheit, mich bei den lieben Menschen eines Tages zu revanchieren.«

Ich schmunzele über die Worte der guten Seele. »Ach Gundula, wollen wir mal ganze feste hoffen, dass Sie in naher und ferner Zukunft die große Ausnahme sind, in dieser unglücklichen Lage zu sein.«

Dann schwärmt sie von den Kochkünsten meiner Mutter, die heute mit einem Warmhaltetopf voller Möhrengemüse mit Mettwurst ins Krankenhaus gekommen sei.

»Ich habe das Krankenhausessen nicht angerührt, Karo! Die Schwestern haben ganz beleidigt geschaut.«

Sie erkundigt sich nach der Arbeit im Büro, ob Bruni und ich alles im Griff haben. Ich beruhige sie, verschweige natürlich, dass wir die Zeit am Schreibtisch eher Pläne schmiedend als arbeitend verbringen.

»Brauchen Sie noch etwas, Gundula? Ich könnte es später mitbringen, wenn ich Sie besuchen komme.«

Sie lehnt meinen Besuch ab. »Nein, Kind, machen Sie sich einen schönen Feierabend. Ihre Mutter war fast zwei Stunden bei mir, außerdem habe ich eine nette Leidensgenossin, mit der ich mich prima unterhalten kann. Und denken Sie mal, Ihre Mutter hat mir Topflappengarn mitgebracht. Wie lange habe ich nicht mehr gehäkelt. Da muss ich erst von der Treppe fallen, um mich nach langer Zeit wieder an eine Handarbeit zu wagen.« Ich reiche Bruni den Hörer, weil sie ebenfalls mit Gundula sprechen möchte.

Die liebe gute Mama! Ich beschließe, meiner Mutter einen schönen Blumenstrauß zu kaufen, weil sie sich so rührend um Frau Piefke kümmert. Aber erst am Montag, denn am Wochenende hätte sie nicht viel davon, weil meine Familie ja nach Soderstorf fahren will.

Frau Ahlers arbeitet noch immer an der Wursttheke im Supermarkt. Der Kringel Blutwurst für die werdende Mutter ist schnell eingekauft, für die Kinder packe ich vier Überraschungseier in den Einkaufswagen. Mein Bedarf an Lebensmitteln ist flott gedeckt. Mit schlechtem Gewissen stelle ich fest, dass ich kaum koche. Ich nehme mir vor, das alsbald zu ändern.

Meine Schwester reißt mir die Tüte von der Wursttheke förmlich aus den Händen, kaum dass sie die Tür geöffnet hat.

Statt sich zu bedanken, mosert sie herum. »Ich dachte schon, du kommst gar nicht mehr. Du bist aber auch eine Trödelliese.«

Die Zwillinge greifen ebenso gierig nach den Überraschungseiern, ohne sich zu bedanken. Ich ärgere mich über das Verhalten meiner Schwester und Nichten, beschwere mich jedoch nicht.

Ich kann nicht nachvollziehen, wie schlimm eine Heißhungerattacke während einer Schwangerschaft ist. Bei Conny muss sie schlimm sein, denn sie hat bereits eine Bratpfanne auf eine Kochplatte gestellt.

Weil Hanni zwei Figuren und Nanni nur Bastelkram in den gelben Plastikhüllen hat, entsteht sofort Streit zwischen den Kindern. Ich gehe dazwischen. Mit viel Überredungskunst schaffe ich, dass jede der Mädels mit einer Figur bzw. einem Basteldingsbums zufrieden ist.

Conny kümmert sich nicht um das Gezeter, sie konzentriert sich auf die Blutwurst, die leise in der Pfanne brutzelt.

Als Conny ihr Lieblingsthema Paul erneut anschneidet, sich schon wieder erkundigt, wann er endlich daheim wäre, komme ich ins Grübeln. Wieso reitet sie ständig darauf herum? Die Antwort liegt eigentlich klar auf der Hand, sie glaubt mir nicht. Bin ich so durchschaubar? Es stimmt ja, dass ich keinen Freund habe. Aber warum zweifelte Roger daran, warum zweifelt Conny?

Ich muss grinsend an Rogers Gesicht denken, es wäre für mich eine enorme Genugtuung, wenn Conny ebenfalls so dämlich aus der Wäsche gucken würde. In meinem Kopf spinnt eine Spinne böse klebrige Fäden. Sollte sie jetzt sticheln, liefere ich das volle Programm. Und … sie stichelt.

»Also, Karo, es ist schon bedenklich, dass dein Paul so lange an irgendwelchen Konferenzen teilnimmt. Ganz ehrlich, Karo, an deiner Stelle wäre ich etwas misstrauischer. Er wird doch wissen, wie lange eine Konferenz dauert. Die werden nicht einfach nach Lust und Laune verlängert. Es hört sich fast so an, als würde er dich an der Nase herumführen und dich von einen auf den anderen Tag vertrösten. Ich meine, so knackig und jung bist du auch nicht mehr.«

Der letzte Satz trifft mich hart, ich lasse mir nicht anmerken, wie sehr sie mich gekränkt hat.

»Ähm, gut, dass du Paul erwähnst, Conny. Er kommt morgen Nachmittag zurück.« Die Spinne in meinem Kopf hangelt sich von links nach rechts, dann von oben nach unten. Sie spinnt und spinnt fleißig ein Netz, in dem Conny kleben bleiben wird wie eine armselige Fliege. Eine schwangere, armselige Fliege.

Genauso wie der armselige *Dr. Ich-operiere-Scheiße.*

»Ihr fahrt doch morgen Nachmittag in die Heide, nicht wahr? Wie wäre es, wenn ihr vorher einen kurzen Stopp an der Störtebekerwiese 1 machen würdet. Da lebt Paul nämlich. Ein kleiner Imbiss, ein erstes kurzes Kennenlernen, das wäre doch *die* Gelegenheit!«

In Connys Hirn arbeitet es kurz, sie ist verunsichert. Hastig schiebt sie eine Scheibe Blutwurst in den Mund.

»Ja, das ist eine gute Idee«, findet sie schmatzend.

Fröhlich schlage ich vor, dass sie den Rest der van Goch Familie informieren soll, Paul und ich würden uns wahnsinnig auf morgen Nachmittag freuen.

»Sagen wir … gegen 17 Uhr?«

Conny kneift die Augen zu schmalen Schlitzen zusammen. »Du kannst dir gar nicht vorstellen, wie gespannt ich bin, deinen Paul kennenzulernen.«

Ha, die wird Augen machen.

Auf dem Nachhauseweg bereue ich erst meine Spontaneität, dann sondiere ich. Also, Geigenpaul liegt vollkommen verschnoddert in England in einem Hotelzimmerbett. Er fiebert hoch, von dieser Stelle droht also überhaupt keine Gefahr. Die Piefke hütet ebenfalls das Bett. Das Haus ist mit einigen meiner Klamotten präpariert. Meine Spuren könnte ich morgen verwischen, nachdem meine Familie Richtung Lüneburger Heide juckeln würde. Es weiß niemand, dass ich in der Villa war, wer sollte also meine Pläne durchkreuzen? Selbst Bruni hat keinen Schimmer von meinen Taten. Die Teufelchen springen lustig auf meinen Schultern hin und her. Sie flüstern gebetsmühlenartig in meine Ohren: *Niemand erfährt davon!*

In Brunis Wohnung qualmt es wieder wie vor dem Wigwam des Apachen-Häuptlings Cochise. Allerdings haben Simone, Willi und ich darauf bestanden, dass die Fenster in Kippstellung geöffnet bleiben. Simone spricht langsam mit, während sie schreibt.

»Ich sage: Hallo Frau Assmann, mein Name tut nichts zur Sache, ich habe schöne Neuigkeiten für Sie.«

Ich stöhne auf. »Nicht *schöne* Neuigkeiten. Einfach: *Neuigkeiten.*«

»Okay, ich habe einfach Neuigkeiten.«

Wütend reiße ich ihr den Block aus der Hand. »Gib her, ich schreib dir den Text vor.«

Ich spreche ebenfalls laut mit, während der Kugelschreiber über das linierte DIN-A5-Blatt saust.

Hallo Frau Assmann, mein Name tut nichts zur Sache, ich habe Neuigkeiten für Sie. Es geht um den Beweis, dass Paul Geiger homosexuell ist. Diesen Beweis möchte ich Ihnen im Auftrag eines Firmenmitgliedes von Jummy-Gum überreichen. Der- oder diejenige, der/die das Foto gefunden hat, möchte namentlich nicht genannt werden. Ich komme sozusagen als Kontaktperson zu Ihnen, bringe Ihnen die Ware, Sie händigen mir das Geld aus. Einzige Bedingung: Nachdem Sie sich von der Richtigkeit überzeugt haben, wird das Material vor unser beider Augen vernichtet. Da Sie eines der angesehensten Firmenmitglieder sind, wird die Belegschaft keine Zweifel hegen, dass Sie das Geld in die richtigen Hände gelegt haben. Bitte schlagen Sie einen Zeitpunkt vor, an dem wir uns treffen können.

Willi streicht über seinen Dreitagebart, er grinst. Ihn scheint unsere Idee zu amüsieren.

»Das hört sich gut an, Karo. An dir ist eine Schriftstellerin verloren gegangen«, haucht Bruni leise.

Vielleicht sollte ich wirklich ein Buch schreiben, unter Fantasiemangel leide ich jedenfalls nicht. Stolz nehme ich einen Zug von meiner Zigarette.

»Genauso hätte ich es auch geschrieben«, mischt sich Simone ein.

»Sicher, sicher!« Bruni tätschelt ihrer Cousine die Wange. »Du wirst das, was Karo geschrieben hat, auswendig lernen. Und zwar so lange, bis du den Text im Schlaf aufsagen kannst.«

Bruni läuft zum Kopierer und fertigt drei Kopien, die sie uns überreicht.

»Wenn wir *das* hinter uns haben, wird gefeiert, das verspreche ich euch.«

Simone rückt ihre Brille zurecht. »Wir feiern am Samstagmittag schon, nicht wahr, Willi?«

Er spitzt den Mund und nickt schnell. Willi zelebriert mit seinen Händen hinter Simones Rücken, dass er seiner Liebsten einen Ring an die linke Hand anstecken wird, dann legt er unauffällig einen Zeigefinger vor die Lippen.

»Fängt das mit ›Ver‹ an und hört mit ›g‹ auf?«, fragt Bruni erstaunt.

Wieder nickt er. Bruni ist genauso verdutzt wie ich. Nach so wenigen Tagen Bekanntschaft Verlobung feiern, Donnerwetter.

Simone hebt nach einem kurzen Moment scharfsinnigen Denkens den Finger in die Luft. »Richtig, Bruni, Verabredung fängt mit ›Ver‹ an und hört mit ›g‹ auf.«

Bruni und ich kreischen laut los, Willi lacht dermaßen, dass ihm Tränen in die Augen schießen. Wir können uns minutenlang nicht einkriegen.

»Simone, du solltest auch ein Buch schreiben«, bringe ich quiekend heraus.

Willi wird ad hoc ernst und putzt mit dem Hemdsärmel seine Brille. »Dieser Abend vor dem *Kakadi* war eine schicksalhafte Begegnung.«

Ich muss daran denken, was Willi uns auf der *Windflower II* erzählt hatte. Wie sehr er um Anerkennung kämpfen muss, von seinem eigenen Vater abgelehnt wird, nur weil er nicht der Kräftigste ist. Das muss ihm noch bewusster gemacht haben, dass ihn niemand wegen seiner selbst mochte, bis Simone seinen Weg kreuzte. Es war beidseitig Liebe auf den ersten Blick.

Jeder hängt seinen Erinnerungen nach, ich unterbreche als Erste die Stille. »Ich glaube auch, dass unser Kennenlernen regelrecht Bestimmung war.«

Zügig verabschiede ich mich wenig später, weil mir jetzt bewusst wird, dass ich noch über einige Kleinigkeiten nachdenken muss. Morgen liegt ein harter Tag vor mir. Auf dem Heimweg erreicht mich eine SMS meiner Mutter.

> *Schön, Schatz, dass wir endlich Paul kennen lernen. Ich glaube, dass Conny nicht geglaubt hat, dass dieser Mann in deinem Leben existiert. Ich habe ordentlich mit ihr geschimpft und gesagt, dass ihre Schwester doch keine Veranlassung hätte zu lügen. Macht euch keine Umstände, ein Kaffee reicht. Freue mich schon auf Soderstorf, bin am Packen. Brauchst auch*

morgen nicht zu Gundula fahren, ich erledige das für dich.
Dicken Kuss, Mama

Siedend heiß fällt mir Gundula ein. Meine Mutter ist zwar der liebste Mensch, den ich auf dieser Welt kenne, aber auch der redseligste, wenn es darum geht, positive Neuigkeiten zu verbreiten. Sie wird der Piefke mit Sicherheit von ›meinem‹ Paul und der Villa erzählen, dann fällt das Kartenhaus zusammen. Wie kann ich meiner Mutter verständlich machen, dass sie Gundula gegenüber weder Paul noch die Villa erwähnt? Nach wenigen Minuten habe ich die Lösung. Ich krame mein Handy aus der Tasche und tippe auf den Telefonbucheintrag »MAMA«.

Als sie meine Stimme hört, freut sie sich so, dass man meinen könnte, wir hätten uns ein halbes Jahr nicht gesprochen. »Du, Mama, du darfst Gundula auf gar *keinen* Fall von Paul erzählen.«

»Aber, warum denn nicht, Kind? Sie würde sich doch freuen.«

Ich bleibe stur. »Ich will aber nicht, dass sie sich freut. Mama, Paul war früher mit der Tochter unseres Prokuristen liiert. Der Prokurist, der mich nicht leiden kann, der Dröpjes, du weißt schon. Was glaubst du, wenn sich *das* herumspricht. Dann sieht es aber ganz schön schlecht im Betrieb für mich aus.«

Meine Mutter lenkt sofort ein. »Nein, nein, mach dir keine Gedanken, Kind. Kein Wort kommt über meine Lippen, kein Sterbenswort.«

Sie verspricht, dass sie Opa Heini ebenfalls bittet, Gundula gegenüber den Namen Paul sowie die Störtebekerwiese nicht zu erwähnen.

Mir ist plötzlich ganz unwohl. Das Rauchen bekommt mir nicht, die Schwindeleien wachsen mir ebenfalls über den Kopf. Ich sehne mich nach meinem Bett, ich muss in Ruhe nachdenken. Jeder Erfolg hängt schließlich von der richtigen Planung ab.

18. Die Kodderliese

Normalerweise ist Freitag für mich der schönste Tag in einer Arbeitswoche. Ab 14 Uhr frei, gammeln, ausgehen, alles tun und lassen können, was Spaß macht.

Der heutige Freitag liegt duster wie ein Tunnel vor mir. Wie die meisten Menschen, die ich kenne, hasse auch ich Tunnel. Ich erinnere mich mit Grausen an den Elbtunnel. Meine Eltern verschwiegen vor jeder Autofahrt, wenn wir, aus was für Gründen auch immer, durch diesen matt beleuchteten Schlauch fahren mussten. Als ich noch nicht lesen konnte, hat meine Mutter immer kurz vorher gesagt, »*Karo, Augen zu und Finger in die Ohren.*« Als ich lesen konnte, wusste ich von alleine, ab wann *Augen zu und durch*. Die Finger steckte ich nicht mehr in die Ohren, sondern hörte genau zu, wie Oma Fine die Sekunden zählte. Sie litt wohl ebenfalls unter Beklemmungen.

Wenn meine Lieben sich mit dem Kaffee trinken beeilen würden, wäre um 17:15 Uhr das Schauspiel vorüber. Ich widerstehe dem Versuch, Geigenpaul anzurufen, um mich zu erkundigen, ob er noch krank im Bett liegt. Mürrisch sitze ich am Schreibtisch, versuche krampfhaft, Brunis gute Laune zu ertragen, was mir jedoch sehr schwer fällt. Ihr Sprachschatz hat sich auf wenige Worte reduziert. Heiner, Heiner und nochmals Heiner. Küssen, knutschen, fummeln, Rotwein. Das war's auch schon.

Um kurz vor zwölf entschuldige ich mich mit heftigen Magenschmerzen. Bruni bleibt mit ihrem Heiner im Büro zurück. Hoffentlich vergessen die nicht zu renovieren.

Der Schildermacher sieht mich verdutzt an. Es kommt wohl selten vor, dass jemand an zwei Tagen hintereinander Namensschilder gravieren lässt. Ich wähle den gleichen Rohling, wenige Minuten später halte ich das Kunstwerk in den Händen. Es ist schön geworden, der Mann kann was! Auf dem Schild steht *Paul*. Einfach nur *Paul*.

Der erste Stepp ist vollbracht, es ist fast wie Laufen lernen. Ein Schritt nach dem anderen. Zu Hause packe ich zuerst die Kaffeelöffel, die Bruni gemopst hat, in das Seitenfach meines Trolleys, danach folgen einige meiner Lieblingssachen, die ich in Geigenpauls Schrank hängen werde.

Conny kann so schrecklich neugierig sein, ich darf keinen Fehler machen. Alles muss stimmig sein. Ich stopfe ebenfalls meinen grünen Bikini in mein Gepäck. Nach dem ganzen Hickhack werde ich im Schwimmbad noch einige Runden drehen, für Ordnung sorgen und am Ende sämtliche Spuren verwischen. Nur noch wenige Stunden Nervenstress, dann hätte ich endlich alles überstanden. Meinen Besuch werde ich mit den Worten empfangen, dass es Paul wahnsinnig Leid täte, aber er würde mit neununddreißig Grad Fieber im Hotel das Bett hüten müssen. In der kommenden Woche werde ich zutiefst enttäuscht Conny recht geben, dass ich ein Schaf gewesen sei. Es hätte sich herausgestellt, dass Paul statt mit Fieber mit einer rassigen Kubanerin im Bett gelegen hätte. Dass ich so einen Mann freiwillig in den Wind schieße, würde sie mir erst recht nicht glauben. Conny wird meinen Beziehungscrash wohlwollend zur Kenntnis nehmen, was soll's.

Drei Stunden bevor meine Sippschaft kommt, ist das Schildchen am Briefkasten entfernt und das an der Haustür überklebt.

Die Kaffeelöffel wandern zurück in die Küchenschublade. Im Anschluss bestücke ich den Kleiderschrank, danach suche ich aus der Fotokiste die schönsten Aufnahmen von Paul heraus. Meine Mutter und Conny werden neugierig sein, wie er aussieht. Ich gebe Heike Gebauer recht. Es ist jammerschade, dass er schwul ist. Sein dunkles Haar glänzt und sieht ständig unfrisiert aus. Seine Gesichtszüge sind ebenmäßig, die grünen Augen stets am Lachen. Ja, man kann sagen, Paul Geiger ist ein sehr gut aussehender Mann.

Ich lege die Aufnahmen auf den kleinen Sekretär, der neben dem Fenster steht. In der zweiten Etage öffne ich neugierig sämtliche Türen, schließlich muss ich wissen, welche Räume es noch in diesem Haus gibt. Es ist nicht auszuschließen, dass Conny das gesamte Haus sehen will. Ich entdecke ein Arbeitszimmer mit einer riesigen Fensterfront, man kann das gesamte Grundstück überblicken. Ich stelle mich auf Zehenspitzen und entdecke im hinteren Teil des riesigen Gartens noch einen Pool. Wahnsinn! Ansonsten ›riecht‹ es in diesem Zimmer nur nach Arbeit. Regale mit unzähligen Aktenordnern stehen an den

Wänden. Das Nebenzimmer ist ein Hobbyraum. Dort steht mittig ein Billardtisch, ein Flipper sowie viele Stellagen, auf denen Wanderschuhe auf ihren Einsatz warten. Außerdem liegen unter dem Fenster verschiedene Stoffbündel. An den Wänden hängen große Poster, die Paragleiter in schwindelnden Höhen zeigen. Im Nebenraum ist ein weiteres Badezimmer, ebenfalls mit Wannen- sowie Duschbad. Im letzten Raum, den ich entdecke, befindet sich *noch* ein Schlafzimmer. Ich präge mir ein, welche Tür zu welchem Zimmer führt.

In der Küche konzentriere ich mich auf den Inhalt der Schränke und Schubladen. Gläser, Tassen, Teller, Essbesteck ... im Kopf speichere ich ab, wo was steht und liegt. Ich checke kurz die restlichen Einbaumöbel, Pfannen, Töpfe ..., das gesamte Kochgeschirr werde ich nicht brauchen. Wichtig sind Kaffeetassen. Im hinteren Teil der Küche befindet sich eine Abstellkammer mit Putzzeug sowie Getränkevorräten. Auf einem Metallgestell stehen unzählige Flaschen. Ein Kind von Traurigkeit scheint Geigenpaul nicht zu sein. Neben Mineralwasser finde ich Bier-, Rotwein- und Sektflaschen en masse, sowie etliche Konservendosen vom Feinsten. Da steht auch Kaffee. Zuletzt wage ich einen Blick in den gigantischen Kühlschrank, in dem jedoch gähnende Leere herrscht. Der Gefrierschrank darunter ist allerdings gut gefüllt. Jede Menge Hummer.

Ich schrecke aus meinen Gedanken, als mein Handy klingelt.

Simone ist stolz, dass sie all das, was ich ihr aufgeschrieben habe, auswendig kann. Ich stelle das Mobilteil auf laut, krame weiter in der Vorratskammer herum und höre ihr zu. Sie hat fleißig geübt, der Text kommt ihr locker über die Lippen.

»Prima, Simone. Bruni sagt dir, wann du die Assmann anrufen sollst.«

Simone erwähnt, dass sie sich königlich darüber amüsiert, dass Paul Geiger selbst einen Beitrag in den Topf geworfen hat. Bruni hätte es ihr heute erzählt.

Von draußen höre ich das unverwechselbare Bremsgeräusch von Antons VW Multivan. Zügig beende ich das Gespräch. Sie sind etwas zu früh, aber egal, umso schneller habe ich alles hinter mir.

Als ich eilige Schritte auf dem Kies höre, öffne ich die Tür. Bevor ich etwas sagen kann, werde ich von Händen beiseitegeschoben. Meine Mutter zieht Hanni hinter sich her, die Kleine presst sich ein Geschirrtuch vor den Mund. Sie macht würgende Geräusche.

»Schnell, Karo, wo ist das Klo, das Kind muss koddern!«

Ich renne vor, öffne die Tür des Gäste-WCs. Meine Mutter schafft es nicht mehr, den Toilettendeckel zu heben und mit einem unheilvollen »Aarggg« kotzt Hanni auf den geschlossenen Designerdeckel.

Jetzt kommen Conny und Anton streitend ins Haus. »Ich habe dir gleich gesagt, Anton, dass das Kind keinen Holundersaft verträgt, aber *duuu* musstest ihrem Willen ja wieder nachgeben.«

Anton schaut mich schuldbewusst an, er zuckt hilflos die Schultern. »Es war doch nur so viel«, er zeigt mit Daumen und Zeigefinger etwa sechs Zentimeter.

Nanni hüpft direkt weiter in den Wohnbereich und blickt sich neugierig um.

»Hanni ist ‘ne Kodderliese«, singt sie laut.

Opa Heini steht im Jogginganzug vor der Haustür und liest das Namensschild. Nach einem »Hm« dreht er sich um und begutachtet den gepflegten Vorgarten. Er nickt zufrieden.

»So muss ein Garten aussehen, Hermann!«

Mein Vater reagiert nicht auf diesen Seitenhieb.

Hanni kommt kreidebleich aus dem Gäste-WC, meine Mutter sieht sich kurz um. Sie schiebt Hanni ins Wohnzimmer. Dort befiehlt sie ihrer Enkelin, sich einen Moment auf dem Sofa auszuruhen. Mir befiehlt sie, zwei Eimer zu holen. Einen für die Kodderliese, falls Hanni noch einmal kötzeln müsse, den zweiten Eimer für die Reinigung des WCs. Im Rekordtempo rase ich in die Abstellkammer, meine Mutter rennt hinter mir her. *Scheiß Holundersaft, doofer Anton. Wehe, wenn die aufs Sofa reihert.* Meine Mutter reißt mir förmlich die Putzutensilien aus den Händen. Ich gehe, samt Eimer Nummer zwei, mit zittrigen Beinen ins Wohnzimmer.

Nanni spielt mit der Fernbedienung, sie bringt das Gerät nicht zum Laufen, Anton hilft ihr. Endlich registriert meine Schwester, wie gemütlich *wir* es hier haben. Sie schreitet die Wohnbereiche ab, lugt ins Esszimmer, dann öffnet sie die Terrassentür. Draußen sitzt sie Probe auf einem Gartenstuhl, den sie auch ohne Polsterauflage sehr gemütlich findet. Hanni jammert, dass sie Bauchweh habe, meine Mutter bittet mich, einen Kamillentee aufzubrühen. Ich erkläre ihr, dass ich nicht weiß, ob Paul welchen im Hause hat. Prompt macht sie sich auf die Suche, indem sie alle Küchenschränke durchstöbert. Beim Stichwort Paul meldet sich mein Vater zu Wort.

»Ja, wo hat er sich denn versteckt, der Herr Schwiegersohn?«

Ich schlucke.

»Also Paul ist leider verhindert. Er ist krank. Fieber. Hohes Fieber. Er liegt in London, im Bett.«

Conny verzieht das Gesicht. »So was Doofes. Dann sehen wir ihn ja wieder nicht. Hast du nicht wenigstens ein Foto von ihm?«

»Natürlich habe ich Fotos. Ich zeige sie euch gleich, *bevor ihr geht.*« Die Betonung der letzten drei Worte war nicht zu überhören.

Jetzt meldet sich Conny wieder zu Wort. »Mamaaa«, ruft sie Richtung Küche. »Kochst du uns Kaffee?«

Unruhig stelle ich fest, dass Anton beim Zappen mit der Fernbedienung einen Sportkanal entdeckt hat, auf dem ein Fußballspiel läuft. Mein Vater setzt sich neben ihn, beide verfolgen gespannt den Ballwechsel und diskutieren fachmännisch. Anton ruft laut nach Opa.

»Opa, komm, es läuft ein Fußballspiel.«

Opa Heini kommt nicht, denn er ist vor ein paar Minuten über die Terrasse in den Garten verschwunden. Meine Mutter kommt mit einer Tasse dampfenden Tee herein und stellt ihn vor Hanni auf den Tisch. Sie findet es auch schade, dass Paul krank geworden ist. Hanni hat schon wieder etwas Farbe im Gesicht und setzt sich aufrecht hin.

»Mir ist nur noch ein bisschen übel.«

Nanni ist außer Sichtweite, ich fange an, nervös zu werden. Ich rufe nach ihr.

Conny beruhigt mich. »Mach dir keine Sorgen um das Kind, sie ist doch schon so groß.«

Ich unterdrücke die Erklärung, dass ich mich nicht um das Kind, sondern um das Mobiliar sorge. Der Kaffee ist fertig und meine Mutter stellt Tassen, nebst Warmhaltekanne vor uns hin.

»Schenk bitte ein, Hermann. Ich schau mal, ob ich einen Zwieback für das arme Kind finde.«

Hermann hört nicht, darum schenkt Conny ein. Anton ruft: »Bring mir auch einen Zwieback oder irgendwas Essbares mit!«

Das ist Connys Stichwort. »Sagtest du nicht, dass du einen kleinen Imbiss vorbereiten wolltest?«

Mir schwirrt der Kopf. *Sagte ich das*? Demonstrativ schaue ich auf meine Uhr und gähne verhalten. Das ›arme‹ Kind steht langsam vom Sofa auf. Sie schlendert in den quadratischen großen Flur, in ihren Augen lese ich Entdeckungslust. Opa Heini kommt aus dem Garten hereingepoltert.

»Donnerwetter, da ist ja ein großer Pool im Garten … oh, Fußball, warum ruft mich denn niemand?«

In dem Moment kommt eine quiekende Nanni angerannt. Aus voller Brust gibt sie einen Jubelschrei von sich.

»Hurraaa, im Keller ist sooo ein riesiges Schwimmbad! Mit einer roten Bluse drin. Und oben sind ganz viele Betten. Ich bleibe hier. Ich fahre nicht mit in die Lüneburger Heide.«

Ach ja, die ›Bluse‹. Die hatte ich total vergessen.

»Ich bleibe auch hier«, stimmt Hanni ein.

Meine Mutter verteilt Knäckebrot und mahnt die Kinder streng: »Natürlich fahren wir.«

Ich schließe mich der Meinung meiner Mutter an. »Natürlich fahrt ihr.« Dabei bemühe ich mich, meine Stimme nicht hysterisch klingen zu lassen.

Prompt macht Hanni Würgegeräusche, Nanni zeigt ähnliche Symptome.

Jetzt jammern beide. »Uns ist schlecht, wir können nicht mitfahren.«

Mein Vater mischt sich ein. »Vielleicht ist es wirklich besser, nicht zu fahren. Wenn den Kindern doch übel ist?«

Mir wird auch übel, ich hätte es wissen müssen. Verdammt noch mal, *ich hätte es wissen müssen*! Abwehrend hebe ich die Hände.

»Nein, also … das geht wirklich nicht, ihr könnt doch unmöglich …« Ich bin der Verzweiflung nahe.

»Aber, Karo, du tust ja gerade so, als könnten wir uns nicht benehmen«, säuselt meine Schwester scheinheilig. »Oder meinst du, dass Paul es nicht erlauben würde? Wir gehören doch schon quasi mit zur Familie.«

Die ›todkranke‹ Nanni kichert. »Wir müssen es ihm ja nicht sagen. Wenn er es nicht weiß, dann kann er auch nicht schimpfen!«

Ha, ha, ha.

»Toooor!«, die Männer brüllen laut, ich merke, dass *ich* dabei bin zu verlieren. Ich habe definitiv ein Eigentor geschossen. Meine Mutter sieht erst zur Uhr, dann zu Conny und den Kindern.

»Nun gut, von mir aus. Wenn Karo nichts dagegen hat, dann bleiben wir halt hier. Allerdings müssen wir dann noch Einkäufe machen. Im Kühlschrank liegen nur kleine Würstchen neben einer Flasche Sekt. Davon können wir ja nicht leben. Und dann essen wir lecker, danach wird Karo uns sicher das schöne Haus zeigen wollen.«

Oh, ja … und wie ich will!

Opa Heini setzt dem Ganzen noch die Krone auf. »Im Garten steht ein gemauerter Grill. Also, ich habe auch keine Lust mehr auf Soderstorf.«

Mein Vater fügt ergänzend hinzu, dass es hier ja auch viel billiger sei. Ich merke, dass ich die Situation nicht mehr in andere Bahnen lenken kann. Ich will mich zwar nicht versündigen, aber in diesem Moment beneide ich Gundula Piefke, dass sie keine Angehörigen hat. Bevor sich meine Mutter und Conny zum Einkaufen begeben, holt Anton drei kleine Trolleys aus dem Van.

Die Kinder kramen sofort nach ihren Badesachen.

Anton sagt per Handy dem Hotel in Soderstorf ab. Aus gesundheitlichen Gründen, versteht sich.

Entweder man vergisst zu trinken oder man trinkt, um zu vergessen. Ich liege in einem fremden Haus in einem fremden Bett, für den heutigen Abend habe ich die letztere Variante gewählt. Nach zwei Gläsern Rotwein, die ich vor Stunden auf leeren Magen getrunken habe, sieht die Welt ein klein wenig rosiger aus.

Meine Familie hat sich vorgenommen, bis morgen Nachmittag zu bleiben. Folglich bleibt mir der komplette Sonntag, um die Ordnung in dieser noblen Hütte wiederherzustellen. Gegen Ende des Abends, das muss ich zugeben, wurde es richtig gemütlich. Pauls Fotos kamen gut an, *er sehe sehr sympathisch aus.* Die Zwillinge waren kaum aus dem Wasser zu kriegen. Abwechselnd beaufsichtigten wir die Kinder, damit sie keinen Unsinn treiben konnten. Der Tisch auf der Terrasse wurde hübsch gedeckt, Opa Heini kümmerte sich um den Grill. Im Hintergrund lief leise griechische Musik, es herrschte eine Atmosphäre wie in einer griechischen Taverne.

Zu später Stunde gingen wir ins Haus, weil es draußen zu frisch wurde. Nachdem mein Vater den Kamin kräftig angeheizt hatte, machte allgemeines Naserümpfen die Runde, weil es nach verbranntem Gummi roch. Ich entschuldigte meinen Lachanfall mit den Worten: »Der Wein bringt mich zum Kichern.«

»Karo, du hast das große Los gezogen«, sinnierte Anton, die anderen stimmten ihm zu.

Besonders Conny war sehr angetan von allem. Fast neidisch gab sie zu, dass sie mir nie zugetraut hätte, einen so fetten Goldfisch, sprich Paul, zu angeln. Plötzlich sah sie mich mit anderen Augen. Die sonore Stimme eines Navigationsgerätes würde jetzt sagen: *»Sie haben Ihr Ziel erreicht. Sie haben Ihr Ziel erreicht.«*

19. Meine schrecklich nette Familie

Am nächsten Morgen fühle ich mich nicht mehr ganz so fremd in ›unserem‹ Schlafzimmer. Beschwingt hüpfe ich aus den Federn und absolviere zwei Kniebeugen. Ich öffne das Fenster, herrlich, die frische Luft durchströmt meine Lungen.

Die letzten Stunden innerer Anspannung werde ich auch noch überstehen. Die Armatur der Dusche gibt ein quietschendes Geräusch von sich, als ich den Hebel Richtung Heißwasser schiebe. *Der Wasserdruck ist aber nicht in Ordnung.* Der ›müde‹ Strahl weckt trotzdem meine Lebensgeister. In der Küche werkelt meine Mutter, sie hantiert mit Tassen und Tellern, in einem Brötchenkorb liegen frische Brötchen, die wohl ein Mitglied meiner schrecklich netten Familie besorgt hat. Nach einem beschwingtem »Guten Morgen« drückt sie mir einen Teller mit Wurst, einen mit Käse in die Hand.

»Stellst du die bitte auf den Terrassentisch, Karo?«

Opa Heini, mein Vater und Anton sitzen bereits auf den gepolsterten Stühlen, sie teilen sich eine Hamburger Morgenpost. Conny braucht wohl noch eine Weile, sie kommt morgens nicht so flott in die Gänge.

Opa lugt über den Zeitungsrand. »Karo, die Stauden dahinten sind verkehrt eingepflanzt. Die *Brennende Liebe* und die *Bergflockenblume* sind Sonnenpflanzen. Ich werde sie gleich nach dem Frühstück umsetzen.«

»Nein, Opa … bitte.«

»Der Duschstrahl im Bad ist eine Katastrophe«, mischt sich mein Vater ein. »Nach dem Frühstück werde ich mich darum kümmern.«

Ich möchte laut »Nein« kreischen, es funktioniert jedoch nicht. Meine Stimme versagt regelrecht, es kommt nur ein leises Krächzen über meine Lippen.

»Hast du dich erkältet?« Meine Mutter stellt ein Tablett auf den Tisch. Es scheppert.

Ich schüttele den Kopf und räuspere mich. Warmhaltekannen mit Kaffee, Kakao, Marmelade und Butter werden flugs auf dem Tisch verteilt.

»Hermann, unter dem Spülbecken tropft es. Es scheint eine Dichtung porös zu sein.«

»Hm, hier ist so einiges porös. Ich kümmere mich nach der Reparatur der Dusche darum.«

»Ihr braucht euch wirklich nicht zu kümmern …« Der Frosch in meinem Hals ist verschwunden.

»Lass mal«, lacht mein Vater und drückt liebevoll meine Hand. »Wir alten Rentner haben doch Zeit. Dein Paul wird sich freuen.«

Ich lache verunsichert. Conny kommt mit halbnassen Haaren angerauscht, die Zwillinge trotten schuldbewusst hinterher.

Nein, Nanni bohrt in der Nase.

»Karo, die Kinder haben oben ein wenig an der Tapete gemalt«, stammelt sie verlegen. »Mach dir keine Sorgen, ich wisch das gleich weg.«

Aus meinem Mund entweicht ein hysterisches Lachen. »Ach wo, ich mache mir keine Sorgen, warum sollte ich mir auch Sorgen machen?«

Krampfhaft versuche ich, mich an die Regeln des Entspannungskurs zu erinnern, den ich vor acht Jahren an der Volkshochschule absolviert hatte. Einatmen, dabei bis fünf zählen und langsaaaaam wieder ausatmen und bis zehn zählen.

Nach dem Frühstück schaue ich mir die bemalte Wand an. Die Zwillinge haben versucht, im Hobbyraum das Paragleiter-Poster an der gegenüberliegenden Wand nachzumalen. Mit Filzstiften. Meine Verzweiflung wächst, als ich erkennen muss, dass Connys Wischerei mit einem feuchten Tuch alles noch schlimmer macht. Die Farben der Stifte sind ineinander verlaufen, so dass sich nun ein riesiger bunter Schmierfleck gebildet hat.

»Mist«, sagt Conny. »Das wird erst wieder bei der nächsten Renovierung in Ordnung kommen. Ihr renoviert doch bald? Oder?«

Ich raste aus. »Leg deine Kinder jetzt bitte für eine Weile an die Leine, ja? Die sind ja total unerzogen!«

Die Zwillinge sitzen auf einem Sack, in dem ein Paragleiter steckt und kichern hinter vorgehaltener Hand. Jetzt popeln beide. Ich könnte vor Wut explodieren.

Conny wird ebenfalls wütend. »Ha, warte ab, bis ihr Kinder habt! Kinder machen halt Dummheiten!« Bockig wirft sie den schmutzigen Lappen auf den Boden.

»Wenn du zu Paul ebenfalls so garstig bist, musst du dich nicht wundern, dass du bald wieder Single sein wirst. So, ich gehe jetzt mit den Kindern schwimmen. Tschüss.«

Nach Luft schnappend stelle ich fest, dass ich nicht mehr Herrin der Lage bin. Unheil braut sich über meinem Haupt zusammen. Im Arbeitszimmer finde ich einen leeren kleinen Block. Ich nehme einen Stift und notiere als Erstes: *Wand Hobbyraum säubern.* Danach: *Im Kamin Asche entfernen.*

In der Küche liegt der Oberkörper meines Vaters im Küchenschrank unter der Spüle. ›Assistent‹ Opa Heini reicht ihm diverse Werkzeuge, die er vor jedem Anreichen fachmännisch begutachtet. »Tolles Werkzeug, beste Qualität! Hab ich in der Abstellkammer gefunden.«

Mein Vater flucht laut und schimpft auf seine kranken Nackenwirbel. Während er schraubt, knackt es gewaltig im Schrank.

Anton streckt seinen verschwitzten Kopf durch die Tür. »Opa, ich brauche deinen Rat. Es geht um die neue Pflanzstelle für die Stauden.«

Mich überfällt ein Schwindelanfall, ich lehne mich gegen den Türrahmen.

Opa lässt umgehend das Werkzeug fallen, um Anton mit Rat und Tat beiseite zu stehen.

Ich gehe ins Gäste-WC, ziehe den Block aus meiner Jeanstasche und notiere: *Stauden zurück an ihren alten Platz pflanzen.*

Durch die geschlossene Tür höre ich meine Mutter jammern.

»Herrmann, ich habe doch gesagt, du sollst aufpassen. Himmel, jetzt ist es abgebrochen.«

Was auch immer abgebrochen sein mag, ich notiere den nächsten Punkt: *Klempner (Notdienst) bestellen.*

Plötzlich höre ich Connys aufgeregte Stimme, die laut nach Pflastern schreit. Meine Mutter spitzt die Ohren.

Wenn eine Mutter einen Schrei nach Pflaster hört, fahren ihre Instinkte Karussell. Es ist nicht zu überhören, dass sie einen Verbandskasten sucht. Schranktüren werden geöffnet und laut wieder zugeknallt. Ich renne im Galopp in den Keller. Conny sitzt, leichenblass, auf einem Stuhl neben dem Handtuchschrank.

»Ich habe mich verletzt. Hier liegen ja Glasscherben. Boah, gut, dass die Kinder da nicht reingetreten sind.« Sie drückt eine Hand auf ihre rechte Fußsohle, Blut sickert durch ihre Finger.

»Ja«, stoße ich gereizt hervor. »Boah, die hätten ja *verbluten* können!«

Ich fluche. Bruni und ich hätten die Scherben beseitigen sollen, denn Conny drückt jetzt ein flauschiges *weißes* Badehandtuch auf die Wunde. Es ist unübersehbar versaut. In Gedanken notiere ich: *Blutflecken aus Badelaken entfernen.*

Kurz darauf ist meine Mutter mit dem Verbandskasten da. Sie verarztet den Fuß meiner Schwester, gleichzeitig fordert sie Kätzchen und Mäuschen auf, aus dem Becken zu kommen, um mal Pipi machen zu gehen. Kichernd tönt Hanni, dass sie gerade dabei sei zu pinkeln.

Conny stöhnt humpelnd wie eine Schwerverletzte zu einer Relaxliege, neben der etliche Ausgaben der Zeitschrift *Eltern* liegen.

»Bringst du mir einen Kaffee, Mama?«

Mama nickt gütig.

Dankbar registriere ich, dass meine Mutter den Erste-Hilfe-Kasten unter den Arm klemmt. Sie wird ihn wieder an den richtigen Platz zurücklegen.

In der Küche erklärt mein Vater kleinlaut, dass er hier ›fertig‹ sei … allerdings, den Abfluss habe er nicht reparieren können. Weil, er sei ja schließlich kein Klempner. Er habe aber einen Eimer unter die Spüle gestellt. So würde es wenigstens nicht mehr in den schönen Schrank tropfen. Dann rafft er das Werkzeug zusammen.

»So, nun ist die Dusche dran. Wäre doch gelacht, wenn ich die nicht hinbekäme.«

Ich lache, meine Mutter lacht. Vorsorglich notiere ich: *Klempner auch Dusche kontrollieren lassen.*

Den nächsten Eintrag auf meinem Block verdanke ich wieder Conny, die in der Gefriertruhe Hummer entdeckt hat. Sie hätte ja noch nie Hummer gegessen, die wären im Restaurant zu teuer. Also bietet sich Anton an, das gefrorene Ungeheuer in einen Topf mit kochendem Wasser zu werfen.

Nach einem Bissen dieses edlen Schalentieres läuft sie, mit einer Hand vor den Mund gepresst, ins Gäste-WC. Der Rest des Essens wandert in den Müll. Die Liste erweitert sich um: *Googeln, welche Quelle an einem Samstagabend Hummer verkauft.*

Zum Mittagessen gibt es Reste des Grillfleisches von gestern Abend. Die Zwillinge klimpern müde mit den Augen. Das Toben im Schwimmbad zeigt Wirkung, nach dem Essen wollen sie eine Stunde schlafen.

Wir genießen die Sonne auf der Terrasse.

Opa Heini hat eine Frage. »Warum steht denn lediglich Pauls Vorname an der Tür, Karo?«

Na, auf diese Frage bin ich bestens vorbereitet, ich lache verschämt. »Opa, Pauls Nachnahme ist etwas länger. Es hingen dort zwei Schilder. Eines hat sich beim Putzen gelöst. Ich habe zu scharfe Reinigungsmittel benutzt … wegen der Taubenkacke … und so.«

»Und wie wirst du bald heißen?« Conny verscheucht eine Wespe.

So langsam geht mir diese Fragerei gehörig auf die Nerven. Ich muss improvisieren. Die Umgebung fängt sich leicht an zu drehen. Es scheint fast so, dass man vom vielen Schwindeln Schwindelanfälle bekommt.

Ich fixiere Connys Augen und lache albern. »Das verrate ich noch nicht. Lasst euch überraschen.«

»Na dann …, lassen wir uns mal überraschen.« Anton lehnt sich zurück und schließt die Augen.

Jetzt fängt Conny wieder an zu plaudern.

»Wie kommst du denn mit seinen Hobbys zurecht? Ich meine Bergwandern, Paragleiten, du leidest doch unter schrecklicher Höhenangst.«

Doofe Ziege!

»Ach Conny, was die Liebe alles vollbringt. Seit ich Paul kenne, bemühe ich mich, meine Ängste zu überwinden.«

Conny spöttelt. »Na, das möchte ich mit eigenen Augen sehen.«

Opa Heini wird unruhig. Um diese Zeit spielen er und mein Vater ihre tägliche Schachpartie. Er schlendert ins Wohnzimmer und öffnet ungeniert Schranktüren und Schubladen. »Verflixt. Hat dein Zukünftiger kein Schachspiel im Haus?« Die Zurechtweisung meiner Mutter, dass man nicht in fremden Schränken herumschnüffelt, ignoriert er.

»Wieso fremd? Wir sind doch hier nicht bei Klaus. Bei Klaus würde ich mich das nicht wagen.«

»Wer ist denn Klaus? Wir kennen doch gar keinen Klaus.« Mit offenem Mund beobachtet mein Vater Opas Ehrgeiz, ein kariertes Brett zu finden.

Opa zuckt die Schultern. »Eben. Ich auch nicht. Sag ich doch. Wir sind hier nicht bei Klaus und darum auch keine Fremden.«

Die Logik meines Großvaters bringt mich, trotz des ganzen Elends, zum Schmunzeln. Endlich gibt er die Suche auf.

In der darauffolgenden Stunde wird mein Nervenkostüm immer dünner. Die Zeiger meiner Armbanduhr quälen sich im Schneckentempo zur nächsten vollen Stunde. Alle wollen wissen, warum ich denn so angespannt sei? Leider kann ich nicht ehrlich antworten, dass die Liste, die ich gleich abarbeiten muss, mir Angst macht.

Kurz nach 16 Uhr krabbeln meine Nichten aus den Betten. Hanni und Nanni quengeln in einer Tour. Sie beschmieren die Scheiben der Terrassentür mit Spucke, was dann *endlich* dazu führt, dass meine Eltern vorschlagen, die Zelte in der Störtebekerwiese abzubrechen.

»Packst du unsere Trolleys mit, Mama? Ich bin total geschlaucht, mein Fuß schmerzt immer mehr.«

Ich springe auf. »Das erledige ich für dich.«

Mit großen Schritten sprinte ich in die obere Etage, raffe im Affentempo die Klamotten der gesamten Familie meiner Schwester zusammen. Ohne Rücksicht auf gewisse Falttechniken stopfe ich Kleidung sowie Toilettenartikel in die kleinen Koffer.

Dann endlich die Verabschiedung. Sie sind weg! Im Nachhinein muss ich gestehen, wenn ich *das* alles geahnt hätte, wäre es mir egal gewesen, ob Conny beeindruckt gewesen wäre oder nicht.

Ich laufe dreimal zum Fenster, um mich zu vergewissern, dass der Multivan auch tatsächlich verschwunden ist. Zaghaft ziehe ich den Block aus meiner Jeanstasche. Verzweifelt studiere ich die dazugekommenen ›Aufgaben‹.

Küchenschubladen umräumen, Tisch im Esszimmer polieren, verschmierten Spiegel über Sideboard im Esszimmer reinigen, Joghurtbecher draußen aus dem Pool fischen, Handtuchhalter im Gäste-WC ankleben, Fensterscheiben Terrasse putzen, alle CDs in die richtigen Hüllen ordnen.

Bei dem Gedanken an die Bettwäsche, die ich abziehen, waschen, bügeln und wieder aufziehen muss, steigen mir Tränen in die Augen.

Zu allem Übel klingelt mein Handy. Bruni. Ich habe zwar keine Lust, mit ihr zu reden, nehme das Gespräch aber trotzdem an.

»Huhu, Karo! Stell dir vor, Heiner hat meine Wohnung fast fertig, wir wollen ausgehen. Hast du Lust mitzukommen?«

Ich verneine matt, erkläre, dass ich jede Menge Arbeit hätte. Ich höre ein kurzes: »Schade.«

Sie plappert weiter. »Ach ja, ich habe heute mit Gundula telefoniert. Geigenpaul geht es zwar noch immer nicht gut, er kommt aber trotzdem morgen früh mit dem Flieger. Ich habe es so verstanden, dass er hier irgendwas ›besorgen‹ muss. Hoffentlich haut der schnell wieder ab, denn sonst ist es vorbei mit unserem Lotterleben.«

Ich lasse die Nachricht langsam sacken. Der war doch so krank? Wie soll ich das verwüstete Haus bis morgen früh in Ordnung bringen?

»Verdammt!«, schreie ich ins Mobiltelefon. »Er soll seinem Adalbert lieber etwas besorgen. Der kann doch nicht so einfach herkommen!«

Dann fließen die Tränen, als hätte jemand eine Schleuse in meinen Augen geöffnet.

»Hilfe, Bruni … du … ihr müsst mir helfen, das ist ein Notfall. Störtebekerwiese, ich bin in der Villa.«

Dreißig Minuten später sitzen wir uns im Wohnzimmer gegenüber. Ich beichte weinend die komplette Geschichte. *Das ganze Chaos habe ich nur angerichtet, um vor Roger und Conny glaubhaft dazustehen.*

Bruni schüttelt sich vor Lachen, Heiner amüsiert sich ebenfalls kräftig. Beide finden, dass sich der Aufwand doch gelohnt habe.

Bruni streckt die Hand nach der Liste aus. »Steht ja alles vollkommen durcheinander drauf. Wir packen das jetzt gemeinsam an. Wir gehen Zimmer für Zimmer systematisch durch.« Dann drückt sie mir einen Kuss auf die Wange. »Du wirst sehen, morgen früh sieht es so aus, als wäre nichts gewesen. Wir müssen nur auf *jedes* kleinste Detail achten, sonst können wir dich demnächst im Knast besuchen.«

Ich schniefe in den Ärmel meines T-Shirts. Bruni bleibt gelassen, sie greift nach ihrem Handy.

»Willi? Seid ihr schon, ich meine, steckt der Ring schon am Finger? … Herzlichen Glückwunsch! Dann klemm deine Verlobte unter den Arm und kommt in die Störtebekerwiese 1. Das Haus könnt ihr gar nicht verfehlen … Eine Prachtvilla. Unsere Chaos-Queen Karo braucht Hilfe … lieb von euch … bis gleich.«

Als das frisch verlobte Paar in Gala-Kleidung aufläuft, wird erst einmal mit vielen Küsschen zur Verlobung gratuliert. Die Ringe sind geschmackvoll, Simones Ringfinger schmückt ein prächtiger Diamant. Auch jetzt sind etliche Erklärungen vonnöten. Ich begreife nicht, dass alle darüber lachen können, nur ich nicht. Simone schlüpft in eine Joggerhose von mir, deren Beine ihr bis zu den Waden reichen. Willi lehnt einen Klamottenwechsel ab. Er meint, gute Taten könne man auch in guten Kleidungsstücken vollbringen.

Wir gehen nach Brunis Methode vor. Zuerst widmen wir uns dem Hobbyraum. Als Heiner die verschmierte Wand sieht, schüttelt er den Kopf.

»Das Kunstwerk müssen wir überstreichen. Anders geht es nicht.«

Er macht sich auf den Weg in seine Firma, um einen Eimer Farbe mit dem entsprechenden Farbton zu besorgen.

Willi wird wegen des Hummers befragt. Auch er hat eine Lösung. Er fahre kurz zu seinem Vater, er habe Scherenmonster zuhauf im Gefrierschrank.

Nachdem der Hobbyraum im alten Glanz erstrahlt, arbeiten wir uns Zimmer für Zimmer durch, bis in die unterste Etage. Heiner beweist sich als echtes Multitalent. Er stellt den Wasserdruck so ein, dass der Strahl in der Dusche wieder schwächer wird, ebenso tröpfelt der Siphon unter der Spüle wie vor ›Vaters Einsatz in vier Wänden‹.

Willi erklärt uns die komplizierte Elektronik der Waschmaschine, alles läuft wie am Schnürchen. Um 5:30 Uhr, draußen ist es bereits hell, räumen Bruni und ich die Küchenschubladen um.

Die Männer kommen aus dem Garten, sie haben dort alles perfekt gemacht. Heiner hat sogar den Lehmboden der umgepflanzten Bäume mit abgestochenen Grasplatten verdeckt. Simone leert den letzten Putzeimer mit schmutzigem Wischwasser im Gäste-Klo, dann sind wir endlich fertig.

Zuletzt verschwindet der ›Paul‹ von der Haustür, und an die korrekte Briefkastenbeschriftung wird ebenfalls gedacht.

Wir stehen vor Geigenpauls Anwesen und werfen einen letzten Blick auf das Haus. Danach lade ich meine Retter zu McDonald's ein, uns allen ist nach Rührei mit Speck und heißem Kaffee.

Nach dem kräftigen Frühstück umarme ich jeden meiner Freunde und bedanke mich. Ohne deren Hilfe hätte ich das niemals geschafft. Bevor ich in meine Wohnung fahre, mache ich noch einen Abstecher, um die letzte Spur zu verwischen. Auf Zehenspitzen schleiche ich leise in Gundulas Wohnung. Feierlich hänge ich den Schlüsselbund der Villa zurück an seinen Platz.

20. Die Erpressung

Bis zum späten Nachmittag schlafe ich wie eine Tote. Nach einer starken Tasse Kaffee bereite ich eine Hühnersuppe aus der Tüte zu, die ich langsam schlürfe. Währenddessen laufe ich wie ein Tiger im Käfig herum. Paul ist heute früh zurückgekommen, er wird längst in der Villa sein.

Haben wir auch nichts vergessen? Hatte Simone den Putzeimer wieder in die Kammer gestellt? Ich rufe sie an. Ja, sie hat. Hat Bruni die Reste Waschpulver aus der Kammer der Waschmaschine entfernt? Ich rufe sie an. Ja, sie hat. Hat Heiner keinen der Pinsel liegen gelassen? Ich rufe bei Bruni an, verlange Heiner, Heiner kommt verschlafen ans Telefon. Wieder bekomme ich die Antwort, dass alles okay sei.

Ich beschließe mich abzulenken, ein Besuch bei Gundula würde mich beruhigen. Ich werde mir Gewissheit holen, denn sollte Geiger etwas Auffälliges in seinem Haus bemerkt haben, wäre Frau Piefke die Erste, die er darüber informiert hätte. Als ich an die Zimmertür 1212 klopfe, ist mir etwas flau im Magen. Gundula zeigt sich, zu meiner Freude, fröhlich wie immer. Nach einer Viertelstunde Plauderei entspanne ich sichtlich. Nein, Geiger *kann* nichts bemerkt haben. Frau Piefke zeigt stolz einen fast fertigen Topflappen. Dann gerät sie ins Schwärmen, dass die Ärzte samt Schwestern so freundlich wären. Besonders Herr Dr. Magnussen.

Nach diesem Spruch beschließe ich, mich zu verabschieden. Es fehlte gerade noch, dass die Piefke Lobeshymnen auf Ricarda singt. So richtig gehen lassen will mich die Piefke anscheinend nicht. Sie fängt an, über ihre Frisur zu jammern. Sie sehe so schrecklich aus, wenn doch bloß Herr Geiger von einem Krankenbesuch absehen würde. Er sei ja wieder in Hamburg, heute Morgen sei er in aller Frühe gelandet. Aber, über den Anruf von ihm in den Morgenstunden habe sie sich gefreut. Nein, es sei ihr nicht recht, wenn er sie so zerzaust sehe.

Obwohl ich längst weg sein wollte, höre ich höflich zu.

Dann setzt sie ein beleidigtes Gesicht auf. »Stellen Sie sich mal vor, Karo. Da fragt der Junior mich doch tatsächlich, ob ich jemandem die Schlüssel seines Hauses überlassen hätte. Ich war richtig baff. ›Nein‹, habe ich gesagt, ›Herr Geiger, nein, dass Sie so von mir denken, das enttäuscht mich jetzt doch ein klein wenig.‹ Allerdings bin ich bei der Wahrheit geblieben. Ich habe gesagt: ›Herr Geiger, ich habe lediglich Frau van Goch davon unterrichtet, dass der Schlüssel Ihrer Villa in meinem Schlüsselkasten hängt. Für den Notfall …‹«

Mein Mund wird trocken, ich schiele gierig auf Gundulas gefülltes Wasserglas, wage aber nicht, sie um einen Schluck zu bitten. Ich lache verunsichert, sie fährt fort.

»Ich hätte es Ihnen schließlich nicht erzählt, wenn ich Ihnen nicht trauen würde, Karo. Das habe ich auch dem Junior gesagt.«

Ich nicke so feste, dass meine Halswirbel knirschen.

»Aber, er wird sich ja selber davon überzeugen können, dass niemand anderes, außer mir, sein Haus betreten hat.«

Gebannt hänge ich an ihren Lippen. Jetzt lächelt sie geradezu. »Er hat ja überall, aber auch wirklich *überall* versteckte Überwachungskameras einbauen lassen. Es wird alles aufgezeichnet, was im Haus vor sich geht. Herr Geiger hat wirklich die neueste Technik installiert. Was glauben Sie, wie froh ich darüber bin. Er wird sehen, dass er mir trauen kann.«

»Waaas?« Ich springe so heftig auf, dass der Stuhl, auf dem ich saß, mit Gepolter umkippt. Mit Schmackes scheppert er gegen einen Metallschrank. Die Piefke und ihre Bettnachbarin erschrecken so sehr, dass beide einen kleinen Schrei ausstoßen.

Leise murmele ich ein »Tschuldigung«, danach überfällt mich eine Panikattacke. Ich verlasse fluchtartig das Krankenzimmer und komme erst wieder zu mir, als ich wie verrückt an Brunis Haustür trommele.

Montagmorgen. Leichenblass sitze ich im Wartezimmer von Dr. Weinforth, unserem langjährigen Hausarzt. Mein Puls rast seit gestern Abend, die Nacht habe ich auf der Klobrille verbracht. Bruni sitzt neben mir, ihr ging und geht es nicht anders.

»Bruni, ich verspreche dir, ich werde alles auf meine Kappe nehmen. Alles. Aber, erst muss ich wieder gesund werden.« Meine Stimme zittert. Mir ist nach Nase pulen, ich muss mich stark beherrschen, den

Finger nicht in ein Nasenloch verschwinden zu lassen. Bruni will nicht, dass ich die alleinige Schuld übernehme.

»Nein, Karo, das stehen wir gemeinsam durch. Ich meine, vielleicht können wir den Richter bitten, dass wir in einer Gefängniszelle untergebracht werden?«

»Ja«, sage ich tonlos. »Aber erst einmal muss uns der Doktor helfen.«

Bruni nickt. »Meine Mutter sagt auch immer, dass Gesundheit das Wichtigste im Leben sei.«

Heiner hat gestern Abend stundenlang mit stoischer Ruhe versucht, uns davon zu überzeugen, dass man mit Geiger bestimmt vernünftig reden könne. »Herr im Himmel, der wird doch kein Unmensch sein. Wir haben doch nichts gestohlen.«

Eine freundliche Stimme ertönt. »Frau van Goch, Sie können jetzt zum Doktor rein.«

Ich ziehe Bruni mit. »Wir gehen nur gemeinsam …«

Die Sprechstundenhilfe nickt lächelnd. »Ja, sicher.«

Bruni und ich schildern dem Doktor gemeinsam unsere gemeinsamen Symptome.

Dr. Weinforth erledigt seine Pflicht. Er leuchtet in Mund und Augen, drückt mal Bruni, mal mir auf den Bauch. Dann fragt er, ob wir Fieber hätten.

»Und wie. Fast vierzig Grad«, klären wir ihn auf. Dann will er wissen, ob wir auch erbrechen müssen, dabei misst er Bruni den Blutdruck.

»Und wie«, sage ich matt. »Wir haben schließlich Brechdurchfall.«

Er stellt uns ein Rezept mit je drei Medikamenten sowie zwei Krankschreibungen aus. Ich schiele auf die Daten. Fünf Tage, also bis einschließlich kommenden Freitag, können wir uns verstecken. Plus Samstag und Sonntag macht summa summarum sieben Tage Galgenfrist.

Bruni und ich umarmen uns vor der Praxis. Sie wird sich bei Heiner, ich mich bei meinen Eltern verkriechen. Die Polizei kann sich totklingeln, weder bei *Karolina van Goch* noch bei *Brunhilde Keller* wird jemand die Tür öffnen.

Ich hole Gisela aus der Wohnung, sie wird sich freuen, im Garten meiner Eltern Auslauf zu haben.

Meine Mutter erschrickt, als sie mich sieht. »Aber Kind, wie siehst du denn aus?« Ohne lange Fragen zu stellen, schiebt sie mich in mein altes Kinderzimmer. Erschöpft lasse ich mich auf das Bett fallen.

»Ach Mama, ich bin so krank. Brechdurchfall.« Meine Stimme klingt so jämmerlich, wie ich mich fühle. Sie hilft mir beim Auskleiden, ich lasse mich bemuttern. Nach dem ersten Schreck hat sie die Lage im Griff. Sie bemerkt die zappelnde Gisela in der Stofftüte.

»Na, Gisela, du kommst erst einmal auf die Wiese.« Mir streichelt sie über die Haare.

»Und dir koche ich eine Kanne leckeren Fencheltee. Wissen deine Kollegen in der Firma Bescheid?«

Ich ziehe die Bettdecke über den Kopf.

»Nein«, murmele ich leise.

»Gut, dann werde ich gleich dort anrufen.«

»Sag für Bruni mit Bescheid, ja? Sie ist ebenfalls krank.«

»Das dachte ich mir schon. Es geht bestimmt ein Virus herum.«

Endlich bin ich alleine. Ich ziehe die Bettdecke noch höher über den Kopf. Das leichte Federbett ist von jetzt an für eine Woche mein ›Panzer‹. Danach werden wir weitersehen.

Opa Heini hat mit dem Fahrrad die Medikamente besorgt, die ich nicht so brav schlucke, wie er es anordnet.

Der Durchfall hat, sobald ich hinter sicheren Mauern war, nachgelassen. Mein Pulsschlag hat sich ebenfalls normalisiert. Neben meinem Bett steht der große leere Eimer, der, solange ich denken kann, in meinem Elternhaus als Kotzeimer herhalten muss.

Unter der Bettdecke telefoniere ich mit Bruni, die ebenfalls unter der Bettdecke telefoniert, obwohl sie alleine in Heiners Wohnung ist. Wir schwören, sobald es etwas Neues gibt, uns gegenseitig zu informieren.

Richtig zur Ruhe komme ich nicht, denn jeden Augenblick besucht mich jemand. Mal mein Vater, mal Opa Heini … meine Mutter kommt sowieso andauernd herein. Entweder mit einer pfeffrigen Brühe, Haferschleim oder Tee. Sobald mich jemand auf Paul bzw. die schönen Stunden in seinem Haus anspricht, verziehe ich wehleidig das Gesicht. Morgen werde ich ihnen sagen, dass es aus sei, zwischen Paul und mir. Am späten Nachmittag höre ich Conny lachen. Sie steht wohl im Treppenhaus.

»Gute Besserung, Karo!«, ruft sie laut. »Ich komme nicht nach oben, mit den Zwergen im Bauch kann ich mir keinen Virus leisten!«

Jetzt vernehme ich die Stimmen meiner Nichten. »Karo ist ne Kodderliese«, singen sie im Takt.

Der Singsang der Kinder heitert mich ein wenig auf. Als ich die Hausklingel höre, halte ich mir beide Ohren zu. Vor meinem geistigen Auge tauchen Günni und der Fettsackpolizist auf, die mich mit Handschellen abführen wollen. Dann ›sehe‹ ich, dass mein Vater sich vor die Treppe stellt, mit fester Stimme erklärt, dass seine Tochter nicht im Hause sei. Opa Heini droht bekräftigend mit seinem Wanderstock, meine Schwester Conny ruft, dass sie keine Aufregung vertragen könne, weil sie schwanger sei. Last but not least würden die Zwillinge den beiden Polizisten in die Waden beißen, so dass sie mit eingeschaltetem Martinshorn flüchten würden.

Meine Finger stecken noch immer in den Ohren, als sich die Bettdecke langsam hebt. Die gütigen Augen meiner Mutter strahlen, sanft trennt sie die Finger von meinem Kopf. So freudig, als würde sie mir den Autoschlüssel für einen nagelneuen Mercedes SLK überreichen, überbringt sie die Botschaft.

»Schau mal, Karo, wer dich besuchen kommt.« Sie tritt beiseite, so dass ich direkt in die grünen Augen vom Geigenpaul, der mit einem riesigen Strauß roter Rosen vor meinem Bett steht, schauen kann. Ich neige ja nicht zu Imitationen, ich bin die Letzte, die Ideen klaut. Aber in diesem Moment befördert mein Mageninhalt mit einem kräftigen »Aarrg« à la Hanni sämtliche Tees sowie Haferschleimsüppchen heraus, die ich im Laufe des Tages in mich hineingewürgt habe. Dabei verfehle ich den Eimer und kotze gnadenlos auf Geigers Hosenbeine samt Schuhen.

Paul Geiger steht erst hilflos da, dann lacht er und küsst mich auf die Stirn.

»Liebes, Schatz … mein Gott. Was hast du dir da bloß eingefangen?« Er legt mir den duftenden Blumenstrauß auf die Bettdecke, die ich wieder bis an die Nasenspitze hochgezogen habe.

Meine Mutter sieht hilflos auf Geigers Hose und Schuhe. »Die gute Hose. Schnell, Paul, ziehen Sie sie aus. Ich werde sie flott in die Waschmaschine stopfen, das haben wir gleich.«

Ich schließe vor Scham die Augen.

Danach begutachtet sie mit fachmännischem Blick Geigers Schuhe. »Leinen …, die kann ich ebenfalls in die Waschmaschine stopfen.«

Paul gehorcht widerstandslos und steht innerhalb von wenigen Sekunden barfuß, in schwarz-weiß karierten Boxershorts, vor meinem Bett. Mir streichelt Mama liebevoll über die verschwitzten Locken.

»Ach Karo, du musst dich nicht schämen. Du kannst ja nichts dafür, du armes Kind.«

Paul findet das wohl auch, denn er tätschelt ebenfalls das obere Drittel meines Kopfes, der unter dem Oberbett hervorlugt. Allerdings nicht so liebevoll wie meine Mutter.

»Nein, sie kann nun *wirklich* nichts dafür.« Er lacht ein wenig zu laut, ich zucke zusammen.

Meine Mutter wirft die Schmutzwäsche in einen mit Glanzbildern beklebten Mülleimer, den ich während meiner Grundschulzeit liebevoll gestaltet habe. Mit einem glücklichen Seufzer nimmt sie die Rosen an sich und zieht, voll bepackt, leise die Tür hinter sich zu.

Paul rollt, ohne mich aus den Augen zu lassen, meinen alten Schreibtischstuhl neben mein Bett und beugt sich so tief zu mir herab, dass ich winzige schwarze Punkte in seinen grünen Augen erkennen kann.

Er atmet sehr tief ein, dann lange und kräftig aus. Sein frischer Atem wirkt wie Zugluft in meinen Augen. Ich blinzele und starre die Zimmerdecke an. *Jetzt nur nicht die Nerven verlieren, hier im Haus bin ich sicher. Ein Schrei … und alle würden angerannt kommen.*

Leise, aber scharf geschliffene Worte dringen in mein Ohr.

»Dank genialer Technik bin ich bis ins kleinste Detail informiert, Frau van Goch. Frau Piefke hat mir heute früh erzählt, wie panisch du gestern reagiert hast, nachdem sie dir erzählte, dass ich eine Videoüberwachung im Haus installiert habe. Ich kann mir sehr gut vorstellen, wie geschockt du warst. Du musst mir also nichts mehr erklären. Ich möchte auch keine Entschuldigungen und Ausreden für deine *großartigen* Ideen hören. Du bist eine sehr gute Schauspielerin.«

Ich wehre mich nicht, als sein Zeigefinger ganz sanft mit einer meiner Locken spielt, und starre weiter Löcher in die Zimmerdecke. Dabei halte ich die Bettdecke so verkrampft, dass meine Finger schmerzen.

»Ich hatte bereits den Telefonhörer in der Hand, um den Rechtsweg zu beschreiten ... dann habe ich mich jedoch für Plan B entschieden. Du wirst meinen guten Ruf wieder herstellen. Ich kann es mir nicht leisten, dass die gesamte Belegschaft hinter meinem Rücken tuschelt und über mein Privatleben spekuliert. Du wirst die Rolle meiner Lebensgefährtin spielen, nicht nur vor deiner Familie ... nein ... auch in der Firma. Du wirst deinen reizenden Hintern gleich aus dem Bett heben und ...«

Als es an der Tür klopft, krächze ich »Herein« und bin meiner Mutter dankbar, dass sie Pauls Monolog unterbricht. Mit Putzeimer samt Bodentuch will sie sich an die Säuberung des Fußbodens machen. Geigenpaul schleimt sich ein, nimmt das Putzzeug an sich und macht sich mit Wasser und Lappen daran, die widerliche Masse vom Boden zu wischen. Verlegen schaut meine Mutter zu. Einem Mann bei einer derartigen Arbeit zuzuschauen, ist für sie ein seltener Anblick.

Ich nutze die Gunst der Stunde und verschwinde ins Badezimmer. Mit fahrigen Bewegungen krame ich nach meiner Zahnbürste, auf die ich einen Berg Zahnpasta drücke, um heftig meine Zähne und Zunge mit den harten Borsten zu bearbeiten. Anschließend steige ich mit wackeligen Beinen unter die Dusche und lasse so lange heißes Wasser über mein Gesicht laufen, bis ich das Gefühl habe, dass es glüht. Ohne mich abzutrocknen, schlüpfe ich in den Bademantel meiner Mutter. Im Spiegel zeigt sich die Wirkung der heißen Dusche, meine Wangen sind gut durchblutet. Bockig stampfe ich mit dem Fuß auf und bürste die nassen Haare. Der hat doch einen Knall! Ich ziehe Grimassen und äffe ihn nach.

»Ich hatte schon den Telefonhörer in der Hand, um den Rechtsweg zu beschreiten.«

Hat der ein Juradiplom gefrühstückt? Ich lasse mich nicht erpressen, soll er mich doch anzeigen. Wenn ich nicht irre, ist Erpressung ebenfalls strafbar. Dann wandern wir eben alle in den Knast, von mir aus die gesamte Firma. Mal sehen, wie ihm diese Idee gefällt. Ach ja, und kündigen werde ich auch. Fristlos, jetzt gleich. Zu einem Chef, der einen erpresst, kann man doch kein Vertrauen mehr haben.

Auf Krawall gebürstet gehe ich zurück in mein Zimmer. Der Erpresser hockt an meinem Schreibtisch und blättert in einem meiner alten Schulhefte. Entschlossen stemme ich die Hände in die Hüften, rutsche jedoch an dem Bademantel der Größe 46 ungeschickt ab. Geigenpaul registriert zwei weitere Versuche, in denen ich mich bemühe, eine entsprechende Kampfhaltung einzunehmen, mit einem leichten Schmunzeln. Ich gebe auf, verschränke stattdessen die Arme vor der Brust und schiebe meinen Unterkiefer nach vorne.

»Hiermit ... ich meine ... jetzt kündige ich, Herr Geiger. Und zwar fristlos.«

Er blickt wieder gelassen in mein Rechenheft aus der Grundschule.

»Hier, Frau van Goch.« Er hält mir eine Seite vor die Nase. »Das ist kein Fehler. Dein Lehrer hat falsch korrigiert. 47-13 ist 34. Du hast richtig gerechnet!«

»Was?« Ich reiße ihm das Heft aus den Händen und starre ungläubig auf den roten Strich. Er hat recht.

Paul schlägt die nackten Beine übereinander und kratzt sich am Kinn. Wütend knalle ich das Heft auf den Schreibtisch.

Das Mathematikgenie reibt sich die Nase. »Du kannst nicht kündigen, Frau van Goch. *Noch* nicht. Erst spielen wir unser Spiel.«

»Kann ich wohl! Sie werden sehen. Ich erscheine nicht mehr in der Firma. Weder morgen, noch übermorgen, noch überübermorgen ... überhaupt nie mehr! Sie zeigen mich wegen Hausfriedensbruch oder Einbruch an, ich zeige Sie wegen Erpressung an, dann sind wir quitt.«

Er steht abrupt auf, läuft einige Schritte auf und ab.

»Also gut, vergessen wir die ganze Geschichte. Wenn du angezogen bist, gehen wir runter und du beichtest deiner Familie deine Schwindeleien, beichtest, dass du sie alle an der Nase herumgeführt hast. Außerdem gibst du zu, dass du die Villa mit deinen persönlichen Utensilien präpariert hast, um alle zu täuschen. Ich bin gespannt, wie deine Leute reagieren, wenn sie erfahren, dass wir niemals ein Paar waren.« Zufrieden registriert er, dass ich innerlich zusammensacke.

Der letzte Pfeil trifft mit voller Wucht ins Schwarze.

»Dein Ex erwähnte, als du ihm das Schlafzimmer gezeigt hattest, dass *er* dir den Laufpass gegeben hat. Weiß deine Familie das? Ich kann mir sehr gut vorstellen, dass du sie auch in diesem Punkt belogen hast.« Er forscht in meinem Gesicht. »Deine ›Zwillingsschwester‹ wird sich königlich amüsieren.«

Er weiß alles, wirklich alles. Ich halte seinem Blick stand und mir wird bewusst, dass es kein Entrinnen gibt. Der Pfeil steckt tief. Alle würden mich verspotten und mir den Rücken zukehren. Und Opa Heini würde Conny zu seiner Lieblingsenkelin erklären. Das sind keine guten Aussichten. Wenn ich nicht so einsam wie Gundula Piefke enden wollte, müsste ich in den angebotenen sauren Apfel beißen.

»Okay, ich gebe mich geschlagen. Aber nur unter einer Bedingung! Bruni, also Frau Keller, darf nicht in diese Angelegenheit hineingezogen werden. Sie kann nichts dafür, ich habe sie überredet, mir zu helfen. Meine anderen Freunde sind ebenfalls unschuldig. Aber in erster Linie, kein böses Wort zu Frau Keller.«

Er nickt.

Flüsternd versuche ich mit einem letzten Versuch, der Schlinge zu entgehen. »Die Zwillinge. Die Zwillinge haben Sie auf dem Spielplatz gesehen. Die werden es ausplappern.«

Geigenpaul hebt spöttisch die Augenbrauen. »Das glaube ich kaum. Wenn sie mich nicht auf den Fotos in meinem Haus erkannt haben, werden sie mich jetzt auch nicht wiedererkennen.«

Von unten ruft Conny mit lauter Stimme, dass Pauls Schuhe und Hose in der Waschtrommel ihre Runden drehten und Mama im Bad Papas Jogginghose sowie Hausschlappen für Paul bereitgelegt hätte. Ich rufe zurück, dass es mir sehr viel besser gehe und ich gleich mit in den Garten komme. Conny strengt sich an, nett zu sein. Sie flötet ein höfliches und lang gezogenes »Schöhöön«.

Während Paul im Badezimmer in die Sachen meines Vaters schlüpft, ziehe ich einen Jogginganzug an, der für alle Fälle in meinem Elternhaus deponiert ist.

Auf der Terrasse knüpfen meine Familie und Paul die ersten zarten Bande. Ich rutsche verunsichert auf dem Stuhl hin und her, Paul spielt seine Rolle perfekt.

Während er betont, wie sehr er bedauere, am Wochenende krank gewesen zu sein, hält er kurz meine Hand. Er ist ein guter Unterhalter, Conny himmelt ihn an. Mein Vater zeigt ihm das Haus und den Garten. Opa Heini erklärt Paul, dass er unbedingt ein Schachspiel kaufen müsse, denn man würde sich jetzt ja häufiger treffen. Die Kinder toben ausgelassen um Paul herum und schwärmen von dem schönen Schwimmbecken. Nach einer guten Stunde springt Geigenpaul beschwingt auf und verabschiedet sich.

Meine Mutter schaut ein wenig beleidigt. »Ach je, Sie wollen schon gehen? Sie könnten doch noch mit uns zu Abend essen?«

»Sehr nett von Ihnen, Frau van Goch, aber … ich bin noch ein wenig angeschlagen. Sie wissen ja, die Erkältung.« Er sieht kurz an sich herunter. »Darf ich die Sachen für heute behalten?«

Mein Vater nickt wohlwollend. »Natürlich, wenn's Ihnen nicht peinlich ist, so auf die Straße zu gehen?«

Geigenpaul grinst breit. »Fragen Sie Ihre Tochter, Herr van Goch. Mir ist nichts peinlich … fast nichts.« Er haucht mir einen Handkuss zu und winkt lässig in die Runde.

»Wir sehen uns dann morgen im Büro … *Schatz* …« Dann joggt er durch das Gartentor.

Ich stehe so steif da, als hätte ich einen Stock im Hintern, der mich bewegungsunfähig macht.

»Hä? Wieso seht ihr euch morgen im Büro?« Meine Schwester sieht mich verständnislos an.

Der Rest Familie schaut mich fragend an.

Kraftlos lasse ich mich auf den nächstbesten Gartenstuhl fallen. »Weil Paul mein Chef ist. Darum. Paul Geiger. *Der* Paul Geiger.«

Conny will lachen, es kommt jedoch nur ein Wiehern über ihre Lippen. »Warum hast du das denn nicht gesagt? Ich meine … warum diese Heimlichtuerei?«

Meine Mutter ist der gleichen Meinung wie ihre ältere Tochter. »Eben, Karo. Was soll das? Aber, das erklärt wenigstens, warum ich nicht mit Gundula über deinen *Paul* reden sollte.«

Jetzt ist Conny wieder an der Reihe. »Ganz ehrlich, Karo, da bindest du uns noch den Bären auf, dass er auf Gummiforschung macht. Pah! Autoreifen … dass ich nicht lache … und die Nummer mit dem

Namensschild? Habt ihr das extra anfertigen lassen, um uns hinters Licht zu führen?«

Mir steigen Tränen in die Augen, ich greife nach der Serviette, um die Nase zu schnäuzen.

»Wir hätte es euch ja noch gesagt, wir wollten unsere Beziehung erst ein wenig reifen lassen. Liebe am Arbeitsplatz ist schließlich … davon wird doch immer abgeraten.«

Opa Heini lässt mich nicht ausreden. Er beugt sich über den Tisch und streichelt meine Hand. »Jetzt hört doch mal auf, auf das arme Mädchen einzudreschen. Das Kind ist alt genug. Macht ihr doch kein schlechtes Gewissen! Sie *muss* nicht alles brühwarm berichten, sie wird schon ihre Gründe haben, es verschwiegen zu haben.« Dann blickt er meinen Vater streng an. »Weißt du noch, als du siebzehn Jahre alt warst und mit der Käthe Bruckmann um die Häuser gezogen bist? Oma und mir hast du erzählt, dass sie sechzehn wäre! Wir haben dir geglaubt, wir kannten sie ja nicht persönlich. Dabei war sie vierundzwanzig und hatte schon zwei Bälger am Hals! Und … haben wir dich damals deswegen zusammengeschissen?« Dann knöpft er sich Conny vor.

»Und du? Verschweigst seit Wochen, dass du wieder schwanger bist. Statt einfach die Wahrheit über deinen Hormonkoller zu gestehen, schweigst du so lange, bis dein Vater einen Ausraster kriegt, weil du mit deinen Launen die gesunde Atmosphäre dieses friedlichen Hauses vergiftet hast.«

Dann wendet er sich mit lauten Worten an meine Mutter.

»Jetzt kommen wir zu dir, liebe Hildegard! Erinnerst du dich noch, dass du meine Unterhosen für lange Zeit mit Weichspüler gespült hast, obwohl du genau wusstest, dass ich allergisch auf das Zeugs reagiere und ich wochenlang unter geschwollenen roten Klöten litt? Als ich dich gefragt habe, hast du scheinheilig verneint, dass du ihn benutzt, bis ich dich in flagranti vor der Waschmaschine ertappt habe.«

Meine Mutter reagiert verschnupft. »Ich habe es doch nur nett gemeint, Vater.«

Opa kontert zynisch und sehr laut: »Juckende Hoden *sind* nicht nett!«

Alle sitzen mucksmäuschenstill da.

»So, und jetzt ist Ruhe hier, sonst gehe ich ins Altersheim!«

Meine Mutter begibt sich in die Küche, um das Abendessen zu holen. Mein Vater läuft eilig hinterher.

Conny ruft laut nach Hanni und Nanni, die sich im Garten versteckt haben.

Das Abendessen verläuft in familiärer Eintracht. Opa bedient mich mit Salat und Krabben, mein Vater reicht mir das Schwarzbrot, meine Mutter fragt besorgt, ob ich denn auch wirklich wieder essen könne. Ich beeile mich zu nicken, denn ich verspüre jetzt einen wahnsinnigen Appetit. Alle sind froh, dass es mir wieder gut geht. Ich schicke Opa Heini einen dankbaren Blick, der mit einem schelmischen Augenzwinkern antwortet. Nachdem meine Eltern mich zehnmal gefragt haben, ob ich denn wirklich wieder alleine zurechtkomme, darf ich später nach Hause fahren.

21. Der Judas unter den Aposteln

Obwohl ich gestern Abend hundemüde war, habe ich Bruni telefonisch Bericht von der Front erstattet. Meine Bitte, sie solle diese Woche nicht ins Büro kommen, stattdessen ihre Krankschreibung wahrnehmen, will sie noch einmal überdenken.

Mein Herz macht einen Freudensprung, als ich Brunis Auto in der Tiefgarage entdecke. Die liebe, gute Bruni lässt mich in der Not nicht alleine. Sie sitzt zwar etwas blass, aber sehr gefestigt, exakt an der roten Linie am Schreibtisch. Sie deutet mit dem Kopf kurz nach hinten.

»Er ist schon da. Zu mir war er ganz freundlich, er hat sich nichts anmerken lassen.«

Gleich darauf wird die Glastür geöffnet. »Kommst du kurz zu mir?«

Ich finde es unverschämt, dass er noch nicht einmal einen Morgengruß über die Lippen bringt. Ich beschließe, mich genauso zu verhalten.

Grußlos betrete ich sein Büro und setze mich, ohne auf eine Aufforderung zu warten, auf den Sessel vor seinem Schreibtisch. Er nimmt den Telefonhörer in die Hand und wählt eine Nummer. Im Hintergrund höre ich ein leises Freizeichen.

»Bitte organisiere für 11:30 Uhr einen kleinen Sektempfang in der Kantine. Brigitte Pedersen kommt mit ihrer kleinen Tochter.«

Dann konzentriert er sich kurz auf das Telefonat.

»Geiger hier. Schicken Sie bitte Frau Assmann zu mir. Sie soll die Mütze mit dem Geld nicht vergessen, Sie wissen schon … von welcher Mütze ich rede.«

Mit zufriedenem Gesichtsausdruck legt er, betont langsam, den Hörer zurück auf die Ladestation. Meine Gedanken kreisen. Jetzt wird es kompliziert, ich ahne Schlimmes.

Geigenpaul öffnet seinen Aktenkoffer und zieht einen rosa Briefumschlag aus einem Seitenfach und schiebt ihn zu mir rüber.

»Lies mal, Frau van Goch. Ist der Text so in Ordnung? Bert hat ihn verfasst.«

»Bert?« Ich kapiere nicht.

»Ja, Adalbert …« Er macht eine bedeutungsschwangere Pause. »Mein Freund … du weißt schon.«

Meine Finger zittern leicht, als ich den Umschlag öffne. Ich erfasse den Text nicht, will ihn auch gar nicht erfassen. Stumm nicke ich mit dem Kopf.

Bruni klopft leise und lässt Ulrike eintreten.

Zögernd kommt sie, die olle Mütze fest an ihren Busen gepresst, vollkommen verstört, zum Schreibtisch.

Sie murmelt einen unverständlichen Gruß.

»Ah, guten Morgen, Frau Assmann. Na, dann geben Sie Frau van Goch mal den ›Schatz‹. Ich freue mich schon, Frau Pedersen den Umschlag überreichen zu dürfen. Mein Gott, so viel Geld, sie wird überrascht sein.«

Sein Blick wandert zwischen der Assmann und mir hin und her. »Ich muss schon sagen, es ist beeindruckend, wie spendabel die Belegschaft ist. Kommen immer so hohe Summen zusammen, wenn für einen freudigen Anlass gesammelt wird?«

Ulrike übernimmt das Antworten. »Ähm, nein. Brigitte Pedersen ist die Ausnahme. Weil … weil sie so beliebt ist.«

»Aha, das dachte ich mir doch.« Er lächelt mich an.

»Liebes, würdest du die Geldscheine, schön sortiert, in den Umschlag stecken?«

Ich laufe puterrot an, als er ganz spontan nach meinen Händen greift und sie zärtlich massiert. Zaghaft überreicht die Assmann mir das Filzteil, ich merke, wie sie krampfhaft versucht, die Situation zu erfassen. Ich wünsche, der Boden unter mir würde sich auftun, damit ich darin verschwinden könne, macht er aber nicht.

»Danke, Ulrike«, presse ich gequält hervor.

Geigenpaul entlässt die Ahnungslose, die es noch schafft, mir einen so giftigen Blick zu schenken, dass ich Lähmungserscheinungen in den Beinen verspüre.

Nachdem wir alleine sind, instruiert Geigenpaul staubtrocken: »Es wird eine Weile dauern, bis die Belegschaft geschluckt hat, dass wir liiert sind. Du wirst Schwierigkeiten bekommen, denn im Grunde bist du der Judas unter den Aposteln. Aber, Frau van Goch, das wird sich legen. Ich bin mir ganz sicher, dass dir entsprechende Erklärungen einfallen werden, mit denen du deine Kolleginnen und Kollegen wieder versöhnlich stimmen wirst.«

Meine Handflächen werden feucht und ich verspüre große Lust, diesen Mann rechts und links zu backpfeifen.

»Im Beisein unserer Mitarbeiter werden wir wie ein verliebtes Paar miteinander umgehen …«

Als er merkt, dass ich seinen Redeschwall unterbrechen möchte, hebt er die Hand und spricht demonstrativ lauter.

»Außerdem darfst du dich während der Zeit, für die unser Abkommen gilt, nicht mit anderen Männern treffen. Das würde zu noch mehr Gerüchten führen. Ich gehe davon aus, dass du Verständnis dafür hast. So, das wäre das Wichtigste für den Anfang.«

Ich koche wie ein Dampfdruckkessel.

»Gut, Herr Geiger, soweit habe ich alles verstanden. Jetzt bin ich dran! Meine Familie ist mir sehr wichtig. Einen Abend in der Woche wirst du dir die Zeit nehmen *müssen*, mit uns gemeinsam am Tisch zu sitzen. Besonders wichtig ist, dass du im Beisein meiner Schwester Conny nett zu mir bist. Sie ist sehr misstrauisch, sie würde den kleinsten Fingerzeig, dass wir kein Paar sind, bemerken. Damit du informiert bist, sie ist schwanger, wieder mit Zwillingen und ein sehr launischer Mensch. Mama, Papa, Opa Heini, Anton sowie die Zwillinge sind unkompliziert. Ähm … meine Familie weiß allerdings erst seit gestern, nachdem du gegangen bist, dass du mein Chef bist. Ich hatte das vorher nicht erwähnt.«

Geigenpaul spitzt die Lippen und nickt. Ich habe das Gefühl, er unterdrückt ein Grinsen. *Der macht sich doch nicht etwa schon wieder lustig über mich?* Wütend verlasse ich sein Büro.

Bruni empfängt mich sofort mit der Nachricht, dass Ulrike mich eine schleimige, falsche Schlange mit einer gespaltenen Zunge genannt hat. Das einzig Positive an diesem Tag ist, dass Brigitte sich über den unerwarteten Geldsegen freuen wird. Auf dem Weg in die Kantine verspüre ich das Bedürfnis, einen Abstecher in die Buchhaltung zu machen, um Ulrike und Heike reinen Wein einzuschenken, zu gestehen, dass alles nur ein Spiel auf Zeit ist. Ich traue mich jedoch nicht. Die beiden haben ein loses Mundwerk und würden mit Sicherheit nicht dicht halten. Dieser Schuss würde nach hinten losgehen.

Nachdem ich alles Notwendige mit Ingo, dem Chefkoch der Kantine, besprochen habe, verfasse ich eine lustige Rundmail an die Belegschaft, dass Brigitte mit Esther kommen wird.

Bruni plagt ein schlechtes Gewissen, wenn sie nicht getratscht hätte, wäre ich jetzt nicht in dieser Situation. Ich beruhige sie. Es bringt nichts, die Schuld von hier nach da zu schieben. Letztendlich habe ich meiner Freundin klar gemacht, dass ich das ›bisschen‹ schon stemmen werde. Im Grunde bin ich dankbar, dass meine Familie nicht über jede meiner Schwindeleien informiert ist.

Brigitte kommt bereits gegen 11 Uhr in unser Büro, Bruni und ich sind ganz hingerissen von der kleinen, niedlichen Esther. Für einen winzigen Moment vergesse ich meine Probleme. Als ich Esther in den Armen halte, gesellt sich Geigenpaul kurz zu uns. Er schenkt mir einen sehnsüchtigen Blick, legt einen Arm um meine Schultern und kneift mich zärtlich in die Wange. »Na, daran sollten wir auch so schnell wie möglich arbeiten.«

Brigitte steht mit offenem Mund da, hinter ihrer Stirn arbeitet es gewaltig. Im Beisein von Geiger lässt sie sich nichts anmerken, doch sobald er wieder in sein Büro verschwindet, platzt es aus ihr heraus.

»Wow, Karo. Du und der Chef?«

Ich lache verunsichert, sie sieht Bruni mit zusammengekniffenen Augen an.

»Du hast doch erzählt, dass der schwul ist! Dann stimmt das ja gar nicht! Puh, gut, dass ich das *nur* Heike Gebauer anvertraut habe.«

Ja, gut, dass sie das nur Heike anvertraut hat.

Brigitte überlegt einen Moment. »Aber, von wem hast du den Schwachsinn eigentlich, ich meine … wer hat dir das erzählt?«

Brunis Gesichtsfarbe wechselt von rot auf blass. »Ich weiß nicht mehr genau … ich habe da irgendwas aufgeschnappt.« Sie zuckt die Schultern. »Ist doch manchmal so, man schnappt was auf und schwupps, ist es eine ›Ente‹.«

Brigitte nickt.

Wie erwartet, erwidert kaum eine Kollegin oder Kollege meinen Gruß, als wir uns zum Sektempfang treffen. Als ich mich gewohnheitsgemäß neben Bruni unter das gemeine Volk mische, vernehme ich Geigers überaus nette Stimme. Ohne Scheu ruft er laut durch die Menge: »Kommst du zu mir, Karo?«

Unzählige Augenpaare folgen mir, als ich mich unwillig seinem Wunsch beuge.

Gerechterweise gebe ich zu, dass die Worte, die Geigenpaul wählt, rührend sind. Er bedauert, dass Frau Piefke nicht anwesend sei, erwähnt, dass sein Vater die kleine Esther bestimmt gerne kennengelernt hätte. In diesem Moment werden Taschentücher gezückt. Danach gibt er Brigitte zu verstehen, dass wir uns alle sehr über ihre Rückkehr nach der Zeit des Mutterschutzes freuen werden. Abschließend spricht er einen Toast auf Esthers Geburt aus, überreicht Brigitte mit den besten Wünschen der Belegschaft den Umschlag. Danach erntet er tosenden Applaus. Brigitte öffnet zaghaft den Umschlag. Sie ist überwältigt und bedankt sich stotternd mit rosigen Wangen. Wir stoßen alle an. Kurz darauf entschuldigt sich Paul. Vor versammelter

Mannschaft wirft er mir einen Luftkuss zu und lässt mich in der Höhle des Löwen alleine. Brigitte gesellt sich zu ihren Kollegen hinter der Theke.

Mit einem Tablett bewaffnet schleiche ich hinter Bruni her, die unsere Stammsitzplätze ansteuert. Auf den Stühlen, auf denen wir täglich sitzen, liegen Handtaschen.

»Besetzt«, sagt Ulrike knapp und schneidet energisch an ihrem Schnitzel, Heike schaut verlegen drein.

»Quatsch!« Bruni stellt ihr Tablett auf den Tisch und hängt die Taschen über die Rückenlehne der Stühle. Ich mache es genauso.

»Wir sitzen immer hier. Seit Jahren. Und das werden wir auch weiterhin tun.«

Ulrike schnauft laut, dann kann sie nicht mehr an sich halten.

»Na, du bist ja eine tolle Kollegin, Karo. Hüpfst mit dem Chef heimlich in die Kiste und beteiligst dich gleichzeitig an einer Wette, ob er schwul ist oder nicht. Ich meine, mir ist es ja piep-egal, mit wem du … du weißt schon! Aber, dass du *so* eine falsche Schlange bist, das hätte ich nie von dir gedacht!«

Heike nickt zustimmend.

Mir fällt keine Rechtfertigung ein. Wenn das stimmen würde, haben die beiden recht, aber es *stimmt* ja nicht.

Bruni antwortet für mich. »Mensch, seid ihr doof? Das ist doch alles noch ganz frisch. Karo hat selbst *mir* verschwiegen, dass sie und Geigenpaul ein Paar sind. Und ich hätte mit Sicherheit mehr Gründe, auf Karo sauer zu sein, denn sie ist nicht nur meine Arbeitskollegin, sondern auch meine Freundin. Heute Morgen, ich schwör's, erst heute Morgen hat sie es mir erzählt.« Bruni strahlt über das ganze Gesicht, offenbar war diese Erklärung ein Spontaneinfall. Sie hebt drei Finger ihrer rechten Hand. »Vater, Mutter, Kind … ich schwöre.«

»Stimmt«, füge ich leise hinzu. »Noch nicht einmal Bruni wusste davon. Erst gestern Abend haben der Geigenpaul, äh … Herr Geiger und ich beschlossen, es nicht mehr geheim zu halten.«

»Echt?« Heike fühlt sich nicht mehr ganz so veräppelt und Ulrike kämpft sichtlich mit einem Drei-gegen-eine-Gefühl. Ihre kleinen

Schweinsäuglein huschen nervös zwischen Bruni und mir hin und her.

Bruni plappert weiter. »Aber mal ganz ehrlich, Ulrike, hättest du das jedem auf die Nase gebunden? Karo ist doch keine Tratschtante. Außerdem wird unsere liebe Karo das Berufliche vom Privaten trennen, nicht wahr, Karo? So wie Andre Agassi und Steffi Graf. Im Privatleben die große Liebe, während eines Matches auf dem Tennisplatz jedoch knallharte Gegner. Meinst du, die Steffi lässt sich die Butter vom Brot spielen … äh … nehmen?«

Ulrikes Fingernägel klappern auf der Kaffeetasse. Sie versucht, diesen Vergleich nachzuvollziehen. »Tja, da ist was dran. So betrachtet stimme ich dir zu.«

Bruni schraubt so lange am Gewinde, bis es nachgibt.

Ulrike sinniert mit starren Augen. »Meine Schwester war früher in der Schule, auf die meine Tochter Rebecca ging, als Sekretärin beschäftigt. Da gab es einen Sportlehrer, der meine Tochter ungerecht behandelte. Was habe ich auf den geschimpft. Und immer, wenn ich lästerte, dass er ein Arsch sei, hat sie gesagt: ›*Ja, das ist echt ein Arsch.*‹ Dabei waren sie zu dieser Zeit schon heimlich verlobt. Ich bin fast ohnmächtig geworden, als ich davon erfuhr.«

Entrüstet saust Brunis kleine Faust auf den Tisch.

»Na, das schlägt ja dem Fass den Boden aus! Kein Wunder, dass du in dieser Richtung einen Klaps hast. Das solltest du unbedingt in einer Therapie verarbeiten. So ein Schicksalsschlag kann nach hinten losgehen.«

Heike legt mitfühlend einen Arm auf Ulrikes Hand. »Schlimm, von der eigenen Schwester belogen zu werden.«

Die Situation scheint entschärft zu sein, denn Ulrike lacht mich an. Ich lache zurück, schneide die Hälfte meines Omeletts durch und lege es Ulrike auf den Teller, die sofort herzhaft zulangt.

»Wie soll ich dir jetzt noch böse sein«, ruft sie laut.

Auf dem Weg zu unserem Büro umarme ich Bruni. »Du bist die beste, beste, beste Freundin der Welt. Du hast so perfekt argumentiert.«

»Ja«, meint sie stolz, »ich war richtig gut. Das macht jetzt die Runde. Dafür werden die beiden Buchhalterinnen schon sorgen.«

Kichernd betreten wir unser Arbeitszimmer und sehen durch die Glastür, dass Geigenpaul männlichen Besuch hat.

»Rutsch mal ein wenig rüber, Bruni, damit ich was sehen kann.«

Bereitwillig rollt sie mit dem Stuhl beiseite und zieht ihre Arbeitsutensilien hinterher. Jetzt habe ich freien Blick. Ich reiße ein gelochtes DIN-A4-Blatt aus einem Collegeblock, halte es quer und spähe durch die Löcher.

»Perfekt! Ich habe sie im Visier. Da soll mal einer sagen, dass Fernsehen blöde macht. Das habe ich mal in einem Agentenfilm gesehen.«

Bruni lacht so ansteckend, dass auch ich mich kaum beherrschen kann, ich erstatte Bericht.

»Die beiden unterhalten sich. Geiger steht auf … geht um den Stuhl … fasst ihn von hinten an die Schultern.«

Bruni singt leise die berühmte Textpassage von Gottlieb Wendehals: *Das hebt die Stimmung, ja, da kommt Freude auf.*

»Pst! … Jetzt … er beugt sich runter … und … geht wieder an seinen Platz. Er drückt seine Hand … Jetzt stehen sie auf … laufen beide zur Tür, sie kommen rau…«

Bruni reißt mir das Blatt aus den Händen, ich erkenne Adalbert, Geigers Freund, den ich auf der Beerdigung und dem Foto gesehen hatte. An Brunis Gesichtsausdruck sehe ich, dass auch sie im Bilde ist, wer Geigers Besucher ist.

»Karo? Frau Keller? Darf ich euch meinen Freund Bert Kübler vorstellen?«

Der hübsche Jüngling reicht zuerst mir, dann Bruni die Hand. Bert neigt seinen Oberkörper leicht in meine Richtung und schenkt mir ein breites Grinsen. »Paul hat mir schon viel von dir erzählt, ich darf doch ›du‹ sagen?«

Paul lacht. »Natürlich duzt ihr euch. Karo gehört ja jetzt quasi mit zur Familie.«

Dann bittet er mich, einen Flug für ihn und Bert am späten Abend nach Memmingen zu buchen. Er und Bert hätten bis Sonntag Geschäftliches dort zu erledigen. Um die Buchung des *Doppelzimmers*, welches er besonders betont, würde er sich selber kümmern. Am kommenden Montag wäre er wieder im Haus.

Als ich ein wenig zu keck sage, dass ich das verstehen könne, schmunzeln beide und fangen lauthals an zu lachen. Ich ärgere mich, dass ich rot werde. Bruni errötet ebenfalls.

Bert lacht noch immer, als er das Büro verlässt, Geiger wischt sich mit einem Taschentuch die Tränen aus den Augen. Als er sich zu mir beugt und mich küssen will, weiche ich flink aus.

»Es ist niemand da, Herr Geiger, der uns sehen könnte. Vor Frau Keller brauchen wir kein Theater spielen.«

Bruni verzieht keine Miene, sie schweigt verlegen.

Ich blicke ihn trotzig an, er lächelt und verlässt grußlos das Büro.

»Dumpfbacke!«, höre ich Bruni laut sagen, nachdem die Luft rein ist.

Ich buche den Flug und sende im Anschluss eine E-Mail mit den notwendigen Daten an Geigenpauls Mail-Adresse. »Der macht kein Geheimnis daraus, dass die in einem Doppelzimmer pennen.« Ich reibe meine Schläfen.

»Sollen sie doch. Gönnen wir es den beiden.«

22. Das große Machungwa

Endlich Freitag! Da ich während der vergangenen zwei Tage wie besessen geschuftet habe, beschließe ich, es heute etwas langsamer angehen zu lassen. Bruni hat mit großer Skepsis meinen Elan verfolgt, sich mehrfach besorgt erkundigt, ob meine Finger vom vielen Tippen nicht schmerzen würden. Nach außen hin zeigte ich mich gut gelaunt und fröhlich, doch tief in meinem Herzen verspürte ich eine eigenartige Melancholie. Ein ›Parasit‹ in Wurmform schlängelte sich durch meine Gehirngänge, ständig lief ein Film vor meinem inneren Auge, in dem Paul und Bert die Hauptdarsteller waren. Und sie spielten so gut, so herzzerreißend … dass mir richtig elendig wurde. Bruni schwärmte nur von Heiner, Simone kicherte am Telefon, wenn sie anrief. Auch sie sprach ausschließlich von ihrem geliebten Willi.

Selbst die traute Zweisamkeit meiner Eltern ging mir gehörig aufs Gemüt. Beschämt gestand ich mir ein, dass ich neidisch auf alles war, das ein Paar beziehungsweise zusammengehörig war.

Messer, Gabel. Feuerzeug, Flamme. Rechter Schuh, linker Schuh. Himmel, Sterne. Tapete, Kleister. Als mir gestern Abend die Assoziation Herz, Schmerz in den Sinn kam, beschloss ich, Genosse Selbstmitleid keinen Raum mehr in meinem Kopf zu überlassen. In wenigen Tagen würde der Spuk vorüber sein und somit würde ich meine alte Form wiedererlangen. Nein, so wie Frau Piefke würde ich nicht enden, notfalls könnte ich in eine WG nach Russland ziehen.

Am Nachmittag sendet Bruni eine Gruppen-SMS an unsere Freunde. Sie fragt, ob wir uns am Abend treffen sollen und, falls ja, bei wem. Kurz darauf bittet Willi um 20 Uhr auf seine Dachterrasse. Wir freuen uns auf einen gemütlichen Abend. Die Vorstellung, nicht allein in meiner Wohnung zu sitzen, finde ich himmlisch.

Willis Dachterrasse ist so groß wie meine gesamte Wohnung. Man hat einen herrlichen Ausblick auf die Hamburger Skyline Richtung Jungfernstieg.

Eigentlich ist alles gut, alles in trockenen Tüchern. Dennoch bin ich nicht in guter Stimmung. Simone schlürft zum dritten Mal mit einem Strohhalm den letzten Rest ihres Longdrinks aus dem Glas. Dieses Geräusch nervt mich ungemein. Früher haben Conny und ich meinen Vater zur Weißglut getrieben, wenn wir versuchten, den letzten Tropfen Limonade aus den Gläsern zu saugen.

»Willi, bitte ... bitte ... schenk Simone nach«, rufe ich flehentlich.

Simone will nicht. »Danke, ich glaube, noch so ein Gesöff, und ich kotze über die Brüstung.«

Wieder dieses Schlürfen.

»Boah, bin ich froh, dass der Geiger uns laufen gelassen hat.« Sie saugt erneut am Strohhalm; ich halte mir die Ohren zu.

Heiner füllt Leuchtturms Glas mit Mineralwasser.

»Bäh, was ist das denn? Schmeckt ja voll fies.«

Bruni ergreift das Wort. »Simone, jetzt halt doch mal die Klappe.«

Willi schaukelt in einer Hängematte, die an zwei Balken der Holzkonstruktion gebunden ist. »Wir brauchen uns keinen Kopf mehr zu machen. Karo wird ihre Rolle für eine kurze Zeit spielen, dann ist alles wie gehabt. Punkt.«

Ich nippe an meinem Glas Rotwein. »Lange mache ich dieses Theater nicht mehr mit. Meine Familie werde ich schon in den nächsten Tagen auf die Trennung vom Geiger vorbereiten. Ist schon schlimm genug, wie sehr ich sie angelogen habe. Ich fühle mich deswegen ganz elendig.«

Jetzt mischt sich Heiner ein, der es sich in einem Strandkorb bequem gemacht hat. »Grübele nicht auch noch darüber nach. Mach dir deswegen kein schlechtes Gewissen. Was hat der verlangt? Dass du nicht mehr ausgehen darfst?«

»Jaaaa, ich soll mich nicht mit anderen Männern treffen.«

Simone reibt sich die Nasenspitze und rückt ihre Brille zurecht. »Hä? Und warum machst du das? Du triffst dich doch gerade mit anderen Männern.«

»Simone.« Bruni streckt gähnend die Arme in die Luft. »Geh über die Brüstung kotzen und wirf dich hinterher.«

»Ich werde mich so schnell wie möglich nach einer anderen Stelle umsehen. Also, wenn jemand was hört, sagt mir Bescheid.«

Jetzt wird Bruni hellwach. »Nein, das wirst du nicht, Karo. Du kannst mich doch in diesem Männerpuff nicht alleine lassen.«

»Kann ich wohl!«

Willi schenkt uns allen, außer Simone, nach. »Ich weiß ja nicht, ob Heiner und ich in sein Beuteschema passen, aber der kann uns mal am Hintern lecken. Karo, du gehst am Wochenende mit uns aus, wir lassen es ordentlich krachen. Im *Kakadi*, jawoll!«

»Nein, Willi, das Risiko ist mir zu groß. Sollten er und Adalbert eher zurückkommen … Wenn ich mich nicht an die Abmachung halte, verpetzt der mich womöglich noch bei meinen Eltern. Was glaubst du, wie sauer die sein werden. Und meine Schwester könnte den größten Triumph ihres Lebens feiern.«

Simone schafft es immer wieder, dass alle sie perplex ansehen.

»Ich habe einige Perücken zu Hause. Ich kann dir eine leihen, dann erkennt dich niemand.«

»Tatsächlich? Mensch, Simone, das ist eine geniale Idee.« Bruni springt auf und knuddelt ihre Cousine inbrünstig.

»Welche Farben?«

»Alle, die es gibt.« Dann schlürft sie wieder. Willi krümmt sich so vor Lachen, dass er aus der Hängematte auf den Holzboden kracht. »Und zur Feier des Tages bringe ich eine große Machungwa mit.«

»Au ja«, ruft Simone. »Bin gespannt, wie die schmeckt.«

Nach dieser Äußerung kriegt Willi sich gar nicht mehr ein, er kreischt vor Lachen, bis er kaum noch atmen kann.

Ob wir wollen oder nicht, wir bekommen alle einen Lachflash.

»Na, was ist, Karo? Bist du morgen Abend dabei?« Heiner prostet mir zu.

Ich strahle ihn an. »Also, unter diesen Umständen bin ich garantiert dabei.«

Bruni, Heiner und ich schlagen Willis Angebot aus, in seiner Wohnung zu übernachten. Zu dritt teilen wir uns ein Taxi. Wir verabreden uns für morgen, gegen 21 Uhr, bei Willi. Simone bietet freiwillig an, uns zu kutschieren.

23. Perücke in Masala Sauce

Ich öffne die Balkontür weit und denke sehnsüchtig an Willis herrliche Dachterrasse. Es muss schön sein, dort am Morgen zu frühstücken. Ich schiebe den Gedanken beiseite, wie Geiger und Bert wohl diese Nacht verbracht haben, und springe unter die Dusche. Ich freue mich wahnsinnig auf heute Abend; mit der kleinen Verkleidung sollte mich niemand erkennen. Es war so lustig gestern; ich wüsste nicht, wie ich die nächste Zeit ohne die abendlichen Aktivitäten mit meinen Freunden überstehen sollte. Während ich frühstücke, ruft Conny an.

Sie klingt depressiv und den Tränen nahe.

»Kommst du zum zweiten Frühstück, Karo? Mir geht es nicht so gut.«

Im Grunde habe ich überhaupt keine Lust, ich sage dennoch zu. »Eigentlich wollte ich ja meine Wäsche machen und putzen ... Aber gut, ein Stündchen habe ich Zeit.«

An ihrer Stimme höre ich, dass es ihr sofort besser geht.

»Prima, bringst du Brötchen und Aufschnitt mit? Ich habe nicht so viel im Haus.«

Typisch Conny. Manchmal frage ich mich, wie diese Familie ohne Lebensmittel überlebt.

Meine Schwester hat den Tisch nett gedeckt, hastig reißt sie die Wursttüte vom Metzger auf.

»Lecker, Mett, Teewurst und Blutwurst. Du bist ein Schatz, Karo! Die Zwillinge sind mit Mama und Papa in den Zoo gefahren. Ach ja, ich soll dir von Mama ausrichten, dass sie heute Nachmittag Gundula besuchen geht. Mit Opa Heini. Du sollst dir ein schönes Wochenende machen.«

Ich will wissen, warum Conny am Telefon so traurig klang.

»Ach, Anton ist doch weg. Er kommt erst morgen Abend wieder.« Schmatzend erklärt sie: »Geschäfte, im Ruhrgebiet. Düsseldorf.«

»Und du vermisst ihn, was?«

Conny lacht. »Nicht unbedingt ihn, aber seine Hilfe. Die Kinder sind anstrengend, puh, schaff dir nie Zwillinge an, Karo.«

Gedankenverloren schneide ich ein Brötchen auf. Ich muss an Opa Heinis Worte denken: *Die kommt doch schon mit den beiden nicht klar.*

»Sag mal, Schwesterherz, waren die kleinen Zwerge unter deinem Herzen eigentlich geplant?« Ich hätte wissen müssen, dass ich mich auf Glatteis begebe, zu spät.

Conny heult los. »Nein, waren sie nicht. Aber sag das bloß nicht Mama und Papa.« Jetzt schüttelt sie ein Schluchzen. »Anton hat verlangt ... verlangt ... dass ich meine Kinder umbringen soll!«

»Quatsch, Conny! Das glaube ich dir nicht. Als wenn Anton verlangen würde, dass du Hanni und Nanni umbringen sollst.«

Ich streichele ihre Wange; Conny schlägt meine Hand mit einer wütenden Geste weg.

»Blödsinn! Doch nicht Hanni und Nanni! Spinnst du? Die beiden da drinnen!« Sie tippt auf ihren Bauch.

Ich möchte das heiße Eisen, welches ich angefasst habe, kilometerweit wegwerfen. Sanft nehme ich meine große Schwester in die Arme. »Ach Mensch, Conny, das hat er bestimmt nicht so gemeint. Bestimmt nicht! Warte mal ab, wenn die Würmchen da sind, dann wird er genauso hin und weg sein, wie bei der Geburt von Hanni und Nanni.«

Conny wischt mit ihrem Handrücken die Tränen weg. »Meinst du?«

»Aber ja! Ich kenne Anton nun auch schon eine Weile. Und weißte was? Wenn die Kleinen da sind, dann schickst du Hanni und Nanni zu Paul und mir. Was glaubst du, wie die sich im Garten, im Pool … oder im Kellerschwimmbad amüsieren werden. Wir babysitten auch, das verspreche ich dir!«

Ich erschrecke, wie abgebrüht ich schon wieder lüge, nur damit dieses Geheule aufhört.

»Echt?«

»Ja, ganz echt!« Was bin ich gemein, ich sollte mich schämen.

Prompt versiegt die Tränenquelle. »Hast du Lust, auch heute Abend zu mir zu kommen, Karo? Wir machen's uns dann ganz gemütlich. Schauen eine DVD, knabbern Chips, Pralinen und … ich zeige dir, wie man Babyschuhe häkelt.«

Ich zucke zusammen, als hätte mich jemand mit einer Stecknadel gepiekt, und verziehe genauso das Gesicht.

»Autsch, Conny, heute Abend ist schlecht. Gaaaanz schlecht. Bruni ist doch krank. Sie leidet noch immer unter Brechdurchfall. Ich muss … muss … bei ihr bleiben. Wegen Kreislaufstörungen kann sie nicht alleine aufstehen. Ihre Mutter würde sich ja kümmern, aber die ist auch krank.« Ich beiße mir auf die Unterlippe. Wenn sie weiter quengelt, muss ich es noch dramatischer machen.

»Schade, aber, na gut, dann frage ich halt Felicitas.«

Ich atme beruhigt tief ein und aus. »Ja, mach das. Felis wird sich wahnsinnig freuen. So, meine liebe Schwester, ich muss dann mal los! Du weißt ja, wenn man den ganzen Tag arbeitet, muss am Wochenende der Haushalt geregelt werden.«

Ich winke ihr vom Auto aus noch einmal zu und drücke das Gaspedal tief durch.

An meiner Lieblingsboutique, die auf dem Nachhauseweg liegt, kann ich heute nicht vorbeifahren. Ich erstehe ein sündhaft teures nachtblaues Top, welches vorne hochgeschlossen ist, aber einen sehr gewagten Rückenausschnitt hat. Dazu leiste ich mir eine Edeljeans, die so raffiniert geschnitten ist, dass ich schmale Hüften und eine traumhafte Po-Form habe. Passende hochhackige Riemchensandalen stehen in meinem Schuhschrank, eine kleine, elegante Handtasche befindet sich ebenfalls in meinem Fundus. Zu Hause probiere ich alles noch einmal an, die Hausarbeit verschiebe ich auf morgen. So ein Sonntag ist ja meistens ein langweiliger Tag. Das Top wasche ich von Hand und hänge es tropfnass auf den Balkon. Die Jeans wird nicht mehr trocken werden, darum entschließe ich mich, sie ungewaschen zu tragen. Meine Mutter würde jetzt sagen, dass das Ferkelei ist, aber … in diesem Falle nabele ich mich ab. Lieber einen Hautausschlag riskieren als ohne *diese* Jeans auf die Piste zu gehen.

Danach lege ich mich aufs Bett, ein Nickerchen kann nicht schaden, zumal es heute Nacht bestimmt wieder spät werden wird.

Beim Einschlafen geht mir Conny durch den Kopf. Sie scheint in der letzten Zeit nicht sehr glücklich zu sein. Ich nehme das Geiger'sche Schnüffeltuch und atme den vertrauten Duft ein.

Wie besprochen, treffen wir uns bei Willi. Bruni trägt eine rote Hose sowie ein rotes Oberteil. Neidlos muss ich gestehen, Rot ist Brunis Farbe. Simone sieht auch klasse aus. Seit sie, dank Willi, bei Madame Gigi ein und aus geht, hat sie sich wirklich zu ihrem Vorteil verändert. Ihre schlanken, langen Beine stecken ebenfalls in einer Jeans, ein etwas weiteres Oberteil aus Seide kaschiert ihre kleine Oberweite. Sie trägt heute Kontaktlinsen. Heiner und Willi gehen quasi im Partnerlook. Schwarz, von Kopf bis Fuß. Willi stellt einen Sektkübel auf den Tisch, wir greifen beherzt zu.

Die anfängliche Harmonie ist jedoch schnell hinüber, als Simone ihre Perückensammlung aus der großen gelben Hutschachtel auf dem Tisch ausbreitet. Bruni kriegt fast einen Herzkasper, mir ist beim Anblick dieser Teile ebenfalls komisch zumute.

»Ach, Simone! Was soll das denn?«

Sie hält zwei dieser ›Haarmützen‹ in die Luft, ihre Stimme wird laut. »Diese altmodischen Dinger können wir Karo doch nicht auf den Kopf setzen! Mit solchen Frisuren ist meine Oma noch nicht einmal ins Bett gegangen! Damit kommt sie nie ins *Kakadi*, da kannst du Antonios Mutter drei Jahre an einem Stück vorlesen!«

Simone sucht Willis Blick, der zuckt jedoch nur mit den Schultern. Bruni wirft sämtliche Perücken, mindestens zehn Stück, auf den Tisch und begutachtet sie.

Bei der Letzten hält sie erleichtert inne.

»Ja, die … die ist toll.«

Ich beäuge misstrauisch den schwarzen Pagenschnitt mit dem kurzen Pony. Bruni bindet meine Locken mit einem dünnen Gummiband zusammen und stülpt mir das Teil über den Kopf; prompt fange ich an zu schwitzen. Ich will in den Spiegel schauen.

»Stopp, noch nicht!«, befiehlt Bruni.

Sie frisiert eine halbe Stunde an dem Haarteil herum.

Simone schaut mich andächtig an. »Du siehst wunderschön aus, Karo. Wie Verona Pooth.« Dann keift sie Bruni an. »Aber immer erst meckern, ne?«

Bruni winkt mürrisch ab.

In der Tat, ich erkenne mich im Spiegel kaum wieder. Vollkommen inkognito. Ich beschließe, diese Perücke in meinem ganzen Leben nicht mehr abzusetzen; die Farbe Schwarz steht mir gut.

Im Sambaschritt bewegen wir uns Richtung Audi, so gute Laune hatte ich schon lange nicht mehr. Meinen Freunden scheint es genauso zu gehen.

»So«, sagt Willi fröhlich. »Jetzt fahren wir indisch essen und schlagen uns die Bäuche voll.«

Simone beteuert noch einmal, dass sie nur Machungwa essen wolle. Wieder lacht ihr Verlobter.

Kurz vor dem Restaurant *Maharani* freut sich Willi. »Klasse, Machungwa ist schon da.«

»Wo?«, rufen wir alle wie aus einem Mund.

»Na da!«

Ich erkenne lediglich ein blinkendes Herz in Form eines Ansteckers an einer dunklen Wand, die im Schatten liegt.

Simone parkt ein; neugierig springen wir aus dem Wagen. Hinter dem blinkenden Herzen verbirgt sich ein groß gewachsener Afrikaner, der nun aus dem Schatten tritt und eine circa fünfzehn Zentimeter lange, strahlend weiße Zahnreihe zeigt.

Simone scheint enttäuscht zu sein. »Menno. Ich dachte, Machungwa wäre eine Wurst oder so was Ähnliches.«

Die angebliche ›Wurst‹ lacht schallend.

Ich denke belustigt, dass Willi eine Wurst ist. Machungwa ist ein Traum. Bruni gurrt leise und schmiegt sich an Heiner, der mindestens genauso attraktiv ist wie dieses Muskelpaket. Simone legt zärtlich einen Arm um Willis schmale Schultern, der neben Machungwa noch schmächtiger wirkt. Wir stellen uns alle unkompliziert vor, der Afroman spricht ein perfektes, akzentfreies Deutsch.

»Machungwa ist Medizinmann in Frankfurt«, erklärt Willi.

»Ja«, bestätigt der Medizinmann. »Zurzeit verbringe ich meinen Urlaub in Hamburg, meiner alten Heimat. In Nigeria ist es mir zu heiß. Und … braun gebrannt bin ich ja schon!«

Der ist ja klasse!

Dann entfernt Machungwa das pulsierende Leuchtteil von seinem schwarzen, seidigen Jackett.

»In der Dunkelheit, dazu in dunkler Kleidung, bin ich ein Nichts. Wisst ihr eigentlich, wie oft ich schon nachts fast von einem Bus überfahren worden wäre?«

Wieder sorgt er für Heiterkeit. Es ist ganz offensichtlich, dass er sich selbst verulkt, ich finde ihn auf Anhieb sympathisch.

Im *Maharani*, an einem großen Ecktisch, interessieren wir uns für das Leben dieses gut aussehenden Mannes. Der Tisch füllt sich mit Köstlichkeiten wie *Chicken Biryani*, *Lamm Masala*, *Pork Vindaloo*, *Hummer-Krabben-Curry in Cashew-Masala*, *Tali* und verschiedenen Gemüse- und Reispfannen. Dazu trinken wir einen exklusiven Merlot aus hauchfeinen Gläsern. Machungwa schlägt vor, dass jeder von jedem probieren sollte; ich finde diese Idee wunderbar.

Während die großen Speiseplatten sich leeren, erzählen Willi und Machungwa, dass sie sich seit der Grundschulzeit kennen und gemeinsam ›durch dick und dünn‹ gegangen sind. Willi wurde wegen seiner Zartheit von den Mitschülern gehänselt, Machungwa wegen seiner Hautfarbe. Die beiden Außenseiter wurden Freunde; Willi hatte quasi schon in der zweiten Klasse einen Bodyguard, der jedem die Faust zeigte, der Klein-Willi hauen wollte. Simone und ich konnten das gut nachvollziehen.

»So einen Freund wie dich hätte ich mir damals auch gewünscht, Machungwa. Ich wurde immer wegen meiner Größe geärgert.« Sie beugt sich vor und hebt ihre Stimme. »*Kannst die Kirschen direkt vom Baum essen … Guck mal, ob Staub auf dem Wohnzimmerschrank liegt* oder *Schieb mal die Wolken beiseite!*« Dann wirft sie Bruni einen bösen Blick zu. »Und die da, die nennt mich noch heute Leuchtturm!«

Bruni kichert. »Aber das ist doch nur Spaß, Cousinchen. Außerdem … den Rang hat dir jetzt Machungwa abgelaufen. Du bist nur noch Leuchtturm Number two.«

Simone erntet von Willi einen treuherzigen Blick. »Für mich bist und bleibst du Leuchtturm Number one.« Simone genießt das Kompliment.

»Kinder können grausam sein«, melde ich mich zu Wort.

»Weil ich rothaarig bin, wurde ich auch ab und an gehänselt, Außenseiter war ich aber nie.«

Machungwa schaut mich fragend an und fährt sich über den kahl rasierten, wohlgeformten Schädel.

Heiner merkt, dass er Ausschau nach meinen roten Haaren hält. Er nimmt mir das Wort aus dem Mund.

»Die Roten stecken heute ausnahmsweise unter einer Perücke! Karo ist sozusagen *inkognito* unterwegs.«

Stimmt, hätte ich beinahe vergessen!

Machungwa nickt diskret, ohne weitere Fragen zu stellen.

»*Ich* hatte die Idee, ihre roten Haare zu verstecken. Und die Perücke hat sie auch von mir.« Simones Stimme klingt stolz.

»Warum … und von wem hast du die Dinger eigentlich?«, will Bruni wissen. »Ich habe dich noch nie mit einer Perücke gesehen.« Sie nippt an ihrem Weinglas.

Simone winkt lässig ab. »Ach, die habe ich alle aus dem Pflegeheim.«

Ich verharre genau in der Stellung, in der ich mich nach dem Erfassen dieser Aussage befinde. Ein halb geöffneter Mund wartet auf ein Fleischstückchen, welches sich auf einer Gabel kurz davor befindet.

»Aus dem Pflegeheim? Hä?« Bruni kapiert es nicht.

Bitte, Simone, keine weitere Erklärung mehr, bitte!

Es wird ein wenig unruhig am Tisch; Heiner und Willi halten sich die Augen zu. Machungwa grinst, Bruni beobachtet mich mit weit aufgerissenen Augen. Ich sitze noch immer so bewegungslos wie vor wenigen Sekunden.

Simone erklärt weiter. »Also, ältere Frauen haben ja manchmal wenig Haare. Und weil die schließlich auch noch hübsch aussehen wollen, kommen Mitarbeiter eines Haarstudios, und jede der Heimbewohnerinnen mit dünnen Haaren bekommt zwei von diesen ›Dutts‹. Die können doch nicht wie Machungwa herumlaufen, Bruni! Und wenn sie gestorben sind, geht eine Perücke mit in die Ewigkeit, die zweite wollen die Angehörigen meistens nicht ha …«

»Iieh … bieh …« Mein Besteck fliegt auf Heiners Teller, der mir gegenübersitzt, im zweiten Schritt fliegt die Verona-Pooth-Frisur hinterher. Ich springe auf und schüttele meinen ganzen Körper, kratze abwechselnd meine Kopfhaut, Gesicht und Kinn. Ich kann nicht aufhören, mit spitzer Stimme »Iieh« und »Bieh« zu keifen. Mir ist es pupsegal, wie mich die anderen Restaurant-Gäste anstarren. Ein kleiner Inder im Smoking kommt aufgeregt angelaufen und fragt besorgt, ob mit dem Essen ›alles gut‹ sei. Ich renne auf die Toilette; Bruni schnappt sich die ›Haare in Masala-Sauce‹ und eilt hinter mir her. Als Letzte kommt Simone, schockiert und außer Atem, angelaufen.

»Reg dich ab, Karo, die sind doch alle gereinigt … Ich meine, von einem Friseur aufbereitet worden. Meinst du, ich hätte sie dir frisch vom Kopf einer Patientin angeboten?«

Bruni beruhigt mich ebenfalls. »Ja, so etwas würde selbst Simone nicht bringen. Karo, komm schon, hör auf, dich so albern zu benehmen.« Dann stülpt sie sich den Haarersatz über ihre kurzen Haare. »Guck, ich setze sie ohne Ekelgefühl auf.«

Anschließend greift Simone danach. »Ja, guck … Ich setze sie auch auf, passiert doch nichts.«

Die beiden beruhigen mich tatsächlich ein wenig, meine Stimme ist dennoch etwas zittrig. »Simone, schwör bitte auf alles, das dir hoch und heilig ist, dass *diese* Perücke gewaschen ist.«

»Ja doch, ich schwöre.«

Bruni kneift die Augen zusammen. »Sag jetzt noch, *was* dir hoch und heilig ist.«

Simone zuckt die Schultern. »Hm, eigentlich nix.«

Bevor ich dem Leuchtturm eine knallen kann, drückt Bruni mich auf einen Hocker. Den ›Masala-Mopp‹ wirft sie ins Waschbecken.

»Simone, sprich mit Willi. Er muss einen Fön organisieren. Er soll den Ober fragen, ob es so etwas in diesem Laden gibt.«

Da ein gutes Restaurant fast alles hat, sitze ich eine halbe Stunde später wieder perfekt gestylt am Tisch, und weil meine Kopfhaut nicht aufhören will zu jucken, trinke ich einen zweiten Grappa. Und da Simone uns noch zu allem Übel aufgeklärt hat, dass die Trägerin dieser Perücke *Käthe* hieß, beschließen die anderen lustig, mich an diesem Abend ›Käthe‹ zu nennen.

Die Zeit heilt alle Wunden. Im *Kakadi* ist der Juckreiz verschwunden; ich bin froh, dass Machungwa mit dabei ist, so habe ich einen Tänzer für mich alleine. Wie sich herausstellt, ist er nicht nur ein guter Tänzer, sondern auch ein kleiner Promi. Machungwa hat vor einigen Jahren in der oberen Liga Basketball gespielt. Wir sind alle schwer beeindruckt, einen prominenten Sportler in unserer Runde zu haben. Simone meldet sich kurz ab, sie will mit Antonio einen kleinen Plausch halten.

Der Medizinmann zieht mich wieder auf die Tanzfläche. Ich genieße es, dass alle Augen auf uns gerichtet sind, was jedoch nicht wegen mir, sondern wegen Machungwa der Fall ist. Als *We No Speak Americano* der Band *Yolanda Be Cool* aus den Boxen dröhnt, zieht der Medizinmann so eine Show ab, dass die anderen Tänzer einen Kreis um uns bilden. Statt zu tanzen, schnippen sie im Takt mit den Fingern. Ich verausgabe mich so, dass ich danach vollkommen erschöpft bin und erst einmal eine Pause brauche.

Die Männer verbeißen sich in eine Diskussion über *AfroBasket*. Wir sitzen im hinteren Bereich des *Kakadi*, in dem eine Unterhaltung stimmbandschonend möglich ist. Der Leuchtturm ist ebenfalls wieder da; wir Mädels halten uns nur noch an Mineralwasser, es ist total heiß in der Disco. Simone will gerade berichten, was sie Antonio berichtet hat, da knufft Bruni mich in die Rippen.

»Rate mal, wen ich im Blickfeld habe?«

Geigenpaul!

Ich ziehe sofort den Kopf ein, schnappe mir die große Getränkekarte und verstecke mich dahinter. Simone versteht wie immer kein Wort, Bruni stößt einen leisen Pfiff aus.

»Ist das nicht … Karo-Käthe, schau mal … ist das nicht dein Schwager?«

»Anton?« Erleichtert stelle ich die Karte wieder auf den Tisch. »Wo? Kann nicht sein. Der ist in Düsseldorf, er kommt erst morgen nach Hause.« Ich folge ihrem Blick.

»Doch, kann wohl sein. Das *ist* Anton!« Und das blonde junge Mädchen, das im hautengen weißen Minikleid förmlich an seinem Hals klebt, ist *mit Sicherheit* nicht meine Schwester Conny. Mein Mund wird ganz trocken; ich nehme einen Schluck aus Heiners Glas, weil da etwas Alkoholisches drin ist.

»Bäh«, Bruni schüttelt sich. »Wie pervers die dem die Zunge in den Hals schiebt.«

Angewidert stoße ich hervor: »Schaut mal, wie er ihr die Pobacken knetet. Dieses verlogene Schwein! Wenn Conny das wüsste, sie würde ihm die Vorhaut über die Ohren ziehen.«

Simone versucht, logisch zu folgern. »Vielleicht ist er ja schon heute aus Düsseldorf zurückgekommen. Vielleicht weiß Conny ja, dass er heute Abend hier ist. Vielleicht ist das ja nur seine Arbeitskollegin. Vielleicht …«

Bruni zeigt ihr einen Vogel.

»Vielleicht hatte deine Mutter eine Sturzgeburt und du bist zu fest auf die Fliesen aufgeschlagen? Als wenn Conny ihn freiwillig mit so einer Schlampe ins *Kakadi* gehen ließe. Ne, ne. Die Sache ist oberfaul und stinkt zum Himmel.«

Ich sehe das genauso, die Sache ist mehr als oberfaul.

Simone ärgert sich. »Ne, ich war keine Sturzgeburt. Sei nicht immer so frech zu mir, Bruni! Ich wollte doch nur sagen, vielleicht ist das ja gar nicht Anton, Karo. Auf deiner letzten Geburtstagsparty waren zwei von der Sorte da. Der hat doch einen Zwillingsbruder. Gehen wir einfach hin und fragen ihn.«

Sie hat nicht unrecht mit ihrer Vermutung. Es könnte auch Alexander sein, die beiden ähneln sich wirklich wie ein Ei dem anderen. Darauf hätte ich auch alleine kommen können.

Simone will aufstehen, ich ziehe sie jedoch wieder zurück auf die Polster.

»Nein, warte.« Ich krame mein Handy aus der Tasche und beschließe, erst einmal das *Corpus Delicti* zu filmen. Dann zoome ich den Untreuen so nah heran, bis seine Stirnfalten zu erkennen sind, und höre nicht auf zu filmen, bis der nächste, deutlich erkennbare Zungenkuss folgt. Danach verewige ich Antons beziehungsweise Alexanders gierig grapschende Hände auf dem Popo der Blondine.

Mir kommt ein Gedankenblitz. Ich entferne die Rufnummernerkennung aus meinem Mobiltelefon und wähle Antons Handynummer. Hoffentlich hat er den Vibrationsalarm eingeschaltet. Simone und Bruni erfassen sofort, was ich vorhabe, und starren gebannt auf Anton respektive Alexander. Es ist in der Tat Anton; er schiebt die Blondine von sich, fummelt in seiner Hosentasche herum, schaut kurz auf sein Mobiltelefon und lässt es sofort wieder in seiner Hosentasche verschwinden.

»Und nun?« Bruni sieht mich erwartungsvoll an.

Ich bin ratlos und kann mich nicht entscheiden. Ihn anquatschen und auf frischer Tat ertappen oder ihn erst in den nächsten Tagen mit seiner Untreue konfrontieren?

»Es könnte ja wirklich sein, dass er schon früher aus Düsseldorf zurückgekommen ist. Mag sein, dass er Conny nicht ganz so brutal belügt. Dennoch, es gibt nichts, das ein solches Verhalten entschuldigen könnte. Conny ist noch am Anfang der Schwangerschaft. Nicht auszudenken, wenn meine Schwester durch die Aufregung die Kinder verlieren würde.« Ich beschließe, erst einmal abzuwarten, was meine Schwester über die Geschäftsreise ihres Mannes berichten wird.

Die Männer amüsieren sich prächtig, wir sind gedrückter Stimmung und denken an die arme Conny, die wohl nichts ahnend tief und fest schläft.

Heiner rückt jetzt wieder näher an Bruni heran, Willi küsst nach der langen Abstinenz seine Number one. Machungwa setzt sich neben mich und legt freundschaftlich einen Arm um meine Schultern. Heiner prostet dem Hausfotografen zu, der um unseren Tisch herumschleicht und uns auffordert zu lachen. Ich strahle wie die aufgehende Sonne in die Kamera, denn wann habe ich die Gelegenheit, mich neben so einem Muskelmann, wie Machungwa einer ist, fotografieren zu lassen. Ich rücke ein wenig dichter an ihn heran. Nach dem Ablichten spricht Machungwa noch ein paar nette Worte mit dem freundlichen Kameramann.

Als die Männer noch einmal tanzen wollen, winken Bruni, Simone und ich müde ab.

»Kommt«, fordert Bruni stattdessen auf. »Lasst uns fahren. Es ist gleich halb drei.«

Anton knutscht vollkommen vertieft, er bemerkt nicht, dass Bruni und Simone an ihm vorüberlaufen. Mich würde er auf den ersten Blick eh nicht erkennen; eigentlich könnte ich ihm mit meiner kleinen Handtasche einen Schlag in die Weichteile versetzen.

Wir setzen Machungwa vor dem kleinen Einfamilienhaus ab, welches seinen Eltern gehört. Wir Mädels verabschieden uns mit einem Wangenkuss von dem Medizinmann.

Simone verspricht uns allen für Montag eine Überraschung. »Ihr werdet staunen, das verspreche ich euch.«

Bruni verdreht die Augen und presst die Lippen zusammen. Sie zwingt sich wohl, keine dumme Bemerkung zu machen.

24. Arme Conny

Ich hasse Sonntage. Sie sind in der Regel öde und langweilig, weil nach einem Samstagabend irgendwie die Luft raus ist. Obwohl ich Simone glaube, dass die Perücke frisch vom Friseur kam, konnte ich nicht umhin, mir noch um 4 Uhr morgens die Haare zu waschen.

Unmutig fülle ich die Trommel der Waschmaschine und fange an, das Chaos im Badezimmer zu beseitigen. Danach räume ich das Schlafzimmer auf, finde unter dem Bett eine staubige Socke, die ich seit einer Woche vermisst habe. Die Bettwäsche wandert ebenfalls in den Wäschesack. Auch hier blitzt es nach kurzer Zeit, und ich freue mich, heute Abend in frisch duftender Wäsche zu schlafen. Meine Gedanken schweifen immer wieder ab. Ich muss an Conny denken. Anton, der Biedermann. Anton, den ich immer für einen Weichling hielt. Anton, der Mann mit dem Unschuldsblick. Pfui Spinne! Mechanisch reinige ich die Küchenmöbel.

Es ist fast Mittag, ich fasse Mut und greife nach meinem Handy. Ich schaue mir das Video mit Casanova Anton noch einmal an. Danach wähle ich Connys Telefonnummer. Schon nach zweimaligem Klingeln geht Conny an den Apparat. Sie hört sich gut an.

»Ich bin am Brutzeln, Schwesterherz. Anton kommt erst am frühen Nachmittag heim, er wird sich über Kassler mit Sauerkraut freuen.«

»Lecker«, schwärme ich. »Darüber würde ich mich auch nach einem arbeitsreichen Wochenende freuen. Wie geht es Anton denn so … allein, im Ruhrgebiet? Ihr habt doch bestimmt telefoniert.«

»Ach du, gestern hatte ich ja meinen Depressiven. Niemand hatte Zeit für mich. Anton hatte auch keine Lust mehr zu quatschen, er wollte gegen 21 Uhr ins Bett. Außerdem war sein Handy-Akku fast leer, er konnte sein Ladegerät nicht finden. Und außerdem mag er es nicht, dass ich ihn auf dem Zimmerapparat anrufe. Er meint, dass im Hotel eventuell mitgehört wird. Das ist ein Spleen von ihm. Aber das Geschäftstreffen sei jedenfalls total anstrengend. Er hörte sich richtig müde an.«

Ich balle die freie Hand zur Faust. So ein Penner! So viel Phantasie hätte ich dem Oberdödel gar nicht zugetraut.

»Sicher. Kann ich verstehen«, murmele ich.

»Und wie geht es deiner Freundin? Konntest du sie ein wenig aufpäppeln?«

Mein Gewissen zwickt ganz arg. Ich kann jedoch nichts anderes mehr sagen als: »Ja, Bruni ist wieder fit.«

Ich erkundige mich noch zerstreut, wie es den Kindern geht; sie berichtet kurz, dann entschuldigt sich meine Schwester, sie müsse nach dem Braten in der Röhre schauen. Mein Gott, sie bringt das so unschuldig heraus. Opa Heini würde jetzt hinter vorgehaltener Hand lachen. Mir ist momentan wirklich nicht nach Lachen zumute.

Missmutig bereite ich einen Salat mit Krabben zu, vermag ihn jedoch nicht mit Appetit zu essen.

Da ich weder Bruni noch Simone erreichen kann, beschließe ich gegen 15 Uhr, zu meinen Eltern und Opa Heini zu fahren. Dieser Sonntag ist schlichtweg ungenießbar, ich brauche dringend Ablenkung. Ich kaufe unterwegs ein Tablett mit vielen verschiedenen Tortenstücken und Apfelkuchen mit Sahne, damit ich mich ein klein wenig revanchieren kann, denn meine Mutter ist für ihre Familie im Dauereinsatz.

Vor meinem Elternhaus stelle ich enttäuscht fest, dass die Gartentür verriegelt ist, also sind alle ausgeflogen. Ich beschließe, den Kuchen in den Kühlschrank zu stellen, und fingere nach meinem Schlüsselbund, an dem noch immer der Schlüssel für die Birkenstraße 18 hängt. Ich werde einige liebe Zeilen auf einen Zettel schreiben und ihn auf den Küchentisch legen; sie werden sich nach ihrer Heimkehr über die Leckereien freuen.

Ich kriege fast einen Herzschlag, als es heftig am Küchenfenster klopft und die sommersprossigen Gesichter meiner Nichten auf- und abtanzen, weil sie wohl hüpfend versuchen, einen Blick in die Küche zu werfen. Gleichzeitig schellt die Türklingel Sturm, und ich weiß nicht, wohin ich mich zuerst wenden soll. Ich entscheide mich fürs Türöffnen.

»Na«, sagt eine lachende Conny. »Wir könnten auch Zwillinge sein. Immer die gleichen Ideen.«

Verdutzt lasse ich sie eintreten. An meinem Gesicht bemerkt meine Schwester sofort, dass ich nichts kapiere.

»Anton wird erst gegen 21 Uhr zurück sein, Karo; die Besprechung zieht sich doch länger hin als gedacht. Er rief vor einer Stunde an. Und da dachten wir, um die Wartezeit etwas zu verkürzen, Oma, Opa und Opapa zu besuchen.« Sie blickt sich suchend um. »Schade, sie sind nicht da.« Sie wedelt mit einer Plastiktüte voller Lockenwickler: »Ich wollte Mama bitten, mir die Haare zu machen.«

Dann grinst sie vielsagend. »Aufhübschen, für den lang ersehnten Ehemann.«

Mein Lachen klingt künstlich; sofort biete ich mich jedoch an, ihr sehr gerne dabei behilflich zu sein. *Wenn die wüsste!*

Conny verschwindet ins Bad, um den Bratengeruch aus den Haaren zu waschen; die Kinder stelle ich mit Erdbeertorte im Wintergarten ruhig.

Ich koche, während ich im Obergeschoss die Dusche laufen höre, für mich einen starken Kaffee, für Conny und die Kinder Kakao. Ich fühle mich schuldig, ich bin Mitwisserin. Aber ich kann doch meiner Schwester unmöglich und brühwarm berichten, dass ihr Mann sie betrügt. Meine Wut auf Anton wächst ins Unermessliche. Wieder schrecke ich wie ein aufgescheuchtes Huhn zusammen, als Conny plötzlich, mit einem Handtuch um den Kopf geschlungen, hinter mir steht.

»Was ist denn los mit dir, Karo?« Verständnislos schaut sie mich an und schüttelt den Kopf.

»Nichts«, lüge ich. »Was soll denn mit mir los sein?«

Ich hole das Tablett mit dem Kuchen aus dem Kühlschrank. Connys Augen blitzen entzückt auf.

»Ich nehme das da.« Ihr Finger zeigt auf ein Käsesahneschnittchen mit Mandarinenfüllung. »Da ist Obst drin, das geht nicht so auf die Hüften.«

Zufrieden setzt sie sich zu den Zwillingen und lässt sich ungeniert von mir mit Kakao und Kuchen bedienen. In Sekundenschnelle löffelt sie das Schnittchen vom Teller, den sie sogleich beiseiteschiebt, woraufhin sie sich das Handtuch vom Kopf nimmt und ihre Haare mit einem breiten Kamm entwirrt.

Ich habe mich seit ewigen Zeiten nicht mehr so unwohl in meiner Haut gefühlt, wie in diesen Minuten. Hanni und Nanni beachten ihren halb aufgegessenen Erdbeerkuchen nicht mehr und stürmen mit Geschrei in den hinteren Teil des Gartens, in dem ein kleiner Bachlauf plätschert. Conny bittet mich, ihr die Teller der Zwillinge anzureichen, damit der gute Kuchen nicht verkommt. Während sie mehr schluckt als kaut, gibt sie mir Anweisungen, welche Lockenwickler ich in welche Haarsträhne wickeln soll. Ich stehe irgendwie vollkommen neben mir und führe ihre Anweisungen eher mechanisch aus.

»Weißt du, Karo, Anton ist ja so selten alleine unterwegs. Ich habe während der letzten Tage gemerkt, wie sehr er mir fehlt. Es ist fast so, als ob ich mich nur als halben Menschen wahrnehmen würde. Wirklich, ich schäme mich beinahe, dass ich ihm wegen jeder Kleinigkeit Bösartigkeiten an den Kopf geworfen habe.«

»Ja«, entgegne ich. »Ich glaube, ich weiß, was du meinst. Aber du solltest dir deswegen keinen Kopf machen, Schwesterherz.«

Jetzt lacht Conny heiter auf. »Das wird dir eines Tages mit deinem Paul nicht anders ergehen. Ein Wort gibt das andere ... und zack, der Streit ist vorprogrammiert. Da kannst du dich noch so sehr anstrengen.«

In meinem Darm grummelt es, ich beeile mich, die letzten Wickler in Connys feuchte Haare zu wickeln, dann verschwinde ich im Bad. Ich wünsche mir sehnlichst, gestern Abend nicht im *Kakadi* gewesen zu sein.

Nach 30-minütiger Föhn-Aktion sind die Haare meiner Schwester trocken. Sie sieht sehr hübsch aus. Alsbald macht sie sich auf den Heimweg. Sie möchte die Kinder zeitig zu Bett bringen und sich danach in ein duftendes Wannenbad legen, um Anton gebührend zu empfangen.

Wir verabschieden uns. Die Zwillinge sind bockig, sie wollen nicht nach Hause. Darum sehen sie auch nicht ein, sich von ihrer Tante Karo einen Kuss geben zu lassen. Die Folge: lautes Geschrei. Danach räume ich das Geschirr in die Spülmaschine und schreibe einen zweiten kleinen Zettel an meine Eltern und Opa, in dem ich erkläre, warum wir ihr Haus für kurze Zeit belagert haben.

Bereits um 21 Uhr lege ich mich vollkommen erschöpft und todmüde ins Bett. Ungefähr jetzt müsste Anton zu Hause aufkreuzen. Arme, arme Conny!

Ich beträufele Pauls Taschentuch mit einigen Tropfen seines Duftes, ziehe die Bettdecke bis zum Haaransatz über den Kopf und wünsche mir, schnell in einen tiefen Schlaf zu fallen.

25. Palimpalim

Die alte Weisheit stimmt. Wo ein Haufen Mist liegt, kommt immer mehr Mist dazu. In meinem Fall ein großes Foto im Sportteil der *Hamburger Morgenpost*, aufgenommen am Samstagabend in der Nobel-Disco *Kakadi*, auf dem ich neben Machungwa strahle wie der Inhalt eines gesamten Castortransports. Brunis strohdoofe Cousine Simone hat Antonio von dem prominenten Gast Machungwa berichtet, worauf der italienische Türsteher die Presse informierte. Das ist also Simones angekündigte Überraschung. Von wegen Hausfotograf, der Typ war von der Presse. Ich weigere mich förmlich, noch einmal auf das Foto zu schauen, das mir Bruni unter die Nase hält. Meine Beine schlängeln sich Hilfe suchend um das Gestänge meines Schreibtischstuhls, mit einer gespielten Lässigkeit fahre ich den PC hoch.

»Also, ich finde, du bist auf dem Foto nicht zu erkennen, Karo. Nein, mit der Perücke siehst du vollkommen fremd aus.«

Sie beißt herzhaft in einen geschälten Apfel, ohne die Zeitung aus den Augen zu lassen.

In diesem Fall glaube ich meiner Freundin kein Wort.

»Wäre ich nicht zu erkennen, Bruni, hätte Dröpjes mir den aufgeschlagenen Sportteil nicht, unverschämt grinsend, im Vorübergehen unter den Arm geklemmt!«

Bruni will den Tatsachen nicht ins Auge sehen, sie schüttelt beharrlich den Kopf. »Nö, stimmt nicht. Der war nur zu faul, zum Mülleimer zu laufen.«

Ich bin heilfroh, dass meine Eltern eine andere Tageszeitung abonniert haben, sonst hätte einer der sportbegeisterten Männer meiner Familie längst angerufen.

Die Schlagzeile *»Hat Machungwa seine große Liebe in Hamburg gefunden?«* ist für eine ›liierte‹ Frau wie mich tödlich.

Ich lasse Dröpjes *Hamburger Morgenpost* in meiner Handtasche verschwinden und entsorge auf gleiche Art und Weise das Exemplar aus Geigers Büro.

»Sollte Geigenpaul nach der Zeitung fragen, sagen wir einfach, sie wäre heute früh nicht zugestellt worden.«

Meine Stimme versagt, als sich hinter mir die Tür öffnet und Geiger an uns vorbeirauscht. Ich murmele ein knappes »Hallo«, Bruni beschränkt sich ebenfalls auf ein unverständliches Gemurmel, was alles hätte bedeuten können, nur nicht »Guten Morgen« oder »Hallo«. Ich unterdrücke ein Lachen, denn meine Freundin ist das schlechte Gewissen in Person. Als Geigenpaul nach wenigen Minuten nicht nach der Zeitung fragt, die üblicherweise auf seinem Schreibtisch liegt, fühle ich mich auf der sicheren Seite. *Puh! Das ist ja noch mal gut gegangen!* Mit meinem DIN-A4-Blatt-Trick beobachte ich ihn, während Bruni mal am Kopierer, mal in Piefkes Glaskasten arbeitet. Unruhige Beine scheint er heute zu haben, der Paule. Statt zu arbeiten, rennt er wie ein Tiger im Käfig um seinen Schreibtisch herum. Das sollten *wir* uns mal erlauben! Vielleicht war die halbe Woche mit Bert doch nicht so entspannend? Sein Verhalten lässt eventuell auf einen handfesten Beziehungsstreit schließen. Ich weiß zwar nicht warum, aber diese Vorstellung bereitet mir eine tiefe, innere Freude. Lustlos mache ich mich an die Arbeit.

Kurz vor der Mittagspause ruft Geiger mich in sein Büro. Aus der Nähe betrachtet, sieht er ein wenig abgespannt und blass aus. Ein wahrhaftiger Mann der Tat, denn ohne Umschweife kommt er auf den Punkt.

»Ich brauche dich heute Abend. Du kannst um 15 Uhr Feierabend machen, dann hast du genügend Zeit, um dich vorzubereiten. Wir bekommen Gäste, Beatrice und Oskar van Ankum. Beatrice ist noch immer nicht im Bilde, dass du diejenige vom Spielplatz bist, du kannst dich also ganz ungezwungen benehmen …«

Von dem Moment an höre ich nicht mehr, womit er mich volltextet, denn unter einigen Papieren lugt ein Stück der Tageszeitung hervor. Ich kann das Datum erkennen. Mein Herz setzt einen Schlag aus, es handelt sich um die heutige Ausgabe. Ich spüre förmlich, wie sich mein gesamter Blutkreislauf Richtung Kopf bewegt. Auch ohne Spiegelbild weiß ich, dass mein Gesicht so rot wie ein Pavianhintern ist.

Wenn er mich jetzt ansieht, wird er sich fragen, warum mir die Schamesröte zu Kopf gestiegen ist und mich argwöhnisch ausfragen. Darum täusche ich einen kräftigen Hustenanfall vor, springe auf und beuge mich dabei so weit nach vorne, dass jeder Yoga-Lehrer vor Neid erblassen würde. Meine Nasenspitze berührt meine Knie, das gesamte Blut aus meinem Oberkörper schießt mir in den Kopf. Aus den Augenwinkeln sehe ich, dass Paul sich zu mir runterbeugt.

»Lass den Blödsinn! Komm wieder hoch. Du bist ja schon knallrot im Gesicht.«

Ich hechele nach Luft und richte mich wieder auf. »Diese Übung ist die einzige, die hilft, wenn ich diese komischen Hustenanfälle bekomme.« Ich klopfe mir leicht auf die Brust, mein Gesicht glüht noch immer.

»Also, wie gesagt, ich hole dich heute Abend um 19 Uhr ab; für den Heimweg bestelle ich dir ein Taxi. Zieh dir was Nettes an ...«

Damit bin ich wohl entlassen, denn er öffnet eine Akte, in die er sich vertieft.

Verlegen trete ich von einem auf das andere Bein. »Ähm ... könnte ich wohl die *Morgenpost* haben? Unsere wurde heute früh nicht geliefert.«

Er blickt kurz zu mir auf. »Gerne ... bitteschön.«

Ich setze mein Pokerface auf und lächele ihn charmant an. Hastig greife ich nach der Zeitung und frohlocke innerlich, dass ich Geiger ausgetrickst habe.

»Allerdings, den Sportteil habe ich herausgenommen. Du interessierst dich doch nicht für Sport ... oder?«

Erneut färbt sich mein Gesicht rosig. Bevor dieser Unmensch das registriert, verlasse ich, ohne zu antworten, den viel zu heiß gewordenen Raum.

Bruni ist mal Fluch, mal Segen. Gerade in diesem Moment Fluch. Sie knabbert an einer Möhre; die Geräusche, die sie beim Kauen macht, kratzen immens an meinen Nerven.

»Kannst du bitte bis 15 Uhr aufhören, dich wie ein Pferd zu ernähren?«

Bruni zuckt beleidigt zusammen. Ich erkläre die Situation, dass ich heute Abend Gewehr bei Fuß stehen muss. Dabei pfeffere ich die Zeitung auf den Schreibtisch. »Den Sportteil hat er herausgerissen, dieser ... dieser ... und einen versauten Abend habe ich auch noch vor mir. Ich darf gar nicht daran denken!«

Bruni lutscht jetzt an der Möhre, wie an einem Dauerlutscher – nach dem Fluch kommt der Segen.

»Mach einfach das Beste daraus, Karo. Amüsiere dich, genieße den Abend. Mensch, der will dich doch nur ärgern. Durchkreuze seinen Plan. Mach auf lustig; du wirst sehen, er verliert die Lust, dich überall hin mitzuschleppen.«

Stimmt. Genauso werde ich mich verhalten; mal sehen, wer den längeren Atem hat! Im Anschluss überzeugt sie mich davon, dass Geigenpaul mich nicht erkannt hat, denn sonst hätte er längst Anspielungen gemacht.

Ich krieche nicht gerne zu Kreuze, aber heute überwinde ich mich und werde Conny fragen, ob sie mir etwas zum Anziehen leiht. Das Schwarze von *Madame Gigi* kennt die van Ankum von der Beerdigung, das kann ich auf keinen Fall tragen. Das von Conny geschenkte Kleid kennt Geigenpaul, ich hatte es in der Diskothek getragen. Ansonsten bin ich eher der sportliche Typ und besitze fast ausschließlich dementsprechende Klamotten. Für den heutigen Abend soll es aber schon etwas eleganter sein. Um 15:15 Uhr überfalle ich Conny zu Hause, am Telefon hätte sie meine Bitte eiskalt abgeschmettert. Neidlos muss ich zugeben, dass der Kleiderschrank meiner Schwester nicht nur prall, sondern auch sehr geschmackvoll gefüllt ist. Wie zu erwarten, ziert sie sich wie ein alte Jungfer. Ich versuche ihr begreiflich zu machen, dass ich für Paul heute besonders hübsch aussehen möchte.

»Du weißt doch, Karo, dass ich nicht gerne Kleidung verleihe. Das ist etwas ganz Persönliches, das ist so, als würde ich meine Haut verleihen.«

»Quatsch! Die kannst du doch eh im Leben nicht wieder tragen. All die schönen Klamotten gammeln schon Jahre vor sich hin.«

Prompt bekommt sie wässrige Augen. Mir tut es leid, dass ich sie verletzt habe; jetzt ist Schadensbegrenzung angesagt.

»Ich meine, Kinder sabbern doch permanent. Das ruiniert die tollen Kleider. Und wenn die Kinder aus dem Gröbsten heraus sind, dann sind sie unmodern. Selbst in der Dritten Welt würde die dann niemand mehr anziehen wollen.«

»Du passt sowieso nicht in meine frühere Kleidung, du hast eine ganz andere Figur. Das sieht doch ein Blinder.«

Conny steht stur mit dem Rücken an ihren Kleiderschrank gelehnt, als müsste sie ihn vor einem Geschwader Motten verteidigen.

Sanft schiebe ich sie beiseite. »Lass doch mal sehen, es kommt auf den Schnitt an …«

Mit flinken Fingern greife ich nach einem grünen, aparten Cocktailkleid. Mit noch flinkeren Fingern sorge ich dafür, dass es innerhalb von einer Minute an meinem Körper sitzt. Begeistert drehe ich mich vor dem Spiegel.

»Siehst du, Conny, es passt wie angegossen.«

Connys Mundwinkel wandern Richtung Brustwarzen, meine Richtung Ohren. Als könnte sie meinen Anblick nicht ertragen, räumt sie Antons herumliegende Klamotten zusammen.

Ich taste mich hemmungslos durch den riesigen Schuhschrank hinter der Schlafzimmertür, und siehe da, ich finde sogar die passenden Pumps im klassischen Stil sowie eine perlenbestickte Abendtasche. Bloß nicht lange diskutieren.

»Ähm, Schuhe und Tasche kriegst du morgen auch wieder.«

Ich verdrehe verärgert die Augen, weil ich sehe, dass Conny ein Hemd von Anton vor ihr Gesicht presst und tief durchatmet. *Die kann aber auch übertreiben!* Ich rechne mit einer Heulattacke, die jedoch ausbleibt. Stattdessen reicht sie mir das hellblaue Businesshemd.

»Riech mal, das duftet extrem nach Parfüm. Diesen Duft kenne ich nicht, es müffelt irgendwie ordinär, nach Marke ›Schlampendiesel‹, das ist keiner meiner Düfte.«

Ich nehme ebenfalls eine Geruchsprobe, es stimmt. Ein schwerer, unbekannter Duft hat sich wie ein böses Omen in das Textil geschlichen. Ich versuche, meine Schwester von der richtigen Fährte abzubringen.

»Ne, du, ich rieche nichts. Vielleicht ist dein Geruchssinn, hormonell bedingt, übersensibilisiert.«

Conny nickt geistesabwesend. Ich bin mir sicher, dass sie sich sicher ist, dass ich Blödsinn rede.

»Anton wird heute erst gegen Mitternacht zu Hause sein …«

Sie beendet den Satz nicht. Bevor Conny ihn in die Finger kriegt, muss *ich* mit ihm reden.

Sobald ich in meiner Wohnung bin, versuche ich Anton zu erreichen. Auf seinem Firmenapparat meldet sich eine seiner netten Kolleginnen, die vorgibt, nicht zu wissen, wo er sich aufhält. Auf dem Handy erreiche ich ihn ebenfalls nicht, es ist ausgeschaltet. Ich sende eine Dringlichkeits-SMS mit Bitte um Rückruf.

Bereits eine halbe Stunde, bevor Geigenpaul anrücken wird, sitze ich, dezent zurechtgemacht, auf dem Sofa. Connys Schuhe sind mir definitiv eine Nummer zu klein, Füße schonen ist angesagt. Bei der kurzen Anprobe im Schlafzimmer meiner Schwester habe ich das gar nicht bemerkt. Jetzt weiß ich, was es heißt, in zu kleinen Schuhen einen guten Lauf zu starten. Schon nach wenigen Schritten schmerzen meine Füße so arg, dass ich nicht weiß, wie ich den Abend darin überstehen soll. Die Vorstellung, dass ich die nächsten Stunden sitzend verbringen kann, macht Mut. Ich vergewissere mich zum x-ten Mal, ob mein Handyempfang okay ist, denn Mistkerl Anton hat sich noch immer nicht gemeldet.

Geigenpaul klingelt pünktlich um 19 Uhr. Ich betätige nicht den Türöffner, sondern lasse ihn unten vor dem Hauseingang warten.

Er reicht mir distanziert die Hand und schaut mich so an, als würde ich in einem Kartoffelsack vor ihm stehen. Der schwarze Mercedes mit den grauen Ledersitzen beeindruckt mich schwer, ich verliere jedoch kein Wort über die edle Karosse. *Der soll bloß nicht glauben, dass es das erste Mal ist, dass ich in so einem noblen Geschoss sitze.*

Behutsam lenkt er den Wagen durch den Verkehr, dabei erklärt er mir seine Geschäftsbeziehung zu Oskar van Ankum. Oskar sitze im Vorstand der Hamburger Generalbank, für diverse Kreditgeschäfte sei eine gewisse Harmonie mit dem hochrangigen Ehepaar unumgänglich.

»In der wenigen Freizeit, die Oskar zu Verfügung steht, golft er wie besessen. Im Golf-Club habe ich übrigens, wie du ja bereits weißt, die Bekanntschaft mit Beatrice gemacht.«

Er blickt stur auf die Straße. Ich überspiele mein Schamgefühl, in seinen privaten Sachen geschnüffelt zu haben, indem ich in meiner Handtasche nach irgendetwas suche, das ich nicht finden kann.

»Frauen dieser Gesellschaftsschicht sind es gewohnt zu bekommen, was sie wollen. An dem Nachmittag, als wir uns auf dem Parkplatz am Spielplatz begegneten, gab ich ihr unmissverständlich zu verstehen, dass ich an einer Affäre mit ihr nicht interessiert sei. Vor wenigen Tagen habe ich ihr gesagt, dass ich mich mit dir in naher Zukunft verloben werde. Ich habe sie verletzt; sie wurde hysterisch und fühlte sich gedemütigt. Sie hat mir gedroht, ihren Mann negativ zu beeinflussen, was im Klartext heißt, in Zukunft keine günstigen Konditionen mehr zu bekommen.«

Nicht sehr damenhaft, aber vollkommen entrüstet, äußere ich meine Meinung. »Übel, übel, sprach der Dübel.«

Paul lacht. »Ja, und darum werden wir versuchen, heute Abend das Ruder herumzureißen. Bert wird sich um Beatrice bemühen, von meiner Spur ein wenig ablenken. Ich kümmere mich um Oskar, und du spielst die perfekte Gastgeberin. Wir starten also eine kleine Intrige.«

»Aber sie weiß doch mittlerweile, dass du fast verlobt bist, wie kann sie da …?«

Paul unterbricht mich. »Das ist ein Grund, Karo, aber kein Hindernis.« Sarkasmus trieft aus seiner Stimme.

»Und ich dachte immer, dass nur wir Frauen in der Lage sind, intrigant zu sein.«

Paul greift nach meiner Hand. »Ach, Karo, steckt nicht in jedem Mann auch ein Quäntchen Weiblichkeit?«

»Na ja … in manchen mehr, in manchen weniger …« Meine Hand kribbelt unter seiner Berührung. Als sein Daumen zärtlich meinen Handrücken streichelt, bekomme ich eine Gänsehaut.

Ich gestehe mir ein, dass ich es total blöd finde, dass in dem Mann neben mir wohl mehr Weiblichkeit steckt als mir lieb ist.

Bert öffnet bereits die Haustür, als wir aus dem Auto steigen. Er begrüßt mich so herzlich und vertraut, als würden wir uns schon seit Jahren kennen.

»Donnerwetter, du siehst hinreißend aus; das Kleid steht dir ausgezeichnet.«

»Danke. Wenn du magst, kann ich es dir mal leihen.« Mein Versuch, ihn verlegen zu machen, scheitert, denn die beiden Männer finden mein Angebot eher witzig. Als ich unsicheren Schrittes an ihm vorbei ›eiere‹, schlägt er belustigt vor, dass er mir dafür im Gegenzug gerne seine Schuhe überlassen würde. *Ha, ha, ha.* Ich setze mich auf die gemütliche Couch.

Kurz darauf liefert ein Catering-Service silberne Platten mit herrlichen Köstlichkeiten, die auf einem Beistelltisch auf der Terrasse kunstvoll drapiert werden. Wow! Mein Stimmungsbarometer steigt.

Als hätten die van Ankums den Braten gerochen, klingeln sie kurz *vor* der Tagesschau Sturm. Glatzen-Oskar und Tusnelda schleifen ein dickes Kind hinter sich her, welches uns als *Bernd-Gerhard*, Tusneldas 11-jähriger Neffe, vorgestellt wird. Bernd-Gerhards Eltern hätten heute Abend geschäftliche Verpflichtungen, und weil Bernd-Gerhards Babysitterin heute unpässlich sei, müsse Tante Beatrice als solche einspringen. Der kleine Klops weigert sich, uns zur Begrüßung die Hand zu reichen; besonders mir sieht er feindselig in die Augen. Frau van Ankum umarmt Paul sehr distanziert, mir reicht sie mit einem eiskalten Blick eine ebenso kalte Hand. Als Bert die Andeutung eines Handkusses macht, strahlt sie wie die aufgehende Sonne. Oskar van Ankum zeigt sich leger; lachend klopft er den Männern auf die Schulter, mir nickt er anerkennend zu. Gleichzeitig bittet er mich, ihn beim Vornamen zu nennen und zu duzen. Tusnelda kommt nicht umhin, mir ebenfalls das Du anzubieten. Nach einem Aperitif, respektive Apfelsaft für Bernd-Gerhard, begeben wir uns auf die Terrasse.

Während des Gourmetessens betreiben wir lockere Konversation, was ausschließlich dem dicken Kind zu verdanken ist. Der Junge interessiert sich so wissbegierig für die Herstellung von Kaugummis, dass Paul ihm spontan anbietet, ihn einmal in der Firma besuchen zu kommen, um sich vor Ort informieren zu können. Nach dem kulinarischen Genuss von kaltem Roastbeef, Entenbrust und Salat reicht Bert Beatrice ein Glas Wein und seinen Arm, um ihr die Räumlichkeiten des Hauses zu zeigen. Paul und Oskar entschuldigen sich, weil es noch einiges zu besprechen gebe. Mit einer Flasche Rotwein und Gläsern verschwinden sie in den hinteren Teil des Gartens, in dem der Pavillon steht.

Meine Schuhe fliegen von den Füßen, was für eine Wohltat!

Flink sorge ich dafür, dass der Tisch abgedeckt wird.

Bernd-Gerhard lümmelt sich auf dem Sofa und zieht sein Smartphone aus der Tasche. Mit geübten Fingern tippt er darauf herum.

Siedend heiß kommt mir mein Schwager in den Sinn. Den hätte ich fast vergessen. Mein schlechtes Gewissen, Conny nicht die Wahrheit gesagt zu haben, lastet tonnenschwer auf meinen Schultern. Spontan, aus einem erdrückenden Schuldgefühl heraus, schreibe ich Conny eine SMS, in der ich mich noch einmal fürs Leihen der Klamotten bedanke. Ich bestelle noch liebe Grüße von Paul, als könnte ich dadurch meine Hände in Unschuld waschen. Innerhalb von einer Sekunde ertönt ›Palimpalim‹; sie hat die SMS angenommen. Anschließend drängt es mich, meinem Schwager ordentlich einzuheizen! Ich schreibe einen Text und füge das Video hinzu. Irgendwann, bevor Anton nach Hause fährt, wird er sein Mobiltelefon einschalten und die Mitteilung lesen:

> *Hallo Anton, Conny ahnt* das *hier! Sie hat den ordinären Fremdgeruch in deinen Klamotten entdeckt. Hör sofort auf, dich wie eine Sau zu benehmen! Gruß Karo*

Ich öffne die Kontaktliste und erschrecke fast zu Tode, als Bernd-Gerhard mit Gejohle in die Küche gerannt kommt. Mit dem Deko-Schwert, das über dem Kamin hing, stürmt er direkt auf mich zu, als wolle er mich aufspießen. Instinktiv kralle ich mein Handy, hebe schützend die Hände und kneife ein Auge zu. Mit dem anderen Auge erkenne ich, dass das kleine Ungeheuer regelrecht die Kurve kratzt und wieder Richtung Flur verschwindet. ›Palimpalim‹ … Im Zeitlupentempo erfasst mein Verstand, dass die für Anton bestimmte MMS Conny erreicht hat. Von Antons Handy erhalte ich *nie* eine Zustellmeldung; ein Blick in den Postausgang bestätigt das Dilemma. Meine Finger haben durch Bernd-Gerhards Angriff versehentlich den falschen Kontakt gewählt, danach muss ich auf auf den Sendebutton gedrückt haben.

Wütend stampfe ich mit nackten Füßen auf die Fliesen und habe große Lust, diesem Rotzbalg hemmungslos in seinen kleinen fetten Hintern zu treten. Ich fluche auf die Technik. Opa Heini hat recht, früher war alles besser. Einem Postboten hätte ich noch schnell hinterherlaufen können, aber gegen sekundenschnelle Datenübertragung … keine Chance! Den Kopf länger in den Sand zu stecken, macht keinen Sinn; ich schleiche in den Wohnbereich. Zufrieden stelle ich fest, dass Bernd-Gerhard spurlos verschwunden ist. Tusneldas Kichern in der oberen Etage lässt vermuten, dass sie sich in Berts Gegenwart gut aufgehoben fühlt. Auf der Terrasse ist ebenfalls alles ruhig. Ich wähle Connys Handynummer. Nach dem zweiten Freizeichen geht sie an den Apparat; ich sprudele los wie eine Wasserfontäne, die aus einem defekten Rohr schießt. Von ›Entschuldigung, es tut mir leid, ich hätte dich nicht anlügen dürfen‹ bis zu der Erklärung, unter welchen Umständen die Datenübertragung an das falsche Handy geleitet wurde. Conny unterbricht mich nach einer Weile. Sie hört sich mehr müde als hysterisch an; am Klang ihrer Stimme merke ich, dass sie *nicht* weint.

»Karo, es ist nicht deine Schuld. Ich hätte, glaube ich, an deiner Stelle genauso gehandelt und geschwiegen. Schon seit längerer Zeit habe ich das Gefühl, dass Anton sich anderweitig amüsiert. Im Grunde bin ich froh, dass ich jetzt weiß, woran ich bin. Siehst du, kleine Schwester, es kommt immer so, wie es kommen soll.«

Ungläubig lasse ich ihre Worte sacken und kann nicht glauben, dass Conny den Inhalt des Videos so gelassen aufgenommen hat. Sie wird in eine Art Schockzustand gefallen sein.

»Wie geht es den Babys?« Ich versuche, nicht ganz so sorgenvoll zu klingen.

»Die Großen schlafen tief und fest, und den Kleinen scheint es ebenfalls gut zu gehen. Noch ahnen sie nicht, dass ihr Erzeuger ein Schwein ist.«

»Was wirst du jetzt unternehmen?« Nervös kaue ich auf meiner Unterlippe.

»Die Tür ist verriegelt, die Batterie aus der Klingel genommen; soll er sehen, wo er bleibt. Ich will ihn nicht mehr sehen. Ich habe ihm eine Nachricht geschrieben, das Video habe ich ihm weitergeleitet. Er weiß, warum die Haustür verschlossen ist.«

Die letzten Worte dringen nur ganz leise an mein Ohr.

»Soll ich zu dir kommen, Conny? Ich könnte bei dir schlafen.«

»Nein, lass nur. Ich möchte nachdenken. Dir und Paul noch viel Spaß, Karo. Ich rufe dich morgen früh im Büro an. Versprich mir bitte, kein Wort zu Mama, Papa oder Opa Heini zu sagen.«

Ich verspreche es hoch und heilig, und das meine ich vollkommen ernst. Mir fällt ein Stein vom Herzen, weil Conny nicht sauer auf mich ist, denn sie hätte allen Grund dazu. Auch wenn wir uns manchmal zanken wie die Kesselflicker, wenn es darauf ankommt, halten wir zusammen wie Pech und Schwefel.

Mein Kopf schmerzt, eine bleierne Müdigkeit überfällt meinen Körper. Tusneldas und Berts Stimmen dringen jetzt aus dem Keller zu mir hoch. Wenn die wüsste, dass Bert vom anderen Ufer ist, würde sie bestimmt nicht so hingebungsvoll kichern. Ich beschließe, meine schmutzigen Füße in der Badewanne zu waschen, greife nach meinen Schuhen und schleiche auf Zehenspitzen nach oben Richtung Bad. Als ich an Pauls und Berts Schlafzimmer vorbeikomme, sehe ich im Schein der Nachttischlampe, dass das Foto aus der *Hamburger Morgenpost* an die Wand über dem Bett gepinnt ist. Zaghaft setze ich mich ans Fußende und starre auf Machungwa und mich.

Geigenpaul scheint ja ein echter Fan vom Medizinmann zu sein. Klar, der Basketballer ist in der Tat ein schöner Mann. Dann lege ich mich hin, ohne das Bild aus den Augen zu lassen. Ich gähne ausgiebig. Nein, ich bin nicht zu erkennen. Die Bettwäsche duftet nach Paul, ich kuschele mich hinein und das Bild verschwimmt vor meinen Augen. Hoffentlich wird Adalbert nicht eifersüchtig.

26. Conny beantragt Asyl

Nach dem Aufwachen lege ich mir alle möglichen Entschuldigungsstrategien zurecht. Die fast kalte Dusche weckt meine Lebensgeister, aber je wacher ich werde, umso mehr schäme ich mich. Mechanisch fülle ich die Kaffeemaschine und suche in meinem Küchenschrank nach Knäckebrot und Honig. Gegen 22 Uhr bin ich gestern in Pauls

Bett eingeschlafen und erst weit nach Mitternacht aufgewacht. Im Haus herrschte Totenstille. Nach der ersten Orientierungslosigkeit kam die Erinnerung. *Wie peinlich ist das denn! Paul und Bert werden richtig sauer sein, dass ich mich in die Federn ihrer Lusthöhle gekuschelt habe.* Ich suchte meine Sachen zusammen, orderte im Flüsterton ein Taxi und legte einen kleinen Zettel auf den Küchentisch. *Sorry, ich wollte nicht einschlafen, wirklich nicht. Gruß Karo.*

Als ich die Scheinwerfer des Taxis sah, klemmte ich die Schuhe unter die Arme und schlich im Trippelschritt aus dem Haus. Dummerweise verlor ich auf dem Kiesweg einen Schuh, das bemerkte ich jedoch erst, als ich im Taxi saß.

Meine Überlegungen werden durch ein Telefonklingeln unterbrochen.

Auf dem Display erscheint der Name *Anton.* Boah, der Casanova fehlt mir gerade noch.

Ich halte den Hörer dreißig Zentimeter vom Ohr entfernt, weil ich das Geschrei meines Schwagers auch so *sehr* gut verstehen kann.

»Du blöde, bescheuerte, dusselige Kuh! Wer gibt dir das Recht, dich in unsere Ehe einzumischen? Weißt du, was ich dir zu verdanken habe? Weißt du das, ja? Conny lässt mich nicht mehr ins Haus! Und daran bist *du* schuld, nur du!«

Er schnaubt wie ein wildgewordener Stier, ich bin sein ›rotes Tuch‹. Ich unterbreche ihn nicht.

»Conny hatte recht, als sie einmal sagte, dass du eine falsche Schlange bist, jawohl … recht hatte sie. Filmst mich heimlich, um mir hinterher einen reinzuwürgen.« Jetzt macht er eine Pause und wartet auf eine Antwort, die ich jedoch nicht gebe. Ich schweige weiter, was ihn zu irritieren scheint. Stattdessen beiße ich in mein Knäckebrot und freue mich, dass er dermaßen die Kontrolle verliert.

»Herrgott, wenn *du* wüsstest, wie schlecht Conny über dich redet, wenn du wüsstest, wie sehr sie dich hasst …dir würde speiübel werden.«

Er versucht, einen Holzkeil in einen Stahlträger zu treiben. Ich lege das Schnurlose auf den Wohnzimmertisch; ich muss mich anziehen, mir ist kalt. In einer Ecke meines Kleiderschrankes lacht mich eine Vuvuzela an. Ich bin fest entschlossen: Wenn ich zurück an den Apparat gehe und er noch immer keift wie ein Besessener, braucht er gleich einen guten Ohrenarzt. Als ich nach etlichen Minuten zurück ins Wohnzimmer gehe, wütet er noch immer.

»Ha ... eine rote Hexe bist du ... eine fette dicke Hexe ...«

Ich richte die Vuvuzela aus, bin in Gedanken beim Endspiel der Fußball-Europameisterschaft 2008, Spanien gegen Deutschland, in der Metzelder einen Schuss von Iniesta abfälschte. (*Von wegen, nicht sportbegeistert!*) Dabei habe ich das von Stefan Raab erfundene »Schland« im Kopf. Ich blähe meine Lungen und puste mit meiner ganzen Kraft in das Instrument des Grauens. Danach ist es am anderen Ende der Leitung mucksmäuschenstill; ich beende die Verbindung. *Als wenn ich nicht schon genug um die Ohren hätte!*

Bruni fühlt sich von den Neuigkeiten fast erschlagen. Sie schlägt vor, dass wir uns heute Abend um meine Schwester kümmern sollten. Ich überlege kurz.

»Conny würde sich freuen, aber ob uns ein Chips-Topflappenhäkeln-Vom-Winde-verweht-DVD-Abend gefallen wird, Bruni, ich weiß nicht.«

Bruni verzieht das Gesicht, dann lacht sie verunsichert.

»Ne, solche Abende habe ich als Dreizehnjährige bei meiner Oma verbracht. Du glaubst nicht, wie schnell ich erwachsen werden wollte, damit ich aus dieser Nummer rauskomme.«

Sie wirft rücklings eine Packung Kopierpapier Richtung Kopierer, die ihr Ziel verfehlt und auf dem Boden landet.

»Und nun bin ich erwachsen! Dann schauen wir halt, wer heute Abend Zeit hat, und dann werden wir beschließen, was wir unternehmen. Wir werden dabei an Conny *denken,* Karo. Nur *denken*, mehr nicht.«

Ich atme erleichtert auf. Denken kann ich auch sehr gut, besonders mitfühlend.

Im Gegensatz zu Nikolaus Geiger kommt Geigenpaul fast jeden Tag verspätet ins Büro. Das macht ihn besonders sympathisch, dadurch fangen unsere Arbeitstage zwei Stunden später an.

Unpünktlich, um 10 Uhr, kommt mein Chef. Er streichelt kurz über meinen Rücken, greift meine Hand und zieht mich hinter sich her. Noch bevor ich ihm gegenübersitze, stammele ich eine Entschuldigung.

»Du musst dich nicht entschuldigen. Du hattest einen sehr langen … *Arbeitstag* … Kein Wunder, dass du müde warst. Wir haben deine Nachricht gefunden; du hättest nicht mitten in der Nacht davonlaufen müssen. Bei den van Ankums habe ich dich entschuldigt, dass du dich den ganzen Tag schon nicht sehr wohlgefühlt hättest.«

Auf das Wort »Arbeitstag« reagiere ich gereizt.

»Kann ich die ›Überstunden‹ an die Buchhaltung weitergeben? Ich meine, mein Job ist momentan nicht wirklich leicht. Was ich in der Zeit alles erledigen könnte …«

Seine grünen Augen funkeln mich spöttisch an. »Natürlich darfst du das. Aber vielleicht können wir beide das auch intern regeln. Brauchst du neue Schuhe? Nein, warte … Wie wäre es mit einigen Gutscheinen für die VIP-Lounge des *Kakadi* … oder … was hältst du von einer Echthaar-Perücke?«

Mein Kartenhaus fällt in sich zusammen. Mir ist glasklar, dass er durch die Anspielungen auf *Kakadi* und Perücken meine Wahrheitsliebe testen will. Ich bin ein Schaf. Zugeben werde ich jedoch nichts. *Gar nichts!* Schließlich fragt er nicht direkt nach den Tatsachen. Für Sekunden verkeilen sich unsere Blicke, kräftemessend, ineinander.

»Vergessen wir die Diskussion. Ins *Kakadi* komme ich, dank hervorragender Beziehungen, wann immer ich will … und eine Perücke besitze ich bereits. Ich notiere jede Sekunde, die du mich nach Büroschluss in Anspruch nimmst, dafür nehme ich Freistunden.«

Er hebt ergeben die Hände. »Ganz wie du willst, mir soll es egal sein. Übrigens, unser Plan ging auf: Beatrice ist von Bert schwer angetan, die beiden treffen sich heute Abend im Golf-Club. Mit Oskar bin ich auch im Reinen. Alles im Lot.«

Bruni schimpft mich regelrecht an. »Bist du bescheuert? Ich hätte sein Angebot, Schuhe zu kaufen, sofort angenommen. Du bist aber auch eine …«

Geigers weitere Anspielungen behalte ich für mich.

»Hast du denn gar keinen Stolz, Bruni?« Mein Blick spricht Bände.

»Hä? Stolz? Ne, Karo, wenn es um Schuhe geht, nicht.«

Kurze Zeit später erreicht mich statt Connys Anruf der Anruf meiner Mutter. Sie ist vollkommen aufgebracht. Gerade als sie zu Frau Piefke ins Krankenhaus fahren wollte, stand Conny mit zwei Koffern vor der Tür und beantragte Asyl. Sie habe fürchterlich geweint, weil Anton sie betrügen würde, und ich sollte plötzlich an allem schuld sein. Laut Connys Aussage hätte ich ihr voller Schadenfreude und absichtlicher Boshaftigkeit das Video gesendet. Und zusätzlich dafür gesorgt, dass Anton für einen Tag zur Beobachtung im Krankenhaus bleiben müsse. Im Hintergrund höre ich die aufgeregte Stimme meines Vaters. Er faselt etwas von Stutenbissigkeit. Ich verspreche meiner Mutter, dass ich mir freinehmen und innerhalb von einer halben Stunde zu Hause sein werde.

Bruni, die teilweise mitgehört hat, ist ebenfalls sehr entrüstet. »Deine Schwester ist wirklich mit allen Wassern gewaschen, Karo. Die ist doch nicht normal!«

Ich unternehme einen schwachen Verteidigungsversuch und schiebe die Gemütsschwankungen auf die Schwangerschaft.

Bruni kontert. »Schwanger hin, schwanger her, so benimmt man sich einfach nicht.«

Ich schlüpfe in meine leichte Jacke und stürme in Geigers Büro. Zur Abwechslung komme *ich*, ohne lange Vorrede, auf den Punkt. »Ich nehme mir für den Rest des Tages frei. ›Überstundenabbau‹. Ich muss zu Hause dringend was regeln. Familienangelegenheit.«

Bevor er Einwände erheben kann, bin ich weg.

Wenn im Haus van Goch keine Musik läuft, ist im übertragenen Sinne Staatstrauertag. Im Wintergarten sitzen meine Eltern neben Conny, die, sobald sie mich erblickt, wie eine Sirene losheult. Opa Heini zeigt sich unbeeindruckt von der Situation. Er feilt mit einer Nagelfeile an einer Minischraube und pfeift, wenn ich mich nicht verhöre, fast lautlos *Spiel mir das Lied vom* Tod von Ennio Morricone. Conny wehrt meine Umarmung ab und zeigt mit dem Finger so infantil auf mich, als wäre sie *Panni*, die Drillingsschwester von Hanni und Nanni.

»Du bist an allem schuld …« Die restlichen Worte ihrer Anschuldigungen gehen im Jammern unter. Sie presst theatralisch die Hände vors Gesicht.

Ich fühle mich um Jahrzehnte zurückversetzt. Wie oft haben wir in unserer Kinder- und Jugendzeit hier im Wintergarten gesessen und jede von uns durfte ihre Version der Geschichte erzählen. Erst im Anschluss daran fällten meine Eltern den Urteilsspruch, der auch schon mal Stubenarrest oder Fernsehverbot bedeuten konnte. In der Regel traf Conny der Hammer der Gerechtigkeit.

Opa Heini mischt sich ein, als hätte er meine Gedanken gelesen. »Da Conny durch ihr Geheule nicht zu verstehen ist, fang du an, Karo.«

»Okay. An dem besagten Tag, als Anton angeblich in Düsseldorf war, bat Conny mich, mit ihr den Abend zu verbringen. Häkeln, Knabbereien, DVD-Schauen. Leider war Bruni aber, ähm ... ziemlich krank. Ich hatte ihr versprochen, mich um sie zu kümmern. Aber, wie das so ist ... Gegen 22 Uhr ging es ihr wie durch ein Wunder besser, dann sind wir halt ausgegangen. Ins *Kakadi* ...«

Zornig unterbricht mich meine Schwester. »Wieso kommst du ins *Kakadi*, das glaube ich dir niemals. Siehst du, Mama, was die sich für Geschichten ausdenkt?«

Ich fahre fort. »Nicht nur ich komme in diese Disco, sondern auch *dein* Mann! Den habe ich dann zu später Stunde mit dieser komischen Tussi in der Menge entdeckt. Ich wollte ihn nicht in Verlegenheit bringen, *darum* habe ich ihn nicht angesprochen, und dir habe ich nichts davon erzählt, um dich in deinem Zustand nicht aufzuregen. Ja, ja, ja, vielleicht hätte ich anders handeln sollen, habe ich aber nicht. Und gestern Abend ist durch einen unglücklichen Umstand die MMS, in der ich Anton aufforderte, mit dem Scheiß aufzuhören, fälschlicherweise an dich gegangen. Danach rief ich dich an, Conny; du warst sehr gefasst, wolltest nicht, dass ich komme. Außerdem hast du mich gebeten, weder Mama, Papa noch Opa etwas von der Geschichte zu erzählen. Das war's, mehr kann ich dazu nicht sagen.« Ich verschränke die Arme vor der Brust und lehne mich entspannt zurück.

»Stimmt das, Conny?« Meine Eltern stellen gleichzeitig die Frage.

Die Angesprochene verzieht trotzig das Gesicht, steht auf und stampft wütend ins Haus. Meine Eltern blicken ratlos hinterher.

Meine Mutter tätschelt meine Hand, mein Vater lächelt mich müde an und wischt sich einen Schweißfilm von der Stirn.

»Du kannst nun wirklich nichts dafür, Karo. Es hilft nichts, wenn Conny die Verantwortung auf dich schieben will. Diese Angelegenheit muss sie mit Anton klären.«

Opa Heini schaltet das Radio an. »Hab' ich gleich gesagt. Die Große verdreht gerne die Tatsachen.«

Mit schlechtem Gewissen erkundige ich mich danach, warum Anton im Krankenhaus liegt.

Opa Heini lacht verschmitzt. »Der hat einen ›Tittinus‹ … äh … Tinnitus. Angeblich hast du in den Telefonhörer geschrien oder so was Ähnliches.«

»Quatsch, Opa, als wenn ich so laut schreien könnte, dass jemand einen Tinnitus bekäme. Der spinnt, so einfach ist das.«

»Meine Worte, Karo. Meine Worte.«

Mein Vater steht entschlossen auf. »Ich fahre kurz um die Ecke zu Anton ins Krankenhaus, er soll mir Rede und Antwort stehen. Wenn er sich bis heute Abend nicht besinnt, dann ziehe ich ihn morgen eigenhändig an den Ohren hierher, damit er sich mit Conny ausspricht.«

Meine Mutter entscheidet, dass es jetzt zu spät für einen Besuch bei Frau Piefke ist, sie will ihn auf den Nachmittag verschieben. Conny hat sich in ihrem früheren Zimmer eingeschlossen, ich helfe meiner Mutter bei den Vorbereitungen für das Mittagessen. Frikadellen, Blumenkohl und Kartoffelstampf stehen auf dem Speiseplan. Eigentlich sollte Conny die Zwiebeln für das Hackfleisch schneiden; ihre Augen tränen eh permanent. So quäle ich mich mit den scharfen Knollen. Als das Telefon klingelt, nimmt meine Mutter missmutig den Hörer ab. Es scheint jemand Nettes am anderen Ende zu sein, denn urplötzlich wechselt ihre Stimmungslage.

»Das ist aber schön, Paul, dass sie sich nach Karo erkundigen … Ja … mit ihr ist alles bestens in Ordnung.«

Warum telefoniert er mir hinterher?

Nach mehrmaligem »Hm«, »Äh« und »Ja, ja« fragt sie ihn, ob er nicht Lust habe, mit uns zu Mittag zu essen. Ich kneife die Augen zusammen und warte auf den nächsten Satz.

»Prima, wir freuen uns … Bis gleich.«

Singend kommt sie zurück in die Küche. »Karo, mit dem Mann hast du einen Glücksgriff getan. So was Nettes aber auch. Und wie höflich er ist.« Sie knufft mich in die Rippen. »Ich kann gut verstehen, dass ihr gegenseitig ineinander vernarrt seid.«

Ich nicke verkrampft. »Und wie vernarrt wir ineinander sind, Mama. Ich glaube, das ahnst du in deinen kühnsten Träumen nicht.«

Sie widerspricht mir. »Doch, doch, doch. Bei Papa und mir war das früher genauso. Papa war auch immer höflich und zuvorkommend. Genauso wie dein Paul. Er hätte mir niemals so wehgetan, in der Art, wie Anton es mit Conny macht. Außerdem hat Papa ebenfalls so gut ausgesehen wie dein Paul. Aber die Fotos von früher kennst du ja.«

Sie beugt sich zu mir herunter und flüstert in mein Ohr.

»Gegen Paul ist Anton eine Schattenfigur.« Dann kichert sie albern. Sie steckt mich mit ihrem Lachen an.

Ich wasche meine Hände und drücke die aufgeweichten Brötchen für den Fleischteig aus. Opa Heini kommt in die Küche geschlurft, ihm scheint es alleine im Wintergarten zu langweilig zu sein. Er brummelt vor sich hin.

»So ein Theater wegen so einer Lappalie!«

Es ist offensichtlich, dass er mit Anton sympathisiert.

»Aber Vater, verflixt, das ist doch keine Lappalie!« Meine Mutter ärgert sich wirklich über Opas Äußerung.

Opa Heini kichert. »Was glaubst du, was wir Männer damals in den Kriegsjahren gemacht haben? Fern der Heimat. Wenn alle *die* wieder lebendig würden, die jemals in fremden Löchern gebuddelt haben, dann wäre die Welt seit Menschengedenken überbevölkert.«

»Wir haben aber keinen Krieg, Vater. Gott sei Dank.«

Opa Heini kichert erneut. »Eine Ehe mit Conny *ist* Krieg!«

Bevor er sich ducken kann, treffen ihn zwei Geschirrtücher am Kopf. Dann hören wir ihn im Flur laut nach Conny rufen.

»Ich wette, sobald du den Duft der Frikadellen riechst, kommst du freiwillig runter.«

Und tatsächlich, sie kommt, noch bevor die ersten sechs Fleischklopse eine knusprige braune Kruste haben. Conny behandelt mich wie Luft; meine Frage, ob es ihr besser gehe, überhört sie. Der Blick meiner Mutter verrät, dass sie sich zwingt, ruhig zu bleiben.

»Wasch dein Gesicht, Conny; Paul isst mit uns zu Mittag, er wird gleich hier sein.«

Jetzt taut meine Schwester auf, sie zieht tief Luft ein.

»Eigenartig, Mama, Anton hast du nie zum Mittagessen eingeladen.«

Meine Mutter stampft energisch die Kartoffeln zu Brei; sie reagiert mit keiner Miene auf Connys Stänkerei. Ich mische mich ein.

»Ach, Conny! Das liegt daran, dass Anton, seit ihr verheiratet seid, in Itzehoe arbeitet. Als wenn er 60 km fahren würde, um Frikadellen und Co. zu essen.«

»Das weiß ich selber, du doofe Ziege! Ich wollte es ja nur mal gesagt haben.« Sie beugt sich über die Küchenspüle und benetzt ihr Gesicht mit kaltem Wasser.

Mama ruft nach Opa Heini, dass der Tisch gedeckt werden müsse. Der stellt auf stur, schreit zurück, dass heute genug Frauen im Haus seien. Er ließe sich nicht ausbeuten.

Ich greife nach einem Stapel Teller, Servietten und Besteck. Meine Mutter stellt gefüllte Auflaufformen in den Backofen, um die Speisen warm zu halten.

Mein Vater trudelt zuerst ein. Er hat rote Flecken auf der Stirn, die ein altbekanntes Zeichen dafür sind, dass er sich geärgert hat. Wir hängen gebannt an seinen Lippen, Conny kaut nervös an ihrem Daumennagel.

»Also, zuerst die Gesundheit. Antons Hörinnenzellen sind verletzt. Er ist auf dem rechten Ohr fast taub, und wie er sagt, pfeift es in seinem Kopf. Er bekommt gleich noch eine Infusion zur Erweiterung der Gefäße, heute Nachmittag wird er entlassen.«

Conny schlägt eine Hand vor den Mund. »Mein Gott, wie schrecklich!«

Mein Vater fährt fort.

»Anton behauptet noch immer, dass du, Karo, irgendein lautes Geräusch durch den Hörer gejagt hättest, um ihn zu ärgern.«

Dieses Weichei! Ich kann mir das gar nicht vorstellen. Ich habe ihm doch nicht direkt ins Ohr getrötet. Zwischen Antons Innenohrzellen und der Vuvuzela lagen schließlich Kilometer.

Ich bleibe bei meiner Aussage. »So ein Schwachsinn! Dann kann das nur an meinem Telefon liegen. Jeder hier weiß, dass mein Festnetzapparat nicht richtig funktioniert. Der soll sich bei der Telefongesellschaft beschweren! Ich jedenfalls habe kein Knacken wahrgenommen.«

»Nun, die andere unleidige Geschichte tut ihm wahnsinnig leid. Dir soll ich sagen, Conny, dass er dich liebt. Er will sich heute Abend mit dir aussprechen. Ach ja … du sollst eine Annonce in der Zeitung aufgeben. Wegen der Putzfrau, die du dir schon seit Jahren wünschst.«

Connys Augen werden so groß wie die der Zwillinge, die am Heiligen Abend vor einem prächtig geschmückten Weihnachtsbaum stehen, unter dem viele Geschenke liegen.

»Können die Kinder heute bei euch übernachten, Mama?«

Mama nickt verständnisvoll und jeder am Tisch weiß, dass Conny Anton auch ohne Aussprache verziehen hat.

Paul und die Zwillinge kommen gleichzeitig durch das Gartentor. Er hält einen bunten Blumenstrauß in den Händen, den er meiner Mutter überreicht. Offen zeigt sie ihre Freude. »So schöne Blumen. Danke, Paul.«

Die Zwillinge werfen die Tornister achtlos auf die Wiese, dann trotten sie ins Bad; bei Oma und Opa müssen vor dem Essen die Hände gewaschen werden. Paul küsst mich flüchtig auf den Mund.

»Alles wieder in Ordnung bei den van Gochs …«, sage ich schnell. Er stellt keinerlei Fragen; er versteht die Botschaft, dass die Familienangelegenheit bereinigt ist.

In ausgelassener Stimmung machen wir uns über das Essen her; die Kinder berichten, was sie heute während des Unterrichts gelernt haben. Sie ärgern sich über die doofe Frau van der Meer, die immer schimpft, wenn während des Unterrichts geschwätzt wird. Paul langt mit hochgeschlagenen Hemdsärmeln kräftig zu, spart nicht mit Komplimenten, was meine Mutter freut.

Opa Heini politisiert, er bedauere sehr, dass in der Regierung keine Politiker säßen, die das Format ›seines‹ Altkanzlers Helmut Schmidt hätten. Meine Eltern und Opa Heini bieten Paul das Du an; sie finden es albern, sich weiter zu siezen, denn Paul gehöre ja mit zur Familie. Conny schweigt. Ich sehe, dass ihr Gehirn kräftig arbeitet. Bestimmt erstellt sie in Gedanken schon eine Aufgabenliste für die Reinemachefrau.

Bald nach Mittagstisch verabschiedet sich Paul, er müsse zurück in die Firma. Aus seinen Hosentaschen zaubert er jede Menge Kaugummis mit Abziehbildern hervor, Hanni und Nanni fangen sofort an zu teilen. Als ich Anstalten mache aufzustehen, um ihm zu folgen, drückt er mich zurück in das weiche Polster.

»*Du* bleibst schön sitzen. Gestern hast du genug Überstunden gemacht. Genieße den Nachmittag.«

Ich schenke ihm einen schmachtenden Blick. »Danke, *Liebling*! Ich wollte dich eigentlich nur zum Auto begleiten!«

Er nickt leicht und reicht mir seinen Arm, den ich widerwillig nehme. Außer Sichtweite entziehe ich mich ihm. Als er vom Beifahrersitz einen kleinen Karton nimmt, den er mir überreicht, bin ich ein wenig gerührt.

»Aber ... das wäre doch nicht nötig gewesen.« Meine Kinnlade rutscht nach unten, als ich in dem Karton den verlorenen Schuh finde. Conny, die uns unauffällig gefolgt ist, reißt mir den Karton frech aus der Hand, nachdem sie den Inhalt erfasst hat.

»Den kann ich gleich an mich nehmen, der gehört nämlich *mir*! Wo ist der andere Schuh? Und das Kleid?« Arrogant taxiert sie mich.

Ich möchte vor Scham im Erdboden versinken; Conny sticht nach. Sie wendet sich an Paul.

»Du solltest Karos Gehalt erhöhen, die leiht sich andauernd Klamotten von mir. Also mir wäre das peinlich, mich mit fremden Federn zu schmücken.«

Die Verräterin macht auf dem Absatz kehrt und läuft schneller als gewöhnlich zurück in den Garten.

In Pauls Gesicht entdecke ich tiefe Betroffenheit; er fährt sich mit den Händen durch die Haare. Wortlos lasse ich ihn stehen, da ich mit aufsteigenden Tränen kämpfe und merke, dass ich den Kampf verlieren werde.

Conny sitzt im Wohnzimmer, der Triumph steht ihr ins Gesicht geschrieben. Mit unschuldiger Quietsche-Entchen-Stimme bittet sie meinen Vater um einen Block, sie möchte einige Zeilen für die Annonce formulieren. Ich warte, bis mein Vater den Raum verlassen hat, dann schlage *ich* zu.

»Na, hoffentlich war Antons Schlampe untenrum sauber. Pfui! Nicht dass er dich noch mit irgendwas ansteckt.« Ich schüttele mich angeekelt. »Schau dir noch einmal das Video an; sie hat zwar eine Granatenfigur, sieht jedoch total ungepflegt aus. Aber … nein … ich glaube nicht wirklich, dass Anton so doof ist und ohne Kondom … oder doch?« Ich warte die Antwort nicht ab, denn Connys Augen funkeln so böse, dass ich beschließe, um mein Leben zu rennen. Im Laufschritt umarme ich meine Eltern, flitze zum Corsa und gebe Gas.

Gepeitscht von einem Gefühlscocktail aus Schadenfreude und Wut fahre ich, schneller als die Polizei erlaubt, nach Hause.

Ich überprüfe mein Sparbuch und entscheide mich, einen Teil des Ersparten in neue Kleidung zu investieren.

27. Eine schlechte Inszenierung

Nach einer vierstündigen Wandertour falle ich normalerweise vollkommen erschöpft ins Bett. Der heutige fünfstündige Marathoneinkaufsnachmittag hat meine Sinne jedoch beflügelt. Ich fühle mich taufrisch und probiere die gesamte erstandene Kollektion noch einmal durch. Bruni ist nach Büroschluss zu mir gestoßen; per Handy habe ich sie in die Boutique gelotst, in der ich gerade vor dem Ankleidespiegel stand.

Jetzt sitzt sie vor mir und kommentiert fachmännisch, wie Bruce Darnell, meine neu erstandenen Schätze. Zwischendurch schimpft sie wie ein Rohrspatz auf Conny, die sich mehr als gemein verhalten hat.

Ich kämpfe vergeblich mit den Preisschildern, die unter den neuen Schuhen kleben, und lasse mich zu einem bösen Schimpfwort hinreißen.

»Scheiße! Wenn ich den erwische, der die Schilder so fest angepappt hat.«

Bruni lacht albern.

»Bei 1,3 Milliarden Chinesen schaffst du das locker, die werden nämlich in China produziert.«

Als es klingelt, fällt Bruni mit schlechtem Gewissen ein, dass sie, als ich am Nachmittag in der Ankleidekabine stand, Heiner, Simone und Willi netterweise zu mir nach Hause eingeladen hat. Ich freue mich nicht besonders, dass ich das erst jetzt erfahre, denn in meinem Kühlschrank herrscht gähnende Leere.

»Mensch, Bruni. Das hättest du mir auch eher sagen können. Ich habe nichts ›Fleischiges‹ im Haus.«

Mein Ärger verraucht, als unsere Freunde mit mehreren Tüten, aus denen es verführerisch duftet, meine Wohnung stürmen. Bruni holt tief Luft. »Chinesisch, lecker.«

Ich sage lachend, dass wir gerade über Chinesen gesprochen hätten und Heiner meint: »Zufälle gibt's!«

Willi outet sich als edler Spender; gemeinsam lassen wir die Stäbchen klappern und beschließen, heute Abend bowlen zu gehen. In null Komma nichts sind diverse Schälchen leer gefuttert. Willi und Heiner setzen sich auf den Balkon; Willi will Machungwa anrufen, ihn mobilisieren, mit uns auszugehen. Wir Mädels huschen in mein Schlafzimmer; Simone will meine neuen Klamotten begutachten. Mit Argusaugen wache ich über meine Schätze, denn Simone macht Anstalten, tatsächlich in die neuen Kleider zu schlüpfen. Bruni verteidigt mit und schlägt jedes Mal mit einer Fliegenklatsche zu, wenn Simones Hände eifrig nach den Reißverschlüssen suchen.

Simone haut fest zurück, und bevor das Ganze in einen Streit ausartet, schlage ich eilig vor, uns den Bällen mit den Löchern zu widmen.

Mit lautem Hallo begrüßen wir Machungwa, der bereits eine Bowling-Bahn gebucht hat und seinen muskulösen Körper mit einem Aufwärmtraining beschäftigt. Während der Dehnübungen lässt er mich nicht aus den Augen, die wie schwarze Diamanten funkeln. Er schenkt mir ein strahlendes Lächeln. Meine weibliche Intuition sagt mir, dass er meine rote Lockenpracht toller als die schwarze ›Käthe-Frisur‹ findet. Simone flüstert mir zu, dass sie denkt, Machungwa könne mit einem Biss eine Kokosnuss knacken, was meine Lachmuskeln bedenklich zucken lässt. Machungwa fordert uns auf, ebenfalls einige Dehnübungen zu machen, da Arm-, Bein- und Rückenmuskulatur beim Bowlen stark beansprucht würden. Heiner zeigt seine muskulösen Arme und grinst den Medizinmann an.

»Hier muss nix mehr trainiert werden. Wenn du, wie ich, den ganzen Tag einen Pinsel schwingen würdest, könntest du jetzt entspannt einen Kaffee trinken.«

Das war so eindeutig zweideutig, dass wir uns alle köstlich amüsieren.

Willi kreist im Hochgeschwindigkeitstempo mit den Armen, Bruni lediglich mit dem Kopf.

»Also, Leute, ich bin durchtrainiert vom Scheitel bis zur Sohle, ich steck das locker weg.«

Heiner umfasst sie zärtlich von hinten. »Stimmt. Ich kann durchaus bestätigen, dass Bruni *sehr* durchtrainiert ist.«

Simone kichert. »Die kann bestimmt auch gut Kasamutra.« Dann streckt sie konzentriert die Zunge heraus und legt, genau wie Machungwa, ein Bein auf die Sitzgruppe; dabei beugt sie sich weit nach vorne, sodass sie vor Schmerzen stöhnt.

Bruni rollt mit den Augen; sie keift ihre Cousine barsch an. »Boah, Simone, das heißt *Kamasutra*, und hör bitte mit den Turnübungen auf. Oder hast du schon mal einen Leuchtturm mit Muskeln gesehen?«

Simone keift mutig zurück. »Ne, hab' ich nicht. Bevor du mich wieder schikanierst, geh mal lieber deine schlechte Laune auskacken.«

Nach diesem Spruch brauche ich garantiert kein Warm-Up mehr, denn ich krümme mich so vor Lachen, dass all meine Körpermuskeln ad hoc gedehnt sind.

Heiner übernimmt die erste Getränkerunde; ich bleibe bei Wasser. *Wenn* ich schon mal sportlich aktiv bin, dann möchte ich auch am nächsten Tag einen Erfolg auf der Waage verbuchen können.

Bruni lost aus, wer beginnt, und bestimmt, dass Simone den Anfang macht. Umständlich legt sie ihre Finger in die Bohrungen der massiven Kugel. Bevor sie Anlauf nimmt, hält sie inne.

»Und was ist, wenn ich die Finger nicht rechtzeitig aus den Löchern herausbekomme?«

Willi lacht, Bruni antwortet.

»Dann schlidderst du mit über die geölte Bahn … immer schön der Kugel hinterher … und erzielst einen perfekten Strike. Mach dir also keine Sorgen, du *kannst* nur gewinnen, Cousinchen.«

Schon beim ersten Versuch übertritt Simone die Foul-Linie. Willi schlägt sich vor die Stirn und stöhnt laut auf. Neun Pins fallen, der Wurf wird jedoch nicht gewertet. Simone behauptet, dass sie die schwarze Linie im Leben nicht übertreten habe und zweifelt die korrekte Reaktion der Lichtschranke lautstark an. Beim zweiten Versuch übertritt sie erneut die Linie; Willi streichelt tröstend ihren Arm.

Jetzt bin ich an der Reihe und wähle eine leuchtend gelbe Bowlingkugel, die ich, ihre Rundheit prüfend, betatsche. Nach zwei Würfen gebe ich Simone recht. Mit der Lichtschranke an der Foul-Linie scheint tatsächlich etwas faul zu sein. Machungwa nimmt mich freundschaftlich in seine Arme und wiegt mich sanft hin und her. Ich gestehe mir ein, mich selten so geborgen gefühlt zu haben wie in diesem Augenblick. Brunis entsetzte Blicke ignorierend, kuschele ich mich noch dichter an den muskulösen Körper. Brunis Augen sind jetzt so groß, dass sie fast aus den Augenhöhlen treten. Irgendetwas scheint ihr förmlich die Sprache verschlagen zu haben. Als ich mich aus der Umarmung löse und langsam umdrehe, erkenne ich, was. Dicht, sehr dicht steht Geigenpaul wie er leibt und lebt vor mir. Sein Mund lächelt mich an, doch der Zorn in seinen Augen ist nicht zu übersehen. Das scheint auch Machungwa nicht zu entgehen, der nicht die geringste Vermutung hat, wer dieser Mann ist. Schützend legt er seinen Arm um meine Schultern. Hinter ihm stehen Bert, drei Duplikate von Lang Lang, dem chinesischen Pianisten, und der Herr Dröpjes. Bert und die Chinesen nicken uns kurz zu, dann verschwinden sie in den hinteren Teil der riesigen Bowling-Anlage. Dröpjes bleibt neugierig stehen. Er wippt auf seinen Zehenspitzen auf und ab, sein Blick wandert abschätzend zwischen Machungwa und mir hin und her.

Das wird morgen für Zündstoff in der Firma sorgen.

Simone, die Paul von Fotos aus der Villa kennt, schnappt ihre Handtasche und verschwindet mit den Worten »Muss mal«. Bruni betrachtet so intensiv die Decke der Bowlinghalle, als hätte sie dort eine kleine Spinne entdeckt. Heiner und Willi wissen ebenfalls von Fotos, dass Paul Paul ist.

Paul weiß im Gegenzug von den Videos, dass alle, bis auf Machungwa, meine Freunde sind.

Geigenpaul findet als Erster in dem Gemisch aus Schweigen und neugierigen Blicken seine Stimme wieder.

»Aha … das ist also deine angekündigte Überraschung für den heutigen Abend, Karo.« Sein Blick streift Machungwa. Dann beugt er sich zu mir herunter, ich spüre den Hauch eines Kusses auf meinen Lippen. *Donnerwetter, der ist ja richtig clever. Fast so gut wie ich!* Ich folge dem Köder, den er ausgelegt hat.

Dröpjes bläht die Nasenflügel. Er hört aufmerksam zu.

»Ja, da staunst du, was? Ich habe dir doch gesagt, dass ich es schaffe, dich mit meinem alten Freund, der Sportskanone Machungwa, bekannt zu machen, bevor er abreist. Nicht wahr, Machungwa? Ich habe gesagt: ›Machungwa, Paul und ich sind fast verlobt … du musst ihn unbedingt kennenlernen. Er brennt ebenfalls darauf, dich kennenzulernen.‹ Und da ich wusste, dass ihr heute Abend hier bowlen werdet …«

Dröpjes zieht erstaunt die Augenbrauen hoch. »Aber das hat sich doch erst vor wenigen Minuten ergeben, dass wir uns entschlossen hatten zu bowlen.«

Ich räuspere mich. »Tja, Herr Dröpjes, ich verfüge über eine gewisse Gabe … so eine Art siebter Sinn.« Autsch, das war wohl die verkehrte Antwort, denn der Prokurist nickt ironisch.

Geigenpaul schüttelt unmerklich den Kopf und schickt mir durch einen scharfen Blick eine stumme Blöde-Kuh-Botschaft.

Dröpjes schweigt, er beobachtet von oben herab die Situation und lauert wie ein Adler auf Beute, die er bereits scharf im Visier hat.

Obwohl Machungwa ebenfalls ein Naturtalent in Sachen Reaktionsschnellheit ist und er mit aufs Pferd springt, wirkt das ganze Theater wie eine schlechte Inszenierung.

»Ja, genauso war es.« Lachend reicht er Paul die Hand »Ich gebe sie nicht gerne her, meine kleine Freundin.« Er zieht mich eng an sich.

Paul nickt gespielt verständnisvoll. »Machungwa, Karo hat so viel von dir erzählt, wir sollten uns morgen in Ruhe zusammensetzen. Heute Abend muss ich mich um Geschäftspartner kümmern.«

Simone, die vom Pinkeln zurückkehrt, hört Geigenpauls letzte Worte. Sie macht große Augen. Ich sehe, wie Bruni die Hände zum Gebet faltet und erneut nach Spinnen Ausschau hält.

»Wie jetzt? Ich denke, der Geigenp… ähm, Herr Geiger durfte nicht wissen, dass du mit Machungwa und uns in die Disco gehst, Karo. Wieso weiß er von Machungwa? Was sollte dann das ganze Trara mit der Perücke und so …? Habt ihr mich etwa wieder verarscht?« Beleidigt stemmt sie die Hände in die Hüften.

Dröpjes ist spätestens jetzt voll im Bilde. Ich spüre förmlich seine scharfen Krallen im Genick.

Nachdem die Luft rein ist, verspüre ich großes Verlangen, Simone sämtliche Bowling-Kugeln gnadenlos um die Ohren zu schlagen.

Uns allen ist die Lust auf sportliche Aktivitäten vergangen. Nachdem Machungwa in alle Einzelheiten eingeweiht wurde, sitzen wir noch bis 23 Uhr zusammen und schaffen es sogar, wieder gute Laune zu haben.

28. Bunga-Bunga

Nach einer schlaflosen Nacht sehe ich zum Erbarmen aus, darum lege ich nach dem Duschen, während ich frühstücke, ausgepresste Darjeeling-Teebeutel auf die geschwollenen Augenlider. Zufrieden stelle ich nach 20 Minuten fest, dass das alte Hausmittel ein wenig zur Abschwellung beigetragen hat. Die dunklen Augenringe sind jedoch nicht verschwunden.

Mittlerweile ist mir alles, aber auch alles total egal. Ich verzichte auf großzügiges Make-up, lediglich die Lippen schminke ich rot. Geigenpaul wird gleich Kleinholz aus mir machen, wozu also noch großartig herrichten. Zum Schafott geht man in schlichter Aufmachung, und (fast) ungeschminkt. Maria Stuart ist in schlichter Nonnenkleidung vor den Scharfrichter getreten, sie trug zwei Rosenkränze als Gürtel. Meine Kehle schnürt sich bei dem Gedanken zu, dass der nervöse Vollstrecker seinerzeit drei Axtschläge benötigte, um sie zu enthaupten. Geigenpaul ist nie nervös.

Ich wähle ein hochgeschlossenes mausgraues Kostüm, welches ich mir einmal gekauft, jedoch nie getragen habe. Die unvorteilhafte Farbe unterstreicht meine Blässe. Die Haare binde ich zu einem schlichten Knoten zusammen, als Akzent setze ich ein seriöses schwarzes Brillengestell ohne Gläser auf die Nase, welches ich mir im letzten Jahr für einen Kostümball gekauft hatte. In meiner Schmuckschatulle finde ich Oma Fines Erbstück, einen wertvollen Rosenkranz, den ich mir als Kette um den Hals hänge. Ich schlüpfe in hochhackige schwarze Schuhe, weil ich keine grauen besitze. Auf in den Kampf!

Bruni, die Streberin, ist wieder einmal vor mir im Büro. Sie taxiert prüfend mein Outfit und sucht nach Worten.

»Wow, Karo, du siehst aus … wie … wie …«

Ich quetsche meine Handtasche zwischen Schreibtisch und Wand. »Wie Maria Stuart?«

»Quatsch! Wie in dem Film … Ach, der Titel fällt mir nicht ein. Warte, ich hab' es gleich.« Sie kneift die Augen zusammen. »*Die Lehrerin der Flötentöne.* Heiner war hin und weg von dieser strengen Lehrerin, die Managern die Flötentöne beibrachte.« Sie grunzt verhalten.

Ich springe wie von der Tarantel gestochen auf.

»Waaas? Wie sehe ich aus? Ist dein Heiner eigentlich bescheuert, oder was? Und du? Bist du schon genauso dämlich wie dein Tapetenkleistermann? Ich fühle mich wie Maria Stuart und nicht wie eine strenge Lehrerin.«

Im selben Moment kommt Geigenpaul, gefolgt von einer rassigen, mokkafarbigen Schönheit mit langem, seidig schwarzem Haar im

Designerkostüm, hereingerauscht. Er bleibt vor unserem Schreibtisch stehen und starrt mich an, als wäre ich der Osterhase im Nikolauskostüm.

Er schüttelt sich kurz, dann stellt er uns die Mokkabohne vor. Seine Stimme klingt heiser.

»Das ist Geneviève Schneider. Sie wird, bis Frau Piefke wieder da ist, ihren Platz einnehmen.« Nachdem die beiden in Geigenpauls Büro verschwunden sind, lassen Bruni und ich die Neuigkeit sacken.

»Was hat der gesagt? Wie heißt die? Schönewiev? Was ist das denn für ein Name?« Bruni ist jetzt mindestens genauso blass wie ich.

Ich bin fassungslos. »Was hat er gesagt? Sie nimmt Gundulas Platz ein? Hä? Wir kommen doch auch ohne Gundula klar … oder etwa nicht?«

Bruni folgert glasklar. »Das ist seine Retourkutsche für gestern Abend, Karo. Geigenpaul wird uns über kurz oder lang feuern. So einfach ist das. Sobald die Piefke wieder da ist, fliegen wir im hohen Bogen raus und können unter einer Brücke billigen Rotwein süppeln. Mensch, Karo! So, wie wir uns benommen haben, verstummen die Gerüchte nie, dass Paule schwul ist. Im Gegenteil, unsere Treffen mit Machungwa bestätigen die Gerüchte noch. Wenn Paul nicht schwul wäre, würdest du nicht mit Machungwa kuscheln. Logisch? Dröpjes hat doch gestern Abend wie ein Schwamm die Gegebenheiten aufgesogen. Der ist cleverer als wir denken.«

Ich könnte mich ohrfeigen. Brunis Ausführungen sind einleuchtend. Paul ist ein sehr attraktiver Mann, den wohl kaum eine Frau mit Geschmack von der Bettkante schubsen würde. Auch die Tatsache, dass Geigenpaul und Bert gemeinsam in der Villa wohnen, lässt diverse Vermutungen zu. Bert ist doch alt genug, um alleine zu wohnen. Wenn ich mich zukünftig nicht an die Abmachungen halte, wird Paul richtig sauer werden. Ein Zurzeln und Knurzeln macht sich in meinem Darm bemerkbar.

»Ich muss mal.«

Bruni sieht kurz hoch. »Beeil dich, Karo, ich muss auch.«

Auf dem Weg in den ›Spa-Bereich‹ begegnet mir der Hausmeister, der einen anerkennenden Pfiff ausstößt. Hastig laufe ich an ihm vorüber.

»Ich verkörpere Maria Stuart, nur dass Sie es wissen.«

»Kenn' ich nicht. Ist das eine dominante Lehrerin?« Er lacht schallend.

Dumpfbacke! Historische Null!

Schönewiev sitzt, als ich zurückkomme, wie eine wunderschöne Puppe im Glaskasten. Ihr Haar weht leicht, eine frische Brise strömt durch das weit geöffnete Fenster. Bruni grunzt verächtlich.

»Karo, die lassen wir links liegen. Wir behandeln sie wie Luft. Sollte sie mal fragen, was wir am Abend so unternehmen, sagen wir einfach: *Nichts! Wir sitzen immer nur vor dem Fernseher.*«

Geigenpaul stört unsere Unterhaltung. Mit großen Schritten geht er ins Büro, auf dessen Türschild zwar »Frau Piefke« steht, aber in dem nicht Frau Piefke sitzt. Er schleimt sich richtig ein.

»Ah, was für eine schöne Luft Sie hier drinnen haben.«

Dann schließt er die Tür und setzt sich auf den Rand von Gundulas Schreibtisch.

Bruni rümpft angewidert die Nase, ich denke laut.

»Na gut, dann behandeln wir sie halt wie … *schöne Luft.*«

»Papperlapapp. Luft ist Luft.« Meine Freundin springt hastig auf, sie hat es eilig, aufs Klo zu kommen.

Ich habe keine Lust zu arbeiten. Wir haben ja jetzt schließlich Schöneview Schneider. Ich stelle einen Aktenordner neben mich und krame eine Nagelfeile aus meiner Handtasche. Kräftig bearbeite ich den rechten Daumennagel, der unter der Klebeschild-Abknibbel-Aktion meiner neuen Schuhe gelitten hat. Als Geigenpaul Anstalten macht, den Glaskasten zu verlassen, schiebe ich die Feile unter die PC-Tastatur und puste den Schreibtisch sauber. Mit einem kurzen Fingerzeig fordert er mich auf, ihm zu folgen. Frechheit! Wütend stampfe ich hinter ihm her.

»Du darfst mich ruhig ansprechen, wenn du etwas von mir möchtest. Ich bin kein Hund und du nicht Martin Rütter.«

Er ignoriert meine Zurechtweisung, stattdessen denkt er laut. »Ist das eine reizende Person …«

Ich denke ebenfalls laut. »Ja, ja. So sind sie halt, die Bunga-Bunga-Frauen. Reizend.«

Oh, da scheine ich aber jemanden ordentlich verärgert zu haben!

»Bunga-Bunga-Frauen?« Sein stechender Blick zeigt mir, dass ihm meine Äußerung nicht gefallen hat. Ich korrigiere mich.

»Tonga-Tonga-Frauen! Sie sieht aus, als würde sie von der Insel Tonga kommen. Du weißt schon, dieses Kaff im Südpazifik, mit diesem König … Na … wie heißt der noch … Fünf Buchstaben, fängt mit ›T‹ an.«

»Liebst du ihn?« Seine pfeilschnelle Frage trifft mich vollkommen unvorbereitet.

»Wen? Den König von Tonga?«

Paul springt wütend auf. »Sag mal, Möhre, willst du mich auf den Arm nehmen? Ich rede von Machungwa! Liebst du ihn?«

Die Anrede *Möhre* bringt mich dermaßen aus der Fassung, dass ich ebenfalls zornig hochschnelle. *Diese bescheuerte Haarfarbe habe ich mir weiß Gott nicht ausgesucht.* Es ist unfair, darauf herumzureiten. Wie zwei Kampfhähne stehen wir uns gegenüber. Ich balle die Fäuste.

»Ich kenne ihn erst seit, ähm … wenigen Monaten. Aber ja, ich liebe ihn, und Machungwa liebt mich. Und zwar so, wie ich bin! Er würde mich niemals, *niemals* ›Möhre‹ nennen.« Ich warte einen Augenblick, es kommt keine Entschuldigung. Das kränkt mich.

Paul schürzt die Lippen. »Du hast Machungwa also schon gekannt, während du mit diesem Typen, diesem Roger, in meiner Villa warst? Respekt, Frau van Goch. Zwei auf einen Streich.«

Ich verweigere die Antwort; soll er doch denken, was er will. Noch immer keine Entschuldigung? Nein.

In meinen Augen sammeln sich zwei winzige Tränen, die ich eilig mit dem Finger wegwische. Geigenpaul runzelt die Stirn und beugt sich ein wenig vor, als er bemerkt, dass ich durch die Brillengläser greife. Er legt den Zeigefinger auf die Lippen; ich sehe, dass er so sein freches Grinsen verbergen will. In dieser Haltung redet er weiter.

»Du hast Machungwa aufgeklärt, warum wir das ganze Theater veranstalten?«

»Ja.«

»Wann bist du in den nächsten Tagen am Abend bei deiner Familie? Ich würde dich gerne begleiten.«

»Warum? Damit du mich verpetzen kannst?«

»Nein, damit wir die Planung für unsere Verlobungsfeier besprechen können.«

Ich stütze mich am Schreibtisch ab, mir ist schwindelig. Aus der Nummer komme ich nicht mehr raus. Der Apfel ist richtig sauer, ich werde hineinbeißen; eine echte van Goch steht zu ihrem Wort.

Bruni fächert mit einem Briefumschlag Luft in meine Richtung. Ich könnte Gift und Galle spucken.

»Karo, mach dich nicht verrückt. So eine Verlobung ist doch ein Klacks. Vollkommen unverbindlich. Solange keine Unterschrift im Spiel ist, ist alles egal. Denk positiv. Den Ring darfst du bestimmt behalten. Den kannst du hinterher verkaufen, der Goldpreis war noch nie so hoch wie jetzt.«

Ich wünsche mir, ich hätte Brunis sonniges Gemüt.

Kurz vor Mittag streckt Frau Schneider ihren Kopf durch die Tür und fragt, ob sie sich uns anschließen dürfe, sie würde sich ja im Haus noch nicht so richtig auskennen.

Wir nicken widerwillig; es ist ärgerlich, dass wir während der Pause kein privates Wort wechseln können.

Neugierig nehmen Ulrike und Heike die neue Mitarbeiterin in Augenschein. Schönewiev stellt sich kurz als *Vivi* vor; sie erklärt unaufgefordert, wie sie zu dem für ihre Hautfarbe ungewöhnlichen Familiennamen kam.

Ihre Mutter lebte auf den Fidschi-Inseln und verscherbelte am Strand Tontöpfe, die wiederum *ihre* Mutter fertigte. Herr Schneider, seinerzeit Professor für Kunstgeschichte, der eine Auszeit nahm und dadurch sechsmonatiger Vollbluttourist wurde, verliebte sich in sie. Blablabla, nun, das Übliche. Sie folgt ihm ins kalte Deutschland, Hochzeit, das Ergebnis sitzt vor uns. *Aha, wie spannend.* So kam sie also zu diesem ›ungewöhnlichen‹ Namen. Während ich gähne, schiebe ich ein Stück Leberkäse in den Mund, ein Abwasch.

Vivi redet ohne Luft zu holen weiter. Sie würde ihre Heimat nur aus diversen Urlauben kennen, mit der Insel-Kultur sowie der Mentalität der Insulaner könne sie sich nicht identifizieren. Im Klartext also, Disco-Fox statt Hula und deutsche Pünktlichkeit statt »Kommst du heut' nicht, kommst du morgen«. Bis gestern sei sie arbeitslos gewesen, weil ihre ehemalige Firma in Lübeck Konkurs angemeldet habe, dann sei ein Anruf vom Arbeitsamt gekommen. Es werde dringend eine hochqualifizierte Sekretärin gesucht. Tja, und jetzt sei sie hier. Momentan aushilfsweise, aber man wisse ja nie, was sich ergebe.

Ulrike folgert prompt. »Vielleicht kommt die Piefke ja gar nicht mehr wieder, die hat doch auch schon ihre Jahre auf dem Buckel.« Heike nickt zustimmend.

Bruni und ich halten entschieden dagegen. »Blödsinn. Natürlich kommt sie wieder. Sie gehört doch schon zum Inventar.«

»Warum sitzt du eigentlich nicht auf Piefkes Platz, Karo? Ich meine, wo du doch eh bald die Chefin von dem ganzen Laden wirst?«

Bruni antwortet wie aus der Pistole geschossen. »Karo hat ausdrücklich darauf bestanden, *nicht* den Arbeitsplatz zu wechseln. Herr Geiger hat ihren Wunsch mit größtem Bedauern respektiert.«

Vivi schaut verunsichert von einer zur anderen. Ihr Blick bleibt an mir haften. »Ist es nicht furchtbar anstrengend, mit dem Chef liiert zu sein? Sitzt du nicht andauernd zwischen zwei Stühlen?«

Dröpjes, der alleine am Tisch vor uns sitzt, scheint jedes Wort mitgehört zu haben. Lachend dreht er sich um. »Frau van Goch hat ein dickes Polster unter der Taille, die sitzt sehr bequem auf zwei Stühlen, nicht wahr Frau van Goch?«

»Schon wieder neidisch, Herr Dröpjes? Wenn Sie unter dem Bauch ein dickeres *Polster* hätten, wären Ihnen nicht drei Ehefrauen weggelaufen. Sie sind doch dreimal geschieden, nicht wahr, Herr Dröpjes?«

Bruni ›tanzt‹ auf dem Stuhl, sie rudert mit den Armen. Heike, Ulrike und Vivi lachen hinter vorgehaltener Hand.

Dröpjes Halsschlagader schwillt bedenklich an. »Ach, Frau Assmann, Frau Gebauer, es wäre nett, wenn Sie gleich ein wenig Zeit für mich hätten. Ich würde mich gerne kurz mit Ihnen austauschen; Sie wissen ja, wo Sie mich finden.« Danach verlässt er die Kantine, ohne sein Tablett wegzuräumen.

Bruni und ich wechseln einen kurzen Blick, wir wissen beide, dass die alten Gerüchte durch neue ersetzt werden.

Zwischen Ulrike und Heike findet ebenfalls ein kurzer Blickwechsel statt.

»Na, das Betriebsklima scheint ja nicht das Beste zu sein.« Vivi löffelt langsam ihre Nachspeise, einen Früchtequark.

Ulrike plappert drauflos. »Ach, es gab eigenartige Gerüchte, dass Herr Geiger schwul sei. Wir haben sogar Wetten darüber abgeschlossen. Komischerweise hat Karo mitgewettet, obwohl sie zu dieser Zeit längst mit dem Chef ein Techtelmechtel hatte. Das ist uns allen hier schon bitter aufgestoßen. Naja, Dröpjes glaubt eben, dass die Beziehung zwischen Karo und Herrn Geiger nicht echt ist.«

Bruni unterbricht sie barsch. »Hör auf damit, Ulrike! Das sind doch alte Kamellen.«

Ulrike denkt gar nicht daran, sie redet ungeniert weiter.

»Von wegen, alte Kamellen. Dröpjes hat uns ein Foto in der Zeitung gezeigt, auf dem du, Karo, mit einem farbigen Sportler eng umschlungen in einer Nobel-Disco sitzt.« Sie fasst sich an den Kopf. »Dröpjes meint, dass es auch sehr eigenartig ist, dass der Chef mit seinem Freund Adalbert in der Villa lebt, statt mit dir, Karo.«

Bruni und ich stehen gleichzeitig auf. »Das sind doch Hirngespinste. Dröpjes soll sich einen guten Arzt suchen, der hat doch kranke Phantasien.«

Ulrike hat das letzte Wort. »Wieso? So was gibt es doch! Denkt mal an Rex Gildo. Der soll angeblich auch an Männern interessiert gewesen sein. Und der war auch verheiratet.«

Vivi wird neugierig. »Weiß der Chef eigentlich, was hinter seinem Rücken vorgeht?«

Ich kläre sie auf. »Nein, natürlich nicht. Ich bin kein Kollegenschwein! Wenn er wüsste, welche Spekulationen an der Tagesordnung sind, würden Köpfe rollen. Der von Dröpjes vorneweg.«

Heike zieht den Kopf ein. »Geht ihr ruhig, wir räumen eure Tabletts mit weg.« Sie stupst Ulrike, deren Kopf ebenfalls zwischen den Schultern verschwindet, in die Rippen. »Nun komm, beweg dich.«

Als wir außer Hörweite sind, klopft mir Bruni anerkennend auf die Schulter. »Klasse, Karo. Die sollen schön zu Kreuze kriechen. Mein Auto müsste auch mal wieder gewaschen werden.«

»Ja, meines hat es ebenso nötig. Und meine Fenster erst, zu zweit wären die flott mit der Arbeit fertig.«

Vivi schweigt; sie bemüht sich, mit uns Schritt zu halten. Wenn Bruni und ich in Fahrt kommen, sind wir nicht zu bremsen.

Nach Feierabend heftet sich Vivi erneut an unsere Fersen; im Aufzug stoßen wir auf Heike und Ulrike, die betretene Gesichter machen.

Vivi bricht das Schweigen. »Was treibt ihr denn so nach Feierabend? Ich bin erst vor Kurzem hierher gezogen; in Lübeck hatte ich einen großen Freundeskreis.«

Die gute Bruni hatte es geahnt. Ich halte mich an die Regeln. »Och, eigentlich nichts. Nach einem anstrengenden Tag im Büro bin ich froh, mal nichts zu machen. Ich schaue jeden Abend fern.«

Bruni nickt, sie gähnt gespielt und reckt sich ausgiebig. »Ich halte es genauso. Ab auf die Couch und Füße hoch.«

Die Neue nickt verstehend.

Ulrike Assmann mischt sich vorsichtig ein. »Triffst du dich denn am Abend nie mit Herrn Geiger, Karo?«

Ich bin sauer auf mich. Warum plappere ich ständig los, ohne vorher nachzudenken? »Selbstverständlich treffe ich mich mit Herrn Geiger. Ich genieße das TV-Programm *nach* den Treffen, Ulrike. *Nach* den Treffen. Man kann ja rund um die Uhr schauen, es läuft immer irgendetwas. Manchmal schaue ich bis weit nach Mitternacht …«

»Klar, sicher. Das dachte ich mir schon.« Ulrike blickt gelangweilt auf ihre Fingernägel.

Die Fidschi-Schönheit lacht. »Ich bin auch so eine Nachtschwärmerin, ab 22 Uhr fängt für mich die Nacht erst an.«

Vivi, die hochqualifizierte Fachkraft, scheint gut verdient zu haben, sie steigt in ein weißes VW-Käfer-Cabrio mit knallroten Ledersitzen.

Als Bruni und ich alleine sind, flippe ich fast aus. »Die doofe Assmann. Sie popelt und bohrt, das ist nicht mehr zum Aushalten. Die glaubt nie und nimmer, dass Paul und ich zusammen sind.«

»Vielleicht hört das auf, wenn du den Ring am Finger trägst. Warte mal ab, über die Sache wird schneller Gras wachsen, als du denkst. Und dann, Karo … ich glaube, Machungwa ist sehr angetan von dir.«

Ich höre Brunis Spekulationen nicht gerne. Das Hier und Jetzt ist schon kompliziert genug, an die Zukunft werde ich erst denken, wenn dieser leidige Abschnitt meines Lebens ad acta gelegt wurde.

Und das wird wohl noch eine Weile dauern, denn kaum zu Hause, erklärt mir Geigenpaul am Telefon, dass er mich heute Abend wieder

›brauche‹. Ich koche vor Wut, bemühe mich um einen ungezwungenen Tonfall, der aber nur von kurzer Dauer ist. Nach Pauls Erklärung, dass wir heute Abend bei *meinen* Eltern eingeladen sind, bricht mein ›rotes‹ Temperament durch.

Moment mal ... ist das nicht meine Familie? Wie kommt dieser Irre dazu, mich zu meiner eigenen Familie einzuladen? Hier läuft ganz entschieden was verkehrt. Ich balle die sprichwörtliche Faust in der Tasche. Es wäre fatal, wenn Geiger mich durchschaut haben sollte. Ich hatte in der Tat seine Bitte, meine Eltern um ein Gespräch wegen unserer Verlobungsplanung zu bitten, noch wochenlang hinauszögern wollen. Insgeheim hoffte ich, dass dieses Schmierentheater auch ohne Verlobungsring an mir vorübergehen würde.

29. Die Möhre und der Muskelmann

Bockig wie ein Kleinkind, trottele ich hinter Paul her, der, wie selbstverständlich, durchs Gartentor das Grundstück meiner Eltern betritt. Genauso selbstverständlich umarmt er meine Mutter und Conny, den Männern reicht er die Hand, den Zwillingen gestattet er, dass sie an seinen Armen hängen und nach Kaugummis betteln. Paul reicht Hanni den Autoschlüssel und erklärt ihr, dass auf dem Rücksitz seines Autos etwas viel besseres als Kaugummis läge. Gleichzeitig greifen die Kinder nach den Schlüsseln des Mercedes und eilen kreischend davon. Ich stelle eine schön verzierte Tüte mit drei Flaschen Wein auf den Tisch, die Paul mir nach der Ankunft in die Hand gedrückt hatte.

Opa Heini übernimmt die Begutachtung jeder einzelnen Flasche. Er lupft die Brille. »Herbert, nimm dir mal ein Beispiel an Paul. Der hat nicht nur einen schöneren Garten, der kauft auch besseren Wein.«

Der Angesprochene sieht ihn pikiert an. »Vater, du hast eine gute Pension. Wenn dir unser Wein nicht schmeckt, kauf dir demnächst deinen eigenen.«

Ich erkundige mich nach Antons Ohrensausen und beteuere noch einmal, ohne die Gesichtsfarbe zu wechseln, meine Unschuld. Er schenkt mir einen feindseligen Blick und erklärt, dass das Pfeifen aufgehört habe.

Ich gähne verhalten. »Na, dann bist du ja noch mal mit einem blauen Auge davongekommen.«

Hanni und Nanni kommen mit zwei großen Wasserpistolen angelaufen; nach einem kurzen »Danke« Richtung Paul knien sie vor dem Gartenschlauch und hantieren mit dem Wasserstrahl. Conny müsste eigentlich wegen meiner gestrigen Sprüche beleidigt sein, ist sie aber nicht. Mit ihrer linken Hand, an der ein Weißgoldring mit einem strahlenden Diamanten glänzt, wedelt sie vor meiner Nase herum.

»Da staunst du, was?«

»Ja, da staune ich …«. Ich kann die Freude meiner Schwester nicht nachempfinden.

Opa Heini spöttelt. »Früher gab es zu solchen Anlässen immer einen Pelzmantel, aber die sind ja heutzutage aus der Mode.«

Anton zuckt wie ein geprügelter Hund zusammen, sagt aber kein Wort zu Opas Direktheit. Paul hat die eindeutige Anspielung mit Sicherheit verstanden, verlegen presst er die Lippen aufeinander.

Opa erntet von meiner Mutter einen bösen Blick. Mit einer energischen Geste stellt sie zwei Schüsseln auf den Tisch.

»Kartoffelsalat und Würstchen sind *nicht* aus der Mode gekommen, Vater, wir sollten uns jetzt auf die wichtigen Dinge des Lebens konzentrieren.«

Meine Schwester nickt eifrig. Sie will wissen, wann und vor allen Dingen wo unsere Verlobung stattfinden soll. Gespannt sieht sie mich an.

Ich werde immer kleiner in dem großen Gartenstuhl. »Ähm … darüber habe ich mir noch gar keine Gedanken gemacht.«

»Nicht?« Sichtlich enttäuscht lehnt sie sich zurück.

Paul ergreift das Wort, schelmisch zwinkert er meinen Eltern zu. »Eure Tochter hat den Schalk im Nacken.«

Er tätschelt liebevoll meinen Arm, zieht mich an sich und küsst mich auf den Mund.

»Natürlich haben wir uns darüber Gedanken gemacht. Wir werden die Verlobung eventuell in der Villa feiern, der Garten ist groß genug. Sollten wir es so machen, beauftragen wir einen Catering-Service. Das war unsere erste spontane Idee.«

Meine Mutter reicht die Schüsseln herum; Hanni und Nanni streiten, wer die erste Wurst bekommt.

Anton fährt übernervös dazwischen. »Wenn ihr nicht sofort aufhört zu zanken, gibt es für euch keinen Nachtisch.«

Conny ergreift die Partei der ›doppelten Lottchen‹, ihre Worte triefen vor Zynismus. »Sei duuu bloß still, Anton. Wenn es um die *Wurst* geht, kennen Frauen keinen Spaß.«

Opa Heini prustet laut los, ein trockener Kommentar folgt auf dem Fuße. »Bei uns Männern ist das umgekehrt. Gerade *wenn* es um die Wurst geht, kennen wir Spaß! Nicht wahr, Anton?« Er klopft sich kichernd auf den Oberschenkel.

Ich lache in meine Serviette, Anton schneidet Opa eine Grimasse.

»Und an welchen Termin habt ihr gedacht?« Mein Vater lenkt von Opa Heini und der leidigen Wurst ab.

Paul überlegt und gibt die Frage an mich weiter. »Was meinst du, Karo?«

Ich hüstele leicht. »Hm, in der nächsten Zeit ist es schlecht, mein Schreibtisch liegt so voll.«

Alle Anwesenden blicken mich an, als hätte ich eine Macke. Hanni und Nanni bespucken sich mit Wurstpelle, niemand nimmt Notiz davon.

Paul überspielt meine Bemerkung. »*Ich* sage mal, recht bald.« Er beugt sich zu mir rüber. »Sonst kommt noch ein großer Muskelmann und schnappt dich mir vor der Nase weg.«

Ich laufe feuerrot an, alle lachen amüsiert bei dieser Vorstellung.

Ich straffe mich. Durch die Blume sprechen, *das* kann ich auch. »Stellt euch vor, heute hat mich in der Firma jemand ›Möhre‹ genannt.« Ich greife in meine Haare. »Hier, deswegen.«

Opa Heini und meine Mutter schauen entsetzt. Gleichzeitig fragen sie, wer dieser ungehobelte Klotz war.

»Ach, irgend so ein Detlef Arschibald. Der stellt den Mädels nach, obwohl er einen Freund hat, mit dem er zusammenlebt … Ihr wisst schon, was ich meine.«

Mein Vater ärgert sich ebenfalls. »Zeig diesem Detlef nicht, dass er dich damit verletzt hat, dann bist du immer wieder seine Zielscheibe.«

Ich entdecke in Pauls Miene keinerlei Verunsicherung. Im Gegenteil, er schmunzelt. »Das hat er ganz sicher nicht so gemeint, Karo. Ich weiß, dass er Frauen mit roten Haaren wahnsinnig anziehend findet. Dieser *Detlef* hat in den letzten Tagen viel Stress mit einem Menschen, dem er sehr zugetan ist.«

Wieder beugt er sich ganz nah zu mir rüber. »Stell dir vor, er hat mir in einer stillen Stunde anvertraut, dass er nicht so recht weiß, was er dieser Person glauben kann bzw. nicht glauben kann. Diese Person flunkert, was das Zeug hält. Sie hat ihrer Schwester sogar vorgegaukelt …«

Ich kneife die Augen zusammen, als müsste ich jeden Moment damit rechnen, dass mir ein Ast auf den Kopf fällt, was hier im Wintergarten schier unmöglich ist. Ich zähle leise bis fünf. Gott sei Dank vollendet Geigenpaul den Satz nicht.

»Na, Lügereien kann ich auch nicht leiden. Das ist unverzeihlich. Paul scheint diesen Detlef gut zu kennen, Karo. Also, ich würde der ›Möhre‹ keinerlei Beachtung schenken. Und wenn er andersrum ist … oder *beides* mag … Herrschaftszeiten, wir sind doch moderne Menschen.«

Die Sympathie meiner Mutter liegt eindeutig auf ›Detlefs‹ Seite. Flink räumt sie das Geschirr zusammen.

»Genau, Loch ist Loch.« Opa Heini schlägt mit der Gabel auf den Tisch.

»Ich kann Lügner auch nicht leiden!« Connys bissige Bemerkung lässt Anton erneut zusammenfahren, der anscheinend neunundneunzig Prozent seines Sprachschatzes im Bett dieser Blondine vergessen zu haben scheint. Er ist ungewöhnlich schweigsam.

Opa Heini reckt sein Kinn vor und kratzt sich am Kopf.

»Scheinheiliges Pack! Vor wenigen Tagen hatten wir dieses Thema schon einmal. Jeder hier am Tisch ist ein Lügner. Manchmal *muss* man einfach lügen!«

Paul legt eine Hand in meinen Nacken, er streichelt sanft meinen Hals. »Ja, manchmal muss man schwindeln; vielleicht hat Detlefs Bekanntschaft ja gute Gründe?«

Ich entspanne mich erst, als meine Mutter vom gestrigen Krankenbesuch bei Gundula berichtet. Ihre Genesung sei so weit vorangeschritten, dass sie Anfang kommender Woche entlassen werden könne. Paul bedankt sich bei meiner Mutter, dass sie sich so lieb um die langjährige Mitarbeiterin der Firma kümmert. Er telefoniere mehrmals in der Woche mit ihr; dass sie nach Hause dürfe, sei ihm allerdings neu.

»Sie lässt dich schön grüßen, Karo. Du sollst nicht mehr ins Krankenhaus kommen. Gundula hat mit ihrer Bettnachbarin Freundschaft geschlossen, sie hat keine Langeweile. Das ist vielleicht ein Geschnatter in dem Zimmer.« Sie lacht.

Ich schäme mich ein wenig, dass ich seit Tagen nicht mehr daran gedacht habe, mich bei der Piefke zu melden, geschweige denn sie zu besuchen. Ich freue mich mit, dass sie das Krankenhaus bald verlassen darf.

Mit einem Blick auf die Uhr beschließe ich, dass die Vorstellung, die Paul und ich heute geliefert haben, zu Ende ist. Noch bevor sich Conny samt Familie verabschiedet, ziehe ich Paul aus dem Gartenstuhl hoch und gähne laut. »Mein Bett ruft, mein Job ist momentan sehr anstrengend.«

30. Favete linguis

Paul und Bert sitzen sich seit geschlagenen zwei Stunden im Chefzimmer gegenüber. Bruni und ich unterhalten uns im Flüsterton, denn Vivi hat die Tür ihres Büros weit geöffnet.

Meine Freundin berichtet, dass unsere Freunde gestern per Telefon beschlossen hatten, das kommende Wochenende auf Fehmarn zu verbringen.

»Ich könnte heulen, Bruni! Ein ganzes Wochenende mit euch auf Fehmarn, im kuscheligen Zelt. Das wäre ein Heidenspaß.«

Bruni wispert zurück. »Scheiß drauf, Karo, komm einfach mit. Wie soll Geigenpaul dich auf der Insel erwischen? Das ist schier unmöglich. Das wäre so, als wenn er aus einem 200 km/h schnell fahrenden Auto mit einem Dartpfeil eine Mücke treffen würde.«

Ich grunze verächtlich. »Der *würde* treffen, Bruni. Ich bin ja nicht ängstlich, aber ... pst!«

Mein Ohr konzentriert sich auf Vivi, die mit Paul zu telefonieren scheint. Bruni lauscht auch.

»Nach Memmingen, am Freitagabend ... gerne, Herr Geiger. Ich habe es notiert. Wie immer, ein Flug für Sie und Herrn Kübler, am Sonntagabend zurück ... Schon erledigt.«

Bruni strahlt mich an. »So etwas nennt man Fügung, Karo«.

Ich könnte vor Freude laut schreien; Bruni greift nach ihrem Handy.

»Hallo Machungwa, Überraaaschung. Karo ist mit an Bord ... Ja, der Feind ist am Wochenende außer Gefecht gesetzt ... Ja, sag ich ihr. Prima ... leg dich wieder hin!«

Sie richtet Machungwas Grüße aus; er fände es toll, dass ich dabei wäre.

Als Nächstes informiert sie Heiner. »Hallo, Lieblingspinsel. Sie kommt mit ... Ja, das Problem hat sich von ganz alleine gelöst ... Ich denke mal in Wallnau ... Neeein ... Simone will nicht auf der Yacht schlafen. Sie will unbedingt zelten, sie findet das romantischer ... Ja, ich weiß, dass sie einen Klaps hat ... sie ist ja schließlich meine Cousine.«

Ich verdrehe die Augen. »Sprich leiser, Bruni, schrei doch nicht so. Die Schneider darf nichts mitbekommen.«

Unbeirrt arbeitet sich Bruni durch ihr Telefonbuch. Im Anschluss erfahren Simone und Willi, dass ein Esser mehr im Zelt sitzen wird.

Während ich meine privaten Mails checke, klärt Bruni mich weiter auf.

»Willi organisiert ein großes Zelt; Luftmatratzen, Decken und Handtücher muss jeder selber mitbringen. Ich sorge für Geschirr, Heiner hat einen mittelgroßen Grill; wenn du Grillkohle besorgen könntest? Simone kauft Ketchup und Co., den Rest können wir vor Ort einkaufen.«

Ich nicke begeistert. Da ich keine Mails beantworten muss, mache ich mich daran, eine Einkaufsliste zu schreiben. Bruni arbeitet *wirklich*, darum störe ich sie lieber nicht, sondern konzentriere mich auf meine Arbeit. In Gedanken gehe ich meinen Badezimmerschrank durch. Zahnpasta könnte ich brauchen, Shampoo ebenfalls. Hm, Duschgel habe ich genug … aber Sonnenmilch muss unbedingt in den Einkaufswagen. Das wird sofort notiert. Ich streife die Schuhe ab und spiele unter dem Schreibtisch mit meinen Zehen. Dabei fällt mir noch Nagellack ein. Rot muss er sein. Knallrot. Bruni verschwindet zum Kopierer; Paul kann mich sehen, er winkt mir fröhlich zu, ich winke noch fröhlicher zurück. Er scheint sich auf das gemeinsame Wochenende mit *seinem* Bert zu freuen. Bert dreht sich um, dasselbe Spiel. Er winkt, ich winke; dabei komme ich mir vor wie einer der Teletubbies.

Neidlos muss ich gestehen, dass Geigenpaul einen guten Geschmack hat; Bert ist ebenfalls sehr attraktiv.

Es ist unverständlich, warum die beiden so einen Hehl aus ihrer Zuneigung machen. Meine Mutter hat recht, die Zeiten, sich *nicht* zu outen, sollten eigentlich der Vergangenheit angehören. In fremder Menschen Angelegenheiten darf man sich nicht einmischen, darum ist es mir schnuppe, ob die nach ihrem Ableben in einer Gruft oder in Einzelgräbern liegen.

Wie überzeugend mein ›Geliebter‹ gestern Abend seine Rolle spielte. *Der* soll sich bloß nicht mehr aufregen, wenn ich einen Lügenteppich webe. Paul steht mir in nichts nach. Der könnte einem persischen Teppichhändler Konkurrenz machen.

Hm, ein neuer Bikini könnte auch nicht schaden. Weil es ein schöner Bikini sein soll, erweitere ich langsam, aber in gestochener Schönschrift meine Einkaufsliste. B-i-k-i-n-i. In letzter Sekunde merke ich, dass Vivi naht. Mit einem geübten Zeigefingerpush verschwindet mein Zettel unter die PC-Tastatur. Sie beachtet mich jedoch nicht, sondern stolziert geradewegs in Geigenpauls Büro. Ich muss lachen; Bert bricht sich beim Aufstehen fast die Beine, galant überlässt er Vivi den Sessel.

»Schau mal, Bruni. ›Bert-Bambi‹ benimmt sich wie ein Platzhirsch.«

Bruni schielt unauffällig durch die Glastür. »So wie der balzt, schätze ich mal, 60 zu 40.«

Sie sieht mir an, dass ich ihr Zahlenspiel nicht verstehe. Sie erläutert:

»Sechzig Prozent Hetero, vierzig Prozent Schwuppe.« Sie plumpst mit einem Schade-aber-auch-Seufzer auf den Stuhl und versperrt mir die Sicht.

»Mensch, Bruni, rück mal ein Stück rüber, ich kann nichts mehr sehen.«

Sie stöhnt auf. »Du spinnst, Karo. Ständig dirigierst du mich hin und her. Ich bin keine Holzfigur und stehe auch nicht auf einem karierten Brett.«

Dennoch rutscht sie zur Seite.

»Obacht. Sie kommen. Rutsch wieder zurück.« Erneut quietschen die Rollen, Bruni flucht.

Vivi erklärt knapp, dass sie außer Haus gehe und heute nicht mehr ins Büro zurückkomme. Sie kramt ihre Sachen zusammen, mit einem freundlichen Gruß ist sie weg. Als Nächstes steuert Bert auf uns zu. Er stützt die Hände auf den Schreibtisch und schenkt uns ein breites Lachen.

»Alles gut, Karo?«

»Danke der Nachfrage, Bert. Wie sagt man so schön? Gut, guter, am gutesten. Letzteres trifft auf meine Stimmung zu.«

Bert schaut verdutzt, er überlegt. Hinter seiner Stirn arbeitet es sprachwissenschaftlich. Paul, der plötzlich wie aus dem Nichts hinter Bert auftaucht, kommentiert grinsend meine Steigerungsform.

»Ich esse gerne Gemüse, aber Möhren schmecken mir am gutesten.«

Im Geiste sehe ich Conny vor mir stehen, die auch ständig spöttelt, um zu provozieren. Wütend schnelle ich hoch und baue mich barfuß vor Geiger auf.

»Das war ein Scherz. Ein Witz. Ich bin doch nicht doof. Die Komparation des Wortes *gut* lautet *besser … am besten*. Ich habe zwar Bildungslücken, die sind aber so verschwindend gering, dass sie nicht der Rede wert sind. Also, favete linguis!«

Paul nickt anerkennend. »Soweit habe ich alles verstanden, nach Letzteren werde ich googeln müssen. In Latein war ich eine Niete.«

»Hütet eure Zungen«, zische ich zwischen zusammengepressten Zähnen hervor.

Mein Einschüchterungsversuch ist kläglich gescheitert; Paul verabschiedet sich heiter statt gefrustet. Bert nickt uns lediglich zu; er scheint noch immer über Komparativformen nachzudenken.

Endlich alleine, kommt meine Freundin aus dem Staunen nicht mehr heraus. »Sag mal, hast du dein Abi mit 1,0 gemacht? Wie gut du Latein kannst.«

»Ne, das Abitur habe ich mit 3,1 bestanden. Die Worte favete linguis habe ich nur behalten, weil ich sie in der Oberstufe fünfhundertmal als Strafarbeit schreiben musste. Ich habe Hackfresse Bodo immer Hackfresse genannt; mein Lateinlehrer fand, dass ich meine Zunge hüten solle.«

Meine Füße sind eiskalt, missmutig schlüpfe ich zurück in die Schuhe. Bruni spricht aus, was ich denke.

»Komisch, dass Vivi einen Termin außer Haus hat. Die Piefke hatte nie Termine außer Haus. Und wenn das mal vorkam, nur gemeinsam mit dem Chef.«

»Ja, das finde ich auch eigenartig.« Meine Gedanken wirbeln durcheinander.

Die Vorstellung, dass Vivi neben Paul im Auto sitzt, ist keine gute Vorstellung. Außerdem, was soll die schon alleine regeln? Sie ist doch erst seit gestern hier. Theoretisch könnte das Verhältnis auch 50 zu 50 sein. Tagsüber könnte Paul mit Vivi, am Abend und nachts mit Bert …

»Bruni, ich finde es unverschämt, dass Paul Vivi losschickt und nicht dich oder mich. Schließlich haben wir die älteren Rechte.«

Bruni ist anderer Meinung. »Ne, ich bin froh, dass ich meine Ruhe habe, dann muss ich wenigstens nicht so viel denken.«

»Trotzdem. *Ich* bin beleidigt.«

Bruni kneift die Augen zusammen. »Kann es sein, dass du am Ende eifersüchtig auf Vivi bist?«

Ich schlage mir vor den Kopf. »Quatsch. Ich und eifersüchtig? Dass ich nicht lache.« Entrüstet hole ich meine Einkaufsliste unter der Tastatur hervor. »Als wenn ich eifersüchtig wäre, du spinnst ja.«

Direkt nach Büroschluss erledigen wir gemeinsam die Einkäufe und schwätzen in großer Vorfreude unentwegt über das bevorstehende Wochenende.

Mein neuer Bikini ist ein Blickfang, giftgrün, frech und sexy. Bruni sagt voraus, dass Machungwa sein Herz an diesem Wochenende vollends an mich verlieren werde; wenn nicht, würde sie freiwillig die alten Kokosmatten aus ihrem Auto fressen.

An diesem Abend wird aufs Ausgehen verzichtet, stattdessen gewaschen, gebügelt und gepackt.

31. Reif für die Insel

Geigenpaul ist, wie üblich, noch nicht anwesend, also müssen wir auch nicht die Computer hochfahren. Das wäre reine Stromverschwendung.

Bruni zupft sich in aller Seelenruhe die Augenbrauen, zwischendurch beseitigt sie nicht vorhandene Oberlippenhärchen. Vivi ist ebenfalls seit einer Stunde überfällig, von mir aus kann die bleiben, wo der Pfeffer wächst. Wir fragen uns gegenseitig ab, ob wir alles Notwendige eingepackt haben. Wenn Paul wie gewöhnlich um 10 Uhr kommt, bleibt noch eine Stunde Zeit. 60 Minuten reichen, um ein gepflegtes Fußbad zu nehmen. Gundula hat in ihrem Wandschrank eine große viereckige Plastikschüssel stehen, weiß der Kuckuck, warum. Jedenfalls missbrauchen wir dieses Teil zum Füße baden, wenn die Luft rein ist. Ich sprinte in den Sanitärraum und bin in Rekordzeit mit einem gut gezapften Wässerchen mit Schaumkrone zurück. Der eigens dafür gekaufte kleine Noppengummiball gleitet ins Wasser, meine Füße hinterher.

Zufrieden lasse ich meine Fußsohlen über den Ball gleiten, herrlich.

»Wenn du dich beeilst, kann ich auch noch.« Bruni zupft weiter.

Zum Antworten komme ich nicht; Geigenpaul ist eine Dreiviertelstunde zu früh. Als die Tür geöffnet wird, kneift Bruni sich vor Schreck in die empfindliche weiche Haut über einem Auge; ich verziehe mitfühlend das Gesicht. Spiegel und Pinzette fliegen in den Mülleimer.

Er grüßt freundlich. »Wie könnt ihr ohne PC arbeiten? Ist mit dem System etwas nicht in Ordnung?«

Bruni massiert die schmerzende Stelle über dem Auge. »Abgestürzt, gerade eben.«

»Ja, aber so was von abgestürzt. Kein Verlass mehr auf die Technik, ich wollte gerade den Admin anrufen!« Treuherzig schaue ich auf den schwarzen Monitor.

»Frau Keller, würden Sie das bitte übernehmen? Kommst du bitte kurz, Karo?« Er deutet auf sein Refugium.

Mein Gott, in jedem Satz »bittet« er. Knigge lässt grüßen.

»Geht nicht, ich nehme gerade ein Fußbad.«

»Dann komm halt nach deinem Fußbad!« Lachend verschwindet er. Er denkt, ich veräppele ihn.

Gelassen spielen meine Füße weiter Ball. »Verrückt, Bruni. Wenn ich lüge, glaubt er mir, wenn ich die Wahrheit sage, denkt er, ich schwindele und lacht mich aus.«

Fünfzehn Minuten später sitze ich Paul gegenüber. Er erklärt, dass Frau Schneider, sprich Vivi, nicht mehr kommen werde.

Frau Schneiders Talente lägen auf einem anderen Gebiet. Ein Schreibtisch aus Holz wäre nicht das Richtige für sie.

Als wenn mich *das* interessiert. Gelangweilt gähne ich, betrachte dabei die linke und rechte Zimmerecke der Zimmerdecke. Heiner und seine Jungs haben sehr ordentlich gearbeitet! Gelernt ist gelernt, würde Opa Heini sagen.

»Bert und ich sind ab heute Abend im Allgäu. Was unternimmst du am Wochenende?«

»Ich unternehme üüüberhaupt nichts am Wochenende, da bin ich krank. Grippe.«

»Du weißt schon heute, dass du morgen krank sein wirst?«

»Sicher, so etwas merke ich immer einen Tag eher, bevor das Elend anfängt. Es kratzt im Hals, Kopfschmerzen. Halt die typischen Symptome.«

Er steht langsam auf und nimmt mein Gesicht in seine Hände. Behutsam küsst er abwechselnd meine Ohrläppchen, Stirn, Wangen, Kinn und letztendlich meine Lippen. Ich lasse ihn kurz gewähren, dann befreie ich mich geschickt, indem ich mit dem Sessel nach hinten rücke.

»Arme Frau van Goch! Schade, ich wollte dich eigentlich fragen, ob du nicht Lust hättest, Bert und mich zu begleiten.«

»Frag erst gar nicht. Ich hasse die Berge. Ich leide unter Höhenangst, ich steige noch nicht einmal auf einen Maulwurfshügel.«

Meine Wangen glühen, meine Haut kribbelt an den Stellen, die Paul mit seinen Lippen berührt hat. Ich entschuldige mich hastig und sprinte an einer verdutzt schauenden Bruni vorbei Richtung WC. Obwohl die Küsse keine sichtbaren Spuren hinterlassen haben, rubbele ich mit einem nassen Papiertuch über mein Gesicht, als ob ich sie damit wegwischen könnte.

Ich bin so irritiert, dass ich Bruni erst zehn Minuten später Bericht erstatte. »Die Schneider kommt nicht mehr. Geigenpaul meint, sie hätte auf einem anderen Gebiet mehr Talente als am Schreibtisch. Verstehst du diese kryptische Botschaft?«

»Vielleicht meint er ›Feuchtgebiete‹?« Sie gackert albern.

Ich habe das Buch von Charlotte Roche gelesen; ich will nicht darüber nachdenken, nein, auf gar keinen Fall!

Brunis Fingernägel klappern wie besessen auf der Tastatur.

»Er hat gefragt, ob ich gemeinsam mit ihm und Schwulibert das Wochenende verbringen möchte. Im Allgäu.«

Sie hält kurz inne, dann fliegen ihre Finger weiter.

»Ich blicke nicht mehr durch, Karo! Es gibt nur zwei Möglichkeiten. Erstens, er genießt es, dich zu foppen, oder zweitens, er möchte dich von den Vorteilen einer Dreierbeziehung überzeugen. Frischer Wind im Bett, verstehst du?«

Mir gefällt keine ihrer Spekulationen. Jetzt bin ich wirklich reif für die Insel. Entnervt fahre ich den PC hoch und haue, ebenfalls geschäftig, auf die Tastatur. Der ›Allgäu-Spezi‹ unterschreibt gegen Mittag diverse Briefe, die Bruni ihm in einer Mappe auf den Schreibtisch legt. Der Feierabend naht mit Riesenschritten.

Bei der Verabschiedung wünscht Geigenpaul mir sarkastisch »Gute Besserung«, im Anschluss läuten die Wochenendglocken Sturm.

Bevor ich mich mit Reisetasche und Co. zu dem Treffpunkt begebe, bringe ich Gisela zu meinen Eltern. Dort wird sie wie immer gut versorgt werden. Ich muss meinen Eltern beibringen, Paul nichts von meinem Fehmarn-Trip zu erzählen, was nicht einfach sein wird. Kaum im Wintergarten, entschließe ich mich für die Hauruck-Methode.

»… Paul hat mich zwar gefragt, ob ich mit ins Allgäu fahre, aber ich habe ihm erklärt, dass ich krank sei. Mama, es ist mir so peinlich, dass ich unter dieser Höhenangst leide. Paul wäre echt enttäuscht von mir, wo er doch *so* gerne die Berge raufsteigt und Gleitschirm fliegt. In echt bin ich aber nicht krank, sondern fahre mit Bruni nach Fehmarn. Da ist es schön flach, und mir wird nicht schwindelig.« Machungwa und die anderen verschweige ich natürlich.

Meine Mutter windet sich wie ein Aal, sie druckst herum. »Ach Karo, sag Paul besser die Wahrheit. Diese Lügerei gefällt mir nicht.«

»Ihr müsst doch nicht *lügen*. Ihr dürft es nur nicht erzählen! Paul ahnt doch nicht, dass ich *nicht* krank bin.«

Stur wie eine Eselin schüttelt sie den Kopf und sendet meinem Vater einen Hilfe suchenden Blick. Er schüttelt ebenfalls entschieden mit dem Haupt.

Opa Heini verschränkt die Arme. »Tja, dann kann Karo sich die Verlobung wohl von der Backe putzen.« Er zeigt meinen Eltern einen Vogel. »Karo darf diese Schwäche doch nicht *vor* der Ehe preisgeben. Der hat schneller eine andere, als ihr denken könnt.«

Ich verziehe weinerlich das Gesicht; die Heulattacke à la Conny erspare ich meinen Eltern. Im Gesicht meiner Mutter arbeitet es. Opas überaus geschickter ›Zug‹ hat sie Schachmatt gesetzt.

»Gut, Kind. Welche Krankheit zwingt dich, das Bett zu hüten?«

Freudestrahlend erkläre ich, dass ich eine Grippe habe.

Meine Freunde stehen schon wartend auf dem großen Parkplatz vor Willis Wohnung, als ich mit zehnminütiger Verspätung eine rasante

Vollbremsung hinter Brunis Auto mache. In dem Supermarkt, in dem ich noch flott Tampons kaufte, stand ich viel zu lange an der Kasse. Alle ducken sich, weil sie einen Blechschaden befürchten. Die Männer packen meine Utensilien in Heiners schwarzen Citroen Jumpy Kombi, danach kann es endlich losgehen. Simone macht Anstalten, uns während der Fahrt etwas auf ihrer Gitarre vorzuspielen, was wir ihr geschickt ausreden. Sie beschließt, ohne musikalische Begleitung zu singen. Schlager, Volkslieder. Wir stimmen mit ein. Heiner komponiert freigeistig und singt mit tiefer Baritonstimme von schönen Leuchttürmen an der Ostseeküste. Machungwa trommelt im Rhythmus auf seinen Knien; ich halte mir den Bauch vor Lachen, weil Simone eine süße Schnute zieht. Die Zeit vergeht wie im Flug; auf der Sundbrücke öffnen wir alle Fenster und genießen die wunderbar frische Seeluft.

Auf dem Campingplatz in Wallnau lenkt Heiner den Wagen zu dem Platz, den uns der Pächter zugewiesen hat. Der Zeltplatz ist rappelvoll. Wir können von Glück reden, dass wir noch ein schönes Plätzchen ergattert haben. Ich gebe zu, dass ich genauso wie Bruni gerne in einer Kajüte auf der Yacht geschlafen hätte. Aber der treuherzige Willi konnte seiner Simone den Wunsch zu campen nicht abschlagen. Zuerst wird die elektrische Kühlbox an die Stromversorgung angeschlossen. Machungwa und Heiner beginnen mit dem Zeltaufbau; wir werden als Handlanger hin und her kommandiert. Unsere Behausung hat drei getrennte Schlafkabinen für je 2 Personen. Mittig befindet sich ein Sitzbereich, in dem wir uns gemütlich ausbreiten können. Die Seitenteile des Mittelbereichs lassen sich hochklappen, sodass wir quasi eine überdachte ›Terrasse‹ genießen. Das 6 m lange Zelt ist ein Prachtstück, das mit den Kojen auf der Yacht zwar nicht mithalten kann, dafür aber sehr einladend und gemütlich aussieht. Willi lässt sich erschöpft auf die Wiese fallen, nachdem er die Luftmatratzen mit einem Blasebalg aufgepumpt hat. Heiner drapiert sie in die jeweiligen Kabinen.

Wir Mädels erledigen die Feinarbeit, indem wir flauschige Decken, Kopfkissen und Schlafsäcke darauf ausbreiten. Machungwa stellt Campingliegen, Tisch und Stühle auf; hurra, unser Wochenende kann beginnen. Bruni und ich fahren noch einmal vom Platz, um

Frischfleisch und diverse Salate einzukaufen. Wein- und Biervorräte dürfen auch nicht fehlen.

Nach einem köstlichen Essen, welches aus leicht verbranntem Grillfleisch, Salat und Baguettebrot bestand, schlüpfen wir in wärmere Jogginganzüge. So machen wir uns auf den kurzen Weg zum Strand. Der Himmel ist rötlich verfärbt, wunderschöne Wolkengebilde laden zum Träumen ein. Die Sonne wandert langsam Richtung Meeresspiegel. Wir sitzen im Sand, schlürfen Rotwein aus Plastikbechern und genießen die schönen Bilder der Natur. Der Wind wird frischer, wir schlendern zurück zum Platz und legen die Füße auf unserer ›Terrasse‹ hoch. Heiner baut noch einen Sichtschutz auf, damit wir Mädels in der Nacht vor der Grenzhecke zum Nachbarzelt Pipi machen können; Simone kommentiert das als geschmacklose Ferkelei.

»*Du* wirst bestimmt nicht angefallen, wenn du nachts alleine zu den Sanitäranlagen läufst. Bei Karo oder mir ist das schon was anderes.« Man hört, dass sie einen Schwips hat.

Simone spricht ebenfalls etwas unartikuliert. »Ja klar, weil ich schön bin. Ich hab' mal gelesen, dass sich Männer an schöne Frauen nicht herantrauen; die würden abschreckend wirken.«

»Ja klar«, äfft Bruni die Stimme ihrer Cousine nach. »Erklär das mal genauer. Abschreckend schön oder schön abschreckend?«

Simone zuckt mit den Schultern. »Das kannst du halten wie ein Blechkanister. Ist doch dasselbe.«

Kavalier Willi versichert im Heldenton, dass er Simone in der Nacht zur Toilette begleiten werde. Er wirft sich ein Geschirrtuch über die Schultern, ballt die linke Faust in Taillenhöhe und streckt den rechten Arm weit nach vorne. So rennt er einmal ums Zelt. Laut ruft er: »Supermann Willi, Retter der Simone …«, dann gibt es einen Knall, denn er rennt mit voller Wucht gegen die Kühlbox.

Wir kriegen uns vor Lachen nicht ein, ich verfalle fast in hysterisches Kreischen. Da es bereits kurz vor 23 Uhr ist, schreit jemand aus der Nachbarschaft laut »Ruhe!«.

Bruni ist empört, sie schreit zurück. »Das haben wir gerne, selber laut rumschreien und gleichzeitig Ruhe fordern!«

Nach dieser Aktion sehen wir ein, dass wir lieber schlafen gehen sollten. Der Tag war lang, morgen wollen wir mit der Yacht rausfahren; eine Mütze Schlaf wäre also nicht übel.

Ich habe keine Einwände, mit Machungwa in einer Zeltkammer zu schlafen. Mein Bauchgefühl sagt mir, dass er ein hochanständiger Mann ist, dem ich vertrauen kann. Als hätte er meine Gedanken gelesen, versichert er mir, dass er niemals eine Frau anfassen würde, ohne zu wissen, dass sie es auch wolle.

Willi kichert, er zeigt Machungwa seine kleine Faust. »Dann würdest du a … auch von mir eins auf die Ki … Kinnlade kriegen.« Auch bei Willi hat der Alkohol das Sprachzentrum etwas lahmgelegt.

Machungwa tätschelt beruhigend Willis Wange und lässt mir den Vortritt, damit ich mich entkleiden kann.

Ich habe so tief und fest geschlafen, dass ich nicht einmal die Pinkelstelle aufsuchen musste. Der Platz neben mir ist leer. Als ich aus dem Zelt krabbele, sehe ich Machungwa, der dabei ist, das Frühstück vorzubereiten. Auf dem Tisch steht ein Korb mit Brötchen. Machungwa, der Frühaufsteher, war schon einkaufen. Er schenkt mir ein breites Lachen, gleichzeitig sucht er in Heiners Auto nach den Papptellern. Weitere Reißverschlüsse öffnen sich, verknautschte Gesichter blicken sich verschlafen an. Jeder versichert jedem, dass er gut geschlafen habe. Ich bürste flüchtig meine Haare, dann machen wir Mädels uns auf den Weg zu den Sanitäranlagen. Bruni meckert, dass ich nicht so schnell laufen solle, Simone mault, dass sie noch müde sei. Außerdem habe sie Kopfschmerzen.

Die Toiletten sind sauber; jede von uns verschwindet hinter einer der vielen weißen Türen, um private ›Geschäfte‹ zu erledigen. Als ich fertig bin, rufe ich meinen Freundinnen zu, dass ich in den Duschraum vorgehe, da springt die erste WC-Tür auf, vor mir steht eine wie vom Himmel gefallene Vivi Schneider.

Wir erschrecken beide so arg, dass wir einen schrillen Schrei ausstoßen.

Vivi fasst sich ans Herz. »Was machst duuu denn hier?«

Ich gebe die Frage zurück. Es stellt sich heraus, dass Vivi, zusammen mit einer Freundin aus Lübeck, seit gestern Morgen hier auf dem

Platz ist. Sie hätten sich einen Wohnwagen gemietet. Bruni staunt nicht minder, als sie die ehemalige Arbeitskollegin erblickt, die nur wenige Stunden in unserem Betrieb tätig war.

Wir wünschen uns gegenseitig eine schöne Zeit und verabschieden uns recht schnell voneinander. Was bin ich froh, dass die nicht mehr in der Firma ist. Die Katastrophe wäre perfekt. Bruni spricht meine Gedanken laut aus.

»Nicht auszudenken, wenn die noch in der Firma wäre. Sonst hätten wir der ganz ordentlich in den Hintern kriechen müssen, damit sie die Klappe hält.«

Wir klären Simone auf, die gleichermaßen froh ist; sie kann meine Erleichterung nachvollziehen. Im zügigen Tempo wird geduscht; unsere Mägen knurren, wir freuen uns auf ein handfestes Frühstück.

Wir verzichten vollkommen auf Make-up und sitzen alsbald, schön, wie die Natur uns geschaffen hat, vor den Männern, die uns frisch rasiert anhimmeln. Machungwa hat in der Pfanne auf dem Gaskocher Speck vorgebrutzelt, mit einem Schwung gießt er aufgeschlagene Eier hinzu. Ich komme ins Schwärmen.

»Ein Mann, der kochen kann. Ein Geschenk des Himmels!«

Machungwa strahlt. »Dir würde ich jeden Morgen ein Frühstückstablett ans Bett bringen.«

Er sagt das so, dass jeder von uns merkt, dass er Spaß macht.

Am späten Vormittag beladen wir die *Windflower II* mit Lebensmitteln, die wir in Petersdorf erstanden haben, und stechen in See. Das Wetter meint es gut, am strahlend blauen Himmel ist kein Wölkchen zu sehen. Mein neuer Bikini sitzt perfekt; Machungwa cremt hingebungsvoll die Haut zwischen dem Stoff meines Zweiteilers ein, damit ich mir keinen Sonnenbrand hole. Auf hoher See verteilt Willi Teleskopangeln; wir schließen Wetten ab, wer den ersten Fisch fangen wird.

Heiner zieht den ersten Dorsch an Land; er kommt in eine Meerwasser-Box, in der er vor dem K.-o.-Schlag noch schwimmen darf. Danach hat Simone Glück. Willi hilft ihr beim Einholen der Angel. Als das Prachtexemplar von Fisch vor uns auf den weiß lackierten Brettern zappelt und nach Luft schnappt, fängt Simone an zu weinen. Sie besteht darauf, dass der Fisch zurück in die Ostsee muss. Heiners gefangener Fisch dürfe ebenfalls nicht gegessen werden. Die beiden Dorsche seien bestimmt ein Paar. Und weil Willi ein liebevoller Mann ist, lässt er das Fisch-Ehepaar sanft zurück ins Wasser gleiten.

Statt Fisch grillen wir Steaks aus dem Supermarkt; nach dem Essen ankern wir und dösen auf einer leicht dümpelnden Yacht vor uns hin. So verbringen wir den Tag zwischen der sprichwörtlichen dolce far niente, schwimmen, essen und herumalbern. Erst am späten Abend laufen wir den Hafen in Burgtiefe an.

Nach diesem Samstag fühle ich mich so erholt, als läge eine Woche Urlaub hinter mir. Kein Verbiegen, was Geigenpaul anbelangt, kein Flunkern im Elternhaus. Null Conny, die permanent mit Knüppeln wirft. Bei den Menschen, mit denen ich jetzt zusammen bin, muss ich mich nicht verstellen.

Der Wind hat ordentlich aufgefrischt; warm eingemummelt liegen wir auf den Campingliegen und starren in den klaren Sternenhimmel. Simone klimpert leise auf der Gitarre; sie spielt gar nicht so schlecht, wie ich dachte. Es fehlt lediglich das Lagerfeuer, dann wäre die Klassenfahrtstimmung perfekt.

32. Finger weg von meinem Spielzeug

Am Sonntagmorgen brechen wir nach dem Frühstück die Zelte ab; sorgsam verstaut Heiner die Ausrüstung in dem geräumigen Wagen. Gegen Abend wollen wir vom Hafen aus die Heimreise antreten.

Eine weitere Begegnung mit Vivi ist uns erspart geblieben, vielleicht ist sie längst abgereist.

Die Stunden auf der *Windflower II* vergehen so schnell, dass Willi vorschlägt, das nächste oder übernächste Wochenende wieder auf Fehmarn zu verbringen. Diese Aussicht macht den Abschied von der Insel leichter. Machungwa bedauert, dass sein Urlaub bald vorüber sei, er wisse schon jetzt, dass er uns vermissen werde. So bald käme er nicht mehr nach Hamburg.

Lachend wende ich den Kopf zu Bruni. Ich flüstere ihr zu, dass sie froh sein solle, nicht ihre alten Kokosmatten essen zu müssen.

Statt Gisela abzuholen, fahre ich nach Hause. Meine Eltern werden nichts dagegen einzuwenden haben, dass sie einen Tag länger bei ihnen herumkrabbelt.

Im Treppenhaus klingelt mein Handy, Brunis Kontaktbild lacht mich an. Ich weiß nicht, was die macht, wenn ich mal plötzlich sterben sollte.

Ihre Stimme überschlägt sich förmlich. »Diese Vivi scheint ja ein ganz durchtriebenes Aas zu sein. Sitzt ganz relaxt mit Geigenpaul in dem Straßencafé gegenüber von *Elektroteile-Brömmers*; sie scheint ihn vom Flughafen abgeholt zu haben, denn er hatte eine Reisetasche neben sich stehen und eine graue Seppeljacke an.«

Der Hausflur beginnt langsam um mich zu kreisen; ich muss mich setzen. Durch mehrmaliges Schlucken versuche ich, die aufsteigende Übelkeit zu unterdrücken. »Mir doch egal. Ich habe jetzt ganz andere Probleme, Bruni. Ich muss auspacken. Tschüss.« So barsch habe ich noch nie ein Gespräch mit meiner Freundin beendet. Mit zittrigen Beinen rappele ich mich hoch und schließe meine Wohnungstür auf. Für einen Moment lege ich mich auf die Couch, dann sende ich Bruni eine Entschuldigungs-SMS. Ich schreibe, dass ich sauer sei, weil Machungwa bald abreisen werde. Ihre Antwort kommt innerhalb weniger Sekunden. »Du kleine Schwindlerin«, ein witziger Smiley lacht mich frech an.

Anschließend melde ich mich bei meiner Familie zurück. Meine Mutter ist wie immer froh, dass ich wieder gesund zu Hause bin. Rasch erklärt sie, dass ich mir keine Sorgen machen müsse, sie habe alles perfekt gemanagt. Das Wort *alles* lässt mich aufhorchen.

»Na, Paul hat gestern Morgen angerufen und sich nach dir erkundigt, Kind. Er wollte dich nicht stören, weil er meinte, du würdest bestimmt viel schlafen. *Er* wisse wie es sei, wenn man eine Grippe habe. Ich erklärte ihm, dass du wirklich sehr viel schlafen würdest … im Garten, unter dem Sonnenschirm. Das habe ich natürlich vorausschauend gesagt, weil ich mir denken konnte, dass du auf der Insel ordentlich Farbe abbekommen hast. Er hat dich lieb grüßen lassen.

Und dann hat er gesagt, dass er mich sehr gern habe, weil wir beide, also du und ich, uns so ähnlich seien. Darüber habe ich mich richtig gefreut, so etwas höre ich als Mutter natürlich gern.« Sie kichert. »Ganz nebenbei erwähnte ich, dass du natürlich sehr traurig bist, weil du wegen der Erkältung nicht mit ins Allgäu fahren konntest.«

Ich hole tief Luft.

»Daraufhin meinte er, dass du nicht traurig sein sollst, denn am nächsten Wochenende wird alles nachgeholt. Er hat unsere gesamte Familie eingeladen, mit ihm ins Allgäu zu fliegen.«

»Waaaas?« Steif wie ein Brett falle ich rücklings auf die Couch.

»Also, Karo, *wir* haben beschlossen, mitzufahren. Was meinst du, wie sich Kätzchen und Mäuschen auf den Flug freuen. Lass dir nicht einfallen, dich vor der Reise zu drücken. Dann läufst du halt mal einen Berg rauf. Basta!«

Wütend knalle ich das Telefon auf die Ladestation. Manchmal können Mütter grausam sein.

Dieser bescheuerten Vivi könnte ich die Haare rausreißen. So eine falsche Schlange. Und dieser Paul ist ein Perverser der ganz schlimmen Sorte. Mal Hättättätt, mal Hattattatt. Der soll besser nachdenken, was er wirklich will. Bert? Vivi? Oder doch Bert? Man kann nicht zwei Menschen gleichzeitig lieben. Das ist unmöglich, wider die Natur. Ich kann unentschlossene Menschen auf den Tod nicht ausstehen.

Unentschlossen, ob ich einen Tobsuchtsanfall oder lieber doch einen Weinkrampf kriegen soll, koche ich mir einen Baldriantee.

Im Grunde mag ich Paul ja. Er duftet gut, sieht toll aus, meine Haut kribbelt, wenn er mich streichelt, und wenn ich ehrlich bin, war meine Waschaktion nach den vielen Küssen eher eine Trotzreaktion. Außerdem macht es Spaß, ihn zu veräppeln. Vivi nimmt mir mein Spielzeug weg; das lasse ich mir nicht bieten! Ich muss unbedingt herausfinden, wie weit sich die beiden schon nähergekommen sind.

33. Aktion Geigenpaul

Bruni verzieht ängstlich das Gesicht, als ich ihr erkläre, dass wir Paul observieren werden.

»Meinst du etwa, ich will mir die Verlobung von dieser Fidschi-Schlampe versauen lassen? Conny würde sich vor lauter Freude in die Hose pinkeln. Bruni, ich *muss* wissen, wie weit die beiden sich nähergekommen sind. Ich will mich nicht zum Affen machen. Sobald ich mit eigenen Augen sehe, dass zwischen denen etwas läuft, verzichte ich auf die Verlobung und gönne Conny die nassen Hosen.«

»Und *wie* willst du ihn überwachen?«

»Nicht *ich*, Bruni. *Wir*. Ich denke …«

Geigenpaul unterbricht unsere Unterhaltung. Er berichtet, dass Frau Piefke wieder zu Hause sei; er habe sie soeben aus dem Krankenhaus abgeholt und in ihre Wohnung gefahren. Wir können uns vorstellen, wie glücklich Gundula ist. Bruni will sie später anrufen; sie entschuldigt sich, erst müsse sie in die Buchhaltung.

»Schön, dass du wieder gesund bist. Unser Wochenende war toll. Wir haben uns so richtig ausgepowert, wenn du verstehst, was ich meine.« Er setzt sich auf Brunis Stuhl und grinst mich an.

Ich nicke. »Ich glaube, ich verstehe, was du … *meinst.*«

»Deine Mutter wird dir erzählt haben, dass ich euch alle für das kommende Wochenende eingeladen habe. Entschuldige, Karo, ich hätte natürlich zuerst mit dir reden sollen …«

Ich winke ab. »Och, das geht schon in Ordnung. Du gehörst ja praktisch mit zur Familie.«

»Ich glaube, Opa Heini freut sich besonders. Er hat kurz mit mir gesprochen und gesagt, dass er die Berge mag.«

»Liebst du ihn?«

»Wen? Opa Heini?« Er spielt die Unschuld von Hamburg. Mit einem Wattepad, das neben Brunis Tastatur liegt, wischt er langsam über den Schreibtisch.

»Quatsch! Ich meine deinen Freund. Liebst du Bert?«

Paul steht langsam auf, dabei lässt er mich nicht aus den Augen. »Ja, Karo, ich mag Bert sehr. Er bleibt diese Woche in den Bergen; ohne ihn ist es sehr einsam in der Villa.«

»Sonst noch wen? Ich meine, gibt es noch jemanden, dem du in dieser Richtung zugetan bist?«

»Ja, gibt es.«

Ich spüre, meine Gesichtszüge entgleisen. »Ähm … ich habe noch einmal über unsere Verlobung nachgedacht …«

Er greift über den Schreibtisch und nimmt meine Hand.

»Denk nicht weiter drüber nach. Wir werden uns nicht verloben. Das Theaterspiel hat bald ein Ende.«

Abrupt steht er auf und geht fröhlich pfeifend in sein Büro. Dabei wirft er das Wattepad hoch und fängt es wieder auf.

Das habe ich nun davon, ich dumme Gans. Ich war mir meiner selbst zu sicher. Ich fühle mich hundsmiserabel. Doofe Vivi.

Gundula ist hocherfreut, als zuerst Bruni, dann ich mit ihr telefoniere. Ihr würden die Armmuskeln ein wenig schmerzen, auf Krücken laufen sei sie nicht gewohnt. Opa Heini und meine Mutter wollten gleich kommen, ihr den ersten Lebensmittelvorrat bringen.

»Mein Gott, Karo, Herr Geiger macht einen sehr zufriedenen Eindruck. Sie scheinen ihm gut zu tun. Ich habe mich so gefreut, als ihre Mutter mir von der bevorstehenden Verlobung berichtet hat.«

Ich beiße mir auf die Lippen und bin froh, als das Gespräch beendet ist.

Zwischen unserer Arbeit schmieden Bruni und ich Pläne, wie die Vorgehensweise ›Aktion Geigenpaul‹ aussehen soll.

»Also, man kann davon ausgehen, dass die beiden sich bei Paul treffen, wenn sie Bunga Bunga machen wollen. Das Schwimmbad, der große Garten, Vivi ist mit Sicherheit scharf auf ein luxuriöses Ambiente. Es wäre sinnvoll, die Villa zu observieren. Wenn es dunkel ist, verstecken wir uns in der Störtebekerwiese und behalten die Villa im Auge.«

Bruni findet meinen Vorschlag sehr gut; wir sind uns einig, dass wir es so machen werden.

Da es erst spät dunkel wird, verabreden wir uns für 22 Uhr; Bruni bietet an, mich abzuholen.

Bruni parkt in einer Parallelstraße der Störtebekerwiese. Wir tragen schwarze Jogginganzüge mit Kapuzen, unter denen wir jetzt die Haare verstecken. Um meinen Hals hängt ein kleines Fernglas, in der Innenjackentasche steckt eine Dose Mineralwasser, darunter befinden sich Müsliriegel. Es könnte eine lange Nacht werden. Wortlos reiche ich meiner Freundin ein paar alte schwarze Lederhandschuhe.

Bruni bleibt entnervt stehen. »Och nee, Karo, die sind nun wirklich nicht notwendig. Das sieht voll bescheuert aus.«

Ich zische sie an. »Willst du mir nun helfen … oder nicht?« Zielstrebig laufe ich weiter, warte ihre Antwort nicht ab.

Als wir in die Störtebekerwiese einbiegen, wird mir bewusst, wie dunkel und einsam es hier ist. Brunis Stimme hört sich zittrig an. Ein dunkler Audi-Kombi fährt langsam an uns vorüber und parkt am Wendehammer der Straße. Ein idealer Platz für ein Liebespaar.

»Scheiße, ich finde es richtig unheimlich hier.« Meine Freundin greift ängstlich nach meiner Hand. »Wir hätten Heiner mitnehmen sollen.«

»Reiß dich zusammen, Bruni. Hier wohnt nur Paul. Und der *wird* uns nichts tun! Der ist schwul oder bi, aber kein Mörder.«

Wir schleichen uns langsam an die Villa heran. Es steht kein Cabrio vor dem Haus.

Bruni trippelt von einem Fuß auf den anderen. »Siehst du, alles gut. Keine Vivi, dann können wir ja wieder gehen.«

Sie macht auf dem Absatz kehrt; ich erwische sie gerade noch am Ärmel und halte sie fest.

»Stopp! Hiergeblieben. Was ist, wenn er sie mit dem Auto abgeholt hat? Wenn sie hier übernachtet? Wir müssen in den Garten, Bruni, von dort aus können wir ins Wohnzimmer blicken.«

Bruni trippelt jetzt so verdächtig, dass ich entsetzt meine Augen schließe. »Sag jetzt bitte nicht, dass du musst.«

Sie schüttelt schnell mit dem Kopf; ich keife sie leise an. »Dann hör auf zu tanzen, du machst mich ganz nervös.«

Wir zwängen uns hinter die Buchsbäume, dort fängt die große Koniferenhecke an. Eine diffuse Beleuchtung, die von den hell erleuchteten Fenstern in den Garten fällt, lässt uns nicht ganz blind im Dunkeln tappen. Meter um Meter arbeiten wir uns langsam hinter den

Bäumen voran. Es ist wenig Platz zwischen Hecke und Zaun, wir bewegen uns nur zentimeterweise voran. Ich bleibe stehen; mein Gesicht fängt fürchterlich an zu jucken. Die kleinen Zweige kitzeln in meinem Gesicht.

»Hoffentlich hat Adonis hinter der Hecke keine Überwachungskamera.« Mein ausgesprochener Gedanke lässt Bruni laut aufstöhnen. Hinter meinem Rücken höre ich wieder nervöses Trippeln, und noch bevor ich Einwände erheben kann, sitzt Bruni mit heruntergelassenen Hosen dicht hinter mir.

»Pst … hast du Tempotücher?« Obwohl sie flüstert, habe ich das Gefühl, dass man ihre Worte bis auf die Terrasse hören kann.

Mit einer angewiderten Geste krame ich in meiner Hosentasche und werfe ihr die Tücher zu. »Hier, du Schisshase …«

Nachdem ich das Ende der Hecke erreicht habe, verharre ich einen Augenblick reglos. Meine behandschuhten Hände biegen die Zweige auseinander, jetzt habe ich Einblick in den wundervoll ausgeleuchteten Garten, die Terrasse und … in den Wohnbereich.

Ich spähe durch das Fernglas. Paul liegt auf der Couch, er telefoniert. Mein Herzschlag beschleunigt sich, als Bruni mich von hinten schubst. Ich zische sie an. »Spinnst du? Erschreck mich doch nicht so.«

»Ich will auch mal gucken.«

»Pst. Keine Vivi, nur Paul. Er telefoniert … Er lacht … Jetzt trinkt er was.«

Bruni reißt mir den ›Gucker‹ aus der Hand. »Jetzt schaltet er den Fernseher an … Er streckt sich, er schlendert auf die Terrasse, er telefoniert noch immer.«

Ich kratze nervös meine Stirn, Wangen und Kinn; der Juckreiz nimmt zu. »Vielleicht ist Vivi im Bad.«

»Quatsch, oben ist doch kein Licht an. Meinst du, die duscht ohne Licht? Pst, er läuft auf die Wiese, er kommt.«

Das, was jetzt kommt, nämlich Paul, kann ich auch ohne Feldstecher erkennen. »Mist, Bruni, er läuft in unsere Richtung, nichts wie weg hier.«

Hinter dem Nadelgehölz gibt es eine kleine Rangelei, es knackt und knarzt. Jede von uns will als Erste die Flucht ergreifen. Fluchend ergebe ich mich; Brunis Beine sind in Stresssituationen flinker. Fast stolpere ich über Wurzelwerk, hefte mich dann an die Fersen meiner Observationskollegin. Gemeinsam kämpfen wir uns mit brachialer Gewalt zurück zur Straße. Die Koniferen peitschen in mein Gesicht, als wollten sie mich für das Eindringen auf fremdes Gelände bestrafen. Keuchend erreichen wir in Rekordgeschwindigkeit die rettenden Buchsbäume, hinter denen die Freiheit liegt. Anschließend rennen wir, ohne anzuhalten, die Störtebekerwiese entlang, bis wir atemlos das geparktes Auto erreichen. Bruni fährt wie ein Straßenrabauke mit quietschenden Reifen los.

»Puh, das war knapp.« Ich kratze wieder.

Bruni schlägt wütend aufs Lenkrad. »Mensch, Karo, du hast die Nerven verloren, du Angstbüchs. Geigenpaul hätte uns nie entdeckt, verdammt. Jetzt wissen wir noch immer nicht, ob er mit Vivi … oder nicht!«

Mir platzt die Hutschnur. »Du solltest lieber die Klappe halten! Du bist doch die Erste gewesen, die die Hosen voll hatte!« Dabei registriere ich einen unangenehmen Geruch, der durch das Fahrzeug weht.

Jetzt rümpft auch Bruni die Nase. »Irgendwie riecht das hier … irgendwie … nach Kacka.«

Ich schalte die Innenraumbeleuchtung ein. Ein Blick auf meine Schuhsohlen zeigt mir die Misere. »Es *ist* Kacka, Bruni!«

»*Ich* war nur für kleine Mädchen, Karo! Von *mir* ist das nicht.«

Ihr Wort in Gottes Ohr. Angeekelt streife ich die Turnschuhe von den Füßen. Im Zweifelsfalle für den Angeklagten.

»Okay, Schisshase. Morgen starten wir die gleiche Aktion noch einmal. Dann gehen wir das Ganze ein wenig entspannter an. Den anderen erzählen wir nichts von unserem Vorhaben; versprich mir, den Mund zu halten.«

Bruni verspricht zu schweigen wie ein Grab und hält mit einer Vollbremsung vor meiner Wohnung. Mürrisch wegen des unbefriedigenden Ermittlungsergebnisses, verabschieden wir uns. Die Turnschuhe ›vergesse‹ ich absichtlich im Fußraum des Wagens.

Auf Socken schleiche ich in meine Wohnung. Im Flur weiche ich entsetzt vor meinem eigenen Spiegelbild zurück. Herrschaftszeiten!

Mein Gesicht sieht aus, als wäre es gleichzeitig von Röteln, Masern und Windpocken befallen.

34. Allergische Reaktionen

Die vergangene Nacht verbrachte ich damit, sämtliche Mittelchen aus meinem Badezimmer- bzw. Apothekerschränkchen auszuprobieren. Den letzten Versuch, ein Medikament gegen den Juckreiz der Pocken und Pusteln zu finden, startete ich gegen 5 Uhr am Morgen mit einer Salbe gegen Furunkel. Der Beipackzettel las sich vielversprechend, aber Pustekuchen.

Um 7:30 Uhr sitze ich angespannt in Dr. Weinforths Wartezimmer. Die altgediente Sprechstundenhilfe stellt vorab die Diagnose, nachdem ich ihr erklärt habe, dass ich mit Koniferen in Berührung gekommen bin, und danach das Jucken anfing.

»Hm … das sieht ganz nach einer allergischen Reaktion aus. Ein bisschen Cortison und etwas gegen den Juckreiz, den Ausschlag sind Sie bald wieder los.« Netterweise schickt sie mich sofort ins Sprechzimmer, weil ich unentwegt am Kratzen bin.

Kurz und knapp schleudert sie ihrem Chef das Wort *Koniferen* entgegen. Dr. Weinforth nickt dankend, nimmt mein Kinn zwischen Daumen und Zeigefinger und tätschelt mir beruhigend die verpustelten Wangen.

»Hm … das sieht ganz nach einer allergischen Reaktion aus. Ein bisschen Cortison und etwas gegen den Juckreiz … den sind Sie bald wieder los.«

Ich schüttele mich kurz, um das Déjà-vu-Erlebnis zu verdrängen. Er kritzelt etwas auf ein Rezeptformular, welches er schwungvoll unterschreibt, und erteilt mir ab heute, wenn möglich, Koniferenverbot.

Eine Tür weiter packt ein netter Apotheker Salben und Pillen in eine kleine Plastiktüte; als Bonus erhalte ich noch ein Paket Tempotaschentücher, die ich großzügig für meine Freundin aufbewahren werde. Sozusagen für den Fall der Fälle.

Eine entsetzte Bruni schlägt die Hände über dem Kopf zusammen, als ich das Büro betrete. Aus sämtlich möglichen Winkeln beäugt sie mein entstelltes Gesicht. Dann legt sie, wie eine gelehrte Professorin, einen Finger auf die Lippen.

»Das ist ein Zeichen, Karo, ein unmissverständliches Zeichen! Wir sollen Geigenpaul nicht mehr nachschnüffeln. Eine höhere Macht hat eine Weiche gestellt. Mir war ohnehin nicht sehr wohl zumute. Brrr, es war so dunkel, so unheimlich. Denk an deine Gesundheit. Nützt ja nichts, wenn du tot umfällst. So eine Allergie kann tödlich enden.« Sie schüttelt sich.

Stur blickt sie auf den PC, ihre Finger trommeln auf der Tastatur.

»Von wegen, Bruni! Der Abbruch der ›Aktion Geigenpaul‹ kommt überhaupt nicht in Frage. Heute Abend, wie verabredet, es bleibt dabei.«

Meine Augen verengen sich zu so schmalen Schlitzen, dass Bruni es nicht wagt, zu widersprechen.

Ulrike kommt mit einem Stapel Unterlagen hereingeschneit; sie schubst die Tür mit ihrer pummeligen Hüfte zu und quiekt wie ein kleines Ferkel, als sie mir ins Gesicht sieht.

Bruni klärt die Assmann auf, unter welchem Leiden ich leide. Sie flunkert. »Wir haben gestern im Wald nach Pilzen gesucht. Karo reagiert auf irgendwelche Bäume allergisch. Und weißte was, Ulrike? Sie will heute wieder in den Wald.«

Die Assmann macht große Augen. »Ist ja deine Sache, Karo, das musst du selber entscheiden. Ich kann dir nur sagen, dass vor Jahren eine Nachbarin tot umgefallen ist. Jawohl, mausetot. Die durfte keine Nüsse essen, sie *wollte* aber Nüsse essen. Zweimal ging es gut, beim dritten Mal … peng, war sie hinüber. Erstickt.«

Ich schlucke und betaste meinen Hals; die Assmann sieht mich abwartend an.

»Dann kann ich es ja noch einmal wagen.« Da Bruni sich gespielt in Arbeit vertieft, trete ich unter dem Schreibtisch nach ihr. »Hast du gehört, Bruni? Einmal können wir es noch wagen.«

Die Getretene zuckt zusammen und reibt sich ihr schmerzendes Schienbein. »Boah, von mir aus. Aber glaub nur nicht, dass ich Mund-zu-Mund-Beatmung mache, wenn du umkippst.«

Die Assmann lässt den Stapel Arbeit auf meinem Schreibtisch liegen und verschwindet entnervt.

Es kommt selten vor, dass Bruni und ich uns während der Arbeitszeit nicht unterhalten, heute ist das jedoch der Fall. Sie ist beleidigt, dass ich mein Leben aufs Spiel setze, ich, weil sie mich im Notfall nicht wiederbeleben würde. Das soll eine Freundin sein?

Ich bin ebenfalls verärgert, weil Geigenpaul mich gar nicht wahrnimmt, als er am späten Vormittag ins Büro kommt.

Er rauscht so schnell an uns vorüber wie ein Sturzbach in diesen verdammten Allgäuer Bergen. Er sieht noch nicht einmal, wie krank ich bin.

Da Bruni auch nach dem Mittagstisch sehr zugeknöpft wirkt, habe ich nichts Besseres zu tun, als mich mit vielen Fragen zu quälen. Ich blöde Kuh. Warum bin ich gestern Nacht so eilig davongelaufen? Vielleicht *hat* Vivi ja im Dunkeln geduscht? Die Fidschi-Frauen haben quasi die Natur im Blut, die können wahrscheinlich *alles* ohne Licht. Wir Europäerinnen sind da schon wesentlich verwöhnter. Aber gut, im Notfall könnte ich auch ohne Licht unter die Dusche hüpfen. Allerdings müssten mir die Räumlichkeiten vertraut sein. Sind Vivi die Räumlichkeiten in der Villa schon so vertraut? Meine Fingernägel krallen sich wie von selbst in meine Handflächen. Wieso ruft er mich nicht zu sich? Irgendetwas hatte er doch immer zu bequatschen. Ich brauche dich hier, ich brauche dich da, etc. pp, wie geht es deiner Familie, blablabla.

Als hätte Bruni meine Gedanken erraten, drückt sie mir kurz vor Büroschluss die Mappe mit der zu unterschreibenden Korrespondenz in die Hand.

»Holst du die Unterschriften?« Sie grinst schelmisch.

Geigenpaul blickt nur kurz auf, als ich ihm die Unterschriftenmappe vorlege. Dann signiert er die Post, ohne sich den Inhalt durchzulesen. Ich blättere zuvorkommend immer eine Seite vor und beginne eine unkomplizierte Unterhaltung.

»Ähm … ist sonst noch etwas? Ich meine, brauchst du mich heute nach Dienstschluss?«

Geigenpaul verkneift sich ein Gähnen.

»Nein. Es liegt nichts an. Du kannst dir einen entspannten Abend machen.« Er fährt sich durch die dichten Haare, ohne den Füllfederhalter aus der Hand zu legen.

»Oh, da bin ich aber froh. Ich habe in der vergangenen Nacht kaum Schlaf gefunden.«

»Hm, das kenne ich. Meine Nacht war ebenfalls anstrengend.«

Im Geiste sehe ich Vivi in der dunklen Dusche, anschließend mit feuchtem Körper auf dem breiten Doppelbett liegen. Mein Gemütszustand verschlechtert sich innerhalb von Sekunden.

»Hat es bei dir auch so gejuckt wie bei mir?« Kaum ausgesprochen beiße ich mir so fest auf die Lippen, dass ich meine, Blut zu schmecken.

»Was?« Er nimmt mich scharf ins Visier. »Nein, bei mir hat nichts gejuckt.« Er starrt mich an. »Wie siehst du denn aus?«

Pauls Handy trällert eine flotte Melodie. Ohne den Blick von mir abzuwenden, zieht er es aus der Hosentasche. Als ich gehen will, hält er mich zurück und drückt mich in den Sessel.

»Hallo, Vivi, schön, dass du dich meldest … Nein, du störst nicht.«

Ich verziehe keine Miene, denn er beäugt mich noch immer. In der Ruhe liegt die Kraft! Ich widerstehe dem Impuls, aufzuspringen und davonzulaufen; ich will mir die Turtelei nicht anhören. Äußerlich gelangweilt, innerlich am Brodeln, begutachte ich meine Fingernägel.

»Prima, das hört sich sehr interessant an. Natürlich freue ich mich … Ja, nach dem Wochenende haben wir das endlich hinter uns … Heute Abend passt mir gut.«

Er lacht befreit; mir reicht es jetzt. Hastig springe ich auf und knalle die Glastür so fest hinter mir zu, dass Bruni aus Angst vor herumfliegenden Glasscherben den Kopf einzieht. *Also doch! Vivi und Paul, das ist eine bodenlose Frechheit.*

Paul folgt mir auf dem Fuße.

»Was ist nun mit dir? Mit deinem Gesicht?«

Die dunklen Wolken in meinem Kopf brauen sich zu einer Gewitterfront zusammen, ein Gedankenblitz entlädt sich mit einer solchen

Wucht, dass ich mich am Schreibtisch festklammern muss, um nicht umzukippen. Bruni sieht mir an, dass ich zum Schlag aushole; ihre Augen weiten sich, sie schüttelt unmerklich den Kopf.

»Die Hormone sind schuld daran. Ich bin … schwanger. Da werden wir Mädels schon mal hässlich.«

Bruni unterdrückt ein Glucksen; mit einem kurzen »Tschulliung« verschwindet sie aus dem Raum.

Paul wechselt ad hoc die Farbe, er wird blass. Ich genieße die Situation, wie ich selten eine genossen habe. Der nächste Blitz zischt durch meinen Kopf.

»Wir werden in einem Monat heiraten … Machungwa und ich.«

Paul hat sich wieder im Griff, er ringt sich ein Lachen ab. »Wie bitte? Machungwa ist Bi …«

»Stopp! Machungwa ist nicht bi, und er wird auch nie bi werden.« Drohend wedelt mein Zeigefinger vor Geigenpauls Nase.

Er hebt abwehrend die Hände. »Du hast mich nicht ausreden lassen. Das wollte ich zwar nicht sagen, aber egal, Möhrchen.«

Noch bevor ich das Möhrchen verdaut habe, sitzt er wieder an seinem Schreibtisch.

Feierabend. Hastig greife ich nach Brunis und meiner Handtasche, die Computer fahre ich nicht runter. Soll er doch selber machen, der Schleimer. Die Dinger gehören ja schließlich ihm. Ich stapfe wütend zu den Toiletten und erwische meine Freundin rauchend am Fenster.

»Mach die Kippe aus, komm.«

Bruni vermittelt mir das Gefühl, dass sie richtig stolz auf mich ist. »Ha, dem hast du es aber ordentlich gezeigt. Der war vollkommen baff.«

Ich laufe so schnell, dass sie fast nicht mitkommt.

»Der soll nur nicht glauben, dass ich eine Blume bin und an einer Mauer wachse. Diesen Triumph gönne ich ihm nicht, *mich* zu verlassen. Von Machungwa kann er sich eine dicke Scheibe abschneiden … Da muss der kleine Paul noch viel essen und wachsen, um mit dem Medizinmann mithalten zu können.«

Bruni ist außer Atem. Sie hastet hinter mir her; mit einem Schwung öffne ich die schwere Tür zur Tiefgarage. »Renn doch nicht so, Karo.

Dann müssen wir heute Abend also nicht mehr in die Störtebekerwiese ...?«

Ich schneide ihr das Wort ab. »Nein, natürlich nicht. Jetzt haben wir endlich geklärte Verhältnisse.«

Ein Strahlen macht sich auf Brunis Gesicht breit. »Toll, Karo. Ich versuche, unsere Truppe für heute Abend zu mobilisieren.« Dann fällt ihr noch etwas ein. Mit gerümpfter Nase öffnet sie den Kofferraum ihres Autos. »Hier, deine Schuhe. Die hast du gestern Abend vergessen.«

»Ne, Bruni, *die* darfst du entsorgen, ich packe die Dinger nicht mehr an.«

Der Schisshase blickt sich kurz um, dann hängt sie die Plastiktüte an die Anhängerkupplung von Dröpjes Auto, welches zwei Parkplätze neben ihrem parkt.

Bevor ich Gisela von meinen Eltern abhole, fahre ich kurz zu Hause vorbei, um mich etwas frisch zu machen. Aus dem Briefkasten fische ich einen amtlichen Schrieb, in dem die freudige Mitteilung steht, dass ich für das ›dienstgeile Arschloch‹ 585 Euro zahlen darf. Mein Misthaufen wächst also weiter.

Die beleidigte Leberwurst ist als POM Rudolf Kerner notiert, als Zeuge bezeugt POM Günther Grün, der Verräter. Ich benetze mein Gesicht mit kaltem Wasser und beschließe, mich nicht über Fettsack und Konsorten aufzuregen. Gesundheit ist schließlich das wichtigste Gut des Menschen! Sagt Brunis Mutter auch immer. Ich bin dankbar, dass dieser schreckliche Juckreiz nachgelassen hat.

Als wohlerzogene Tochter bleibe ich dem Motto meines Elternhauses treu, Schulden umgehend zu begleichen. Per Online-Banking unterstütze ich die Staatskasse und finde, dass Rudolf Kerner für 585 Euro noch eins auf die Mütze kriegen sollte. Im Online-Telefonbuch finde ich Polizeiobermeister Fettsacks Adresse und entschließe mich, ihm einen Brief zukommen zu lassen. Da es sich um eine persönliche Angelegenheit handelt, wähle ich ein Blatt meines schönsten Briefpapiers, auf den ich wahllos alle bösen Schimpfwörter in Großbuchstaben notiere, die mir einfallen.

Polizistenpopel, blauer Vollpfosten, dummer Wichtelmann, blöder Bulle, Dumpfbacke, blauer Anhalter, schlabbrige Polizistenwampe, impotenter Ampelputzer, dämlicher Zebrastreifentrottel, beleidigte blaue Leberwurst.

Ich rechne kurz durch, 10 x 585 Euro, und freue mich, dass ich soeben 5.850 Euro gespart habe.

Ein Glücksgefühl macht sich in meinem Magen breit, als ich den Brief, natürlich ohne Absender, in den gelben Kasten gleiten lasse.

Weil ich keine große Lust habe, meiner Familie die genaueren Umstände meiner Allergie zu erklären, schiebe ich meinen Ausschlag auf eine neue Gesichtscreme. Conny beugt sich vor; ich lese echtes Mitleid in ihren Augen. Meine Schwester findet, dass ich trotzdem gut aussähe. Mein Bauchgefühl sagt mir, dass irgendwas im Busch ist, wenn Conny so freundlich zu mir ist. Die Zwillinge staunen, dass man von einer Creme krank werden kann. Scheinheilig will Nanni wissen, wie die Creme hieße. Wir Schmunzeln über die Mädchen, die in Gedanken bereits schulfrei haben.

Conny und ich helfen meiner Mutter beim Kartoffelpellen, Opa Heini und mein Vater enthäuten Fass-Matjes, die wir alle liebend gerne essen. Meine Mutter findet es schade, dass Paul nicht mitgekommen ist. Dann schwärmt meine Familie in großer Vorfreude von dem kommenden Wochenende. Opa Heini will eine Kneipanlage aufsuchen und Kurkonzerte hören, meine Eltern freuen sich aufs Wandern, die Zwillinge bestürmen Conny, mit Gondeln die Berge rauf- und runterfahren zu dürfen. Conny erklärt mit versteinerter Miene, dass Anton nicht mitkommen könne. Er habe geschäftliche Termine. Opa Heini lugt über die Brillengläser und sagt nur ein Wort.

»Auha!«

Conny will beleidigt aufspringen, mein Vater hält sie jedoch fest. »Du musst wieder vertrauen lernen, Conny. Anton hat seine Lektion gelernt.«

Meine Mutter ist derselben Meinung. »Papa hat recht. Vergifte eure Beziehung nicht durch Misstrauen. Freu dich auf das Wochenende und lass Anton in Ruhe seinen Job machen.«

Opa Heini lacht grunzend, ihn scheinen die treuherzigen Ratschläge meiner Eltern zu erheitern. »Wer einmal leckt, der weiß, wie's schmeckt.«

Conny sieht mich so an, als hoffte sie, dass ich Opa widerspräche. Ich bin dankbar, dass mein Handy klingelt. Ich verschwinde in die Küche, damit ich ungestört reden kann. Bruni erklärt, dass Machungwa heute Abend eine Abschiedsparty im Garten seiner Eltern geben wird, die für einige Tage verreist seien. Schon morgen Mittag werde er seinen Aufenthalt hier beenden.

Seufzend stelle ich fest, dass es erst kurz nach 18 Uhr ist. Ich habe also noch genügend Zeit, mir den Fisch auf der Zunge zergehen zu lassen. Um von Paul und dem Wochenende abzulenken, frage ich Conny nach den neuesten Ultraschallbildern der Zwerge, die sie bereitwillig aus ihrer Brieftasche zieht und herumzeigt. Alle sind verzückt über die schwarzen und weißen Punkte, aus denen nur Conny erkennen kann, was sie bedeuten sollen. Ich erkenne weder Kopf noch Rumpf.

Liebevoll streicht mir meine Schwester über den Arm. »Ach, Karo, wenn es bei euch mal so weit ist, dann erkennst du sogar die Nasenlöcher.«

Conny begleitet mich zum Auto, als ich mich auf den Weg mache. Schnell stellt sich heraus, warum sie mich heute mit Glacéhandschuhen anfasst. Vorsichtig schleicht sie wie eine Katze um den heißen Brei.

»Karo, nur mal rein theoretisch gedacht, könntest du mir zweitausend Euro leihen?«

Ich fasse es nicht. Anton ist ein ›Großmogul‹. Er verdient in einem Monat mehr, als ich auf meinem Sparbuch habe.

»Theoretisch ja, Conny, praktisch … *nein*! Frag Anton.« Ich schließe hastig mein Auto auf; aus dieser Situation muss ich so schnell wie möglich raus. Ich öffne die Autotür, meine Schwester drückt sie wieder zu.

»Bitte, Karo. Ich kann Anton nicht fragen; ich müsste ihm erklären, wofür ich diese große Summe brauche.«

»Das müsstest du *mir* auch, Conny, also kannst du Anton auch direkt fragen.« Ich ziehe an der Autotür, Conny steht davor und blockiert sie wie ein Esel.

»Ich *kann* ihm aber nicht erklären, wofür. Ich möchte eine Privatdetektei einschalten. Die sollen Anton am Freitag und Samstag jeweils acht Stunden observieren.«

»Boah, Conny, schäm dich. Observieren ist das Allerletzte, was frau machen sollte. Hör auf Mama und Papa.« Für diese Belehrung wird mich Bruni morgen auslachen.

»Was würdest du denn machen, wenn du in meiner Situation wärst?«

Ich zerre jetzt an der Tür, dieses Mal erfolgreich.

»Ach, Conny, ich hätte Anton erst gar nicht geheiratet.«

»Bitte, Karo, du bist doch meine Schwester. Das Wochenende wird mir Gewissheit bringen. Wenn er mich weit weg weiß, wird sich herausstellen, ob er wirklich ›geheilt‹ ist. Nur dieses eine Mal.«

»Wann bekomme ich das Geld zurück?« Sie hat es geschafft.

»Am Montag, gleich am Montag. Im Nachhinein lege ich ein Geständnis ab; wenn Anton mich liebt, wird er mich verstehen.«

Bevor Conny mich mit stürmischen Danke-danke-Küsschen attackieren kann, schließe ich die Tür und lege schnell den Rückwärtsgang ein. Kurz vor Machungwas Elternhaus fällt mir auf, dass ich vergessen habe, Gisela mitzunehmen.

35. Tschüss Medizinmann

Machungwa öffnet die Tür mit einem breiten Lächeln und nimmt mich in seine starken Arme. Mit einem Blick erfasse ich, dass die Einrichtung des Hauses einem fröhlichen afrikanischen Basar gleicht. An den Wänden hängen bunte, lustige Holzmasken, unzähliger Nippes gibt dem Wohnzimmer ein gemütliches Ambiente. An einem hübsch gedeckten Tisch im Garten, auf dem viele kleine Schüsseln mit Köstlichkeiten stehen, sitzen meine Freunde und begrüßen mich mit lautem Gejohle. Auch hier erkläre ich meinen ungewöhnlichen Teint durch die Benutzung einer neuen Gesichtscreme. Bruni lässt sich nicht anmerken, dass die Ursache meines Ausschlages eine andere ist.

Begeistert sehe ich mich um. Ein großer, beleuchteter Schwimmteich bildet den Mittelpunkt des Gartens, ein Froschkonzert gibt es gratis. Auf dem Grill liegen dicke Fleischstücke, die nach herrlichen, mir unbekannten Gewürzen duften. Damit ich auch ein Glas von dem leckeren afrikanischen Wein trinken kann, beschließe ich, mein Auto hier stehen zu lassen. Heiners Fahrzeug bietet Platz für alle. Neugierig beäugen wir Mädels die verschiedenen Salatkreationen, die Machungwa uns auffordert zu probieren.

Ob scharfer Bananensalat, Avocadosalat oder Linsensalat, Manchungwa ist ein Meisterkoch. Das Fleisch auf dem Grill, welches ante mortem ein Strauß war, hat eine glänzende Kruste. Der Matjes soll sich ducken, er wird gleich vom Strauß erschlagen.

Simone hebt ihr Saftglas, wir stoßen an.

»Machungwa, es war toll, dich kennengelernt zu haben. Schade, dass du abreist. Schade, dass du Karo nicht heiratest.«

Ich hüstele verlegen, Machungwa lächelt und schweigt.

Als die Sprache auf das nächste Wochenende kommt und erneut Fehmarn auf dem Programm steht, melde ich mich missmutig ab.

Bruni erklärt mit knappen Worten die Situation, dass ich noch einmal im Allgäu die Zähne zusammenbeißen müsse, danach wäre wohl Ruhe im Karton. Geigenpaul habe sich anderweitig orientiert und neben Bert die kurzweilige Angestellte Vivi erobert.

»Idiot.« Heiner stellt sein Weinglas fester als beabsichtigt auf den Tisch.

Simone findet Pauls Verhalten ebenfalls eigenartig. »Soll er dich doch direkt in die Freiheit entlassen.«

Ich füge hinzu, dass er das Wochenende lediglich wegen meiner Familie, die er eingeladen habe, durchziehen müsse.

»Der spinnt doch. Wieso hat er deine Leute überhaupt eingeladen? Alibifrau hin, Alibifrau her. So ein Aufwand. Ich kann das nicht nachvollziehen. Diese ganzen Umstände? Ne, ne.« Willi denkt angestrengt nach. »Die Sache hat einen Haken, das sagt mir mein Verstand.«

Machungwa legt das Fleisch auf die Teller; ich würde zu gerne wissen, was sich hinter Willis Stirn abspielt, hake aber nicht weiter nach.

»Die Liebe geht verzweigte Wege, Willi. Ist es das, was du sagen wolltest?« Heiner wartet auf Willis Antwort.

Simone stört die Spekulationen. Sie bricht in Begeisterungsschreie aus, als sie von dem Fleisch probiert. Wir stimmen mit ein; das Messer fällt förmlich durch die Fleischfasern. Ich bin froh, dass Machungwa den roten Faden wieder aufnimmt.

»Und wenn er dich wahrhaftig liebt, Karo? Wäre es möglich, dass du die Signale falsch deutest?«

Der Strauß bleibt mir fast im Halse stecken. »Unsinn. In erster Linie ist er in Bert verliebt, das hat er mir klipp und klar gesagt. Er fühlt sich einsam ohne ihn. Und zweitens hat er in Vivi *die* Partnerin gefunden, die wohl gegen eine Dreierbeziehung nichts einzuwenden hat. Für mich wäre das nichts.« Der letzte Satz verlässt leise meine Lippen. Meine Stimmung schlägt um, wie aus heiterem Himmel überfällt mich eine tiefe Traurigkeit.

Nach dem Essen setzen sich alle auf den Steg am Schwimmteich und lassen die Füße ins Wasser baumeln. Ich helfe Machungwa beim Tischabräumen, obwohl er lautstark protestiert. In der Küche lehnt er sich an die Spüle und beobachtet mich. Er hat bemerkt, dass ich melancholisch geworden bin.

»Ich bin auch einen langen Irrweg gelaufen, Karo, bis ich erkannt habe, was ich wirklich will.«

»Und was willst du *wirklich*?«

Er deutet auf ein Bild an der Wand, das eine rassige Afrikanerin zeigt, die ein niedliches Baby auf dem Schoß hält.

»Meine Frau Ratiba und Tutu, mein Sohn. *Das* will ich wirklich.«

»Du bist verheiratet, Machungwa?« Ich hatte mit allem gerechnet, aber nicht mit der Tatsache, dass der Medizinmann eine kleine Familie hat.

Er nickt. »Ja, davongelaufen bin ich. Man kann einen Weg nur zurückgehen, wenn man ihn gegangen ist. Ich gehe ihn gern zurück. Ratiba ist eine ganz besondere Frau.«

Seine große Hand greift behutsam nach meinen roten Locken, die er sanft durch die Finger gleiten lässt.

»Du bist auch etwas ganz Besonderes, Karo. Du weißt es nur noch nicht, weil es dir noch niemand gesagt hat, der dich wahrhaftig liebt. Es können dir tausend Menschen versichern, dass du etwas ganz Besonderes bist. Der *richtige* muss es aussprechen, erst dann wirst du es glauben.«

»Weiß Willi, dass du Familie hast?«

Machungwa schüttelt langsam den Kopf. »Nein, außer dir habe ich es niemandem erzählt. Ich hatte mit Willi seit vielen Jahren keinen Kontakt mehr. Wir sind uns nach meiner Ankunft hier zufällig über den Weg gelaufen. Außerdem, es fällt mir nicht leicht, über private Angelegenheiten zu reden. Vielleicht bin ich auch nur zu feige, um meine eigenen Fehler zuzugeben. Komm, lass uns zurück in den Garten gehen.«

Ich bin froh, dass er mich nicht bittet, nicht mit den anderen darüber zu schwätzen. Es tut gut, dass Machungwa mir vertraut, ohne großartig viele Worte zu machen.

In dem Medizinmann habe ich einen Freund der anderen Art gefunden.

Willis Worte gehen mir nicht mehr aus dem Kopf. Er ist sehr sensibel, empfänglich für Worte, die zwischen den Zeilen stehen. Zu gerne wüsste ich, was er da zu lesen glaubt. Meine Gedanken schweifen zu Vivi und Paul, und da werden sie wohl auch für den Rest des Abends verweilen.

Ohne zu kapieren, worum es geht, lache ich mit, wenn gewitzelt wird, und bin froh, dass Simone gegen 23 Uhr mit Heiners Autoschlüssel winkt. Jeder verabschiedet Machungwa mit lieben Worten, gegenseitig wünschen wir uns alles Gute. Der Medizinmann verspricht hoch und heilig, dass es auf jeden Fall ein Wiedersehen geben wird.

Simone startet Heiners Auto, dann schwärmt sie: »Leute, das Essen war so lecker, ich schwöre euch, ich gehe eine Woche nicht aufs Klo.«

Bruni steckt uns alle mit einem Lachkrampf an, wir können nicht aufhören, und die gute Simone kann wieder einmal nicht verstehen, was daran so lustig sein soll.

36. Organisator Paul

Dr. Weinforth ist ein Wunderheiler. Die Allergie existiert nur noch in meiner Krankenakte, die sich in seiner Praxis befindet. Meine Stimmung ist ebenfalls besser, ich klammere mich an Willis ›Haken‹, wobei ich nicht weiß, ob es ihn überhaupt gibt. Spontan beschließe ich, etwas später ins Büro zu fahren; Geigenpaul kriegt es eh nicht mit. Zähneknirschend lenke ich meinen Corsa zur Sparkasse. Hätte ich doch Connys Quengelei nicht nachgegeben; wenn Anton auf stur stellt, bin ich die Kohle los. Mit einem unguten Gefühl verstaue ich das Geld in meinem alten, aus Jugendherbergszeiten stammenden Brustbeutel, sicher ist sicher.

Bruni sieht mich entgeistert an, als ich ihr von Connys Vorhaben berichte und mich darüber tierisch aufrege.

»Ich will ja nicht mit dem erhobenen Zeigefinger drohen, Karo, aber … irgendwie kommt mir das bekannt vor. Also, im Grunde kann ich deine Schwester verstehen.« Sie öffnet eine Tupperdose, in der Möhren und Kohlrabistückchen liegen.

Ich starre auf die Möhre, die in Brunis Mund verschwindet.

»Wenn du wüsstest, wie ich dieses Gemüse hasse.«

»Wieso? Vielleicht hast du einen Klaps und siehst ein Phallussymbol oder so was in der Art darin.«

Ich verdrehe die Augen und muss lachen. »Ne, mit Sicherheit nicht *deswegen*. Geigenpaul hat mich einmal ›Möhre‹ und einmal ›Möhrchen‹ genannt.«

Ungeniert knabbert sie weiter. »Warum das denn?«

Meine Hände fahren durch die roten Locken. »Vielleicht aus diesem Grund?«

Bruni kichert. »Ist doch süß. Heiner nennt mich immer Tittchen.«

»Tittchen?«

»Ja, deshalb.« Sie zeigt auf ihre Brust.

Ich muss laut lachen. »Also darauf wäre ich im Leben nicht gekommen.«

Dafür kommt Geigenpaul, so gut gelaunt, dass ich erbrechen könnte. Er bleibt nur wenige Minuten, danach hat er einen Besprechungstermin in der Produktion. Das bedeutet im Klartext, dass wir mindestens für zwei Stunden Ruhe haben. Bruni und ich rennen gleichzeitig in Piefkes Büro, um an die Fußbadschüssel zu kommen; Bruni gewinnt und geht Wasser holen. Ich wähle Connys Handynummer. Statt mich zu begrüßen, fragt sie sofort, ob ich an das Geld denken würde. Ich klopfe mir auf die Brust.

»Alles erledigt, Schwesterherz. Wann starten wir die große Geldübergabe?«

Sie keift mich an. »Du stellst vielleicht Fragen. Wann wohl? Wir sehen uns ohnehin jeden Nachmittag bei Mama und Papa.«

Meine Stimme schwillt an. »Ja, aber nur, weil du bis zum späten Nachmittag im Bett liegst. Geh demnächst vormittags hin, dann laufen wir uns wenigstens nicht über den Weg. Ich muss schließlich arbeiten, daher kann ich nicht anders.«

Bruni zeigt mit dem Daumen nach oben, danach verteilt sie Luft-Backpfeifen, die andeuten, ich solle weiter hauen.

Conny beschwichtigt mich. »Du hast ja recht, du hast ja recht, ab morgen bleibe ich auf, nachdem die Kinder schulfertig sind. Ich besuche Mama am Vormittag. Versprochen.«

Die will doch schon wieder etwas von mir. Conny schleimt nie ohne Hintergedanken.

»Karo, könntest du vielleicht … ich meine, hättest du nicht Lust, in der Detektei anzurufen?«

»Nein, dazu habe ich aaaabsolut keine Lust. Nein, das kannst du vergessen, Conny.«

»Ach, komm schon, du bist doch meine Schwester. Nur das eine Mal.«

»Niente. Nada. Nein, vergiss es.«

Ich höre, wie sie tief Luft holt; automatisch halte ich den Hörer weit weg vom Ohr. Ich bin mir sicher, dass sie jeden Moment hysterisch kreischen wird. Einen Tinnitus kann ich momentan überhaupt nicht brauchen.

»Du bist eine Scheeeeißschwester. Eine gemeine, blöde, dooofe Ziege! Wenn ich wegen dir …«, sie schnappt nach Luft.

Ich nutze die Sprechpause und ergreife das Wort. »Was glaubst du eigentlich, wie blöd ich dich manchmal finde? Außerdem ist es mir total egal, mit welchen Schlampen sich dein Anton durch Norddeutschland oder ganz Europa vögelt.«

Dann ist die Leitung tot. Conny hat aufgelegt.

»Na, die möchte ich nicht zur Feindin haben. Puh, Karo, so kenne ich dich gar nicht.«

»Ach was, die beruhigt sich schon wieder. Das ist Conny, wie sie leibt und lebt. Gleich ruft sie zurück, entschuldigt sich und popelt so lange weiter …« Kaum ausgesprochen, klingelt mein Apparat.

»Tut mir leid, Karo, aber ich bin wegen der quälenden Ungewissheit so nervös, ich sitze nur auf der Toilette. Ich mache mir richtig Sorgen, ich habe so einen komischen Druck im Unterleib; meinst du, ich sollte zum Gynäkologen gehen?«

»Nein, gib mir die Rufnummer von diesem Schnüffler, ich mach's. Was soll ich fragen?«

Wie auf Knopfdruck kippt Connys Laune. »Frag dich halt durch, ich hab' doch keine Ahnung von diesen Dingen. Du stellst dich aber auch wieder dusselig an, tschüss.«

Im Zeitlupentempo lege ich den Hörer zurück. Einen Teufel werde ich tun. Ich googele nach *Kontaktaufnahme Detektei*, und siehe da, man kann sich per Mail an diverse Spürnasen wenden. Conny reagiert zwar nicht hocherfreut, aber eine Mail schreiben würde ihr wesentlich leichter fallen als anzurufen.

Bruni wischt sich mit einem Geschirrhandtuch die Füße trocken.

»Ich bin ja nicht gehässig, Karo, aber einen klitzekleinen Dämpfer würde ich deiner Schwester noch gönnen.«

»Ja, aber erst nach der Entbindung.«

Die Tür öffnet sich; Geigenpaul muss meine letzten Worte mitbekommen haben. Er legt mir eine Mappe mit Werbeunterlagen auf den Tisch und er fasst sich an den Kopf.

»Kommst du kurz mit?«

Ich springe einen Tick zu schnell auf, denn es freut mich, dass er mich endlich wieder braucht.

»Was kommt nach der Entbindung?« Er schiebt mich zum Fenster, sodass Bruni uns nicht im Blickfeld hat.

»Nun, dann … kommt die nächste Schwangerschaft. Machungwa liebt Kinder. Wir wollen mindestens drei …« Ich stemme die Hände in die Hüften und hebe vielsagend die Augenbrauen.

Er nickt langsam. »Das kann ich verstehen. Hast du eigentlich schon mal ein farbiges Baby mit roten Haaren gesehen?« Er lehnt sich lässig an den Fensterrahmen und wartet auf meine Reaktion.

Darauf kann er warten, bis Sonne und Mond sich küssen.

Ich drehe mich um und lasse ihn stehen.

Den Rest des Arbeitstages schufte ich wie besessen, damit die Zeit schneller vergeht. Bruni macht es ebenso.

Conny sitzt mit fleckigem Gesicht in der Nachmittagssonne, als ich den Garten betrete. Diese Flecken hat sie immer, wenn sie nervös ist. Ein großer Nachteil, wenn einem angesehen werden kann, dass die Nerven flattern. Das hat sie von meinem Vater. Gut, dass dieser Kelch an mir vorübergegangen ist. Ich schlage da eher nach Opa Heini, der Nerven wie Drahtseile hat. Zumindest in manchen Situationen überwiegen diese Gene. Nach einigen herzhaften Knuddlern mit meinen Eltern springt Conny auf. Ich reiche ihr unauffällig den Brustbeutel.

Sie schielt abfällig auf das alte Lederteil, welches sie angeekelt mit nur zwei Fingern anfasst. »Sag mal, hast du ein Trauma aus deiner Kindergartenzeit? Du trägst noch einen Brustbeutel?«

Statt zu antworten, rufe ich laut nach Opa Heini. Das Gesicht meiner Mutter hellt sich auf. »Dein Opa fährt Gundula in Oma Fines altem Rollstuhl spazieren. Er zeigt ihr die Baumsiedlung.«

»Echt? Das finde ich aber schön!« Neugierig setze ich mich zu meiner Mutter an den Tisch, die mit einem Taschentuch die Gläser ihrer Lesebrille poliert.

»Kind, die beiden sind ein Herz und eine Seele. Wenn du gesehen hättest, wie Opa den Rollstuhl poliert hat. Als wäre er für die alte Queen Mum. Und weil die nicht mehr lebt, darf Gundula darin sitzen.« Sie lacht. »Papa hat Gundula heute nach dem Frühstück hergeholt. Die Arme ist ja wirklich zu alleine. Sie kann sich nur schwer behelfen, eine Reha hat sie ja strikt abgelehnt.«

»Würde mich nicht wundern, wenn der alte Haudegen sich auf seine alten Tage noch einmal verliebt hätte.« Mein Vater steht mit einem Föhn am Grill und feuert ihn ordentlich an.

Conny verzieht das Gesicht. »Je oller, desto doller!«

Mein Vater läuft rot an; ich lenke ab. »Wo sind denn die Kinder?«

Meine Schwester steht auf und gähnt ungeniert, ohne die Hand vor den Mund zu halten. »Die sind wieder auf einem Kindergeburtstag.« Dann verschwindet sie in der Küche.

Mein Vater wischt sich Schweiß von der Stirn. »Wir haben Gundula eingeladen, heute hier zu übernachten.«

Und wieder wird mir bewusst, was ich für eine tolle Familie habe.

»Mamaaa, wieso ist der Grill an? Im Kühlschrank liegt doch gar kein Fleisch!« Conny kommt mit einer Scheibe Wurst in der Hand aus dem Haus.

Meine Mutter zwinkert ihr zu. »Paul hat darauf bestanden, dass er heute für das leibliche Wohl sorgt.« Verlegen wischt sie die Hände an ihrer Schürze ab. »Damit ich nicht so viel Arbeit habe.« Ihre Wangen färben sich rosa.

Wie bitte? Der kommt auch? Ich lasse mir nicht anmerken, dass ich davon nicht die leiseste Ahnung hatte. Gleichzeitig ärgere ich mich, dass Paul sich Gedanken um meine Mutter macht. Das ist *meine* Mutter. Er soll sich von irgendeiner *Von und zu* adoptieren lassen.

Conny schmollt. Irgendetwas scheint ihr wieder einmal gegen den Strich zu gehen.

Opa Heini und Gundula haben ihren Siedlungsrundgang beendet. Scheppernd wuchtet mein Großvater den Rollstuhl mit der zierlichen Frau Piefke durch den schmalen Torbogen. Wie ein Vaterlandsverteidiger streckt er die Faust zum Himmel.

»Ha! Wir sind mit fünf Heini-Stärken durch die Straßen gejuckelt, nicht wahr, Gundula?«

Die Angesprochene nickt glücklich.

Irgendwie scheinen die Damen heute alle im Gesicht zartes Rosa zu tragen. Gundula glüht mit meiner Mutter um die Wette.

»Ich bin begeistert von diesem gepflegten Stadtteil … und so viel Grün! Mein Gott, hier fühlt man sich wie im Urlaub. Hallo, Karo. Sie sehen blendend aus.«

Dieses Kompliment kann ich ehrlich zurückgeben. »Und Sie erst, Gundula! Wie ein junges Mädchen.«

Spontan umarme ich erst meine Vorgesetzte, danach meinen Opa, der barsch das Kommando übernimmt. »Quatsch. Hier wird nur noch geduzt, wir sind ja schließlich nicht in ›Siezilien‹, hahaha.«

Dann betritt Paul die Arena. In einer Hand trägt er eine Kühlbox, mit der andern Hand balanciert er eine große Schüssel voller Grünzeug, die ihm meine Mutter abnimmt.

Conny öffnet neugierig die blaue Box und befördert eingeschweißtes Fleisch zutage. »Rinderfilet. Lammkarree. Lecker! Hui, und Bratkartoffeln. Schade, dass die Kinder nicht hier sind, die lieben Bratkartoffeln.«

Gundula reicht Paul höflich die Hand; er sieht darüber hinweg und umarmt sie. »Frau Piefke, wir sollten das Korsett der Förmlichkeiten ablegen. Ich hoffe, du hast nichts dagegen, dass wir gleich auf du und du trinken.«

Gerührt streicht sie eine Haarsträhne beiseite. »Ja, wenn Sie … ähm, du das meinst? Also, ich habe nichts dagegen, Paul.« Opa Heini klopft Paul so fest auf die Schulter, dass er leicht in die Knie geht. »Tach, mein Jung'!«

Als Geigenpaul Anstalten macht, mich auf den Mund zu küssen, drehe ich den Kopf beiseite, sodass er meine Wange trifft.

Es zischt laut, als mein Vater das Fleisch auf den Grillrost legt; der »Tach-mein-Jung'« sprintet noch einmal zum Auto und kommt mit einigen Flaschen Wein zurück. Paul steigt wieder eine Stufe auf der Beliebtheitsskala nach oben, denn das Fleisch ist von hervorragender Qualität. Antons Anruf stört Conny beim Verschlingen der Kartoffeln; er meldet sich ab, er habe noch zu tun. Opa Heini bekommt einen deftigen Rüffel von meinem Vater, weil er erneut ein »Auha!« vom Stapel lässt. Er rüffelt schroff zurück, und für einen Augenblick wirken die gestandenen Männer wie kleine Jungen in Lederhosen, die sich gleich zu kloppen anfangen.

Nach dem Essen stellt Opa Heini Schnapsfläschchen auf den Tisch, die er aus einer Hängegeranie, die prächtig in einer Blumenampel vor sich hin blüht, hervorzaubert.

Meine Mutter beobachtet fassungslos sein Treiben. »Also Vaaater … sag mal, du versteckst Schnaps? Was soll Paul denn von dir denken?«

»Ich verstecke ihn nicht, liebe Hildegard, ich schütze lediglich meine Privatsphäre. Außerdem soll Paul nicht denken, sondern trinken. Hier, Jung'! Und gleich erklärst du uns erst einmal, wie das Wochenende ablaufen wird.«

Paul greift lachend nach dem Feuerwasser und trinkt mit Gundula Bruderschaft. Anschließend stoße ich mit Gundula an.

»Ihr könnt hier schlafen, Kinder. Mit Alkohol im Blut setzt ihr euch nicht ans Steuer.« Die Stimme meiner Mutter klingt streng.

Jetzt brauche ich noch einen. Meine Hände zittern so, dass ich den Schraubverschluss nicht aufbekomme; Geigenpaul hilft. »Das geht auf gar keinen Fall, Mama. Paul muss heute Abend noch arbeiten, nicht wahr, Paul?«

»Ja«, er schickt mir einen liebevollen Blick. »Leider. Wir nehmen ein Taxi.« Er legt sanft einen Arm um meine Schultern und streichelt meinen Oberarm, der das sehr schön findet. Er reagiert mit Gänsehaut. Meine Eltern nicken zufrieden, die zweite Flasche Wein wird entkorkt. Nach allgemeinem Gläserklirren verkündet Paul die Pläne, die er geschmiedet hat. Wie selbstverständlich geht er davon aus, dass Gundula, die gegen aufsteigende Rührung ankämpft, mitkommt.

Opa Heini witzelt: »Damit du mal was anderes siehst als Russland und Hamburg.«

Paul holt sein iPhone aus der Tasche und öffnet seinen Terminkalender; ich seufze leise, denn mein Oberarm fühlt sich einsam.

»Also, unser Flieger geht am Freitag um 15 Uhr. Wir fliegen mit *Avanti Air*, eine kleinere Maschine mit circa siebzig Plätzen. Der Flug dauert eine Stunde und fünfundvierzig Minuten, vom Flughafen Memmingen geht's dann mit dem Taxi nach Bad Hindelang. In einer knappen Stunde sind wir vor Ort. Dort werden wir abgeholt und zu unserem Quartier gebracht. Es geht ein wenig bergauf.«

Ich will protestieren, denn mir ist mit Sicherheit nicht nach ›hoch hinauf‹ zumute. Meine Mutter schickt mir einen warnenden Blick, der heißen soll: *Dann läufst du halt mal einen Berg rauf.*

Allein bei dem Gedanken bricht mir der Schweiß aus.

Gundula schielt auf ihre Krücken. »Na, das ist dann wohl doch nichts für mich. Ich kann doch mit den Gehhilfen nicht im Gebirge herumlaufen.«

»Genau, Gundula. Sollen die mal ruhig fahren, ich leiste dir hier Gesellschaft.« Ich tätschele tröstend ihre Hand. Der liebe Gott hat sich schon wieder was dabei gedacht, dass sie sich die Knochen gebrochen hat. Paul redet weiter, er ignoriert meinen Vorschlag.

»Nein, Gundula, das geht natürlich nicht. Heini und du könnt euch, wann immer ihr wollt, ins Tal fahren lassen. Einen Rollstuhl organisiere ich, das ist kein Problem. Es soll sehr heiß werden, packt eine Sonnenmilch mit einem hohen Lichtschutzfaktor ein.« Der perfekte Organisator nimmt mich wieder in den Arm. »Besonders du …« Paul vergräbt sein Gesicht in meine Haare und flüstert ergänzend »… Möhrchen« in mein Ohr.

Gundula strahlt erleichtert.

Connys Blicke wandern neidisch zwischen Paul und mir hin und her. Wenn sie nur ansatzweise ahnen würde, wie wenig ich zu beneiden bin.

Abrupt steht sie auf. »So, dann will ich mal die Kinder abholen. Karo, wir können ja morgen Vormittag wie gewohnt ein bis zwei Stündchen quatschen, ich rufe dich im Büro an.«

Erbost schließe ich die Augen. So was nennt man glatt ›jemanden in die Pfanne hauen‹.

Theatralisch legt sie eine Hand vor den Mund. »Sorry. Habe ich jetzt gepetzt, dass du lieber mit mir telefonierst, statt zu arbeiten?«

Weder Paul noch die anderen reagieren auf Connys Boshaftigkeit. Ich lasse sie ebenfalls ins Leere laufen. Mir ist klar, dass sie den Druck weitergibt, der sie belastet.

Nachdem meine Schwester weg ist, sitzen wir noch eine Weile zusammen. Ich entschließe mich, doch bei meinen Eltern zu übernachten; Paul bestellt sich, wie angekündigt, ein Taxi.

37. Baldrian & Co

Am nächsten Morgen schlage ich mit dem Kopf mit voller Wucht gegen die Wand, als ich mich vornüberbeugen will, um den Weckruf meines Handys auszuschalten. In meinem ehemaligen Kinderzimmer ist alles seitenverkehrt. Im Haus herrscht eine Grabesstille; die Rentner und Kranken haben's gut, die können weiterschlafen. Mit halb geschlossenen Augen tapse ich ins Bad und stolpere über Gundulas Krücken, die unglücklich geparkt wurden. Eine Knöchelverstauchung wäre jetzt das Optimale; das Pech ist leider nicht auf meiner Seite. Um niemanden aufzuwecken, dusche ich so leise es geht; aufs Haareföhnen verzichte ich. Erstaunt registriere ich, dass Geigenpauls Auto nicht mehr vor dem Haus parkt. Entweder hat er es schon abgeholt oder es ist geklaut worden. Mir soll es egal sein. Ohne zu frühstücken, verlasse ich auf leisen Sohlen das Haus. Gisela bleibt im Gartengehege; morgen müsste ich sie eh wieder herbringen. Beim Bäcker um die Ecke versorge ich mich mit einem Kaffee to go. Ein mit Käse und Salat belegtes Brötchen lacht mich so appetitlich an, dass ich nicht widerstehen kann es zu kaufen.

Bruni schwärmt von der Nacht mit Heiner; sie outet sich, ihn mit jedem Tag mehr zu lieben. Ich freue mich für die beiden. Conny ruft tatsächlich an, jedoch nicht für ein oder zwei Stündchen; sie hält mich lediglich fünf Minuten von der Arbeit ab. Die Detektei habe den Auftrag angenommen, ihre Hemmungen seien vollkommen unbegründet gewesen. Der Herr Privatermittler sei ja ein so netter und verständnisvoller Mensch, sie könne sich sogar zwischendurch nach dem Stand der Dinge erkundigen. Ich könnte vor Lachen kreischen, wenn ich mir vorstelle, welche Dinge einen gewissen Stand haben könnten.

Bruni gibt zu, auf das Ermittlungsergebnis gespannt zu sein wie ein Flitzebogen. Mir geht es ebenso.

Während des Mittagessens beschließen wir, im nächsten Leben auch den Beruf Privatschnüfflerin in Erwägung zu ziehen. In sechzehn Stunden 2.000 Euro zu kassieren, das hört sich verflixt verlockend an. Ulrike und Heike halten dagegen. Bestatterin, *das* wäre die richtige

Berufswahl. Die ›Kollegen‹ auf dem Tisch würden kein dummes Zeug reden, außerdem könne man auch mit Schminke und Lockenstab hantieren.

Bruni und ich werfen gleichzeitig angeekelt unser Essbesteck auf die Teller. Irgendwie ist uns nicht mehr nach Gulasch mit Nudeln zumute.

Geigenpaul hat heute Laufschuhe an. Kaum ist er im Büro, ist er wieder weg. Kaum ist er fort, ist er wieder da. So vergeht Stunde um Stunde; das Wochenende rückt mit erbarmungsloser Schnelligkeit immer näher.

Kurz vor Feierabend schlägt Geigenpaul mir großzügig vor, morgen zu Hause zu bleiben, was ich jedoch dankend ablehne. Er macht eine Geste, die wohl »Wie du willst« bedeuten soll, und verschwindet. Ich gehe jede Wette ein, dass er morgen in einer Seppeljacke und mit einem Hut mit Gamsbart antanzen wird. Obwohl ich nicht vorhabe, viel einzupacken, bitte ich Bruni, mir zu helfen. In Wirklichkeit habe ich keine Lust, den Abend alleine zu verbringen. Sie stimmt sofort zu und verschickt eine Rund-SMS. Keine zwei Minuten später verkündet sie, dass die anderen auch kämen. Ich bin gerührt; der Zusammenhalt unserer ›Runde‹ ist unschlagbar.

Meine Reisetasche ist in einer halben Stunde gepackt. Zwei kurze Hosen, eine leichte Treckinghose, drei Paar Socken, drei T-Shirts, Unterwäsche, Toilettenartikel, ein Paar feste Schuhe, ein Paar Treckingsandalen, fertig. Willi, der meine Abneigung gegen diese Reise überdeutlich spürt, schlägt vor, das Wochenende einfach als eine Art Spaßaktion zu betrachten. Ich erkläre, dass ich unter extremster Höhenangst litte, da *könne* man keinen Spaß empfinden.

Heiner macht mir ebenfalls Mut. »Es wird bestimmt schön werden, Karo; der schlimmste Feind des Menschen ist die Angst. Außerdem kann dich niemand zwingen, etwas zu tun, was du nicht wirklich willst.«

Simone putzt den Stein ihres Verlobungsringes mit einer Serviette. »Ich habe mal einen Film mit diesem Reinhold Messer gesehen … Bleib besser hier, Karo! Ich verrate aber jetzt nicht, was der in den Bergen alles durchgemacht hat.«

Bruni schlägt mit einer Zeitung nach ihrer Cousine. »Messner heißt der, du Fruchtfliege, Reinhold Messner.«

»Manno, ist doch egaaaal, ob Messer oder Messner. Ihr wisst doch, wen ich meine. Der hatte mal Erfrierungen und so ein Gedöns.«

»Mensch, Simone. Der war auf dem Mount Everest, der ist fast 9.000 m hoch! Dagegen sind die Berge im Allgäu ein Pipifax. Mach Karo nicht noch mehr Angst, als sie ohnehin schon hat!«

Willi schlägt todernst vor, dass ich im Notfall anrufen solle. Er rennt, wie auf dem Campingplatz, in Supermann-Haltung auf den Balkon und wieder zurück. »Ich verspreche dir, Karo, Simone und ich holen dich unverzüglich da raus!«

Heiner und Bruni schließen sich an. »Du kannst uns vertrauen, Karo, wir sind ebenfalls dabei; wir organisieren einen Hubschrauber.«

Jetzt bin ich tatsächlich ein wenig beruhigter. Ich reiche die Speisekarte vom *Pizza-Flitzer* herum und sehe dem Wochenende ein wenig gelassener entgegen.

Normalerweise weckt mich mein Wecker. Das ist im Grunde ein zuverlässiges Abkommen zwischen meinem Wecker und mir. In etwa so wie das Schengener Abkommen zwischen Dingsbums und Dingsda. An diesem Freitagmorgen, kurz vor 6 Uhr, weckt mich jedoch nicht mein Wecker, sondern ein Albtraum der übelsten Sorte. Als ich panisch aus dem Bett flüchten will, knalle ich wieder gegen eine Wand. Mir wird bewusst, dass ich nicht in meinem ehemaligen Kinderzimmer, sondern zu Hause bin. Ich reibe die kleine Beule an meiner Stirn, mein Herz schlägt mir bis zum Hals. Ein schrecklicher Traum.

Ich stand auf einem hohen Berg, gefesselt an ein Gipfelkreuz. Im Dirndl. Reinhold Messner wedelte mit einem Pizzaschneider aufgeregt vor meiner Nase herum. Er forderte böse eine Pizza vom *Pizza-Flitzer*. »Funghi … Funghi … Salami«, rief er laut. Meine Eltern versuchten, auf mich zuzulaufen, doch ein starker Gegenwind ließ sie auf der Stelle treten; sie kamen nicht voran und streckten mir in purer Verzweiflung die Arme entgegen. Messner fuchtelte noch wütender, dann kam Paul, er rannte mit ausgebreiteten Armen auf mich zu. Ich sah die Rettung nahen … Aber Paul lief an mir vorbei, direkt in Berts

Arme, der neben mir stand. Die beiden küssten sich, dann kam Vivi auf einem Besen angeflogen und schlug mit einer Zeitung nach mir. Sie kicherte und kicherte mit wehendem Haar. Ein zuckender Blitz traf mich an den Händen, die Fesseln lösten sich, dann erwachte ich.

Ich verstehe zwar nicht viel von Psychologie, eines ist mir jedoch klar. *Mir geht es beschissen.* Die Gabe, sich gefühlsmäßig in bestimmte Situationen hineinzuversetzen, hat mich oft glücklich gestimmt, für die bevorstehende Kurzreise ist sie jedoch ein Fluch. Deswegen erscheint der Morgen düster und grau, obwohl die Sonne scheint. Wie durch einen dunklen Tunnel wate ich ins Bad. Auch der Duschstrahl verscheucht das Bild des feuerroten Rettungshubschraubers nicht, der mich aus schwindelnder Höhe abholt, weil ich vor lauter Panik hyperventiliere und kurz davor bin, den sprichwörtlichen Löffel abzugeben.

Der Toaster schleudert eine schwarz verbrannte Scheibe Weißbrot auf die Spüle, ebenfalls ein schlechtes Omen. Selbst der Kaffee scheint heute schwärzer zu sein als gewöhnlich. Ich muss so schnell wie möglich an die frische Luft.

Mit Schwung wuchte ich die Reisetasche in den Kofferraum; zielsicher steuere ich die nächstgelegene Apotheke an, in der ich nach den stärksten Pillen gegen innere Unruhe verlange, die rezeptfrei erhältlich sind.

»Da habe ich etwas Feines für Sie. Eine hochkonzentrierte Mischung aus Baldrian und Hopfen. Möchten Sie eine Packung mit zwanzig oder fünfzig Dragees?« Der alte Apotheker lugt fragend über seine Brille, die auf der Nasenspitze sitzt.

»Hundert. Ich nehme zwei Packungen à fünfzig Stück.« Der alte Mann hebt die Augenbrauen, dann verschwindet er kurz.

Während er zielsicher einen Apothekerschrank öffnet, brennt mir eine Frage auf der Zunge. »Waren Sie eigentlich schon mal in den Bergen, Herr …?« Weil ich seinen Namen nicht weiß, nuschele ich etwas Unverständliches.

»Nehehehe, ich bin doch nicht verrückt. Ich leide unter Höhenangst.«

Ich werfe die geforderte Summe auf die Theke, raffe die Pillenpackungen zusammen und verlasse fluchtartig das Pillendepot.

Im Aufzug treffe ich ausgerechnet auf Dröpjes, der die Todesanzeigen in der Tageszeitung studiert. Auch hier kann ich mir die Frage nicht verkneifen. »Waren Sie eigentlich schon mal in den Bergen, Herr Dröpjes?«

Ohne aufzublicken, schüttelt er mit dem Kopf. »Im Leben nicht. Wissen Sie, die Cousine einer Freundin meines Freundes hat sich mal so derbe bei einem Skiunfall die Beine gebrochen, seitdem trägt sie Metallplatten an sämtlichen Knochen unterhalb der Gürtellinie.«

Meine Hände krallen sich um den Griff meiner Handtasche.

Dröpjes seufzt. »Vieeel zu gefährlich. Im Winter ist es der Schnee, im Sommer sind es die Geröllfelder. Schönen Tag noch, Frau van Goch.«

Am Schreibtisch überfliege ich den Beipackzettel; statt der empfohlenen Dosierung, dreimal täglich ein Dragee zu schlucken, fange ich mit einmal täglich drei Dragees an.

Dankbar greife ich nach dem Glas Wasser, das mir Bruni mit einem aufmunternden Blick reicht. »Gleich siehst du das Ganze viel gelassener.«

Es ist nervig, dass meine Freundin sich alle fünf Minuten nach meinem Befinden erkundigt. Geigenpaul teilt mir telefonisch mit, dass er heute nicht mehr ins Büro käme, Dröpjes würde ihn vertreten. Abschließend befiehlt er regelrecht, dass ich spätestens um 13 Uhr bei meinen Eltern eintreffen solle; er werde uns mit einem Großraumtaxi abholen. Das Medikament fängt tatsächlich an zu wirken; es ist nicht nur Balsam für meine Nerven, nein, ich verspüre auch eine stimmungsaufhellende Wirkung. In der Kantine ordere ich eine doppelte Portion Bratfisch mit Remouladensauce und erkundige mich angstfrei bei Ulrike und Heike, ob sie jemals Erfahrungen als Gebirgsurlauberinnen gemacht hätten. Heike verneint, Ulrike kramt in ihrem Gedächtnis.

»Als Kind war ich einmal mit meinen Eltern in Österreich am Pillersee. Ich erinnere mich sehr gern daran zurück. Wenn du willst, kann ich dir mal Fotos zeigen. Wunderschön. Blühende Almwiesen, Kühe, Glockengeläut, frische Buttermilch. Der Sohn unseres Vermieters, der Seppi, war Bergsteiger. Er hat mir immer Bonbons zugesteckt. Aber nur den halben Urlaub, danach war er hinüber.«

Heike, Bruni und ich stellen gleichzeitig die Frage. »Tooot?«

Ulrike lacht. »Nein, nicht ›tooooot‹!«

Ich atme erleichtert auf.

»Man sagt dort nicht einfach nur ›tot‹ … Man sagt ehrfürchtig: ›Er ist am Berg geblieben.‹«

Na dann! Baldrian und Co. lassen mich albern kichern.

Die Verabschiedung von meiner Freundin fällt stürmisch aus. Wir liegen uns in den Armen. Bruni muss hoch und heilig versprechen, falls mir etwas im Allgäu zustoßen sollte, eine kleine Schiefertafel auf mein Grab zu stellen: *Sie ist am Berg geblieben.*

38. Paulchen

Gongschlag 13 Uhr hält das Großraumtaxi vor dem Haus meiner Eltern; die Zwillinge hüpfen aufgeregt umher und trällern das *Heidi-Lied.* Paul hilft dem Taxifahrer, der sich als »Türke Mehmet« vorstellt, das Gepäck zu verstauen. Mir kommt die Situation so grotesk vor, dass ich mich am liebsten vor Lachen schütteln würde. Meine Mutter hat zur Feier des Tages ihren Sonntagshut aufgesetzt, zu dem leichten Sommerkleid trägt sie derbe Bergschuhe. Opa Heini und mein Vater tragen Partnerlook. Knickerbocker, dazu karierte Strümpfe. Geigenpaul trägt zu Jeans in der Tat eine leichte Jacke im Trachtenlook. In seltener Eintracht werfen Conny und ich uns einen amüsierten Blick zu.

Als alle angeschnallt sind, gibt Türke Mehmet zu heimatlichen Klängen so kräftig Gas, dass meine Mutter ihren Hut festhalten muss. Wir werden regelrecht in die Sitze gepresst, ein kleiner Vorgeschmack auf den Flug.

Anton chauffiert Conny und die Kinder hinterher.

Am Flughafen empfängt uns eine nette Dame vom Deutschen Roten Kreuz, die mit einem Rollstuhl bereits auf Gundula wartet. Opa Heini klopft Paul anerkennend auf die Schulter. *Dieses Organisations-*

talent habe Lob verdient. Die Abfertigung am Flughafenschalter geht so flott vonstatten, dass wir zwanzig Minuten vor Abflug im Flieger sitzen. Unsere bunte Gruppe fällt in den Massen der Anzugträger auf, die geschäftig in Unterlagen wühlen oder vor Abflug mit einem Tablet hantieren. Meine Eltern setzen sich jeweils neben eine ihrer Enkeltöchter, Conny sitzt neben einer Dame im Business-Kostüm. Opa Heini und Gundula, die vor Paul und mir Platz genommen haben, recken aufgeregt die Hälse Richtung Fenster.

Paul möchte mir sehr gerne den Fensterplatz überlassen, was ich jedoch sehr gerne ablehne. In meinem Handgepäck fische ich nach der Pillenpackung und drücke drei von den weißen Glücksdragees heraus. Wenn ich nicht am Fenster sitze, leide ich nicht unter Flugangst; dennoch, eine weitere Dosis kann nicht schaden. Die Berge kommen immer näher. Paul wirft einen Blick auf die Packung und schaut mich verständnisvoll an.

»Flugangst?«

Ich nicke. Soll er ruhig glauben, dass ich Flugangst habe. Er greift in seine Tasche und holt ein kleines Pillendöschen hervor. »Hier, nimm die, die wirkt Wunder.«

Zaghaft schlucke ich eine von den kleinen grünen Tabletten; Paul greift nach mir beherzt zu. Entspannt lehne ich mich zurück.

Nach exakt einer Stunde und vierzig Minuten landet die Maschine in Memmingen. Nach dem Auschecken nehmen wir die letzte Etappe in Angriff. Mit zwei Taxis geht's ab, immer geradeaus nach Bad Hindelang. Ich muss zugeben, dass mir die Steingiganten von unten recht gut gefallen, teilweise sind sie mit üppigem Nadelgehölz bewachsen. Würziger Tannenduft weht durch das einen Spalt breit geöffnete Autofenster. Tief atme ich die herrliche Luft ein. Wie Paul angekündigt hatte, wartet am großen Parkplatz vor der Kurverwaltung ein urbayrischer Typ in einem alten VW-Bus auf uns. Ein älterer vollbärtiger Hüne von Mann steigt aus dem Auto, er klopft Paul mit seinen großen, schwieligen Händen auf den Rücken.

Die Kinder verstecken sich hinter Conny und weigern sich, dem Riesen die Hand zu reichen.

Der kratzt sich verlegen am Kopf. »Des gangad ma grad no ab. Die Kinda sans jo angstig vor mei Abortdeckeln. I bin do bloß der Kaufmanns-Toni.« Dann lacht er schallend und klopft sich auf die Wildlederhose.

Paul übersetzt Tonis Allgäuer Kauderwelsch. »Toni meint, das fehle ihm gerade noch, dass die Kinder Angst vor seinen Händen hätten, die so groß sind wie Toilettendeckel.«

Darüber lachen die Kinder, derartige Witze gefallen ihnen. Wir Erwachsenen sind nicht ›angstig‹ und stellen uns nacheinander vor. Paul erklärt uns, dass der Kaufmanns-Toni ein Gehilfe auf der Alm sei, zu der wir gleich fahren würden. Toni bemüht sich, hochdeutsch zu reden.

Dabei betont er langsam jede Silbe. »Es freut mich, dass ihr da seid. So, jetzt geht es auffi.«

Äußerst behutsam hilft Toni Gundula in den Wagen; Opa Heini vollzieht einige kleine Kniebeugen, breitet die Arme weit aus und holt tief Luft. Er schickt meinem Vater einen strafenden Blick. »*Das* nennt man gute Luft, Hermann. Nicht so stickig wie in deinem Garten …«

Mein Vater begibt sich grinsend auf den Rücksitz des Fahrzeugs. »Vater, für die Luftqualität in Sülldorf bin ich nun wirklich nicht der richtige Ansprechpartner.«

Die Zwillinge haben eine Bergbahn entdeckt, mit der sie heute Abend noch fahren wollen. Conny, die ein wenig blass ist, verspricht ihnen für den morgigen Tag einen schönen Ausflug. Ungeduldig schiebt sie die Kinder in den VW-Bus. Immer wieder schaut sie auf die Uhr. Ich ahne, dass sie in Gedanken bei Anton ist.

Toni fährt in einem so rasanten Tempo, dass meine Mutter und Gundula ebenfalls erblassen. Nach einer kurzen Fahrt im Tal nimmt Toni Kurs auf einen schmaleren Weg, der stetig steil nach oben ansteigt. Mal durch dichte Wälder, mal auf freien Strecken quält sich das alte Auto voran. Mit jeder Kurve gewinnen wir an Höhenmetern, die Häuser im Tal werden immer winziger. Ich bete, dass der Almfuzzi den Wagen in der Spur halten kann; wenn wir *hier* runterfielen, wäre Ende im Gelände. Toni und Paul schwätzen in einer Tour, ich verstehe so gut wie nichts. Mir wird leicht übel; ich kämpfe mit dem Bratfisch, der permanent versucht, den Rückwärtsgang einzulegen. Das Kurvenfahren macht meinem Magen zu schaffen.

Paul dreht sich zu uns um. »So, jetzt haltet die Augen offen. Immer schön nach vorne schauen …«

Nach einer weiteren Biegung eröffnet sich eine riesige Hochebene, auf der unzählige Kühe mit großen Glocken um den Hals grasen. Eine weitläufige ›Wanne‹, in deren Mitte eingebettet eine wunderschöne Almhütte wie aus dem Bilderbuch liegt. Blumenkästen mit üppigen roten Geranien runden das idyllische Bild ab, welches ich gierig aufsauge. Die letzten Meter beschleunigt Toni den Bus, der auch froh zu sein scheint, die anstrengende Fahrt hinter sich zu haben, er ruckelt ab und an. Mit einem anhaltenden Hupen hält er direkt vor dem Hauseingang. Ich springe als Erste aus dem Auto.

Eine kleine, blonde Frau mittleren Alters schaut lachend aus dem Fenster neben der Tür und winkt uns freundlich zu.

»Kommt rein, hier oben sind die Türen immer geöffnet«, ruft sie beschwingt. Meine Familie kommt der Aufforderung sofort nach. Der Kaufmanns-Toni kümmert sich um unser Gepäck, dann verlässt er mit drei weiteren Gehilfen den Berg; die Vier werden heute im Tal übernachten.

Vollkommen entzückt drehe ich mich mit ausgebreiteten Armen so, als wolle ich die Welt umfassen, mehrfach im Kreis. Paul stoppt meinen ›Kreislauf‹, wir sind alleine.

»Gefällt es dir hier?« Seine Stimme klingt sanft.

Ich nicke glücklich. Er packt mich bei den Schultern und zeigt auf einen schroffen, kargen Berg, der rechts neben der ›Wanne‹ majestätisch in den Himmel ragt. »Den würde ich morgen gerne mit dir besteigen. Es gibt einen sicheren Weg bis zum Gipfelkreuz.«

Meine Brust hebt und senkt sich deutlich. Dieser Idiot fällt förmlich mit der Tür ins Haus. *Hallo?* Die Vorstellung, auf diesen Berg zu kraxeln, raubt mir den Atem, mir wird schwindelig. »Nein, Herr Geiger, diesen Berg würde ich nur hinaufklettern, wenn ich den Gang nach Canossa antreten müsste. Vergiss es, denn genau das wird niemals passieren. Niemals.«

»Sag niemals nie.« Eine glockenhelle Stimme unterbricht unsere Unterhaltung. Als ich mich umdrehe, steht die kleine, blonde Frau hinter mir, ihre Augen blinzeln mich freundlich an.

»Du musst Karo sein. Paul hat so viel von dir erzählt, dass du mir schon sehr vertraut bist.« Spontan umarmt sie mich. Sie duftet nach frischem Heu. »Ich bin die Vroni.«

»Hallo, Vroni.« Es passiert nicht oft, dass mir jemand auf Anhieb sympathisch ist; bei meinem Gegenüber ist es so.

Nachdem sie Paul auf beide Wangen geküsst hat, schiebt sie uns ins die Hütte. Die Tür ist so niedrig, dass Paul sich beim Eintreten bücken muss.

»Karo, deine Familie macht sich kurz frisch; du möchtest dich bestimmt auch einen Moment ausruhen. Derweil decke ich vor der Hütte den Tisch. Es gibt Spießbraten mit Knödeln; ich hoffe, ihr habt Appetit mitgebracht. Bert ist noch im Tal, er wird etwas später kommen.«

Ach ja! Bert! Den hatte ich vollkommen vergessen. Als wir unsere gemütliche Kammer betreten, wird mir bewusst, dass in dieser Nacht wohl kein Weg daran vorbeiführen wird, mit Geigenpaul ein Zimmer zu teilen.

»Wo möchtest du schlafen? Rechts oder links?« Paul hievt das bunte Nylonbündel auf den Schrank, das ich aus seinem Hobbyraum kenne. *Igitt, ein Paragleiter!*

Böse fahre ich ihn an. »Ich werde nicht schlafen. Weder rechts noch links, du kannst beide Betten haben.«

Mit einem störrischen Blick konzentriere ich mich auf das Öffnen meiner Reisetasche. Ich ziehe ein weites Schlafshirt hervor und werfe es auf den Stuhl, der unter einem Kruzifix in der Ecke steht. »Ich werde dort, auf diesem Stuhl übernachten. Wenn ich nur eine Decke haben könnte?«

Er mimt nicht den Kavalier, sagt nicht, dass *ich* beide Betten haben könne. Er sagt auch nicht, dass *er* auf dem Stuhl schlafen würde. Stattdessen zuckt er gleichgültig die Schultern. »Okay, wie du möchtest.«

Sein Gleichmut treibt mich zur Weißglut, mir ist nach Streit. Ich drehe den Wasserhahn des kleinen Waschbeckens auf und lasse eiskaltes Wasser über meine Handgelenke laufen.

»Bert kann ruhig in der Nacht zu dir stoßen, ähm … ich meine, ihr könnt beide aufeinanderstoßen.« Süffisant lächele ich ihn durch den

Spiegel an. »Wenn du verstehst, was ich meine. Ich werde mir von Mama Ohropax leihen, eine Schlafmaske aufsetzen. Ihr könnt also ganz entspannt Wiedersehen feiern.«

Paul lacht. »Warum die ganzen Umstände, Möhrchen? Du könntest, wenn alle schlafen, mit Bert einen Zimmertausch vornehmen. Du denkst viel zu kompliziert.«

Ich werde noch wütender, denn darauf hätte ich auch selber kommen können. Ich blaffe ihn an. »Nenn mich nicht Möhrchen.«

»Okay, Möhrchen.« Mit großer Gelassenheit dreht er sich Richtung Zimmertür. »Ich geh' dann schon mal vor.« Er stoppt noch einmal kurz. Da er mit dem Rücken zu mir gewandt steht, kann ich in seinem Gesicht nicht lesen. »Sag mal, wissen deine Eltern eigentlich, dass du schwanger bist und gedenkst, diesen Machungwa zu heiraten?«

Mir bleibt die Luft weg, mein Mund ist von einer zur anderen Sekunde staubtrocken. *Eine* zweideutige Bemerkung im Beisein meiner Familie ... Ich darf gar nicht daran denken. Mit einem Hustenanfall durchbreche ich die knisternde Spannung, die in dem kleinen Zimmer liegt. Meine Kehle ist wie zugeschnürt.

»IschbinnischwundiheirMachni.«

»Bitte? Was sagtest du?« Paul dreht sich um, ein verhaltenes Grinsen umspielt seine Mundwinkel. »Ich habe kein Wort verstanden, nicht ein einziges Wort!«

Ich wiederhole das Gestammel noch einmal, und nach einem erneuten »Ich verstehe kein Wort« von Paul räuspere ich mich und sage in aller Deutlichkeit: »Ich bin nicht schwanger und ich werde Machungwa nicht heiraten.« Instinktiv weiche ich zurück, als Paul mit langsamen Schritten auf mich zukommt.

»Du hast gelogen?«

Ich halte seinem Blick trotzig stand. »Na und? Jeder lügt mal im Leben. Jeder. Du lebst auf dem falschen Planeten, Herr Geiger. Hier leben Menschen. Menschen, verstehst du? Und Menschen lügen halt ab und an. Wenn der liebe Gott nicht gewollt hätte, dass Menschen lügen, hätte er die Lüge nicht erfunden. Ich werde zur Beichte gehen und büßen, wenn wir zurück in Hamburg sind, okay?« Meine Antwort fällt hitziger aus als beabsichtigt.

»Aaah.« Paul lacht verhalten. »Ich verstehe. Aber du weißt schon, dass wir hier oben auf dem Berg dem lieben Gott ein Stückchen näher sind, nicht wahr? Also warum nicht direkt vor Ort büßen? Morgen früh, Frau van Goch, um Punkt 9 Uhr gehen wir gemeinsam den Gang nach Canossa.« Er zeigt aus dem Fenster auf den schroffen Gipfel des Steingiganten. »Der Breitenberg wartet auf uns.«

Vor Wut schlage ich mit einer Hand auf den Bettpfosten und verkneife mir ein »Aua«, weil ich mir dabei arg wehgetan habe. »Pah, als wenn mir dieser doofe Pipiberg Angst machen würde.« Meine Arme verschränken sich von alleine vor meiner Brust. Paul nickt mir kurz zu; ich sehe, dass er knapp vor einem Lachanfall steht.

Jetzt bin ich dran. »Was war mit der Fidschi-Tante? Bruni hat dich mit ihr gesehen. Was hattest *du* mit ihr?«

Er wird ein wenig blass, hat sich jedoch sofort wieder im Griff. »Nichts war mit ihr. Nichts. Wir haben lediglich einen Kaffee zusammen getrunken, mehr nicht.« Mit drei großen Schritten verlässt er die Kammer.

Mit aller Kraft verdränge ich den unbändigen Wunsch, mich wie eine ungezogene Göre hysterisch schreiend und strampelnd auf den Boden zu werfen. So ein hundsgemeiner Paul. Ein wahrer Kavalier stößt eine Frau nicht in die Grube, die sie sich selbst gegraben hat. Ein wahrer Kavalier würde eine Leiter in die Grube stellen. Ich atme tief durch und zwinge mich zur Ruhe. Mit dreißig schnellen Kniebeugen baue ich aufgestautes Adrenalin ab.

Nach einer kurzen Make-up-Auffrischung begebe ich mich zu den anderen. Meinen Missmut werde ich mir auf gar keinen Fall anmerken lassen.

Vroni hat den großen Holztisch vor dem Haus mit einem rustikalblauen Service wunderschön gedeckt. Ein großer Almwiesenblumenstrauß, der mittig auf dem Tisch steht, duftet so herrlich, dass ich am liebsten mein Gesicht darin vergraben würde. Hanni und Nanni spielen auf der Wiese mit einem flinken Hund, der auf den Namen *Peppi* hört. Den Kindern macht es Spaß, ihm Befehle wie »Sitz« und »Lauf« zu erteilen, denen er sich schwanzwedelnd beugt. Meine Mutter lässt es sich nicht nehmen, Vroni beim Servieren der Speisen zu helfen. Ein himmlischer Bratenduft schwebt in der Luft, der selbst die Zwillinge vom Spielen lockt. Peppi trottet hinterher und legt sich brav unter eine Bank, die neben dem Hauseingang steht. Er verfolgt aufmerksam jede Bewegung, die Vroni macht.

Paul hat seinen ›Launematen‹ auf Mundwinkel-nach-oben und Dauergrinsen gestellt. »Na, warte ab, Peppino, für dich fällt später auch noch ein Stück Fleisch ab.«

Vroni nickt lachend.

Wir lassen uns nicht lange bitten, als unsere Gastgeberin uns auffordert, kräftig zuzulangen. Es herrscht eine fröhliche Stimmung; die Kinder schlingen dermaßen, als hätten sie seit Tagen nichts mehr zu essen bekommen.

Conny ermahnt sie mit vollem Mund, in dem ein halber Kloß steckt. »Metz, ischt mal ordentlisch …«, worauf die Kinder schlagfertig reagieren. »Mit vollem Mund spricht man aber nicht, Mama.« Conny wird feuerrot, Opa Heini nickt den Kindern zu.

Paul sitzt dicht neben mir, sein Oberschenkel berührt mein Bein, was mir ebenfalls die Röte ins Gesicht treibt. Wir registrieren alle begeistert, als die Sonne sich auf den Weg zur anderen Seite der Erdhalbkugel macht, dass die Berge sich majestätisch in feuriger rötlicher Glut präsentieren. Jetzt kann ich nachvollziehen, was Ulrike gemeint hat. Nach dem köstlichen Mahl helfen wir Frauen Vroni, reinen Tisch zu machen, und sitzen innerhalb von einer halben Stunde wieder bei den Männern, die sich, natürlich nur der Verdauung wegen, an selbst gebranntem Obstler laben. Hanni und Nanni erkunden mit Peppi, nachdem er einige Happen des versprochenen Spießbratens verschlungen hat, ein kleines Waldstück neben dem Haus. Paul schenkt aus einer großen Karaffe Wein ein, Vroni verschwindet im Haus, um Kerzen zu holen. Nach wenigen Minuten kommt sie mit bunten Windlichtern zurück.

»Bert hat angerufen. Er kommt erst morgen früh; seine Freundin, die Marianne, kommt nicht vom Kellnern weg. Drunten im *Hotel Zum Wilderer* ist die Hölle los. Er mag sie nicht alleine lassen.«

Paul nickt lachend. »Das kann ich sehr gut verstehen.«

Mir wird, obwohl ich sitze, schwindelig. Bert hat eine Freundin? Arme Marianne, wenn die wüsste.

Paul nimmt Vroni in den Arm und hebt das Glas. »Na, dann stoßen wir halt ohne Bert auf einen wunderschönen Abend an, gell, Vroni?«

Vroni streicht sich vorwitzige blonde Locken aus der Stirn und nickt eifrig. »Ja, dann werden wir ebenso ohne Bert die kleine Familienzusammenführung in Angriff nehmen.«

Ich kapiere zwar nichts, lasse es mir aber nicht anmerken.

Anders meine Mutter. »Familienzusammenführung?« Sie parkt das Weinglas kurz vor ihrem Mund und blickt zuerst Paul, dann Vroni fragend an.

Mein Vater rutscht auf der Bank hin und her, lockert mit zwei Fingern den ohnehin offenen Hemdkragen, zuckt mit den Nasenflügeln und eifert meiner Mutter nach. »Familienzusammenführung?«

Die unfreiwillige Situationskomik meiner Eltern erinnert stark an Evelyn Hamann und Loriot. Opa Heini, Gundula und Conny verhalten sich wesentlich disziplinierter. Sie hören einfach zu, ohne Fragen zu stellen. Vroni füllt ein Glas mit dem Selbstgebrannten, leert es in einem Zug und fängt an zu reden.

»Vor dreißig Jahren habe ich die Alm hier droben übernommen, um sie vom Frühjahr bis zum Spätherbst zu bewirtschaften. Ich suchte die Einsamkeit. Den Männern hatte ich abgeschworen.

Durch eine große Enttäuschung habe ich damals den Glauben an die wahre Liebe verloren. Mein damaliger Verlobter hat sich, ein halbes Jahr nachdem er mir den Ring an die linke Hand steckte, in meine Freundin verliebt … Die beiden sind über Nacht auf und davon. Nach Kempten, mir blieb nur ein Brief mit fadenscheinigen Erklärungen sowie der Hohn und Spott einiger Bewohner im Tal.«

Conny gleitet ein leises »Oh nein« über die Lippen, meine Mutter atmet tief durch, Gundula tupft sich mit Opa Heinis Taschentuch die Nase, ich hänge gebannt an Vronis Lippen. Frauen reagieren auf derartige Schicksale und deren Auswirkungen auf die Psyche einer Frau sehr sensibel, ich gehöre zweifellos dazu. Unwillkürlich muss ich an Roger und Ricarda denken.

»Am Samstag, den 19.Juni 1982, bin ich da rauf.« Sie zeigt auf den ›Pippiberg‹. »Mir war danach, den Breitenberg zu besteigen. Es war wie ein innerer Zwang, dem ich nicht widerstehen konnte.« Ein wehmütiger Glanz schimmert in ihren Augen. »Am Gipelkreuz kniete ein fescher Mann, der augenscheinlich mit unserem Herrgott sprach. Ich wollte ihn nicht stören, machte schnell kehrt, doch er bemerkte mich und rief mir nach: ›So bleiben Sie doch, bitte, bleiben Sie‹.

Ich bin geblieben, habe mich wie selbstverständlich neben ihn gekniet und in sein ›Vater unser‹ eingestimmt. Eine ganze Stunde haben wir gemeinsam vor dem Kreuz gehockt. Danach hat er sich als *Nikolaus* vorgestellt und mir erklärt, dass er um die Genesung seiner Frau bangen würde, die seit über einem Jahr im Koma läge. Durch einen Verkehrsunfall habe sie das Bewusstsein verloren. Nach einer Jause, die wir schweigend zu uns genommen hatten, sind wir gemeinsam abgestiegen. Danach saßen wir stundenlang still, auf der Bank hinter dem Haus.

Nach einer Brotzeit ist er gegangen. Eine Woche später klopfte es in der Früh an der Tür. Er war wieder da. ›Kommst du mit?‹, hat er gefragt. Ich überließ meinen Gehilfen die Hütte und bin wieder mit ihm auf den Berg. Zum Beten. Zwischen uns entwickelte sich eine Vertrautheit, die ich nicht mit Worten beschreiben kann. Es war etwas Zartes, Besonderes. Im Laufe der Zeit bürgerte es sich ein, dass ich für die Wochenenden mehr Personal einstellte, weil ich mit Nikolaus durch die Berge zog. Wir klammerten uns wie zwei Ertrinkende aneinander. Wir brauchten uns … Wir liebten uns längst, bevor wir es wussten. Monate später brachte er seinen Bub mit … Paulchen.«

Mit einer unglaublich zärtlichen Geste wuschelt sie Paul durch die vollen Haare, bis sie zersaust sind. Hanni und Nanni kommen aus dem Wald gestürmt und fordern lautstark Taschenlampen.

»Man kann ja die Hand vor Augen nicht mehr sehen«, mault Nanni altklug. Paul schlägt den Kindern vor, sich gemütlich auf das Sofa zu lümmeln und mit einer Riesentüte Chips die DVD *Findet Nemo* zu schauen. Ich habe das Gefühl, dass alle aufatmen, als die Kinder Pauls Angebot gerne annehmen.

Nach wenigen Minuten fährt Vroni fort.

»Dann sind wir zu dritt losgezogen, haben allerdings die Gebete ausfallen lassen. Für Paulchen wäre die sentimentale Stimmung zu belastend gewesen.

Paul lebte hier auf. Die Sorge um die geliebte Mutter trug er im Herzen, doch Nikolaus und ich hatten das Gefühl, dass er zeitweise vergessen konnte. Paul und ich verstanden uns so gut, dass er die gesamten Ferien hier oben auf der Alm verbrachte. Damit ihm nicht langweilig wurde, durfte er seinen besten Freund mitbringen. Ja, mei, was haben die beiden hier droben herumgetollt.«

Paul wischt sich lachend über das Gesicht. »Das war Erlebnisurlaub vom Feinsten! Ich erinnere mich gerne daran zurück.«

Ich könnte heulen! Armes Paulchen! Zaghaft nehme ich Pauls Arm und lege ihn um meine Schultern. Wir sitzen jetzt ganz eng beieinander; ich atme seinen Körperduft ein und wünsche mir, dass dieser Abend nie zu Ende geht.

Vroni spielt verlegen mit einer Serviette.

»1985 bin ich schwanger geworden. Vera Geiger lag noch immer im Koma. Nikolaus hat seinen Bruder Jacob eingeweiht, in der Hoffnung, Verständnis zu finden. Er erzählte seinem Bruder lediglich, dass er sich in mich verliebt hätte. Nikolaus war sich sicher, dass sein Bruder unsere Beziehung akzeptieren würde. Das war jedoch ein Trugschluss. Bittere Vorwürfe folgten. ›Hurenbock, deine Frau liegt auf dem Sterbebett und du hast eine andere.‹ So hat er reagiert. Die Schwangerschaft verheimlichte Nikolaus.

Mich quälten ganz arge Schuldgefühle, denn ich hätte diese Schwangerschaft verhindern können.«

Die blaue Serviette liegt in kleinen Fetzen vor Vroni. Sie schiebt die Papierschnipsel hin und her.

»Was ich jedoch nicht wollte. Wir fühlten uns wie ein Ehepaar, wir lebten an den Wochenenden und Feiertagen wie ein Ehepaar. Wir freuten uns auf jedes Weihnachtsfest, stapften gemeinsam durch dicht verschneite Wälder, schlugen einen Weihnachtsbaum und vergaßen die Welt um uns herum. Es war … wie … wie eine himmlische Fügung, wenn wir uns sahen. Nikolaus brach daraufhin mit seiner Familie. Wir hatten nur uns. Aber wir genügten uns, die Umstände schweißten uns zusammen. Am 19. August 1985 kam Adalbert zur Welt. Paulchen war außer sich vor Freude. Er hatte einen kleinen Bruder bekommen. Nikolaus' Herz war voller Stolz. Er dankte Gott für das ›Geschenk‹ … seinen zweiten Stammhalter. Wenige Tage später verstarb Vera Geiger. Obwohl Nikolaus mich Monate nach Veras Tod bekniete, ihm nach Hamburg zu folgen, zog ich es vor, im

Allgäu zu bleiben. Die Stadt hätte mich erdrückt. Ich unter vielen Hochhäusern? Nein, das hätte nicht funktioniert.

Nikolaus hat meine Entscheidung akzeptiert; wir sahen uns weiterhin nur an den Wochenenden, Feiertagen und in den Urlauben. Vielleicht waren wir deswegen so glücklich. *Wenn* wir uns sahen, freuten wir uns aufeinander. Nikolaus und sein Bruder Jacob näherten sich einander erst wieder an, als Nikolaus in den Neunzigern herzkrank wurde. Zu dem Zeitpunkt kümmerte Jacob sich um die Firma. Für den Fall, dass ihm etwas zustoßen würde, regelte Nikolaus, nachdem es ihm etwas besser ging, sämtliche Formalitäten für den Fall der Fälle.

Er bestand darauf, dass wir heiraten … was wir auch taten. Ich musste ihm versprechen, nicht zu seiner Beerdigung zu erscheinen, falls ihm etwas passieren sollte. Stattdessen sollte ich an diesem Tag auf den Breitenberg gehen, falls die Witterung es zuließe, um mich dort von ihm zu verabschieden. Genau an der Stelle, unter dem Gipfelkreuz, wo wir uns das erste Mal begegnet sind, wollte er auf mich warten. Und … seinem letzten Willen habe ich auch entsprochen. Jacob Geiger samt seiner Sippe wissen nicht, dass wir geheiratet haben. Sie ahnen auch nicht, dass Nikolaus einen weiteren Sohn hat, und das soll auch so bleiben.«

Wieder schickt sie Paul einen zärtlichen Blick. »Ich bin dankbar, dass ich so tolle Buben habe! Adalbert, also Bert, werdet ihr morgen früh kennenlernen. Paul hat so viel von dir, liebe Karo, wie von deiner Familie geschwärmt, dass mir jedes Mal richtig warm ums Herz wurde, wenn er von euch berichtet hat.«

Vroni reicht die Flasche mit dem Obstler herum, wir schlagen uns förmlich, wer sich zuerst von dem Alpenbrandy einschenken darf. Conny, die lediglich an einem Wässerchen nippt, schaut neidisch auf uns ›Trunkenbolde‹.

»Lasst uns auf Nikolaus trinken, auf den Vater meiner Buben! Und darauf, dass der Herrgott uns weiterhin helfen mag, Schicksalsschläge zu ertragen.« Wieder nimmt sie Paul ins Visier. »Wenn du in der Firma in England nicht in Schwierigkeiten geraten wärst, hättest du Karo nie kennengelernt!«

Gundula nickt nachdenklich. »Ja, Herr Geiger war ganz aufgeregt, als er erfuhr, dass Paul in England quasi übers Ohr gehauen wurde und dadurch in Schwulitäten geraten ist.«

Spätestens jetzt fällt es mir wie Schuppen von den Augen.

Mein Sohn … schwul …? Bruni! Nicht schwul …, sondern Schwulitäten! Die Erkenntnis, dass ich für den Mann an meiner Seite sehr viel mehr empfinde, als ich mir je eingestehen wollte, übermannt mich. Dicke Tränen der Reue und Scham kullern über meine Wangen. Ich schlinge meine Arme um Paul, wie ein kleines Klammeräffchen hänge ich an seinem Hals. Er genießt die Zärtlichkeit und vergräbt sein Gesicht in meinen roten Locken, dabei hält er mich so fest, als wollte er mich nie mehr loslassen.

Ein kollektives Schluchzen setzt ein. Gundula, Conny und meine Mutter rotzen hemmungslos in Taschentücher.

Was für eine bittersüße Liebesgeschichte! Dagegen ist Dr. Schiwago ein Micky-Mouse-Film!

Opa Heini sorgt dafür, dass die Tränen der Rührung schnell versiegen.

»Na, Hermann, dann können wir ja wieder Urlaub für umme machen, so wie damals in Todendorf! Ich meine, wenn wir nun alle eine Familie sind, werden wir die Verwandtschaftsverhältnisse an dem einen oder anderen Wochenende gründlich pflegen!«

Mein Vater klopft seinem alten Herrn grinsend auf die Schulter. »Stimmt, Vater!«

Vroni versteht Opa Heinis Humor. »Ihr seid jederzeit herzlich willkommen! Die eine oder andere Hand zum Melken kann ich gut brauchen!«

Meine Mutter schlägt vor, dass wir nun, wo wir doch alle so gemütlich beieinandersäßen, einen Verlobungstermin festlegen könnten.

Paul lässt mich nicht aus den Augen, als er antwortet. »Ich finde, der heutige Abend ist ein perfekter Termin.« Er nimmt meine Hand und zieht mich von der Bank hinter sich her in den schwach beleuchteten kleinen Flur der Almhütte. Etwas benommen durch drei hochprozentige Obstler, lehne ich mich Halt suchend an den Türrahmen der Küche. Pauls Gesicht ist ganz nah vor meinem, seine Stimme klingt rau, seine Augen funkeln im sanften Licht.

»Karo, willst du meine Frau werden?«

Ich schlucke schwer, meine Brust hebt und senkt sich so schnell, als wäre ich zwanzig Kilometer nonstop gejoggt.

»Wir wissen doch gar nicht, ich meine, wir haben doch noch nicht …«

Paul hilft mir. »Miteinander geschlafen? Meinst du das?«

Ich nicke schwach.

Zärtlich nimmt er mein Gesicht in seine Hände. Leise flüstert er. »Ach, Möhrchen, du bist die süßeste kleine rote Hexe, die mir je begegnet ist. Du hast mich verzaubert. Und … ich bin nicht schwul, das kann also nur gut gehen. Außerdem … die Nacht ist noch lang genug. Du kannst mir auch erst morgen früh die Antwort geben.«

Nach einem zärtlichen Kuss, der meinen Blutkreislauf wie ein Teilchenbeschleuniger in Wallung bringt, habe ich nur noch Kraft zu nicken.

Als wir wieder bei unseren Lieben am Tisch sitzen, sehen uns alle erwartungsvoll an. Selbst Peppino rutscht unruhig auf dem Boden hin und her, jault erst, dann bellt er uns an, als wenn er sagen wollte: »Nun sagt schon!«

Paul prostet allen zu. »Wozu noch lange herumschippern. Wir laufen ohne große Verlobungsfeier direkt in den Hafen der Ehe ein, und das so schnell wie möglich!« Danach holt er aus der Hosentasche eine kleine Schmuckschatulle, aus der er einen schlichten Ring mit einem funkelnden klaren Stein hervorholt, den ich mir nur zu gerne an den Finger stecken lasse.

Alle applaudieren, von allen Seiten wird gratuliert. Vroni lässt einen so lauten Jodler los, dass die Kühe aufschrecken. Ein lautes Muhen und Kuhglockengeläut in verschiedenen Tonlagen hallt, als Vorbote der Hochzeitsglocken, durch die Dunkelheit.

39. Der Gang nach Canossa

Gestern Abend bin ich mit Gänsehaut zu Paul unter die Decke geschlüpft, heute früh bin ich mit Gänsehaut aus dem Bett gekrabbelt. Jetzt, während ich Vroni und meiner Mutter helfe, den Tisch vor dem Haus zu decken, habe ich noch immer Gänsehaut. Die Nacht neben Paul war von einer so süßen Zärtlichkeit, wie sie mir bis vor wenigen Stunden vollkommen unbekannt war. Geflüsterte leidenschaftliche Worte, Ehrlichkeits- und Treueschwüre wirbeln noch immer durch meinen Kopf.

Obwohl wir kaum geschlafen haben, fühle ich mich so agil wie nach einer dreiwöchigen Kur in ›Bad Fithausen am Müslisee‹. Die Sonne lugt hinter einem Berggipfel hervor, es ist noch recht frisch. Vroni legt mir eine selbst gehäkelte Stola aus weicher Wolle um die Schultern.

»Damit du dir nichts einfängst.«

Sie bemerkt, wie sehr mir diese Handarbeit gefällt, und schlägt vor, mir bei einem der nächsten Besuche das Häkeln beizubringen.

Kaufmanns-Toni und seine Kollegen sind schon eifrig bei der Arbeit; gegen 5 Uhr habe ich den alten VW-Bus kommen hören. Hier oben auf der Alm scheinen die Uhren anders zu ticken. Hinter dem Haus scheppern Milchkannen.

Opa Heini sitzt als Erster am reich gedeckten Tisch. Mit großem Appetit greift er nach einem der selbst gebackenen, knackigen Brötchen. Er bedenkt meine Mutter mit einem strengen Blick. »Ha, *das* hier nennt man frische Brötchen, Hildegard! Dagegen sind die Dinger, die du vom Bäcker Paulsen holst, furztrockener Mehlstaub!«

»Also, Vater … ich bin nun wirklich nicht für die Backkünste unseres Bäckers verantwortlich.«

Opa kontert. »Ne, natürlich nicht! Aber selber backen könntest du mal, so wie die Vroni!«

Meine Mutter verdreht beleidigt die Augen.

Danach erscheint mein Vater mit frisch rasiertem, aber reichlich verknautschtem Gesicht. Beim Anblick von Bergspeck, Landjägern,

Leberwurst, Marmelade und Käse zieht er eine Grimasse und kratzt sich den Kopf.

»Vroni, hast du vielleicht Kamillentee im Haus? Mir ist nicht so recht … Der Schnaps, es war wohl einer zu viel.«

Vroni nickt eifrig. »Ja, freilich hab' ich Kamillentee, Hermann! Selbstgesuchte Blüten, ich brüh' dir schnell eine Kanne auf.«

»Weichei!« Opa Heini schlürft geräuschvoll seinen Milchkaffee. »Karo, besorg deinem Vater eine Schüssel Milch für seinen ›Kater‹.« Er kichert albern.

Paul kommt fröhlich pfeifend an den Tisch, er haucht mir einen Kuss auf die Wange und wählt den Platz mir gegenüber. Unter seinen Blicken wird mir so warm, dass ich die Stola von den Schultern gleiten lasse. Gundula, die wegen der Krücken etwas länger für die Körperpflege brauchte, humpelt nun langsam, mit nur einer Gehhilfe, um den Tisch, um neben Opa Heini Platz zu nehmen. Conny und die Kinder schlafen noch.

Vroni gießt meinem Vater dampfenden Kamillentee ein; dann erklärt sie mir, dass sie für Paul und mich eine zünftige Brotmahlzeit vorbereitet habe. »Droben«, nach fünf Stunden Aufstieg, könnten wir uns stärken.

Ich verschlucke mich an einem Stück Käse; mein Vater sagt »Hoppla« und schlägt mir kräftig auf den Rücken.

»Fünf Stunden? Fünf Stunden laufen?« Jetzt kichere ich albern. »Ich will nicht nach Hamburg, sondern lediglich auf den Hügel da hinten.«

Vroni lacht, als hätte ich den Witz der Woche erzählt, was absolut nicht der Fall ist. Todernst schaue ich Paul in die Augen; er nickt lahm.

»Fünf Stunden Aufstieg ist vollkommen realistisch. Aber wenn du nicht magst …«

»Ach was …« Ich mache eine wegwerfende Handbewegung. »Das schaff' ich locker … quasi auf einem Bein, ha, ha, ha!«

Ich erinnere mich an unsere Worte der vergangenen Nacht. Nein, ich werde Paul nicht enttäuschen. Nein, ich werde den Gang nach Canossa gehen, ich habe mich ihm gegenüber wirklich nicht sehr nett benommen. Eine Lüge nach der anderen; nein, Frau van Goch, da musst du jetzt durch. Schwungvoll wische ich mir mit der Serviette über den Mund.

»Also, von mir aus kann es losgehen!«

Vroni besteht darauf, dass ich statt der Treckingsandalen ein Paar neue Bergschuhe anziehe, die sie aus der Abstellkammer in der Küche hervorzaubert. Dicke, selbst gestrickte Socken müssen ebenfalls an meine Füße.

Paul wartet bereits am VW-Bus. Er ist in ein Gespräch mit Toni vertieft, als ich mit meinem Rucksack, in dem vier Literflaschen Mineralwasser stecken, aufkreuze. Eigentlich reichen mir schon die zehn Meter bis zum Bus, der Rucksack ist so schwer wie meine Beine. Und die fühlen sich verdammt schwer an.

Gundula und Opa Heini wollen nicht mit ins Tal fahren, sie finden es vor der Almhütte so behaglich, dass sie den Tag mit dem Fernglas auf der Bank verbringen wollen. Zaghaft winke ich allen zu, stutze ein wenig, als uns Vroni »Gottes Segen« wünscht. *Brauchen wir den wirklich?*

Kaufmanns-Toni fährt die Strecke ins Tal mit noch halsbrecherischerem Tempo als auf der Hinfahrt. Ich schließe die Augen und stelle mir vor, mein Rucksack wäre Gottes Segen als greifbare Materie und halte mich daran fest. In Hinterstein, auf einem großen Parkplatz, hält Toni mit quietschenden Reifen an. Ich schnelle so flott nach vorne, dass mein Sicherheitsgurt einrastet. Dankbar, dass ich den Wagen verlassen darf, steige ich aus. Mit einem »Pfiat di Gott« braust Toni davon.

Ich wuchte meinen Rucksack auf den Rücken. Paul bietet an, die Wasserflaschen mit in seinen Rucksack zu packen, was ich jedoch entschieden ablehne.

»Die merke ich kaum, das macht mir nichts aus.«

»Wirklich, Möhrchen?«

Ich strahle ihn an. »Ganz wirklich!«

Er passt die Teleskop-Wanderstöcke auf meine Größe an, dann wandern wir los. Ich atme die herrlich würzige Luft tief ein.

Paul erklärt kurz: »Die Tour ist relativ einfach. Ab und an werden wir die Hände brauchen, um über einige Felsen zu klettern, das wird dir Spaß machen. Jetzt wandern wir erst einmal Richtung Giebelhaus.«

Eine kurze Strecke laufen wir über eine geteerte Straße, was ich als sehr angenehm empfinde. Ich pfeife das *Kufstein-Lied* von Karl Ganzer, das Opa Heini so sehr liebt. Paul dagegen scheint froh zu sein, dass wir die Straße hinter uns lassen und über eine Brücke der Ostrach laufen. Das Wasser ist klar; ich hätte große Lust, die drückenden Wanderschuhe auszuziehen, um meine Füße in dem kalten Fluss zu kühlen. Mit einem Wanderstock zeigt er auf eine Wegweisung, auf der mit grüner, feiner Schrift *Breitenberg* steht.

»Wir müssen da entlang.«

Nach einer ganzen Weile erreichen wir eine Forststraße mit einer tiefen Schlucht. Jetzt pfeift Paul ein Lied. Mir wird schwindelig und gleichzeitig übel, als ich in den Abgrund starre, der mich magisch anzieht. Ich taumele ein wenig, meine Hände krampfen sich um die Griffe der Wanderstöcke.

Paul mahnt, nicht runter zu schauen. »Halte den Blick stets auf die andere Seite gerichtet, schau immer nur zum Berg. Komm, gib mir deine Hand, du machst das ganz prima, wirklich, du machst das toll.«

Als wir den nächsten Abschnitt, der serpentinenartig durch einen herrlichen Wald führt, entlang wandern, bin ich relativ entspannt. Kein Abgrund, nur schöne Bäume. Ich fühle mich wie Heidi, genauso ausgelassen benehme ich mich auch. Erste zaghafte Jodelversuche scheitern, Paul erteilt lachend Nachhilfe. Danach tauschen Paul und ich Kindheitserinnerungen aus. Er erzählt von den Ferien im Allgäu, von seinem Freund Oliver, von gewissen Melktechniken, Lagerfeuer und Schlafen im Heu.

Ich erzähle Anekdoten aus unseren Urlauben auf Fehmarn, natürlich auch die Geschichte von Onkel Egon, der so unerwartet eingeschlafen ist.

Ich reiche Paul alle zehn Meter die Wasserflasche, damit der verdammt schwere Rucksack schneller an Gewicht verliert.

Die Zeit vergeht wie im Flug. Nach dem Waldabschnitt erreichen wir eine riesige Weidefläche mit einer Alm. Meine Füße schmerzen mittlerweile; ich spüre, dass sich an meiner linken kleinen Zehe und rechten Ferse Blasen gebildet haben. Ich lockere die Schnürsenkel ein wenig; diese Aktion bringt jedoch wenig Erleichterung.

»Alles gut, Möhrchen?«

»Und wieee! Ich fange an, das Bergsteigen zu lieben.« Meine Mittel- und Zeigefinger kreuzen sich, während ich versuche, mich von den schmerzenden Füßen abzulenken.

Paul drückt mir einen Kuss auf die Stirn. Ich glaube, er ist stolz auf mich. Wir plaudern beschwingt weiter; ich beiße die Zähne zusammen, obwohl ich liebend gerne laut jammern würde. Zusätzlich schmerzt jetzt mein Rücken, die Gurte des Rucksacks scheuern wie Reibeisen auf meinen Schultern.

Als wir nach gefühlten weiteren zehn Stunden die Baumgrenze erreichen, möchte ich Reißaus nehmen. Der Weg wird immer schmaler, die Tiefe immer tiefer, mein Schwindel immer schwindeliger. Paul entdeckt irgendwo in der Ferne Gämsen, er freut sich wie Bolle. Ich spiele Begeisterung, obwohl es mir mehr als egal ist, welche Viecher hier ›droben‹ die Wiesen vollkacken. Es fällt mir immer schwerer, ein freundliches Gesicht zu machen.

Der Gipfel liegt vor uns; das letzte Stück bis dorthin sieht so schwierig aus, dass ich wie angewurzelt stehen bleibe. Panik macht sich in meinem Körper breit, ich zittere wie Espenlaub, meine Beine gehorchen mir nicht mehr. Schweiß läuft in Sturzbächen meinen Rücken herunter.

Paul zieht die Augenbrauen hoch. »Wir können umkehren, Karo. Du musst dich nicht zwingen.«

»Ich will aber nicht umkehren … Ich ziehe das durch, notfalls auf allen vieren.« Meine Stimme ist mir fremd.

»Warte mal …« Paul kramt in seinem Rucksack nach dem kleinen Pillendöschen und hält es mir hin.

»Schluck zwei auf einmal, innerhalb von zehn Minuten wird es dir besser gehen.«

Dankbar fische ich zwei grüne Tabletten aus der kleinen Dose und spüle sie mit viel Mineralwasser herunter. Abwartend setzen wir uns auf einen Felsvorsprung, und tatsächlich, schon nach wenigen Minuten fühle ich mich besser. Das letzte Stück der Bergtour ist eine Gratwanderung; die Tiefe empfinde ich zwar nicht als angenehm, aber auch nicht als so bedrohlich, dass mein Körper streikt. Auf dem Gipfel umarmen und küssen wir uns; Paul schickt einen Jodler auf die Reise und versichert mir, wie stolz er auf mich sei, dass ich nicht aufgegeben habe. Einige Minuten verharren wir schweigend vor dem Gipfelkreuz. Die Vorstellung, wie Vroni und Nikolaus hier einst knieten und beteten, treibt mir Tränen in die Augen. Danach schaffe ich es, die atemberaubende Aussicht wahrhaftig zu genießen. Noch gestern Nachmittag hätte ich niemals gedacht, dass ich eine solche Tortur auf mich nehmen würde. Gegenseitig fotografieren wir uns am Gipfelkreuz; heute Abend werde ich MMS mit den herrlichen Fotos an meine Freunde senden, die werden Augen machen! Nicht nur wegen der Bergtour, nein, auch wegen der anderen Neuigkeiten. Während einer Stärkung mit Speck, Schüttelbrot und Bergkäse berichtet Paul von seiner Zeit in London. Von Immobiliengeschäften, Investitionen und falschen Geschäftspartnern. Die Rückkehr nach Hamburg war sinnvoller, als weitere finanzielle Verluste hinzunehmen.

Danach machen wir uns auf den Heimweg. Das erste Stück bergab ist nervenzehrend, es ist so als wenn man einen Baum hinauf klettert. Nach oben klettern ist stets leichter als hinab.

Eine halbe Stunde bevor wir den Parkplatz wieder erreichen, ruft Paul Toni an. Er will sofort losfahren, um uns abzuholen.

Mit einem Blick auf die Uhr stelle ich fest, dass wir mit Gottes Segen sieben Stunden gelaufen und gekraxelt sind. Ich bin hundemüde. Da, wo heute früh meine Füße waren, spüre ich nur noch Schmerzen. Die Blasen an Zeh und Ferse brennen so, als würde jemand einen Bunsenbrenner davor halten. Meine Schultern sind wundgescheuert; ich verfluche die ungepolsterten Riemen meines Rucksacks. Ich bin erleichtert, als ich den alten VW-Bus samt Kamikaze-Toni entdecke. Ich freue mich auf eine kühle Dusche, auf frische Klamotten, auf ein Glas Wein und darauf, dass ich heute nicht mehr einen einzigen unnötigen Schritt laufen werde.

Ich genieße die Rallyefahrt bis zur Almhütte. *Toni … du bist mein Held!*

Obwohl ich strahlend aus der alten Karre steige, sieht meine Mutter sofort, wie ich mich fühle.

»Oh Gott, Karo, du bist ja vollkommen fertig. Hermann, schau doch mal, das Kind ist vollkommen hinüber!«

Mein Vater nimmt das Fernglas nicht von den Augen.

»Ja, ich sehe es, ruh dich aus, Kind.«

Paul blickt schuldbewusst drein, Vroni klopft ihm beruhigend auf die Schulter. »Jetzt schau nicht so, Paul. Mütter haben einen anderen Blickwinkel, das hast du doch selber schon erlebt. Ich erkenne auch mit verbundenen Augen, wenn du dich nicht gut fühlst. Da kannst du dich noch so verstellen.«

Ich lasse mich auf die Bank fallen und werfe meinen Rucksack achtlos auf den Boden; Paul streichelt zärtlich meinen Rücken.

Conny sieht ebenfalls vollkommen hinüber aus. Sie isst eine doppelte Portion Apfelstrudel mit dreifach Sahne.

»Wir waren fünf Mal auf dem Hornberg, Karo. Fünf Mal!«

Opa Heini reißt meinem Vater das Fernglas aus der Hand.

»Die Viertelstunde ist vorbei, jetzt bin ich dran.« Er dreht sich zu Conny um. »Mit der Bergbahn ist das ja wohl kein Kunststück. Karo ist gelaufen! Wir haben euch übrigens mit dem Feldstecher beobachtet, Paul. Wir haben euch am Gipfelkreuz gesehen, alle Achtung, Karo! Respekt!«

»Ja, Karo ist so tapfer gewesen, sie hat sich selbst übertroffen.«

Ich bin ja so stolz auf mich! Ich löse die Senkel der Bergschuhe und streife sie unter dem Tisch ab. Die feuchten Socken ziehe ich ebenfalls aus. Die Zwillinge kommen aus dem Waldstück angelaufen und drängeln sich zwischen Paul und mich. »Habt ihr uns was mitgebracht?« Hanni hält mit gespielter Strenge fordernd eine Hand auf.

Paul zuckt entschuldigend die Schultern. »Das Kaufhaus auf dem Gipfel hatte leider geschlossen.« Die Kinder kichern.

Ich quäle mich hoch und beschließe, mich der Körperpflege zu widmen. Als ich barfuß in die Hütte tapse, entdeckt Vroni meine geschundenen Füße.

»Ja, Herrschaftszeiten, die müssen wir aber gleich richtig gut verarzten.«

Conny schleicht hinter mir her. In unserem Zimmer lässt sie sich auf mein Bett fallen. Verzweifelt bettelt sie, ob ich für sie etwas später die Detektei anrufen würde. Sie sei ganz unruhig, wie Anton den gestrigen Abend verbracht habe; ihr sei den ganzen Tag übel gewesen, sie habe nicht die Kraft, selber anzurufen.

»Stell dir mal vor, wenn Anton sich tatsächlich wieder mit dieser schlampigen Blondine getroffen hat. Das würde mich umhauen.«

»Wenn ich dir das beibringen müsste, würde es dich ebenfalls vom Hocker hauen, Conny. Es ist also vollkommen egal, wer dir diese Nachricht überbringt!«

Connys Unterlippe zuckt verdächtig; ich weiß, dass sie den längeren Atem hat. »Also gut! Gib mir die Rufnummer; ich erledige das, wenn Paul unter der Dusche steht.«

Meine Schwester kramt geschäftig in ihrer Jeans und drückt mir die Visitenkarte der Detektei in die Hand.

»Danke, Schwesterherz, das werde ich dir nie vergessen. Du erkundigst dich nach einem Zwischenergebnis. Das Stichwort lautet: *Hanni und Nanni*! Du wirst nach dem Stichwort gefragt … also merke es dir. Hanni und Nanni, nicht vergessen!« Connys Hände klammern sich an meinen Arm, ich befreie mich mit einer unwirschen Geste.

»Boah, Conny, wie könnte ich dieses Codewort bloß vergessen!«

»Und sollte der Bericht negativ ausfallen, Karo, bring es mir bitte schonend bei, verstehst du, ganz schonend!«

Entnervt schiebe ich meine Schwester zur Tür. »So, jetzt setz dich in Ruhe in die Abendsonne, ich kümmere mich darum.«

Die kühle Dusche ist schmerzhafter, als ich dachte. Meine wunden Füße und Schultern brennen, während ich Haare und Körper mit duftenden Produkten einreibe. Dennoch fühle ich mich besser und entspannter, als ich in ein dickes Badelaken gehüllt zurück ins Zimmer husche. Paul steht gedankenverloren am Fenster.

»Es tut mir leid, Karo, ich hätte erkennen müssen, wie du dich gequält hast.« Seine Finger streichen sanft über meine Schultern. »Versprich mir, dass du nie mehr die Heldin spielen wirst.«

Ohne zu antworten, schmiege ich mich an ihn. Nach einem innigen Kuss verschwindet er unter die Dusche. Ich fische die Visitenkarte der Detektei, die unter meinen Klamotten liegt, hervor. Mein Handy steckt in meinem Rucksack, der noch vor dem Haus liegt. Pauls Handy liegt auf dem kleinen Nachttisch. Ich öffne die Tür des winzigen Bades. Paul singt laut und unmelodisch einen Song der Kelly Family, ich muss lachen.

»Paul? Paul! Ich möchte kurz telefonieren, darf ich dein Handy benutzen?«

»Sicher, Schatz, sicher ... Grüß Amerika von mir.«

Mit fliegenden Fingern tippe ich die Handynummer, die handschriftlich auf der Visitenkarte geschrieben steht, ein.

Nach dreimaligem Klingeln meldet sich eine gurrende Stimme.

»Hallo, Paul ...« Danach folgt ein herzzerreißender Seufzer.

»Ich wusste, dass du dich wieder melden wirst. Wie könntest du mich auch nach diesem schweißtreibenden Abend vergessen haben.« Ein siegessicherer Lacher folgt.

Das Handy zittert an meinem Ohr. Die Frauenstimme kommt mir bekannt vor. In der Dusche läuft noch immer Wasser.

»Paul? Hallo ...? Hm, du scheinst in einem Funkloch zu stecken, ich verstehe kein Wort. Wähle bitte noch mal durch, ich observiere gerade in Sülldorf ...«, dann legt sie auf.

Mich trifft der Schlag! Ich sacke zusammen. Wenn diese Stimme nicht zu Geneviève Schneider gehört, fresse ich mit einer Heugabel sämtliche Kuhfladen in einem Umkreis von fünf Kilometern! Fahrig versuche ich, die gewählte Nummer zu löschen, dabei rutscht mir das Mobilteil aus den Händen. Es tanzt zwei, drei Mal in der Luft, und bevor ich es wieder auffangen kann, fällt es scheppernd auf den Holzboden. Die Abdeckung fliegt von dem Mobilteil, der Akku springt heraus. Mein Herz klopft so heftig gegen meine Rippen, dass ich Bedenken habe, es könne ebenfalls herausspringen. In dem kleinen Bad wird das Duschwasser abgestellt. Hastig schlüpfe ich in die bereitliegenden leichten Sommerklamotten, stopfe die Visitenkarte in die Hosentasche und renne barfuß und ungekämmt nach draußen. Conny sitzt alleine, nervös an ihren Fingernägeln kauend, am Tisch.

Sie springt hastig auf. »Und?«

Ich unterbreche sie ungehalten. »Gib mir dein Handy und deine Latschen, ich gehe kurz in den kleinen Wald.« Sie pariert sofort, ich stapfe los. Während der wenigen Meter bis zu dem Forst tanzen wirre, aber logische Gedanken durch meinen Kopf, die ich versuche, in die richtige Reihenfolge zu bringen. *Vivi ist eine Schnüfflerin! Sie kann nur eine Schnüfflerin sein. Paul, der Fiesling, hat sie auf mich angesetzt! Er hat sie in die Firma eingeschleust … und klar! Aus diesem Grund tauchte sie auf dem Campingplatz auf der Insel auf. Ich Idiotin! Und nicht nur das. Er hat sich mit ihr auch noch auf den Futon gelümmelt. Ich fasse es nicht!*

Vor lauter Wut vergesse ich zu heulen, was normalerweise eine Pflichtübung in solchen Situationen ist. Ich zwinge mich zur Ruhe und wähle erneut diese beschissene Handynummer. Besetzt! Ich wähle erneut. Besetzt! Ich wähle Pauls Handynummer; ha, in flagranti erwischt, ebenfalls die schnelle Tonfolge. Es ist keine große Kunst, den Zusammenhang herzustellen. Paul kommt aus dem Bad, findet das iPhone, setzt es zusammen. Da Paul Vivi nicht zurückruft, ruft sie ihn an.

Endlich! Nach etlichen Wählversuchen innerhalb von drei ellenlangen Minuten geht der Ruf durch.

»Geneviève Schneider …«

Ich räuspere mich, balle die sprichwörtliche Faust in der Tasche und spreche eine Tonlage höher als gewöhnlich. »Conny Jörgensen hier, ich möchte mich erkundigen, was die Observation meines Mannes ergeben hat. Das Stichwort lautet Hanni und Nanni.«

»Oh, hallo Frau Jörgensen, ich denke, ich kann sie beruhigen.«

Es folgt eine Litanei. Mein Schwager habe gestern Nachmittag in einem Baumarkt Farbe, Quast und Pinsel eingekauft. Danach habe er einen kurzen Stopp vor dem Fastfood-Restaurant McDonald's gemacht, aus dem er nach exakt acht Minuten, wohlbemerkt … mit nur einer Tüte Fastfood, gekommen sei. Sie habe Fotos geschossen. Anschließend sei die Zielperson auf direktem Wege nach Hause gefahren. Um 23:43 Uhr seien alle Lichter im Haus erloschen gewesen. Anton habe definitiv die Räumlichkeiten nicht verlassen. Heute sei, bis zu diesem Zeitpunkt, ebenfalls nichts Auffälliges passiert. Sie habe erneut Fotos geschossen, die belegten, dass ›mein Mann‹ in farbverschmierter Kleidung einen Eimer, wahrscheinlich mit Schmutzwasser, in den Gully vor dem Haus gegossen habe.

Ich stammele ein kurzes »Danke« und schreie spitz auf, als ich mich umdrehe und mit meiner Schwester zusammenstoße.

»Alles im grünen Bereich, du kannst dich freuen, Conny. Anton macht einen auf Tünch-Anchamun, er pinselt eure Hütte.«

Ein Freudenkiekser verlässt Connys Lippen; sie umarmt mich stürmisch, dann rennt sie, barfuß, los. »Mamaaaa, Papaaa, Anton streicht an!« Dabei wedelt sie bescheuert mit den Armen durch die Luft.

Mir soll es egal sein, wie sie Mamaaa und Papaaa ihre plötzliche Begabung, hellseherische Fähigkeiten zu besitzen, beibringen will.

Als ich unser Zimmer betrete, sitzt Paul auf dem Bett und spielt mit dem Handy. Das schlechte Gewissen steht ihm ins Gesicht geschrieben. »Möhrchen, ich bin dir eine Erklärung schuldig.«

Wütend gifte ich ihn an. »Nichts da, Möhrchen! Saure Gurke darfst du mich nennen. Und deine Erklärungen kannst du dir in den Allerwertesten schieben!« Ich äffe ihn nach. »*Wir werden uns immer die Wahrheit sagen, Karo, blablaba!*« Ich werfe ihm die Visitenkarte der Detektei vor die Füße und erkläre mit wenigen Worten, dass Conny Anton eine Detektei auf den Hals gehetzt hat. Er zieht die Augenbrauen hoch.

»Hattest du einen Hochgenuss, mich bespitzeln zu lassen, ja? Hat sie gute Fotos von mir geschossen? Auf Fehmarn, auf der Yacht? Vielleicht noch nachts an der Hecke, beim Pipi machen? Wirst du die Schnappschüsse wie Trophäen an der Wand über deinem Bett aufhängen?«

Paul versucht mit den Händen zu reden, er sucht krampfhaft nach Worten.

»Karo, ich brauchte Gewissheit! Ich wollte mich nicht zum Narren machen; ich musste sicher sein, dass du dein Herz nicht an diesen Machungwa vergeben hattest. Dann habe ich durch Vivis Recherchen erfahren, dass er verheiratet ist; ihr hättet also gar nicht so schnell, wie du gesagt hast, heiraten können. Und die Schwangerschaft war ebenfalls erfunden!« Verlegen schaut er zu Boden. »Eine Schwangere benötigt keine Tampons. Vivi hat dich beim Einkauf … Du hast so perfekt geschwindelt, das hat mich vollkommen verwirrt. Ja, ich habe Frau Schneider auf dich angesetzt. Sie hat in der Firma die Gespräche zwischen Bruni und dir belauscht. Und ich weiß auch, dass das, was ich getan habe, nicht richtig war. Fast hätte ich mich selber verraten. Nachdem du mir erklärt hattest, dass du und Machungwa heiraten werdet, wollte ich zynisch fragen, ob er Bigamist sei. Du hattest mich nach der Silbe »Bi« wütend unterbrochen. Vivi hat mir berichtet, dass du und Machungwa auf Fehmarn in einem Zelt geschlafen habt. Sie hat jedoch mitgehört, dass Machungwa sich als Ehrenmann gezeigt hat. Verzeih mir, ich hätte dein Spiel durchschauen müssen. Aber Liebe macht tatsächlich blind.«

Meine Haarbürste saust rasant, ohne Rücksicht auf Verluste, durch meine fast trockenen Haare.

»Du hast gesagt, dass du nichts mit dieser Bunga-Tante hattest. Und was flötet sie mir ins Öhrchen? ›*Wie konntest du mich nach diesem schweißtreibenden Abend vergessen, Paul?*‹ Pah! Du bist ein Schleimbeutel, Paul, ein fieser Furunkel!«

»Stopp!« Paul fuchtelt mit dem Zeigefinger vor meiner Nase herum, den ich mit aller Kraft wegschlage. »Es war nichts zwischen uns, sie ist mir nachgelaufen! Sie tauchte ›rein zufällig‹ in der öffentlichen Sauna des Fitnessparks auf. Nach dem ersten Guss legte sie ungeniert das Saunatuch ab, es waren etliche Leute dabei! Sie wollte mich locken, was ihr jedoch nicht gelungen ist. Etwas anderes Schweißtreibendes hat es zwischen ihr und mir nie und nimmer gegeben, es ist nicht so wie du denkst.«

Natürlich! Paul zieht alle Register. Ich mag nicht mehr zuhören. Männer, Rechtfertigungen, wie immer kommt die *Es-ist-nicht-so-wie-du-denkst-Nummer* zum Tragen. Eine Tat sagt mehr als tausend Worte; ich bin so wütend, dass ich am liebsten die Tür zwischen Paul und mir zuschlagen würde. Eine innere Stimme hält mich jedoch davon ab. Ich besinne mich also und lasse sie einen Spalt breit geöffnet, nachdem ich den Raum verlassen habe. Danach schalte ich auf Autopilot.

Paul verhält sich ebenso automatisiert wie ich. Der Abgucker! Bert, der erst vor wenigen Minuten mit Mariannes Mofa auf den Berg gekommen ist, begrüßt uns mit lautem Hallo und vielen allgäutypischen Busserln.

Statt Karo sagt er ständig *Schwägerin* zu mir, und ich finde, dass sich das *richtig* gut anhört. Meiner Familie ist Pauls ›kleiner‹ Bruder auf Anhieb sympathisch, umgekehrt scheint es genauso zu sein.

Gläser klingen, und nach diesem anstrengenden Tag schmeckt das knusperige Spanferkel, welches auf dem Grill hinter dem Haus seit Stunden seine Runden gedreht hat, köstlich. Paul quetscht sich ständig in den schmalen ›Türspalt‹. Er liebkost mich mal am Bein, mal am Rücken und streichelt die ›saure Gurke‹ so lange, bis sie Gänsehautfeeling bekommt und sich danach sehnt, wieder ein Möhrchen zu sein. Es herrscht eine ausgelassene Stimmung. Meine Eltern beschließen, Opa Heini und Gundula auch morgen hier oben Gesellschaft zu leisten.

»Genau! Laufen könnt ihr auch zu Hause! Hermann, morgen schlage ich dich erst bei drei Partien Schach, dann beobachten wir die Kinder, wie sie einen Berg raufkraxeln.«

Demonstrativ schiebe ich die Träger meines T-Shirts beiseite, die wunden Stellen werden sichtbar. Danach lege ich meine Füße zwischen leer gegessene Teller auf den Tisch und wackele mit den Zehen. »Die bleiben morgen auch schön hier oben. Damit laufe ich keine zwanzig Meter weit in einem Stück. Und einen Rucksack werde ich ebenfalls für eine Weile nicht aufsetzen können.«

Ich genieße die »Oh Gott«- und »Autsch«-Rufe sowie die Bewunderung, dass ich mit derartig schweren Verletzungen überhaupt noch wandern konnte.

Paul schlüpft in die Rolle des Bergdoktors. Er salbt und pflastert wie ein Profi. Hanni und Nanni bestehen darauf, dass am Ende einige Kinderpflaster mit süßen kleinen Prinzessinnenmotiven über die Erwachsenenpflaster geklebt werden. Weil es dadurch besser ›zuwunden‹ würde. Danach lassen sie förmlich die Flügel hängen. Fast einschlafend, hocken sie auf zwei Klappliegen, die Vroni auf die große Wiese gestellt hat. Conny freut sich, dass das Gondelfahren sowie die Tobereien die Kinder außer Gefecht gesetzt haben. Mir zwinkert sie ständig zu, weil sie überglücklich ist, dass Anton als geheilt eingestuft werden kann.

Ich schmiege mich an Paul und kann mich nicht daran erinnern, wann ich das letzte Mal so müde gewesen bin. Selbst die MMS, die ich an meine Freunde senden wollte, müssen warten. Morgen bin ich wieder in Sülldorf und werde Bruni telefonisch Bericht erstatten.

Ich höre, wie Paul begeistert von unserer Tour berichtet, dass ich die Höhenangst überwunden hätte und wie zügig ich gelaufen wäre. Halt wie eine waschechte Allgäuerin. Er ist so nett und verschweigt, dass das nur wegen der kleinen grünen Pillen funktioniert hat.

Vroni lacht glücklich. Meine Mutter meint, dass die van Gochs von Natur aus harte Brocken seien. Paul erklärt daraufhin, dass er den harten Brocken in mir längst entdeckt hat.

Connys gemeine Ader bricht durch.

»Also, diese kleine Bergtour war ja nun wirklich keine Glanzleistung. Ich gehe jede Wette ein, dass Karo die Buchsen bis zum Gummizug voll hatte!«

»Du irrst, Conny, du hast eine wundervoll mutige Schwester!«

Danke, Paul! Später, beim Einkuscheln, werde ich ihm sagen, dass ich ihn sehr, sehr liebe und ihm glaube, dass mit Frau Schneider außer Spesen nichts gewesen ist. Ich schließe die Augen.

40. Ich zähle bis fünf …

Als ich die Augen wieder öffne, ist es Sonntagmorgen. Mir ist es noch nie passiert, dass ich nicht weiß, wie ich ins Bett gekommen bin. Ich strecke meine schmerzenden Glieder in alle Himmelsrichtungen. Das Bett neben mir ist leer, auf Pauls Kopfkissen liegt ein Zettel.

> Guten Morgen Langschläferin,
>
> bin beim Arzt, habe einen Bandscheibenvorfall. Ich habe dich gestern Abend ins Bett tragen müssen. Ich weiß, was du jetzt denkst, und es stimmt nicht. Du bist federleicht, zumal Bert mitgeholfen hat. Darum bin ich auch nicht beim Doktor, sondern mit meinem Bruder auf dem Weg zum Spieser. Wir wollen einen Tandemflug machen. Ruh dich schön aus, gegen Mittag sind wir zurück.

Könnten wir uns danach bitte, bitte wieder vertragen?
Ich liebe dich!

Paul

P. S.: Weißt du, dass du schnarchst? Ich liebe dich trotzdem!

Ich muss lachen und schiele auf die Uhr. Kurz vor acht. Aus der Küche höre ich gedämpftes Klappern, die gute Vroni ist schon längst am Werkeln. Wegen der verarztteten Füße lasse ich die Dusche ausfallen, begnüge mich mit dem Waschbecken. Eine gut gelaunte Vroni begrüßt mich; ich staune, denn die Zwillinge sind ebenfalls schon aktiv. Sie sitzen in stiller Eintracht am Küchentisch und binden einen Blumenkranz, den sie Anton heute Abend schenken wollen.

Die Vorstellung, wie Anton mit dem Kranz auf dem Kopf herumstolziert, reizt mein Zwerchfell.

»Die Männer sind schon um 7 Uhr los, ich soll dich grüßen, Karo. Denk dir, die Kinder haben sogar den Tisch für Paul und Bert gedeckt.«

Hanni und Nanni nicken eifrig. »Jahaaa, wir waren schon recht fleißig! Paul hat einen tollen Rucksack. Der ist soooo grooß!« Hanni macht eine ausladende Bewegung mit den Armen. Dann kichern sie, kleine Hände flechten weiter an dem Geschenk.

Vroni grinst. »Das ist kein Rucksack, Kinder, das ist ein Paragleiter. Wisst ihr, die großen Schirme, die ihr gestern am Himmel beobachtet habt.«

Als Vroni mich bedienen will, deute ich ihr an, sitzen zu bleiben. »Lass nur, ich kenne mich mittlerweile in deinem Reich aus.« Ich gieße mir einen Kaffee ein und setze mich neben die Kinder, die sehr geschickt im Blumenbinden sind.

»Ist das Paragleiten nicht gefährlich? Ich meine, machst du dir keine Sorgen, wenn Paul und Bert diesen Sport betreiben?«

»Ach, solange der Gleiter in Ordnung ist, habe ich keine Bedenken. Die beiden springen nur ab, wenn die Wetterbedingungen optimal sind. Allerdings, einige tödliche Unfälle hat es in dieser Region schon gegeben! Danach habe ich sie ständig auf dem Handy angerufen, um mich zu vergewissern, ob alles in Ordnung ist. Seitdem schalten sie die Mobilteile aus, die Fürsorge der Mutter wurde ihnen wohl zu viel.«

Nanni stößt Hanni an. Die Kinder blicken sich mit großen Augen an. »Und was ist, wenn ein Loch in dem Stoff ist?«

»Himmel! Kind! Das wäre fatal!« Vroni faltet automatisch die Hände und schickt einen Blick zur Zimmerdecke. »Wie ein Stein könnten sie vom Himmel purzeln, wie ein Stein. Daran wollen wir mal gar nicht denken!«

Nannis Finger verschwindet im rechten Nasenloch. Ich stutze. Vroni greift sachte Nannis Hand, zieht den Finger aus der Stubsnase, fährt kurz mit einem Taschentuch drüber und führt ihn wieder zu dem Gebinde auf dem Tisch. Dann schlägt sie vor, noch weitere bunte Blumen zu besorgen. Geschäftig läuft sie los. Wieder verschwindet der Finger in dem sommersprossigen Näschen.

Als Hanni aufspringt, nach draußen Richtung Wald rennt und Nanni, samt Finger im Nasenloch, hinterhersprintet, beschleicht mich eine fürchterliche Ahnung. Ungeachtet meiner wunden Füße, rase ich hinter ihnen her. Kurz vor dem Wäldchen kriege ich Nanni zu fassen.

»Sag mir auf der Stelle, warum du popelst! Sofort!«

Nanni kneift die Lippen zu einem schmalen Strich zusammen. Sie schweigt wie ein Grab und versucht, mit zappelnden Bewegungen meinem Griff zu entkommen. Hanni ruft, hinter einem Baum versteckt: »Wir haben damals im Haus von Paul mit einer Schere den Rucksack zerschnitten. Wir wollten, dass die Sachen herauspurzeln, wenn er wandern geht. Das war Nannis lustige Idee!« Jetzt fängt sie an zu heulen.

Nanni kreischt, als würde sie wie ein lebendiges Spanferkel am Spieß über dem Feuer hängen. »Stimmt gar nicht! *Du* hattest die Idee, nicht ich!«

Hanni jammert. »Ich will nicht, dass Paul wie ein Stein vom Himmel fällt, dann ist er doch tot.«

Mir wird speiübel. Mit aller mir zur Verfügung stehenden Strenge befehle ich den Kindern, die Klappe zu halten. »Hört mir jetzt ganz genau zu. Ganz genau! Ihr geht in die Küche, bastelt weiter an dem

Geschenk für Papa. Wenn ihr einer gewaltigen Strafe entgehen wollt … kein Wort zu Vroni, kein Wort zu Mama, Oma, Opa, Opa Heini, Gundula oder sonst wem. Klar?«

Die Kinder schluchzen. »Ja, wir sagen kein Wort.«

Ich mache auf dem Absatz kehrt, eile in die Küche und schnappe mir die Bergschuhe aus der Abstellkammer. Dann renne ich in den Stall, in dem ich aufgeregt nach dem Kaufmanns-Toni rufe, der auch prompt erscheint. Mit wenigen Worten erkläre ich ihm die Situation, warum ich ihn als Chauffeur bräuchte.

Mit einem »Sau-blagn-gscherte Sau-blagn« nimmt er mich an die Hand, zerrt mich hinter sich her, stößt mich förmlich in den Bus. Ich bin froh, dass meine Füße im Auto sind, als er die Tür kraftvoll hinter mir zuschlägt. Ich tausche die Sandalen gegen die derben Lederschuhe und schnüre sie, so feste ich kann, zu.

Während er Richtung Tal das Gaspedal durchdrückt, treibe ich ihn an, als würde ich auf dem Kutschbock einer Droschke sitzen. Zwischendurch versuche ich, Paul auf dem Handy zu erreichen, vergeblich. Ich mache mir bittere Vorwürfe! Hätte ich ihm doch gestern Abend noch gesagt, wie sehr ich ihn liebe, und dass ich ihm glauben würde. Stattdessen habe ich mich hängen lassen und bin eingeschlafen. Mir fällt der Leitspruch meiner Eltern ein. *Man sollte nie ins Bett gehen und einschlafen, ohne sich vorher versöhnt zu haben.*

Toni fährt in rasendem Tempo den Weg zu der Stelle, den er vor anderthalb Stunden bereits mit Paul und Bert gefahren ist, um sie am Parkplatz Richtung Spieser abzusetzen. Ein Schlagbaum verhindert die Weiterfahrt mit dem Auto. Toni legt den Rückwärtsgang ein; der VW-Bus nimmt Anlauf, röhrt wie ein liebestoller Hirsch und sprintet nach vorn. Mit einem lauten Krachen zerbirst der rot-weiß gestreifte Balken; der alte Wagen knattert zügig, aber keuchend die erste Etappe des serpentinenartigen Wirtschaftsweges hinauf. Endlose Minuten vergehen. Endlich erklärt Toni, dass wir nach wenigen Kurven die Zufahrt zur Hirschalpe erreichen werden, von dort aus sei es nicht mehr weit bis zum Startplatz, dem Windsack.

Die Katastrophe ist perfekt, als ich im Außenspiegel entdecke, dass aus dem Motorraum dicke Qualmwolken entweichen. Das Fahrzeug wird immer langsamer und bleibt nach wenigen Metern stehen.

Toni schimpft. »Jetzt is er v'reckt!«

Ich habe nicht sehr viel Ahnung vom Innenleben eines Automotors, hier erkenne ich aber blitzschnell, dass er in der Tat verreckt ist und keine Kraft mehr zur Weiterfahrt aufbringen wird. Noch bevor Toni sich aus dem Wagen gequält hat, laufe ich Richtung Hirschalpe. Toni schreit mir hinterher, dass ich den Weg gar nicht verfehlen könne. Die Aufregung ist für den älteren Mann zu viel! Als ich mich noch einmal umdrehe, sitzt er neben dem kaputten Bus auf dem Boden und wischt sich mit einem Taschentuch die Stirn.

Meine Füße rutschen in den Schuhen hin und her, die dünnen Socken bieten keinen rechten Halt. Ich merke, dass sich die fröhlichen Prinzessinnenpflaster verabschieden; die Erwachsenenpflaster lassen mich ebenfalls im Stich.

Auf der Hirschalpe ist es ganz ruhig. Auf der Terrasse sitzt lediglich ein alter Alm-Öhi mit langem Rauschebart, der an einem Stück Speck knabbert. Er beantwortet meine Frage, wo lang es zum Windsack geht, nicht mit Worten, sondern mit seinem Zeigefinger.

Endspurt! In der Ferne entdecke ich zwei Männer, die mit einem Paragleiter hantieren, der sich bereits aufgebläht am Boden im seichten Wind entfaltet. Ich krame in meiner Shorts nach einem Papiertaschentuch und wedele damit heftig in der Luft herum. Gleichzeitig schreie ich aus Leibeskräften. »Nicht starten! Niiiicht! Der Schirm ist kapuuutt! Der hat ein Looooch!«

Paul muss jetzt mindestens genauso aufgeregt sein wie ich, denn er kommt mir mit großen Schritten entgegengelaufen.

Erschöpft stolpere ich in seine Arme.

»Ich habe kein Wort verstanden! Was ist passiert, um Himmels willen ... Was machst du hier?«

Mein Mund ist so trocken, dass ich kaum sprechen kann; jetzt ist auch Bert da.

»Mein Gott ... Die Zwillinge haben damals, als sie die Wand im Hobbyraum bemalt haben, an dem Paragleiter herumgeschnippelt ... ein Loch reingeschnitten. Sie haben es vorhin erzählt. Sie dachten, der Gleitschirm wäre ein Rucksack. Nanni hat gepopelt, ich dachte, ich dachte, du, ihr wärt ...«

Tränen der Erleichterung kullern über meine Wangen. Bert nimmt den Helm ab und kratzt sich am Kopf. Er scheint nichts von dem zu verstehen, was ich hervorgebracht habe. Paul hält mich auf Armeslänge und schüttelt mich sanft.

»Beruhige dich, Karo, bitte, der Schirm ist neu! Den alten habe ich entsorgt. Mir ist nicht entgangen, dass die Zwillinge mit einer Schere daran herumgeschnitten haben. Ich wollte sie nicht verpetzen! Mir war klar, dass sie einen Scherz machen wollten und nicht wussten, was sie angerichtet haben.«

Ich schnäuze kräftig die Nase. »Jetzt wissen sie, dass der Schabernack keiner war. Ich glaube, sie werden nie mehr in irgendwelche Sachen Löcher schneiden.«

Bert will wissen, wie ich denn überhaupt so schnell hergekommen sei.

Nach Schilderung der Umstände macht er sich sofort auf den Weg, um Toni Schützenhilfe zu leisten. Er drückt mir seinen Helm und die Paragliding-Brille in die Hand.

»Hier, ohne Helm solltest du nicht fliegen!« Dann sprintet er los.

Paul nimmt mir die Utensilien ab, streicht meine Haare hinter die Ohren, um mir danach die Brille und anschließend den Helm aufzusetzen. Mit sanftem Druck schiebt er mich die wenigen Meter bis zu dem Teufelsgleiter.

»Weißt du, wenn wir erst mal oben sind …«

Ich zerre an dem Helm; meine Finger zittern so, dass ich den Klippverschluss nicht lösen kann.

»Im Leben nicht, nein Paul, im Leben lasse ich mich nicht an dieses Teil schnallen! Ich bin doch nicht bescheuert!«

»Du kannst das, Möhrchen, du wirst das prima machen … Denk immer an den Breitenberg. Den hast du mit links genommen.«

»Jahahaa, aber nur mit den Wunderpillen!«

Paul kramt in seinem Overall. »Hier, bis du eingeklinkt bist, wirken sie.«

Ich schlucke drei der Pillen auf einmal.

»Stell deine Füße in die Gurte.«

»Paul, ich kann das nicht!«

»Was glaubst du, wie Conny staunen wird, wenn du dich auf dieses Abenteuer einlässt. Ich sehe sie vor mir, wie sie die Augen ungläubig aufreißt. Kannst du sie auch sehen?«

Die Dragees wirken schneller als gedacht. Ich sehe tatsächlich meine Schwester mit hängender Kinnlade vor mir. Zaghaft stelle ich erst das rechte, dann das linke Bein in die Nylon-Gurte und lache nervös. »Ja, sie wird vor Neid erblassen. Paul?«

»Ja?«

»Ich liebe dich. Ich liebe dich von ganzem Herzen, und ich glaube dir, dass mit Vivi nichts war.«

Paul dreht meinen Kopf soweit es geht und drückt mir einen Schmatzer auf die Wange.

Der Verschluss vor meiner Brust schnappt ein. Paul stellt sich hinter mich, ich höre erneutes Klacken. Er greift nach den Griffen des Gleiters.

»Das sind die schönsten Worte, die ich je gehört habe, Möhrchen! Ich zähle bis fünf, dann laufen wir los.«

Meine Beine zittern kein bisschen. Dennoch, ich muss irre sein, mich darauf einzulassen. Paul zählt an.

»Eins … zwei …«

Ich spüre ein Kribbeln in der Magengegend.

»Drei …«

»Hurra, die Tabletten sind Gold wert …«

»Vier … du hast Pfefferminzdragees geschluckt, Karo …«

»Waaaas?«

»Fünf …« Wir rennen los. Paul schreit gegen den aufkommenden Wind an.

»Du hast nur Pfefferminzdragees geschluckt!!! Du bist tatsächlich das mutigste Möhrchen der Welt!«

Bis seine Worte mein Bewusstsein erreicht haben, schweben wir bereits in der Luft. Ich fühle mich großartig und erhaben, wie ein Adler. Mit Paul im Rücken fühle ich mich so sicher wie in Abrahams Schoß. In großen Kreisen gleiten wir sanft Richtung Tal, unserer gemeinsamen Zukunft entgegen.

Epilog

Drei Monate nach dem aufregenden und alles klärenden Aufenthalt im Allgäu fand eine Dreifachtrauung in Hamburg statt. Bruni, Heiner, Simone, Willi, Paul und ich haben uns gemeinsam ›getraut‹. Als Onkel Jacob erfuhr, dass Nikolaus Geigers damalige Geliebte Vroni bei der Feier anwesend sein würde, boykottierten er und seine Familie das Fest, was jedoch niemanden sonderlich störte. Mein Vater verdrückte einige Tränen, als er mich zum Traualtar führte, um meine Hand in die von Paul zu legen.

Hanni und Nanni waren die perfekten Blumenkinder, alles in allem war es eine wunderschöne Hochzeitsfeier. Die Flitterwochen verbrachten Simone und Willi auf den Malediven, Bruni und Heiner zog es nach Portugal, Paul und ich kuschelten vierzehn Tage auf der idyllischen Insel Capri.

Nach unserer Rückkehr haben wir uns gefreut, dass Gundula in mein Elternhaus eingezogen ist. Opa Heini hat seinen Jungbrunnen allerdings erst ab Nachmittag um sich, da Gundula sich mit Händen und Füßen weigert, die Stelle in der Firma einer jüngeren Kraft zu überlassen.

Gisela hat ebenfalls eine gute Partie gemacht. Nach meinem Umzug in die Villa wartete in einem Freigehege im Garten Georg auf die alte Panzerdame. Paul fand, dass Georg der richtige Partner für Gisela wäre, womit er Recht behalten hat. Die beiden kuschelten, wann immer wir nach ihnen sahen, zusammen in einer lauschigen Ecke.

Conny hat drei Monate nach unserer Hochzeit zwei gesunde Jungen zur Welt gebracht. Als der stolze Anton verkündete, dass die Kinder Max und Moritz heißen sollten, war meine Mutter sehr tapfer. Allerdings musste sie nach dem Gratulationsbesuch auf der Entbindungsstation zu Dr. Weinforth zum EKG. Mein Vater erklärte dem alten Arzt, unter welchen ›Beschwerden‹ seine Frau litte. Daraufhin schrieb der Doktor ihr ein Rezeptformular mit einem sehr alten Hausmittelchen, das in solchen Situationen helfen würde. Auf dem Rezept stand nur ein Wort: *Akzeptanz.* Danach fügte sich Mama ihrem Schicksal.

Simone hat den stressigen Job im Altenheim aufgegeben, sie ist nur noch Ehefrau. Willi ist irgendwie kräftiger geworden. Simone bekocht ihn täglich und füttert ihn mit deftiger Hausmannskost. Mittlerweile hat er verantwortungsvollere Aufgaben in der Firma seines Vaters übernommen, seitdem blüht er auf.

Bruni und ich sitzen noch immer gerne im Vorzimmer meines Mannes. Wie eh und je verbringen wir die Arbeitszeit damit, mehr zu kleckern als zu klotzen. Gundula arbeitet gerne und flott; solange sie das Zepter in der Hand hat, wird der Betrieb nicht Pleite gehen.

Bert ist mit Sack und Pack ins Allgäu gezogen. Er lebt mit Marianne in Bad Hindelang. Er unterstützt seine zukünftigen Schwiegereltern sowie Marianne bei der Hotelführung.

Paul und ich verbringen die Wochenenden so oft es geht auf ›der Hütten‹. Vroni hat mir geduldig das Häkeln beigebracht. Sie ist mir eine liebe Freundin geworden; wir mögen uns sehr und können stundenlang ohne Unterbrechung miteinander reden.

Vor etlichen Wochen hatte Simone angerufen und von eigenartigen Kotzanfällen berichtet. Drei Tage später fühlte sich Bruni nicht ›so richtig‹, am nächsten Tag ging es mir mehr schlecht als recht. Nach weiteren vierzehn Tagen und diversen Besuchen beim Gynäkologen treffen wir uns regelmäßig an einem Abend in der Woche. Mal bei Simone, mal bei Bruni, mal bei mir.

Wir häkeln winzige Söckchen und Mützchen, und im Anschluss futtern wir mit Hingabe fetten Speck und gebratene Blutwurst. Aber … nur einmal in der Woche. Wir wollen doch diversen Vivis und drallen Blondinen keine Chance geben … nicht wahr?

Danksagung

Ich danke meiner Familie, die mich während der Zeit, in der ich mich mit Karo und Geigenpaul befasst habe, so tatkräftig unterstützt hat. Danke für die fleißigen Hände, die mir den Rücken freigehalten haben. Danke für die lieben Worte, die mich aufgebaut haben, wenn ich einen „Hänger“ hatte. Sonst hätte ich das nicht geschafft!

Ich danke der Powerfrau Simone Panteleit, dass sie sich die Zeit genommen hat, mein Manuskript zu lesen und für ihre lieben Worte. Und das, obwohl sie seinerzeit selber mit ihrem Buch *Warum Socken immer verschwinden und wohin ...* sowie als Moderatorin des Sat.1 Frühstücksfernsehens genügend beschäftigt war.

Frau Corinna Rindlisbacher und ihrem Team danke ich für's Korrekturlesen ... für den Entwurf und Gestaltung des Covers sowie die Erstellung des E-Books. Und dafür, dass sie sich geduldig meiner vielen Fragen angenommen hat. Die Zusammenarbeit hat großen Spaß gemacht, ich fühlte mich sehr gut aufgehoben.

Inhalt

4937565R00193

Printed in Germany
by Amazon Distribution
GmbH, Leipzig